长安少年游

明月倾 著

江苏凤凰文艺出版社
JIANGSU PHOENIX LITERATURE AND ART PUBLISHING

图书在版编目（CIP）数据

长安少年游 / 明月倾著. -- 南京：江苏凤凰文艺出版社, 2024.4
ISBN 978-7-5594-8173-3

Ⅰ.①长… Ⅱ.①明… Ⅲ.①长篇小说 – 中国 – 当代 Ⅳ.① I247.5

中国国家版本馆 CIP 数据核字 (2024) 第 001730 号

长安少年游

明月倾 著

责任编辑	周颖若
特约编辑	苏智芯
封面设计	酢　暖
出版发行	江苏凤凰文艺出版社
	南京市中央路 165 号，邮编：210009
网　　址	http://www.jswenyi.com
印　　刷	河北鹏润印刷有限公司
开　　本	700mm×980mm　1/16
印　　张	17.75
字　　数	290 千字
版　　次	2024 年 4 月第 1 版
印　　次	2024 年 4 月第 1 次印刷
书　　号	ISBN 978-7-5594-8173-3
定　　价	52.80 元

江苏凤凰文艺版图书凡印刷、装订错误，可向出版社调换，联系电话 025-83280257

目录

第一章 伴读 001

第二章 东宫 045

第三章 来朝 101

第四章 暗流 145

第五章 道永 173

第六章 刀剑 233

一双靴子停在他面前,非常利落的革履,黑色,穿的是胡服,裤子扎在靴子里,有着麒麟的暗纹。

再往上,是蹀躞带束住的修长而结实的腰,身姿挺拔,如同一柄凌厉的剑。

言君玉抬起头来,看见一张带着笑意的脸,仍然是山岚一般的眼,剑一般的眉,高鼻薄唇,唇角勾出一个笑容来,俊美得如同天神。

周围的声音都回来了,旁边的人脸上的表情或不安,或恐惧,但嘴里说的都是同一句话:

"叩见太子殿下。"

原来

他是一棵树。

那时候他不懂，咫尺怎么又会变成天涯呢。

近在眼前的东西，抓得住，摸得着，跟天涯有什么关系呢？

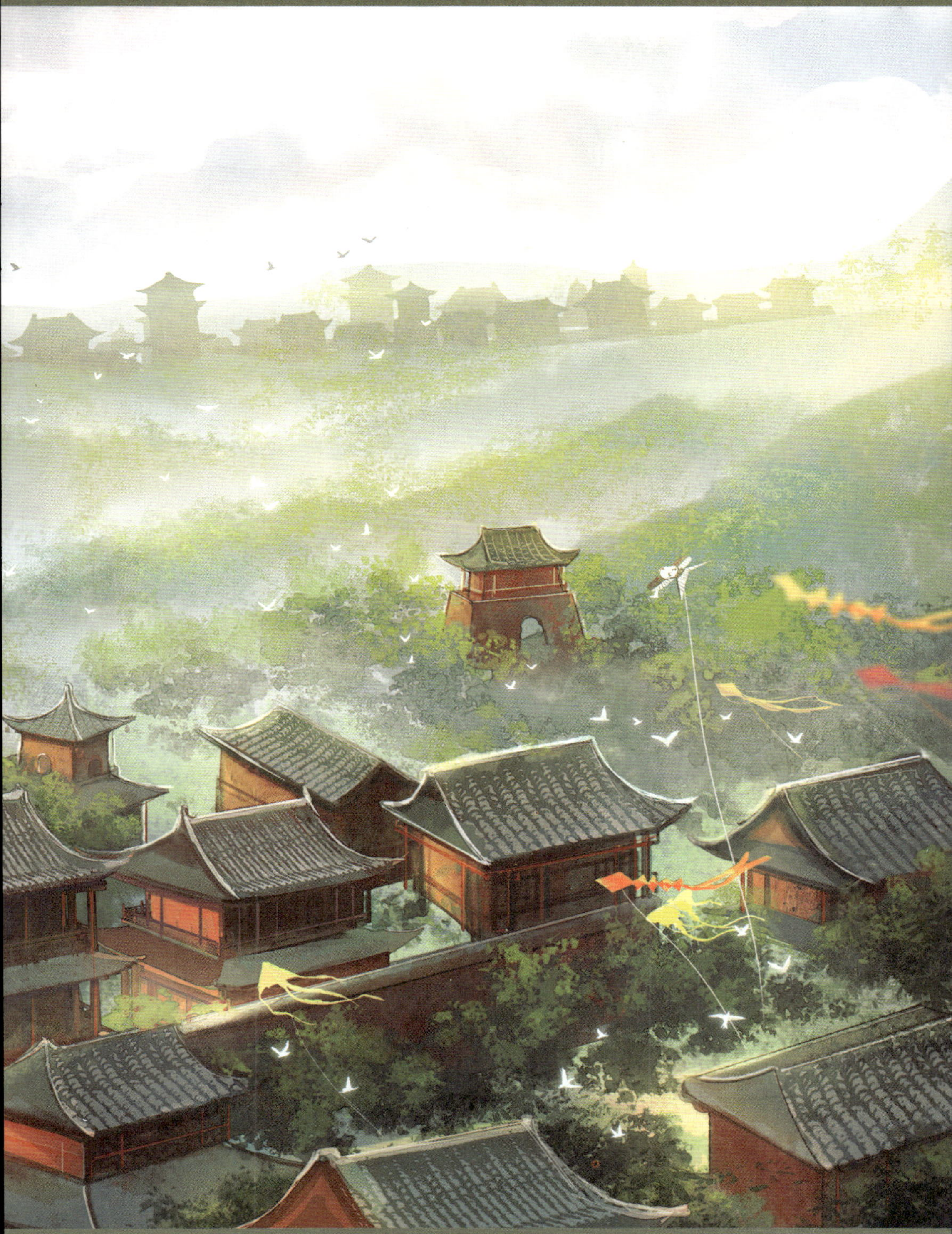

萧景衍 × 言君玉

第一章

伴读

暮春三月,京城春光正好。

大周朝以武立国,前朝末年,群雄逐鹿,周朝太祖原是起义的青城军中的一名年轻将领,因为战无不胜,被青城王看中,把自己的义女嫁给了他,后来又几经战事,最终得了天下。所以举国上下都对骑射热衷,京中的王侯子弟更不例外,常年在京城外的乐游原上打马射箭,闹个不停。

这季节正是看花的季节,京城地处北方,桃花开得原就晚些,这时候正是盛时,深粉淡白,云蒸霞蔚,把整个乐游原衬得如同人间仙境一般,京中的小姐们,也都在这时候出门赏花。深宅大院,就抬着软轿;寻常人家的女儿,也就只戴个纱帽。人比花娇,引得这京中的轻狂纨绔们如同狂蜂浪蝶一般。

却说有一家纨绔,叫作冯小衙内,祖父原是京中的一个小官,到他父亲这辈,在户部做了个五品官,反而发达了起来,连带着这个冯小衙内也嚣张起来了,身边聚集了一帮纨绔,专在桃林入口处拦人,看见长相娇美的姑娘,就调戏一番。

若是寻常也就算了,今天偏偏拦住了一个捕快家的小姐,那小姐也是个烈性的,当即破口大骂,骂得他们狗血淋头。他们几个被骂得挂不住脸,原本不过当众调戏,眼看着就要变成强抢民女。几个人一拥而上,想要把那小姐绑回去,可怜那小姐连个仆人也没有,只有个随身的丫鬟,小姐虽然有点功夫,倒还要顾着她的丫鬟,放不开手脚来打,被抓了个破绽,几个人一拥而上,将她制住了。

"青天白日!天子脚下,这些畜生当众行凶,没有一点王法吗?"那小姐见路人都纷纷躲避,几乎呕出血来,带着哭音道,"只求老天开眼,雷打了这些畜生……"

她话音未落,只见一道光闪过,却不是什么天雷,而是一颗圆圆的白石子,直接打在那为首的冯小衙内的一只眼睛上,当即见了血,那冯小衙内抱着头在地上打起滚来。

石子接二连三飞来，一发比一发精准，不多时，这几个纨绔倒了一地。只见一个穿着红袍的小少年，十四五岁，从桃花树后跳了出来。

"哈哈哈，真不经打。"他打了人，还要嘲笑他们，"我还以为你们多厉害呢，原来行侠仗义这么容易啊。"

他长得极漂亮，皮肤白净，尤其是一双眼睛，亮得如同星辰一般，笑起来却弯弯的，手上拿着个弹弓，笑嘻嘻的。也是胆大，还凑近去看他们瞎了没有。

"谁人这么大胆？有种就报上姓名来。"冯小衙内忍痛道。

"公子……"小姐刚要劝阻，就听见那红袍少年笑嘻嘻地道："那就告诉你们吧。小爷行不更名，坐不改姓，就是言侯府的小侯爷，言君玉。"

小姐心下稍安，只道是个王侯公子，就不怕冯小衙内报复了。

她却不知道，其实这京中的王侯也分很多种。有的是世袭罔替的，有的原是开国时立下功劳，但是子孙一代代传下来，就越传越小的，这种算是败落了的，也就比普通官员稍强些，除却一点田地收租，是毫无进益的。

这都是后话了，当下言小侯爷放出这等豪言后，只见一个仆役模样的人忽然匆匆跑了过来，一把拉住他道："我的小祖宗，你怎么跑到这儿来了？老夫人正满城找你呢，有急事，你快同我回去吧。"

却说这言小侯爷所在的言侯府，原本是京中众多侯府之一，言侯府的封号原是叫镇北侯，只是这京中本来"镇南""平远""定波"之类的王侯府的名号就多，普通人哪记得了这么多，传来传去，就传讹了，干脆以姓氏相称，只叫作言侯府。

镇北侯原是跟着太宗皇帝打天下的武将之一，封了侯，子孙袭了五代，偏偏大周朝以文治天下，以科举取士，这可要了镇北侯的老命。镇北侯一字不识，他的子孙也好不到哪儿去，先两代，还阔气些，请了名师在家教书，偏偏就是读不进去，一个进士也考不到，只能仍旧去边关守城。如今传到第五代，已经彻底败落了，人丁也凋零了，就剩祖孙二人，由言老夫人守着个小孙子，也就是言小侯爷，祖孙俩靠着几百亩田产过日子。

这言侯府虽然败落了，宅子却是大的，因为是在镇北侯手上建的，足足有二十多亩地，骑马都要跑几个来回，里面的花园无人打理，都荒了大半。言小侯爷自小在府里长大，带着几个小厮，整天四处闲逛，爬树捉鸟，骑马射箭，兴致来了，还把小厮分作两班，打起仗来，就这样无忧无虑地长到了十五岁。他父母早逝，无人教养，言老夫人又是个年迈祖母，一味溺爱他，倒把他惯得无法无天起来，一点规矩不懂。不然也不会在桃花林里闯下大祸。

这都是后话了，却说言小侯爷被仆人叫回家去，已经是正午时分了，他倒不怕，骑着马进了宅子，仍穿着那身红袍，风一样卷了过去。言老夫人正在和人说话，见了他，骂了两句："整天不着家，又去哪里野了？"

言君玉笑眯眯的，也不怕她，行了礼，只往言老夫人坐的榻上一倒，靠在她怀里，嚷道："饿死我了，外面有卖炊饼的，鸣鹿不肯买给我吃。"

"正是呢。"言老夫人正色道，"外面的东西脏，如何吃得？鸣鹿这孩子懂事，知道管着你。"

鸣鹿是跟着言小侯爷小厮的名字，言君玉的性子和他父祖辈是一样的，读书读不进去，十五岁了，还只念了小半本《诗经》，只会一句"呦呦鹿鸣，食野之苹"，给自己小厮起个名字叫鸣鹿。言老夫人也是个不懂文墨的，还以为他多有文采呢。

言老夫人对这孙子却是溺爱的，见他叫饿，连忙让人摆午饭，笑着对客人道："这小子一点规矩没有，叫嬷嬷见笑了。"

原来这客人是个宫里放出来的老嬷嬷，如今就在附近街巷里赁了处房子住着。她叫作李嬷嬷，常做些针线活卖，言小侯爷小时候也得她照顾过。

"哪里呢，小侯爷如今是越长越漂亮了，倒像他父亲当年的模样。"李嬷嬷笑道。

说话间，菜也摆了上来，不过是几碗鸡、鸭之类的罢了，言君玉饿极了，连忙吃起来，吃得额头上冒出汗来。这世上的老年人，是最喜欢看小孩子吃饭的，李嬷嬷见了，也是一片慈爱，上去替他擦了擦汗，道："老身多嘴一句，小侯爷年纪也不小了，也该谋个出路才是。先前我听我家那老不死的说，宫里如今正为皇子选伴读呢，选的都是官宦、王侯的子弟，怎么不见小侯爷的名字在名单上呢？"

这世上的人，多半是攀高踩低的，给皇子伴读是何等珍贵的机会，攀龙附凤，以后等皇子放出宫来建了王府，就是皇子最亲近的臣子。虽然按宫中旧例，只有王侯、官宦的子弟才有缘入选，但是这宫里的太监贪财，看有些王侯府已经败落了，子孙沦落，就偷偷画了他们名字，把名额空出来，卖给那些新上来的高官子弟。言侯府几代败落，在宫里早没了人脉，又只剩一老一小，所以早被太监换掉了名额。

言老夫人也是大家出身，怎么不懂这道理？她娘家人也是边关将领，她是将门虎女，性格最是刚直不阿，所以也只把些传奇故事讲给言小侯爷听，至于如何狗苟蝇营一概不教，听了李嬷嬷这话，骂道："宫里的人，都是贪财的，咱们家没有银子递上去，这好事哪轮得到我们呢？我也不跟那些脏东西打交道。"

李嬷嬷原是和个老太监结了对食的，那老太监也姓李，还有些门路，不然也打听不到这消息。她心下叹息，又见言小侯爷听了这话，半懂不懂地看着她们，嘴里还塞得鼓鼓的，看起来懵懂又可怜，不由得劝道："话虽如此，老身多嘴两句。老夫人不看小侯爷，也该为言侯府打算，统共剩这一条血脉，也没个兄弟，不趁早谋个出身，以后……"

她话说一半，言老夫人还没说话，言君玉先会过意来。他没有父母教导，只把他祖母教的那些"精忠说岳""杨家将故事"当作正理，当即认真道："我才不要进宫，等我练好功夫，我就去边疆投军，挣军功，给我祖母弄个诰命夫人来当！"

李嬷嬷笑起来。

"这可是孩子话了，军功岂是好挣的？那可是九死一生，多少王侯公子都殒在了战场上，远的不说，就是你父亲……"

她想到言老夫人还在，连忙住了口，好在言老夫人并未生气，声音仍是淡淡的，叫丫鬟："海棠，把那碗腊鱼挪到他面前。"

李嬷嬷只当言老夫人没听进去，她原是老于世故，不该再劝的，可还是忍不住道："老夫人，我再多嘴一句，宫里那些东西，好事轮不到咱们言侯府，万一要有什么坏事，要选王侯去戍边，他们可第一个想到咱们了。"

言老夫人神色微动，似乎被说中了软肋。

言小侯爷的父亲，当初就是这样被选中去戍边的，也立了不少军功，还得了个"小骠骑"的外号，谁知道后来竟战死在了狼居胥山下，连尸骨也没运回来。言夫人伤心欲绝，没两年也去了，只剩个言小侯爷，好不容易让言老夫人拉扯大了。

"你说，"言老夫人似乎有点迟疑，"要送多少，才能把名额补回来？"

李嬷嬷喜笑颜开。

"您老想通了就好，我这就叫我家那老不死的去打听，保管便宜，替您老省钱。"

转眼又过了四五天，言老夫人变卖了一处田产，又当了些首饰，总算凑够了八百两银子，又亏得李嬷嬷上下疏通。偏偏今年这伴读名额贵得很，一个竟然要上千两银子，有市无价。正在担忧之际，只听说宫里有位有权有势的公公，在递钱的名单里见到了言君玉的名字，只说是熟人，竟然破格把他选了上去，言侯府不由得喜出望外起来。

转眼到了三月初九，正是进宫的日子，这天，言君玉不到卯时就被叫了起来，穿了新衣服，去言老夫人那里磕了头，吃了早饭，宫里接人的马车就来了，言老夫人直把他送到门口，依依不舍。

"……在宫里可千万小心，别乱逛、乱吃东西，千万别和人打架，要是倒春寒，叫鸣鹿照看你穿衣服，遇到不晓事的人，躲开就是，别死犟着，宫里的人可不会心软……"言老夫人拄着拐杖，嘱咐个不停。

言君玉只觉得她这些话跟平素教的"行侠仗义"全然不同，但是见老祖母伤心，只能点头答应。

几个跟他的小厮里，他最喜欢的原是一个叫阿孺的，因为阿孺玩骑马打仗的游戏最厉害，但是进宫只能带一个小厮，言老夫人非让他带鸣鹿去，他也只能作罢。

眼看着时间都要过了，言老夫人还嘱咐个不停，宫里来的太监不耐烦了，催促了几句，把言小侯爷哄上了车。熹微晨光中，马车朝着皇宫飞驰而去。

言君玉本来是不觉得伤心的，但是趴在马车窗口，看着身后的侯府越变越小，还能隐约看见言老夫人和小厮们站在门口，不由得有点心酸。他性格向来洒脱、豁达，这还是第一次体会到离别的伤感。

马车在京城主道上飞驰着，很快绕到朱雀街上，只见整条道上灯火通明，一家家府邸门口都停着许多车马，衣着华贵的用仆们进进出出，把东西往车上搬。

"这是什么？"他不由得好奇地问道。

"小侯爷还不知道吧，"车里太监尖声道，"今天是伴读入宫的日子，这条街就是大名鼎鼎的朱雀街，街上都是高官贵胄，都是由自己家的车送进宫里的，也就小侯爷你家，还要宫里来接。偏偏又住得远……"

他这话说得尖刻。其实宫里来接才是规矩，但是这些高官子弟都是车马轻裘惯了，还嫌宫里的马车不够华丽方便，都是让自己家几辆车送进去的，所以久而久之，宫里的马车反而成了摆设。

他这话一说，鸣鹿连忙掏出一小锭银子，递给他道："劳烦公公了，一点辛苦费，公公留着喝茶吧。"

俗话说得好，太监见了银子，就如同蚊子见了血。顿时这太监脸上就露出笑容来，亲亲热热地道："小侯爷破费了，咱家也知道，小侯爷在宫里也是有后台的，不然二祖宗也不会特意把小侯爷的履历放在第一个了。"

这太监只管啰啰唆唆个不停，鸣鹿偷眼看了一眼自家主子，发现他脸上一副不耐烦的样子，连忙安抚地拍了拍他的手，道："爷，你看，这又是哪家养的好马……"

此刻马车正经过一家府邸，门楼异常阔大，明晃晃的灯笼把四周照得亮如白昼，门上匾额，金字辉煌，写着"雍府"两个大字，显然也是有公子入宫伴读的。光是箱笼就装了几车，最漂亮的是一匹枣红马，身长丈余，高大挺拔，浑身皮毛闪闪发亮，既强壮又潇洒。

言君玉探出头去看，忍不住叫了一声"好"。

这家的小主人却不如马漂亮，大概是被溺爱惯了，胖乎乎的，穿着绸缎衣，正在仆人帮助下往马背上爬，爬了两下没爬上去，正生气呢，只见一辆灰扑扑的马车过来，里面探出个少年的头来，叫了一声"好"，以为在嘲笑自己呢，气得大怒道："哪里来的浑蛋小子？"

雍府的马车把路都堵了，驾车的小太监是放慢速度经过的，所以言君玉就把他这句话听了个满。言君玉心地良善，脾气不坏，也不生气，笑道："我又没说你，我夸你的马呢！"

那小公子会过意来，闹了个大红脸，恼羞成怒道："那也不准夸，这是我的马，不准你叫好！"

言君玉碰了一鼻子灰，悻悻道："没意思，真小气。"竟然又缩回去了。

雍嘉年被他气得直跳脚，恨不能追上去打他一顿，还好仆人眼尖，劝道："这人应该也是进宫做伴读的，少爷进了宫再收拾他也不迟。"

雍嘉年原是当朝丞相雍瀚海的幼子，上面还有个哥哥，现做着皇子伴读，本来对入宫这事满腹牢骚，磨磨蹭蹭的，结果被言君玉这几句话一激，也不拖延了，一心要马上进宫去报仇，仆人见了，都在心里念佛。

却说这言君玉，惹了事自己还不知道，舒舒服服进了宫，大周朝的惯例，未成年皇子都是放在生母膝下教养，免得像前朝一样母子分离，所以难免骄纵些。都辰时了，皇子们还没起床，他们这些待选的伴读就都在皇子们平时看书的慎思殿里，等着皇子们过来。

言君玉算是来得早的，殿里只有两个少年，和他年纪相仿，看起来家境也都不甚富贵，但又有不同，如那太监所言，言君玉原是被人"提携"的，破格选了上去。这两个少年，却是实打实的读书读得好，好到一定程度，京城里无人不知无人不晓。太监们实在瞒不住了，只能把他们的名字留着，所以才被选上来的。

又是败落的王侯子弟，又是天资聪颖，可想而知，家里是寄托了多大的期望，所以这两个少年都老实得跟木头人似的，十分拘谨，一句话不肯多说。言君玉这样热情的性格，也只问出他们俩的名字，一个叫作谭思远，另一个叫作谌文，就再也问不出什么了。

言君玉原是个坐不住的性子，对着两个木头般的同龄人，只觉得无趣。看这慎思殿虽然金碧辉煌，繁华无比，也没什么好玩的，等得无聊，在殿里转了两圈，又记着祖母的话，不敢出去逛，只能从怀里掏出一个小木头人来，拿刀削着玩。

他爱听传奇故事，最喜欢隋唐的，可惜零花钱少，所以迟迟买不起心意阁那一套隋唐十八将的泥人，干脆自己雕，如今正雕秦琼，已经雕出个模子来了。

他埋头雕木头人，聚精会神，无暇顾及周围，连殿里人越来越多也没发现，伴读们都陆陆续续到了，那雍嘉年正满殿找他呢，哪能想到他正在角落里雕木头人。周围的人虽看见他，也只觉得他一身红袍太乡气，偷偷笑他，谁管他。

雕了一会儿，又进来个白胡子老头，点了名字，把每个人该跟哪个皇子都分配好了，言君玉听见自己跟的好像是七皇子，后面讲的那些道理，什么"子曰可与共学，未可与适道"，他根本听不懂，干脆埋头雕木头。

正雕到秦琼的双锏时，只听到旁边有人冷冷道："你在干什么！"

他吓了一跳，险些割到手，抬头一看，只见一个和自己年纪相仿的少年，穿着一身漂亮的紫色锦袍，长得很俊美，神色阴鸷地看着自己。他后面还跟着几个随从，旁边胖乎乎的那个，不是雍府前那个爬不上马的小胖子又是谁。

"我、我在雕秦琼。"他还没回过神来，懵懂地想把木头人递给这少年，"你要看吗？"

那少年眉头一皱，可早有身后随从直接伸手打落他的木头人："大胆！手持利器面对七皇子，还不跪下。"

"七皇子？"言君玉反应过来，"你是七皇子，那我就是你的伴读了。"

那个是七皇子的紫袍少年仍然是一副阴鸷的表情。

"段长福疯了，给我找来这么蠢的伴读。"他一副嫌弃的样子，把言君玉打量了一番，转身就走了。言君玉见其他人都跟上了，也默默地把木头人收起来，跟了上去。

雍嘉年见他被骂，高兴得很，朝他做了个鬼脸。

言君玉非但不蠢，其实还挺机灵的，长得也好看。他像他母亲，皮肤白净，就算天天到处跑也晒不黑，五官也漂亮，笑起来眼弯弯的，脾气也好，天真正直，很少有人会真心讨厌他。言老夫人怕他受欺负，特意给他做了身新袍子，大红色的圆领袍，虽然俗了点，但看起来是很乖的。

但他倒霉就倒霉在偏偏被分到了七皇子的宫里。大周皇姓是姓萧，七皇子名叫萧栩，生母早逝，自幼放在皇后宫里教养。皇帝宠爱，皇后也是一味疼爱，反而把他惯得性格十分乖戾，毫无同理心，眼里除了自己亲近的人，别人一概不当人看。连一些不受宠的皇子他也看不惯，动辄叫人滚开。

其实按言君玉的功课，是万万选不上当皇子伴读的——看正经选上的那几个就知道，都是天资、勤奋缺一不可的，言老夫人的八百两银子也不过杯水车薪，真正导致他被选上的，是一个人。

这就要从言君玉那天在桃花林打的纨绔子弟说起了，他打的那个冯小衙内的父亲，就是户部侍郎冯佑，背后的靠山是宫里的一位公公——就是小太监说的"二祖宗"，七皇子骂的"段长福"。冯佑认了段公公做干爹，冯小衙内被他打了后，回家哭哭啼啼把事情说了，冯佑连忙进宫告诉干爹，又送了几千两银子。段长福原本就是个贪财的，又睚眦必报，顿时把言君玉这名字记住了，正好选伴读，看见了这名字，就把他分到了七皇子名下。

七皇子脾气古怪，又刻薄寡恩，去年就有个小伴读因为不听话，被七皇子一脚踹断了肋骨，皇帝宠爱他，也不过罚他闭门思过三天罢了。空出这个名额，就被言君玉补上了。

段长福是想借七皇子的手，让言君玉吃点苦头，再找个机会好好算计他，把这不知道天高地厚的言小侯爷教训一顿。

果然，言君玉一见七皇子，就被骂了一顿，又有雍嘉年在旁边煽风点火——雍嘉年是常进宫玩耍的，又有个姑姑在宫里当着贵妃，和七皇子有交情在，两相夹击下，七皇子对这愣头愣脑的小伴读第一印象就差得不行。

言君玉却不知道其中利害，他对于伴读的想法，大概还停留在《三国演义》里主公和武将的关系，一心要让七皇子知道他多会玩打仗游戏，以后把他派到边疆去，建功立业。

他并不知道，宫中如今已有太子，其余皇子，不过是当作富贵闲人培养罢了。伴读与其说是家臣，不如说是玩伴，最要紧是听话、乖巧、知情识趣，他却对这些一概不懂。

七皇子住在皇后的长春宫中，自有一个小院子，言君玉也分到一个小间。这宫里精致是精致，地方却小了点。院子里的海棠已经开残了，这天他起了个大早，吃完饭，好奇地站在树下打量海棠花。

"你在看什么？"冷冷的声音在背后响起来。

"我看海棠结果子没有。"他十分老实地回答道，回过头来，看见七皇子正带着四五个随从，瞪着他。

"海棠结果子关你什么事。"七皇子又骂他，"蠢东西，还不跟上。"

七皇子萧栩，很讨厌自己的新伴读。

他从小被人捧着，整个皇宫，他看得上眼的人一只手就数得过来，其余的人，在他面前都跟奴才差不多，就算是雍嘉年这种在自己家里是宝贝少爷的家伙，到了他面前，也得赔着小心，他最习惯的事，就是带着一堆人，在宫里招摇过市。

偏偏来了个叫言君玉的家伙，呆头呆脑，一脸蠢相，这还罢了，萧栩最讨厌的是他身上那种态度。说不清道不明，偏偏跟别人都不同的态度。

比如挨骂这件事，寻常人被骂多了就怕了，就战战兢兢的。言君玉被骂了几次后,却不是怕,他只是从此就不太说话了,闷闷的,萧栩偶然扫到一眼,发现他又盯着海棠果子看,再问他,他就说"没什么"了,让萧栩想骂都不知道如何开口。

再比如受罚这件事,萧栩看他不顺眼,就罚他不准吃饭,他真就不吃,也不求饶,默默地过了饭点,自己不知道从哪儿弄了个干巴巴的馒头,吃完了,显然是没吃饱的。但是萧栩下次罚他不准吃饭,他还是那样子,不知道怕,也不求饶。

罚他面壁,罚他抄书,让他一个人站在墙角,他站完了,仍然做他的事,该找东西吃就找东西吃。雍嘉年带着人孤立他,不和他玩,他就自己在院子的角落里掏蟋蟀玩,翻开石板,找那些避光的小虫子。他还有一个小弹弓,就站在墙边打靶子,一个人玩得自得其乐。

萧栩看得心头火起,抓过他的弹弓,踩得稀烂。

言君玉第一次露出生气的表情,就是这次了。他那张蠢得要死的脸登时涨得通红,阳光一照,脸上的绒毛都清晰可见,从白净的皮肤下透出血色来,萧栩几乎可以看清他额头的血管。他瞪着萧栩,眼睛滚圆,跟笑起来眼弯弯的样子一点也不一样了。

"干什么!"雍嘉年狐假虎威,"你还想打皇子不成!我告诉你,你敢对皇子无礼,是要抄家的!"

言君玉咬着牙,把牙关咬得紧紧的,有一瞬间,萧栩几乎以为他要哭了,但是他没有,他只是忽然狠狠地掉过头去,不理他们了。

萧栩本能地觉得有点不舒服,但他过去的十五年过得太舒服了,无法分辨自己是为什么不舒服,所以本能地怪在了言君玉身上。

"站住!"萧栩叫他名字,"不准走,你是我的伴读,去给我把弓箭拿来!"

他是想让言君玉嫉妒的——他有很多把好的弓箭,都是皇帝赏赐的,又漂亮又好用,雍嘉年说过,这样的弓箭在宫外面都是有市无价的,哪一把都比言君玉那把破弹弓要好。

有一瞬间,他脑中甚至闪过一个想法,如果言君玉求他的话,他可以把其中一把弓箭赏给言君玉。言君玉只要承认,自己的东西比他的破弹弓好多了。

但是言君玉没有求他,只是默默地把弓箭拿给了他,就走开了。

接下来的几天里,萧栩发现言君玉在收集树权。宫里的树是不能动的,言君玉只能趁修剪的时候在剪下来的树枝里找，很多次萧栩看见他很开心地捡起一根树杈，仔细看看，又失望地放下来。

如果让雍嘉年知道的话，一定会笑他，给他起个新的外号——他们现在已经给言君玉起了很多外号了，包括"破落户""榆木脑袋"，要是他们知道他在捡树杈，一定会叫他"小乞丐"。

不知道出于什么心理，萧栩竟然没有拿这件事来嘲笑他。

言君玉的弹弓在五天后才做成，皇后宫里的小叶紫檀盆景忽然枯死了，太监抬出去扔的时候，被他发现了，他喜出望外地弄到了一根小树杈，做了个歪歪扭扭的弹弓，常常别在腰带里面。

真是蠢相。

萧栩嫌弃地想。

萧栩仍然很讨厌言君玉，因为萧栩发现言君玉这个人的讨厌之处就在于，他压根儿没有把自己放在眼里。他大概把伴读当成了一件差事来做，萧栩吩咐他做什么，他就做，做完了，就自顾自过他自己的日子了。他似乎天生有这种天赋，不管别人怎么孤立他、打压他，他都能找到自己的事做。

他连掏墙缝都能掏得怡然自得。有次萧栩发现他在罚站的时候耐心地数墙上的蚂蚁，他不知道从哪儿弄来一些馒头屑，摆成一排，看着蚂蚁们把它们搬回窝去。

他清楚地知道院子里哪个地方有蚂蚁窝，哪里有燕子窝，哪棵树的海棠果结得多，就算全世界的人都不跟他玩，他仍然过得很开心。

萧栩就讨厌他这份开心。

萧栩越来越讨厌言君玉和自己说话时脸上的神情，那是一副全然应付的神情，不管自己说什么，他就只准备做完了去玩他自己的，萧栩压根儿不记得他笑起来是什么样子的了。不管萧栩怎么罚他、骂他，甚至推他，他都不会像第一次见面那样，一脸茫然地专心看着自己了。

那时候的言君玉，虽然蠢相，但是眼睛是看着自己的，他是能跟着自己的表情做出反应的，他甚至还问自己要不要玩他的木头人。

现在他总是一派冷漠。

萧栩心里的不满积压得越来越多，导致对言君玉的态度越来越不耐烦，现在雍嘉年他们早就不讨厌言君玉了，他们只是不和他玩而已。反而是萧栩，对言君玉越来越粗暴，以至于雍嘉年有时候都要劝一下萧栩了。

这天早起，要去上学，萧栩去给皇后请安。五月到了，皇后宫里已经摆了冰鉴，宫女从里面端出梅子汤来给他喝，里面不过是一堆碎冰块罢了。言君玉这傻子，又一副没见过世面的样子，好奇地看着冰鉴。他的眼睛一认真起来，就是乌溜溜的，亮得像星星。

偏偏每次看着自己的时候，就像两颗死珠子。

萧栩心头火起，拿起勺子就朝他砸了过去。

别说他，皇后也吓了一跳，那勺子在言君玉额头上弹了一下，他捂住额头，不满地看着自己。

"怎么发这么大脾气？"皇后正色道，"有什么话不能好好说，就算要打人，让下人动手就行了。"

"我看见这蠢东西就烦！"萧栩冷冷道。

"那就换个伴读嘛，也不至于生这么大气。我看你舅舅家的小儿子就很好……"

萧栩的脸色沉下来。

"我不换。"

皇后知道他脾气古怪，也不再劝，又让宫女拿了个勺子来，看着他喝完了汤，嘱咐他上学要听先生的话。

萧栩带着一帮人往御书房走，他一大早就发脾气，所有人都有点战战兢兢的，就只剩君玉那傻子，还一副心不在焉的样子，盯着路上的树看，不知道又在看些什么。萧栩越看越气，等到了御书房，已经是怒气填胸了。

偏偏这次来的夫子也啰嗦。如今几个成年皇子都出宫立府，宫中只剩个太子，太子自有一堆人教，所以教他们这些皇子的，都是些腐儒，老掉牙了，颤颤巍巍的，在上面讲什么《郑伯克段于鄢》，萧栩听得不耐烦，一偏头，看见言君玉竟然在认真听。

他的故事，萧栩早知道了，说是他祖母花了八百两银子送进来的，所以要在宫里好好学点本事，偏偏他底子差得很，写的字跟狗爬似的，上课也是半懂不懂的。

这先生根本不会教，啰里啰唆，陈词滥调，偏偏他还听得认真，要是平时听自己说话有这一半认真，自己也不会生他的气了。

萧栩正想着，那先生却要点名："七皇子，请你就老臣这个题目，做一番议论。"

萧栩懒洋洋地站起来："什么题目？"

夫子没想到他连开小差都懒得遮掩，只得重复一遍，道："今天的题目是'不言出奔，难之也'，请七皇子为皇子们做个表率。"

《郑伯克段于鄢》，皇室子孙读都读烂了，不过是兄弟为了权力相残的故事，年年讲，代代讲，就是为了告诫皇子们不要争斗。大周朝以科举取士，每年的题目都是从四书五经和常见的经史子集中选一句出来，难的是如何破题，夫子叫他起来，就是知道这个七皇子天资最高，让他示范一下。

偏偏萧栩这个人，是最不服管束的，又有心在言君玉面前逞能，让他看看这夫子不过是个腐儒，所以懒洋洋道："书曰：'郑伯克段于鄢。'段不弟，故不言弟；如二君，故曰克；称郑伯，讥失教也；谓之郑志。不言出奔，难之也。"

"是了。"夫子知道这七皇子虽然性格傲慢，但是功底扎实，是最过目不忘的，点头赞许道，"郑伯没有尽到兄长的职责，管教不当，以至于共叔段野心膨胀；共叔段也没有尽到做弟弟的本分，试图弑兄夺位。最后两人双双沦为史书讥讽的对象。皇子们可要引以为鉴，兄友弟恭，方是正理。"

皇子们都点头称是，却听见萧栩淡淡道："夫子，我还没说完呢。"

夫子讶异："七皇子还有什么话？"

"我觉得，郑伯根本不是失教，他从一开始，就没想过要教养共叔段。纵容他，就是为了有理由杀他，最后的结局恰恰是郑伯想要的，这是操纵人心的帝王术，不过是后世书生迂腐，用平常心猜度郑伯罢了。"

夫子怔住了，惊讶道："这话是谁教给七皇子的？"

"不用谁教，书上就有。"萧栩一脸淡定，"《左传》上，郑伯纵容共叔段时，大夫祭仲劝他，郑伯说的是'多行不义，必自毙，子姑待之'。等到共叔段终于起兵造反，郑伯又迫不及待地说'可矣'。等到杀了共叔段，与姜氏地下相见，郑伯还作起诗来。一个杀弟，另一个丧子，何乐之有？姜氏不过是畏惧，郑伯才是心满意足……"

"一派胡言！"夫子气得胡子发抖，见萧栩还一脸淡定，气得嚷道，"是谁跟着七皇子读书！"

言君玉十分熟练地站了出来。

皇子身份尊贵，不能受罚，所以一旦犯了错，都是他们这些伴读来受罚。本来萧栩是诸皇子中最聪明的一个，从来很少受罚，但他以前也有为了让言君玉挨打，故意激怒先生的时候。言君玉已经习惯了，反正他跟着萧栩，已经被打过五次手板了，再多一次也没什么。

但夫子这次实在气得狠了。

"出去！去院子里跪着，不到下课不准起来。"

满书房的人都吓了一跳，这夫子原是翰林院的老先生，已经教了两年，还是第一次发这么大脾气。皇子身份尊贵，以前最多让伴读挨下打，罚跪还是第一次。

萧栩不开心了，皱起眉头，刚要发难，言君玉已经乖乖走了出去，看他样子，压根儿没听懂萧栩为什么和夫子争吵，至于夫子为什么发这么大脾气，更是不懂了。

萧栩神色冷了下来。

"夫子，不过一段议论而已……"

"这世上有的是因言获罪的，七皇子身份尊贵，更应谨言慎行。不可作此诡谲、叛逆之语，望七皇子今后慎言。"夫子的白胡子颤巍巍的，痛心疾首，盯着萧栩眼睛正色道，"今日之事，老朽会禀明圣上，免得有心人误传了。若七皇子还要争论，老朽的一片苦心就白费了。"

这夫子虽然迂腐，但确实是很欣赏萧栩的，一直对他多加赞赏，不然也不会让萧栩越来越嚣张，以至于酿成今日的争论。

夫子把皇帝抬出来，萧栩便知道再争无益，只能暂且低头。其实他心里仍然觉得夫子迂腐。当今圣上的年号为庆德，年事已高，性格最是温和、慈爱的，尤其对萧栩很纵容。萧栩今天的脾气，倒有一半是他的功劳。

萧栩不甘地坐了下来，看了看门口，言君玉早走得没影了。雍嘉年还以为他是故意的，趁夫子低头朝他笑起来，被萧栩狠狠瞪了一眼，连忙不说话了。

言君玉这边却远不如萧栩心情沉重，压根儿没听懂萧栩和夫子的争论，他是被言老夫人养大的，虽然学了一副侠义心肠，但是老人家毕竟见识有限，所以他对于政治一窍不通，连夫子为什么被气得发抖都没想明白。不过他这人性情向来豁达，夫子叫他出去，倒比打手板还好些。

这还是他第一次罚跪，御书房的院子大得很，为了让皇子们读书累了可以散散心，花木也多，两边都是抄手游廊。盛夏的石榴花开得正好，上午的阳光热烈、温暖，墨绿叶子上光彩流转，两边游廊上摆的都是一盆盆兰花，半人高的大瓦缸里养着荷花，还有锦鲤游来游去，他一直跟着萧栩匆匆来去，还是第一次可以在这院子里逛。

先生只让他跪在外面，没说让跪在哪儿，这可太好了。他在院子里转了一圈，选了个最好的地方，就在那棵石榴树的树荫下，选了个软和的草地正跪，在荷花缸边，一探头就可以看见锦鲤，简直是个风水宝地。

这地方就在他们的小书房对面，背后是雕花槅窗，左边石榴，右边荷花，正对着小书房，先生要是检查，一出门就能看见他，别提多好了。

他正得意呢，只见有个人从旁边书房出来了，定睛一看，不是谌文又是谁。

说到谌文，就不得不说谭思远。这两个人都是没落的王侯子弟，一个是什么文德侯，另一个言君玉不记得了。两个人简直跟双胞胎一样，都是过目不忘的天才，天资高到吓人，家族复兴的重担压在肩上，硬生生把两个人都压成了木头，十四五岁的年纪，行事跟老头子一样。

谭思远的运气好点，被分给了十皇子。十皇子才八九岁，又是个不得宠的贵人生的，所以性格温和、懦弱，不怎么欺负人，谭思远只跟在家一样，日夜苦读备考就行了。

谌文运气却不太好，被分给了三皇子。三皇子是贵妃所生，性格骄纵，还看不起读书人，常年说"百无一用是书生"，其实是因为他自己功课烂，快二十岁的人了，连个四书都没背全。成年的皇子书房就在萧栩他们隔壁，教书的据说是个很厉害的先生，姓梅，以前是当今皇上的伴读，脾气也大，出的题也难，连皇子也敢训斥。

那梅先生见了谌文，却很喜欢。谌文上次做了篇文章，他大加赞赏，亲自在下面批了句"真锦绣文章也"，还让皇子们都传看。言君玉也在萧栩那儿扫到一眼，很替谌文高兴。

但是谌文这份才学，替他招来了灾祸。三皇子常年被先生批评，他的伴读却被先生捧上了天，是人都要嫉妒的。偏偏三皇子气量小，为人刻薄，所以经常欺负谌文。今天梅先生不在，讲课的是个经学老先生，他干脆找个借口，打了谌文一巴掌，赶了出来，让他跪在太阳下。

言君玉一看谌文脸上的巴掌印就明白了。谌文呆得很，低着头走到院子里，才看见言君玉，顿时红了脸。

言君玉倒是一点不害臊，还兴高采烈起来。

"你罚站还是罚跪？"他像是一点也不觉得这是多尴尬的事，笑眯眯地问谌文。

"罚跪。"谌文低着头道。

"来，跪在这儿。"言君玉热情招呼他，"这地方软和，我们还能聊天，太好了。"

他这话虽然荒唐、好笑，但是被他一闹，谌文心里那些有如石块般堵着胸口的屈辱，倒好像松动了些。谌文低头走到言君玉身边，跟他并排跪了下来。

言君玉其实不是真的天真到这地步，只是知道谌文受了辱，怕他难受，所以故意找些话说罢了。

"你看这石榴花多好，这儿还有鱼呢。"他十分积极地给谌文介绍他找到的地方，"你看这鱼多聪明，还知道躲在荷叶底下。"

谌文毕竟是个十四五岁的少年，被他闹了一番，也勾起了兴趣，抬起眼睛朝缸边看去："哪儿有鱼？"

"躲起来了。你别急，看我撒点馒头屑下去，它就出来了。"

言君玉说到自己擅长的领域，简直头头是道，真就从怀里掏出个干馒头来，捻了点碎屑，扔在水里，朝谌文"嘘"了一声，示意他屏息静气。果然，只见一条通体鲜红的锦鲤从荷叶下慢腾腾地游了出来。

"看，我没说错吧。"他凑到谌文耳边，轻声告诉他。

谌文点点头，眼睛只管盯着那锦鲤。他趴在瓦缸边上，整个人都跪在阳光里。他这个人的肤色本来就白，被阳光一照，更显得颜色浅起来，尤其是睫毛，本来灰扑扑的，在阳光下简直被染成了浅金色，他长得非常好看，只是平常行事像个老头似的，被掩盖了。

那鱼却不知道有人盯着自己，十分灵活地吞吃着馒头屑，一口又一口，很是美味的样子。

谌文看着，不由得吞了吞口水。

就在这时候，他肚子"咕咕"叫了两声，顿时红了脸，言君玉也被逗笑了。

"你没吃早饭吗？"

"三皇子……"谌文终究是顾忌到宫中规矩，没有细说，"我早上犯了错，被罚了早饭。"

"你这么好的伴读，还不准吃早饭啊。"言君玉大为抱不平，"不过他们这些皇子都这样，没事也要找事，你别听他们的，自己知道自己没错就行了。"

其实言君玉真没认错，他确实是在萧栩面前应付，心里压根儿没把萧栩放在眼里。

说着，他把那个喂鱼的干馒头递给了谌文："这是我藏着的干粮，给你吃。七皇子也经常找我麻烦，不让我吃饭，还好我藏了馒头。"

谌文的脸红了。

"我吃了，你怎么办？"

"不妨事，还有呢。"他又从怀里掏出一个来，"这个也给你吃，这个里头有黑糖馅，一个能顶一顿呢。"

他其实很想把他如何"飞檐走壁"从厨房偷馒头，又如何绕过守卫的故事讲给谌文听，不过他前些天刚学了什么"非礼勿视，非礼勿听"，说不定谌文听了，觉得"非礼勿吃"，不肯吃他偷来的馒头，那就弄巧成拙了。

他把馒头塞给谌文，谌文只能接了，还有点犹豫。言君玉急了，劝道："你快吃啊，我奶奶说了，十八岁前要吃饱，才能长高，你现在饿了，以后补不回来的。你们读书不是要考科举吗？听说要漂亮的人才能当探花郎，你要是矮了，以后当不了探花郎了。"

谌文其实很想告诉他，自己的目标是状元郎，不过那样就太狂妄了，只能默默低了头，开始吃起馒头来。

言君玉看他开始吃了，顿时开心了。谌文吃得慢，言君玉就靠在缸沿上，逗一会儿鱼，又看他。

谌文穿着素色袍子，皮肤被阳光一照，如同玉一般，五官是清俊的，低着头，后颈也干干净净，几乎和袍领融为一体。

言君玉不由得感慨起来。

"欸，你可真干净。"他笑眯眯地夸谌文，"要是你是我，我奶奶可高兴死了，她经常嫌我到处跑，把身上弄得脏兮兮的。"

谌文行事是极文雅、好洁的，连跪在草地上都要拿块巾帕垫着。

　　"我父亲也爱干净。他常说，'洁身守道，不与世陷乎邪'。"

　　言君玉听了个半懂不懂，只见谌文说完这话，神色黯淡了一下，知道他是想起他的处境了。三皇子这么刻薄，又针对他，恐怕以后还会一直找他麻烦。伴读一当就是三四年，还不知道什么时候才熬出头。想要洁身自好，又谈何容易呢。

　　谌文性格内敛，即使内心忧愁，也没有表现出来，倒是言君玉，想到这个，不由得重重地叹了口气。

　　谌文反而被他逗笑了。

　　"怎么叹这么重的气，又不是什么大不了的事。"他虽年纪小，骨子里已经有了文人气节，"天将降大任于是人也，必先苦其心志，劳其筋骨，饿其体肤。年少吃苦，其实是好事。"

　　言君玉露出羡慕的神色来。

　　"你脑子怎么长的，能记这么多东西。"他不知道想到什么，眼睛亮了起来，"对了，我也想到一句话了，正适合你。"

　　"什么话？"

　　"出淤泥而不染，濯清涟而不妖。你看，我刚背的《爱莲说》，是不是很适合你？"

　　他眼睛亮亮地看着谌文，一副求表扬的样子，露出笑容来。阳光从石榴树枝叶间洒下来，落在他脸上，如同被剪碎的金子一般耀眼，他一双眼睛弯得像月牙。谌文一时间竟然被他看得愣住了，不由得怔了怔，刚想说话，只觉得喉头一紧。

　　他被馒头噎住了。

　　言君玉大笑起来。

　　"我忘了说，这个干馒头很噎人的，我上次吃了两个，打了一夜的嗝，你等等，我去给你找点水喝。"

　　谌文拉住了他。

　　"算了，小心等……等会儿先生出来找你，我等会儿就……就好了。"

　　其实谌文生平少有这样狼狈的时候，他是自小被当作"君子"来教育的。

四书里早写好了行为规范，哪怕他遇到"小人"，顶多穷途末路，仍然是坦荡荡的。但是碰上言君玉，这些年知行合一的道理全部作了废，莫名其妙就落到这尴尬境地来。

言君玉这人却很负责。

"没事，你等着吧。"他刚要站起来去找水，忽然警觉地回了头，谌文不解地回头看，只见两人身后不远处，开了一扇门。

他这才后知后觉地发现，言君玉拉着自己跪的地方，好像就是御书院正房的窗户下面。

一个穿着锦衣的青年从正房的门里走了出来，面容十分俊美，腰上系着玉佩，戴着冠，像是在忍笑，手上用托盘端着一杯茶，然而步伐是非常潇洒的，大步朝他们走了过来。

"喝吧。"他把托盘递到谌文面前，"赏你的。"

谌文隐约猜到了，噎也不敢打了，言君玉却警觉地瞪着那青年，他身上天生有种生气，像林中的小野兽，生机无限，却很警惕，随时准备逃走。

"别喝。"他挡住谌文，瞪着那人："你是谁？"

其实光看锦衣上绣的麒麟，就知道这人绝不好惹，言君玉的严阵以待，多少有点色厉内荏。

谌文其实知道这人危险，因为他身上那种神态，和七皇子被宠坏了的戾气，或者三皇子那种愚蠢的卑劣全部不同，那是十分从容的，属于上位者的傲慢。

因为过于傲慢，所以反而宽容起来，言君玉的冒犯在他看来大概都显得好笑，所以他才会笑着道："是里面那位，听到你们说话，叫我送杯茶过来。"

"里面哪位？"言君玉偏要寻根问底，看见青年含笑不语的样子，干脆朝着紧闭的窗格道："偷听人讲话，不是君子！非礼勿视，非礼勿听。"

谌文敏锐地看到青年皱了皱眉头，显然言君玉的话已经超过了有趣的范围，有点冒犯了。他连忙拉了拉言君玉的衣服下摆。好在青年并没有动怒，似乎也只是奉命而已。

夏日的上午，一片寂静，御书房有专人粘蝉、粘雀，所以一声鸣叫也不闻。谌文盯着窗户上雕着的龙，手心里冒出汗来。

里面响起了一声轻笑声，非常轻，但是很好听，显然里面的人也是个青年。

"敖霁。"

他叫的似乎是这青年的名字，因为这青年应了一声"来了"，就看了他们俩一眼，放下茶盘进去了。

　　谌文看了一眼言君玉，后者显然也意识到了问题的严重性——这个贵气的青年，似乎也不过是个随从而已，那里面的那位，身份已经昭然若揭。

　　这个年纪，这个身份，又在这里……

　　谌文低下头，抿了抿唇，端起了茶杯。

　　杯子是钧窑，天青釉，金口，杯里是上好的明前龙井，根根分明地竖在水中，如同云雾缭绕的森林，但谌文看的不是这个。

　　茶盏之下，黑色托盘上，团着一条金漆的五爪金龙。

　　但凡王侯子弟，就算败落了，有些东西是不会丢的，比如深入骨髓的礼仪，再比如，对纹饰、形制背后代表地位的敏感。

　　谌家虽然败落，但家里的老物件是在的。他小时候在母亲房里读书，最熟悉的是一道十六开的屏风，上面绣的是开朝时的英雄人物，金紫璀璨，虽然有了年岁，却比新屏风都好看。他读书读累了，也曾看过那屏风上的故事。这屏风讲的是大周太宗皇帝在凌烟阁分封十八位功臣的事，隐去了两位，一位是谌家的先祖，另一位就是母亲的先祖。这屏风是母亲出嫁时带来的，一道屏风中，就隐藏着两个渊源久远的功臣家族联姻的故事。据说是母亲亲手所绣，订婚三年，闺阁小姐的心意，都隐晦地藏在这一针一线里。

　　他小时候不懂，为什么上面的人物都面目模糊，看起来都差不多，衣服却非常清晰。连衣服上绣的是什么飞禽走兽都清清楚楚，后来渐渐懂了。

　　凌烟阁上的十八位功臣，他们长得如何并不重要，他们的衣服就足够说明身份。文官绣的是禽，武官绣的是兽，仙鹤是太宗的军师——后来入阁拜相的叶慎，云中雁是后来隐入深山的谋士罗良思，麒麟是后来镇守边疆的宁西王容凌，斗牛是如今被写成演义故事的陈三武……

　　权力场中，人人都是面目模糊，真正象征身份的，恰恰是衣服的形制和纹饰上的飞禽走兽。市井中人都说"先敬罗衣后敬人"，不是没有道理。

　　就如同这一刻，他们俩看着托盘上团着的五爪金龙，里面那人的身份已经呼之欲出。

　　大周宫廷的形制，除去分封在棘手之地的几个亲王，整个宫中，能用五爪金龙的，还有两人。一位，是正卧病在床的皇帝，还有一位，是未来这天下的主人，一国储君。

太子景衍。

两人都从对方眼中看到了惧意。

言君玉真是胆大，到了这时候，还敢朝他做了个"嘘"的手势。他自己则是压低了声音，嘱咐谌文。

"别怕，我们没说什么坏话。"他有模有样地安慰谌文，"太子不会把我们怎么样的。"

太子确实没对他们怎么样——事实上，太子压根儿没再理过他们，大概把这事当成了一件无关紧要的小事，过了就忘了。

但他们还是一样的惨。

中午一放学，年幼皇子那边先出来了，七皇子萧栩是走在最前边的，急匆匆出来，看见言君玉跪在那里，又慢了下来，神色阴鸷，慢慢走了过来。

"得，他又要找我麻烦了。"言君玉压低声音，"谌文，我走啦，你自己小心。"

"你也小心。"

萧栩慢腾腾走过来，极轻蔑地瞥了言君玉一眼。

"还跪着干什么，走了！"

不知道是不是觉得夫子罚得太重了，这次回去后，萧栩都没怎么折腾他。言君玉倒是开心，过了几天安生日子，又从厨房偷了几个点心，不由得想起谌文来。

谌文那边日子却不太好过，梅先生回来，检查了他的功课，发现进展不大，难得生气，训斥了他一顿。他性子外看温文尔雅，骨子里却是极好强的，宁肯挨训斥，也不好意思说是因为三皇子这些天故意欺负他，还烧了他的书，所以他才落下功课的。

倒是三皇子，渐渐找到了对付他的方法，现在也不短他的吃穿，只在读书这件事上捣乱，扰得他没有办法，只能一气把带来的书全背了，记在脑子里，日后再慢慢推敲。他的书原是他父亲选好的，一共三箱，一年读一箱，由浅至深，是要循序渐进的，不能急于一时。前面两箱还好，后面一箱是当世大儒的著作，艰深晦涩，他是全靠记忆背下来的，一点也不懂，又不敢细想，怕有了误解，以后该学的时候学不进去了，只能让它们梗在那里，如同在脑子里堆了一堆搬不动的石块。饶是他向来记忆力超过常人,也不由得有点吃力起来。

这天他趁着三皇子午睡,在自己房间里做功课,开着窗,正用功呢,只听见外面几声鸟叫,忽然有个声音低声叫他名字,他疑惑地抬起头来,吓了一跳。

院墙上趴着的那个人,不是言君玉又是谁。

谌文吓得连忙扔下笔,走了过去。

还好,这地方有棵茂密的枇杷树挡着,言君玉今天穿的又是一身水绿色的衣裳,倒也不显眼,脸上汗津津的,显然是跑过来的。

"你看书好专心啊。"他笑眯眯地告诉谌文,"我学杜鹃叫你也听不见。"

谌文不好意思地笑了。

"我以为真是鸟叫,不知道是你。"

"傻呀,宫里时常驱赶鸟雀,哪会有杜鹃叫,你下次听到这个,记得是我啊。"言君玉嘱咐道,不知道想到什么,又从怀里掏出用帕子包着的一堆东西来,"给你,我弄来的点心,比馒头好吃,你藏好了。"

谌文本来想告诉他三皇子已经不罚自己挨饿了,但是被言君玉亮晶晶的眼睛一看,也就不好意思说了。

"谢谢你。"

"喀,这有什么呀,我还有的是。"言君玉不知道踩着什么,安安稳稳地趴在院墙上,只露出手臂和脑袋,还认真跟他聊起天来,"你还缺什么吗?我去给你弄来。"

他眼神热切得很,谌文就算不缺什么,也得想个缺的东西出来了。

"别的都好……就是三皇子烧了我一些书,你有'三礼'吗?就是《周礼》《仪礼》《礼记》这三本书,梅先生不好讲《春秋》,喜欢讲'三礼',我怕我有些地方背漏了。"

言君玉的眼珠子认真地转了起来。

"'三礼'?我想想……"他转了半天,还是放弃了,"书壳子是什么颜色的?"

谌文无奈地笑了。

言君玉不服输了:"你别灰心啊。你等着,我回去给你找找,我奶奶给我准备了很多书,来,你写在我手上,我去找找。"

他挽起袖子,把手腕伸出来给谌文,谌文拿了笔来,还是有点犹豫。言君玉的皮肤极白，比什么羊皮纸都来得细腻、干净，沾上墨未免太暴殄天物。他自己倒是毫不在意，催着谌文写了，自己一溜烟跑了："等着，我找到就送来给你，你注意听杜鹃叫啊。"

言君玉一路沿着宫墙跑回皇后宫中，刚进院子，被萧栩逮个正着。

阴鸷却漂亮的少年穿着锦袍，神色不善地等在正堂里。

"你去哪儿了？"

"我出去逛逛。"

他今天倒是没露出那应付的神色来，也许是跑得急了，还喘着气，来不及换成敷衍。

萧栩的心情好了一点。

"别在宫里乱跑。"他冷冷地教训言君玉。

"好。"

"也别偷厨房的点心了。"

他这话一说，言君玉果然惊讶地抬起头来，那双黑眼珠定定地看着自己，萧栩本能地觉得心情大好。

"看什么？真以为你那点偷偷摸摸的事没人知道？"萧栩骂他，"蠢东西，皇后宫里的厨房能随便进吗？还好这几天没什么事，要是饮食出了点问题，追查下来，你就是意图谋害皇后知道吗？"

言君玉还是很机灵的，知道混不过去，露出一脸乖巧来。

"知道了。"

"知道就好。"萧栩冷冷道，从他身边走了过去。

言君玉正低着头琢磨"下次去哪儿偷馒头呢"，听见一个声音冷冷道："下人不是还有厨房吗？再不成，每天撤下去的点心也够吃了，蠢东西。"

他惊讶地抬起头，萧栩已经走了出去，只留给他一个高挑、漂亮的背影。

言君玉把自己带来的书翻了一遍，发现竟然没有谌文写的那几本书，不由得有点灰心。七皇子宫里倒是书多，他本来想偷七皇子或者其他伴读的来抄一遍，现在七皇子都知道他偷馒头的事了，就不好下手了。

还好这天，正好被他撞见七皇子的一个伴读黄熙提着一包书要送回去。

"黄熙，这些书哪儿来的？"

"还能哪儿来的？藏书阁呗。'书非借不能读也'知道吗？所以圣上特地为宫中皇子设了藏书阁，许多冷门的书都从那里借来。七皇子看书快，隔两天就要送一次呢。"

"你跟他说那么多干什么。"雍嘉年很不耐烦，"让他去送书，咱们玩蹴鞠去。快来，就差你一个了。"

黄熙听了，把书往言君玉手里一塞，连忙跑了。

"哎，你还没告诉我藏书阁在哪儿呢。"

"就在御书房旁边，二楼的小阁子就是了。"

言君玉提着一大包书，走到了藏书阁。其实他把手上的书都翻了一遍，发现七皇子看的书名都稀奇古怪的，什么《公羊古微》，听都没听过。

御书房常年是很安静的，今天年幼皇子们不上学，只听见年长皇子那边传来朗朗的读书声，有个小太监在扫地。他绕了一圈，总算在正房附近找到了个二楼的小阁子，就是找不到上去的途径。这可难不倒他，他解开包袱皮，把书往背上一捆，抱着一棵树爬了上去。

二楼更安静了。藏书阁倒挺精致，靠窗的榻上，紫檀小桌上还摆着杯茶，有翻开的书，剩下的全是一架架的书。言君玉略看了看，发现这些书比七皇子看过的这些还稀奇古怪。他一边找，一边时不时看看自己手腕上的字，生怕看漏了。

这一看就被他看出端倪来，这藏书阁的书，不知道被谁在第一页全部盖上了一个朱红色的印，方方正正的，他看了半天，不知道是什么，等到终于翻开一本叫《春秋繁露注》的书，看见上面不只有这印，还有朱笔签的"宸明"两字。

"哦，原来是萧宸明的印。"言君玉恍然大悟，"这人也是无聊，给这么多书盖了印还不够，还签名干什么！"

"因为盖印是表示看过，看过且喜欢的才签上名字。"一个声音淡淡答道。

言君玉吓了一跳，抬起头来，看见一双带着笑意的眼睛，非常漂亮，像传说中的丹凤眼，瞳仁是淡淡的烟灰色，如同山岚一般，本该是非常轻浮的，但是他的眼神中仿佛有某种力量，如同山岳、星辰，让人肃然起敬。

言君玉本能地知道这人不太好惹。

"我……我是来还书的。"他没有报明七皇子的名号，做好了万一现在拔腿开溜，这人也找不到他是谁的打算。

"还书？"这人的眉毛挑了起来，"什么书，给我看看。"

他原是站在书架后面的，只露出一双眼睛来，现在从书架后出来，如同森林中的豹子，终于缓缓走了过来。藏书阁有阳光散照，他穿了一身白袍，俊美如神祇。都说"白衣卿相"，白衣原本是地位卑微的意思，却被他穿出一身贵气，不知道是什么绸缎的料子，暗纹很是漂亮，绣的是龙，团在一起的银色的龙，言君玉绝望地数了数爪子。

是五只。

这人却不知道他心里念想，翻了翻他背来的书，笑了："老七还是这么刁钻，专看这些。"

言君玉犹豫要不要跪下来——他是不喜欢跪的，但按规矩，跟这人说话，是没有站着的道理的。

"为什么跪下了？"太子坐在榻边，笑着看他，"怎么？那天赏你们的茶不好喝吗？"

敖霁进来的时候，第一眼看见的是太子。

太子读书时喜静，所以没有宫女在旁边伺候，整个文心阁里窗明几净，外面阳光正好，照得他一身白色锦袍温润如玉。太子的外祖父年初去世，现在他正在热孝中，但是圣上身体向来不好，避讳这个，况且也没有君王家反为臣子守孝的道理，所以只是私下穿得素净点罢了。

就是这样，下面的大臣已经感激涕零了，整天说什么"太子孝悌可动天地，堪为天下表率"。

没办法，天下人都知道，庆德帝的皇子虽多，但几乎都是庶出，而且教养得也不太好，这其中，皇后嫡出的景衍太子可以说是鹤立鸡群。而且庆德帝和皇后是少年夫妻，感情深厚，皇后娘家又是书香世家，只有清名，没有权势，连外戚这一点也不用担心了。

所以传位太子，已经是显而易见的事。其余皇子都收起野心，一心当个安乐王爷。朝堂上自然是一片叫好了。

庆德帝也是真心器重太子，亲手启蒙、教养、过问功课，这两年身体实在差了，才不得不丢开手，选了当朝几位重臣入东宫讲学，连已经告老还乡的老丞相都挂了个太师的职，可以说是倾举国之力在培养一位优秀的继承人了。

太子的老师厉害，伴读自然也不会差，可以说是整个大周朝最优秀的年轻人，都是名门之后，未来的文臣、武将。庆德帝亲自为太子挑选的班底，每个人都是面过圣的，比殿试三甲还看重些。如今四五年下来，一个个不说惊才绝艳，至少称得上栋梁之材了。

敖霁便是其中一位，凌烟阁十八将，他家先祖是第七位。他少时也是天赋卓绝的，心高气傲，对于入宫做伴读是颇有微词的，一心要靠自己考个状元，不想因为祖上的功劳占什么便宜。结果进了宫之后，才知道什么是人外有人，天外有天。景衍太子那一拨伴读，自不必说，个个都是人中龙凤，最打击人的，其实是太子本人。

大周皇族传承百年，百年的龙气，集于萧景衍一人。

他们不得不服气。

说起来，敖霁也是京城世家子弟里极优秀的了，容貌、文才、武艺、心性、气度，都已经是人中龙凤，但即使是这样，他仍然偶尔会在看见太子时，心中忍不住感慨。

就比如此刻。

这种感慨不是"既生瑜何生亮"的感慨，而是像《红拂传》中，那个一时豪杰的虬髯客看到李世民之后，自愧不如的那种慨叹；又有点像陈三武当年在老君山上当山大王当得好好的，结果见到大周太宗后，纳头就拜，甘为驱驰。

然后他转身走过一架书，看见了那个趴在榻边的家伙。

不过十四五岁的样子，仍然是少年的身量，瘦得背脊上的线条都支棱出来。有这个年纪的一折就断的脆弱感，偏偏又生气蓬勃，像一棵还没长成的树。不过这人可比树闹腾多了，好好地抄着书，桌子也不用，椅子也不用，就趴在榻边，旁边纸墨笔砚一字排开，抓着本《周礼》埋头苦抄。抄就算了，偏偏字也丑，太子用的澄心堂纸是贡品中的贡品，民间传言，"一寸澄心一寸金"，他拿了一沓，写出一堆狗爬般的字来。

敖霁这样一掷千金惯了的散漫人，看了都觉得心疼纸。

太子倒淡定，安静坐在榻上，看他的书。他是真不在意东西，时不时抬起眼睛，嘴角还带着点隐约笑意。

那少年抄完一页，豪迈地一甩笔，甩出一道墨点，旁边那扇玉屏风顿时遭了殃，眼看他还要抄下去，敖霁只觉得眼前发黑，连忙走了过去。

"番邦进京朝贺的日子定下来了,就在八月初三。"他先把正事说了。

他是太子近臣,这样的交谈语气,在外人看来,已经大大地僭越了。但在这儿,换种说法,叫作恩宠。

"知道了。"太子眼睛也不抬。

那抄书的少年抬起眼睛来瞟了敖霁一眼,仍然是乌溜溜的眼珠,正是前几天在书房外罚跪的那少年。他的眼睛和他这个人一样,总是异常直白,不管什么人来,先打量一眼再说。换句话说,这叫放肆。

他显然也认出敖霁了,不说话,又低下头去抄书了。偏偏学问差得很,一抄,皱起眉头来,举起书来问太子:"这个叫什么字?"

如果敖霁那语气叫僭越,那他这样使唤一国储君,说是造反也不为过。

偏偏太子还真就凑了过去。

阳光明亮,照得太子面容如玉,眼睛上的睫毛灰扑扑的,看起来倒真是温柔。太子看了一眼,笑起来。

"凡杀人而义者,不同国,令勿雠,雠之则死。"他真就耐心给这少年解释起来,"这个'雠'字用在这里,是复仇的意思。是讲见义勇为的人不算犯法,更不允许对方家人对其复仇,否则处死。"

言君玉的眼睛亮了起来。

"真的?"

"假的。"敖霁忍不住插话,"现在的刑名都是主张严刑峻法的,你可别出去充什么荆轲、聂政。"

言君玉大受打击,刚要辩驳,外面的宫女静悄悄地进来了。宫里什么荒唐事没见过,见文心阁里多出个少年,她也垂着眼睛,仿佛什么都没看到,行礼道:"请殿下移驾凤鸾宫用午膳。"

宫女如一队鱼般捧着衣服进来,太子自去内室更衣。宫里规矩多,敖霁他们这些伴读也常要换衣服应对不同场合,太子一天换几套衣服更是寻常事。

言君玉显然是不知道的,只差在脸上写个"蒙"字,敖霁招呼他:"走吧,把你的书带上,文心阁是太子书房,太子不在,谁也不能在这儿待着。"

"这里不是藏书阁吗?"

"藏书阁在对面呢,傻子。"敖霁顺手替他收拾笔墨,"这字真丑,你抄书干什么？"

"我的'三礼'被烧了，我得抄一本，先生要问。"言君玉撒起谎来眼睛也不眨。

"你去藏书阁抄，以后别到这儿来了，太子仁慈，没怪罪你，以后撞上别人，你麻烦就大了。"

言君玉听他意思，自己是闯了祸的。他虽然无法无天，也知道在宫里乱走不是好事。所以乖乖跟在敖霁后面往外走，出了文心阁，又绕到御书房去，两边都是抄手游廊，正好路过那天那棵石榴树。

敖霁忽然停了下来，像是发现了什么，转过身来，盯着他的脸看。言君玉被他看得莫名其妙起来，只觉得全身发毛。

敖霁忽然伸出手来，掐住他的脸，端详起来。

敖霁这人看起来俊美、文雅，其实手劲很大，虽然没用全力，却也让人挣脱不开。言君玉挣扎了两下，正准备咬他，只听见他低声道："原来如此，怪不得……"

他的手松开了，言君玉憋了一肚子气，瞪着他道："你干什么？"

"没什么。"敖霁对他的态度忽然好起来，"我有一套'三礼'，你拿回去吧，以后不要再到这附近来了。"

言君玉这人看起来呆，其实对人心的感觉是非常敏锐的，本能地知道敖霁现在对自己态度忽然好了很多，虽然不知道为什么，但也放弃咬他一口的打算了。

"我还要跟七皇子读书呢。"他抱怨道，"怎么都要到这儿来的。"

"那你以后……"敖霁斟酌了一下，低声道，"离太子远点吧。"

言君玉忽然抬起头来，瞪着敖霁。他眼神总是这么直白，像是在判断敖霁是在骗他还是真心为他考虑，看了一会儿，自己又低下头去。

"好吧。"

他像是发现了敖霁说的话是有道理的，又像是听懂了敖霁的言外之意，不知道为什么，忽然垂头丧气起来，提着一袋书，慢腾腾地在前面走。敖霁看得好笑起来，伸出手来，揉了揉他的头。

"走吧，带你去吃饭，天天吃馒头也太可怜了。"

那天在书房里，不只太子，连敖霁也把那段可怜又好笑的对话听了个满，尤其是说到黑糖馒头比一般的馒头好吃那里，他实在忍了又忍才没笑出来。

言君玉把书给了谌文后，又平安无事地过了几天。这些天他按敖霁说的，远远地躲着太子的书房，上学、放学撒腿就跑，气得萧栩追在后面骂："逃命呢？蠢东西。"

宫里还是老样子，无聊得很。这天要准备明天骑射用的东西，鸣鹿帮他翻箱子，翻出一堆纸来。

"少爷哪里来的这么好的纸？"鸣鹿虽然是他小厮，但也认真上了学的，举起那纸对着灯看，"这是素心纸吧？文华轩里卖十两银子一刀呢。"

其实他也认不出这是什么，不过是往贵里猜罢了。

言君玉正百无聊赖地趴在床上玩自己雕的木头人，头也不抬："什么素心纸不素心纸的。"

"少爷你看。"鸣鹿把那一堆纸举到言君玉面前来，"这纸多漂亮，比玉还干净呢。"

原来他把言君玉前些天在太子那儿抄的字都翻出来了。言君玉抄的时候还不觉得，现在看见自己狗爬似的大字写在那么漂亮的纸上，也不觉有点脸红，一把抢过来了："别看了，没什么好看的。"

鸣鹿去收拾东西了，他自己反而看起来了，翻了翻，越看越觉得自己的字丑，正气馁呢，只见有一页上突显出一个字，漂亮得很。他不认真读书，也认不出是什么字体，只觉得又端正又飘逸，原来是个"雒"字。

是那天太子教他的时候，顺手在纸上写了个"雒"字。

他躺在床上，盯着这张纸看，鸣鹿见他发呆，也凑过来看了下："这个字好，少爷写的吗？"

言君玉被抓个正着，生起气来，把纸团成一团，扔到一边去了。

其实他不是傻子，知道敖霁为什么提醒他——当初他偷偷攒钱去西市买马的时候，也遇到过这样的事。他看中一匹小红马，是大宛马的血统，跑得又快，长得也精神，而且意外的便宜，只要一百两。他喜出望外，和那卖马的商人讲好了价格，刚要交定金，却看见邻桌一位客人忽然站了起来，说声"借过"。明明茶楼里位子宽得很，他偏偏要从言君玉背后挤过去，把茶杯都带翻了，泼了言君玉一身的水。

言君玉连忙弯腰去擦身上的水,那客人也连声道歉,弓身过来帮他擦,两人低头间一个眼神交会,言君玉看见那客人朝自己轻轻地摇了摇头。这动作十分隐蔽,连当时跟着他的小厮都没发现。

言君玉心里顿时警惕起来,想个借口,说身上银子没带够,改天再来,好不容易摆脱了。等过了几天再来时,果然这马店的老板因为拿混血的驽马冒充名马,骗了许多客人,已经卷钱跑了,一堆客人人财两失,气得把店都烧了。

言君玉后来还去茶楼找过那客人,想谢谢他,但是再没遇到过那人,只记得是个中年人,有点病容,但是身架子很高大,像个习武之人。

已经过去两三年了,言君玉一直记得那个陌生客人朝自己微微摇头时,自己心神一凛的感觉。他从小父母双亡,没受过什么人情世故的教导,也吃过一些亏。但是运气还不错,虽然看起来糊里糊涂的,其实直觉很灵敏,尤其是遇到危险时,总会有人提点。可能是老天爷也在帮他。

那个叫敖霁的青年,虽然傲慢,却是个光明磊落的人,他那句云遮雾罩的话,就像那个陌生客人的摇头一样,是一个危险的警告。

但是太子看起来无比完美,人也好,脾气也好,还愿意给他讲看不懂的书,言君玉总记得太子笑起来的样子,唇角勾起来,温柔而贵气,眼睛漂亮得像淡灰色的山岚。

这样好的人,怎么会危险呢……

言君玉想得头疼起来,等鸣鹿出去了,又从墙角把那纸团捡了回来,展平了,收在自己放木头人的箱子里,免得弄丢了。

第二天是练习骑射的日子。

这还是言君玉进宫以来第一次跟着七皇子去练武。练武的地方在宫内的一个小校场,说是小校场,也够大了,摆了许多兵器,还有箭靶。年长的皇子们也都在,教骑射的老师据说是个老将军,胡子都花白了,还能挽六石的强弓,引得雍嘉年他们赞叹不已。

言君玉一眼就看到了远处的敖霁他们。

成年的皇子都在练骑术,骑着高头大马,穿着利落的胡服骑装。敖霁跟几个非常高挑、潇洒的人在一起,穿了一身黑色胡服,谈笑自若。

但凡少年人,其实是很羡慕比自己大一截的青年们的,就像雍嘉年,一面羡慕自己的哥哥，一面又装作不在乎。黄熙他们都好奇地打量着那些成年的伴读，看他们很潇洒地骑着马来回，弯弓、射箭，想着自己长大后也要这么厉害。

老将军压根儿把他们当成小屁孩，教了一会儿后，就让他们各自散开练习，不准骑马，也不准动弓箭，更不准碰兵器。大家都很泄气，萧栩是最不满的。

"我七岁就跟着父皇骑过马了，还去过边疆呢，那年我才十二岁，就能拉开一石的弓了。"他得意地炫耀了半天，一回头，发现自己最想炫耀的对象早跑没影了，气得牙痒痒。

言君玉却不知道他心里这些弯弯绕，早跑去找谌文了。谌文本来在成年皇子的伴读中就是最小的，又文雅，没人和他玩，正背着手打量兵器架上的兵器，肩膀忽然被拍了一下。

"看什么呢？"言君玉笑着跳出来。

"我在认兵器。"

"这还要认啊，我告诉你吧。"言君玉如数家珍，"刀枪剑戟，斧钺钩叉，这都是打架用的兵器了。你来这边，这些才是打仗用的呢，这是戈，这是矛，是以前的战车上用的……"

"修我戈矛，与子同仇。"谌文低声念道。

果然，言君玉又惊讶地看着他。

"你怎么什么都能想到诗词上面，到底背了多少东西啊。"

他夸人也夸得刁钻，让人开心也不是，不开心也不是，谌文无奈地笑了起来。

"算了，别背诗了，我们来玩打仗的游戏吧。"言君玉一点也不知道这些弯弯绕，拖着他走到一边，小厮鸣鹿早等在那里了。别说皇子们，这些皇子伴读都是富贵少爷，没有仆人在，马鞍都爬不上去，所以练武都带了小厮过来。谌文以为他说的打仗游戏是打架，没想到是在地上画了张图，都是些弯弯扭扭的线，看也看不懂。

"这是什么？"

"这是地图呀。这张是玉门关，这是山，这是河，这是长城，这一片是平原，行军速度快，但是没有遮挡，所以容易被斥候发现。今天你第一次玩，我才画的玉门关，其实这张地图没什么好玩的，张掖、酒泉那几张才好玩呢。"

谌文惊讶地看着他，言君玉却对谌文的刮目相看浑然不觉，掏出一堆小石子来："给你，大的是五千，小的是一千，再小就只有五百了，你也可以拿一千士兵换五百精兵。这个是将军,你选胡人还是汉人?"

"这游戏是你自己想出来的吗?"

"不是。"言君玉似乎不愿意在这问题上多说,掏出一个木头人来,塞给鸣鹿,"你跟我先玩一盘给他看看,我用匈奴的可汗,你用李广。"

"又用李广啊?"鸣鹿皱起眉头,"我用高仙芝行不行?"

"有什么区别呢?"谌文好奇地问。

"李广是汉朝的将军,用骑兵。高仙芝是唐朝将军,唐朝的重甲很厉害,弓弩也出色。"言君玉说完,自己捂住了眼睛,"你布阵吧。"

鸣鹿抓起那堆石子,真就在地图上布起阵来,看起来非常熟练,把重甲兵都布在主城,几个主要路口都布下红色石子,谌文好奇地问:"这是什么?"

"是斥候。"鸣鹿压低声音告诉他,"嘘,别让少爷知道了,他一猜就知道我在哪儿用了斥候。"

"那我把耳朵也蒙上。"言君玉兴致勃勃,"快点,大不了我让你五千人。"

鸣鹿布完阵后,用纸张把地图盖住了,隐藏了兵力分布。谌文也来了兴趣,认真看起来。他本就是非常聪明的人,触类旁通,很快就弄懂了规则,这游戏倒有点像象棋,只是有了地形、兵种的区别。看进去之后,反而惊讶起来,原来言君玉确实是懂兵法的,不仅懂,而且非常厉害。言君玉手上石子代表的是匈奴骑兵,不多遮掩,浩浩荡荡打了过去,也不围城,只骚扰,把一些小城都打了下来。鸣鹿试图用重甲兵出城阻击,但是匈奴骑兵快得很,两人用手量距离,怎么算鸣鹿都挡不住。

鸣鹿只能靠着一些外面的零星军队和言君玉拉锯,但哪里打得过,被言君玉一路击溃,摧枯拉朽,眼看大半个地图的城池都要沦陷,眉头越皱越紧,最后无奈地叹一口气,把右上角那片纸也掀开来。

原来他藏了整整七千兵马在主城的山谷附近。

"嗬,我就知道。"言君玉得意地笑起来,"你想趁我围城的时候里应外合,围剿我。我说你怎么选重甲兵呢,跑得这么慢,怎么挡得住我。"

谌文不禁对鸣鹿刮目相看起来。他自己也不过十四五岁,也是少年心性,看了一局,也起了玩心,道:"我也来一局。"

"行。你就玩最简单的吧,就刚刚这种。"

谌文惊讶起来："还有复杂的？"

"当然了。我们在家玩的那个才好玩呢，要算粮草，要算俘虏，还要算天气，等以后出宫了，你去我家玩，我们在园子里用泥巴捏了好大一个地图，打燕云十六州，要七八个人才能玩，那才好玩呢。"言君玉笑眯眯地道。

他平日虽然机灵，但总有点不学无术的样子。谌文虽然心里很感激他对自己的帮助，但也没想到他对于兵法这么有研究——谌文以前只当言君玉说的"打仗游戏"是跟孩童一样打架罢了，不由得想起自己父亲教的"不可以貌取人"，心中暗自惭愧。

言君玉却不管这些，兴致勃勃地把石子分好，还多分给谌文一万军队，跟他玩了起来。

谌文这一玩，就玩了进去。但凡玩游戏总是这样，输比赢还能激起人的兴趣，偏偏他跟言君玉玩，把把都是输的。第一局是被言君玉在河湾埋伏，重创了出城救援的军队。第二把是兵力太过分散，被言君玉的骑兵四处驱赶，疲于奔命，不得不认输。到第三把，他干脆不玩重甲兵了，换了骑兵，言君玉也不玩匈奴了，玩起了金人的铁浮图，直接一路杀了过来，谌文骚扰失败，连主城都被推倒了。

谌文到底是个少年，骨子里还是争强好胜的，输得额头上都冒出汗来，不信邪地道："再来。"

鸣鹿已经端了茶过来，笑着劝道："谌少爷休息一下吧。你想赢咱们少爷，可不是一天两天能办到的事。少爷让着你呢，明着跟你玩，连自己行军路线都摆出来给你看了，真打仗谁能看到对方怎么用兵的呢。还有粮草也要考虑，不然你第一把被困了那么久，城中早断粮了。"

谌文无奈地看向言君玉："你就没输过？"

"输过呀。"言君玉很大方地承认了，"我有个小厮叫阿孺，也是天生很会打仗，他是唯一赢过我的人。不过他跟我一样不爱读书，连字都不认识几个，所以我奶奶不肯让他跟我进宫，把他留在家里了。"

言君玉和谌文玩得开心，笑语不断，正开心呢，没想到却惹恼了一个人。

本来今天难得好天气，一整天练武，教习的老将军又不管他们，大家都跟脱了缰的马一样，在校场上玩了起来。蹴鞠的蹴鞠，摔跤的摔跤，到处都追着、跑着，热热闹闹的。雍嘉年长得胖，稍微跑一下就满头大汗，正休息，看见七皇子萧栩面沉如水，瞪着不远处的屋檐。

雍嘉年顺着七皇子的目光一看，原来是那个叫言君玉的穷鬼，穿着件旧旧的红色袍子，好像还是大人的衣服改的，正带着他的小厮蹲在屋檐下，跟个少年一起盯着地，不知道在玩什么，玩得很开心，笑声这边都听到了。

"爷，别看那个穷鬼了，咱们去玩摔跤吧。"雍嘉年笑着劝道。

萧栩压根儿没理他，眉头皱得更紧了，还是个叫黄熙的伴读知情识趣，道："咱们去看看那傻子在玩什么吧。"

萧栩对这提议倒是有点兴趣，黄熙一招手，其他本来在玩的伴读都围了过来，还有各自的小厮，浩浩荡荡二十来个人，都围了过去。

"真是兵不厌诈啊……"谌文又输了一局，无奈地笑着感慨，惹得言君玉得意地大笑起来，正开心呢，只听见一个声音冷冷问道："你们在玩什么东西？"

谌文回过头来，见七皇子正神色不善地盯着他，连忙行礼道："见过七皇子。"

萧栩理也不理他，只盯着地上画的图看。他不看行军地图，自然不认得这东西，看言君玉手上还攥着几个石子，当宝贝一样，气不打一处来，直接飞起一脚，把地上的石子都踢开了。

"你！"言君玉的脸上果然露出生气的表情来，脸都涨红了。谌文怕他惹祸，连忙拦住他，回道："七皇子，我们在玩打仗的游戏。"

鸣鹿见状，连忙小心翼翼地把剩下的石头都捡了起来，揣进衣服里。

一听说打仗，伴读们都来了兴趣，嚷道"什么打仗的游戏""这哪儿是打仗的游戏，在地上鬼画符吧"。雍嘉年最感兴趣，对七皇子道："咱们也来玩打仗的游戏吧，骑马打仗，最好玩了。"

"钟将军不是说不让骑马吗？"有懂事的劝道。

"又不是骑真的马，把人当马骑就行了。"雍嘉年理直气壮地道，"我在家经常和小厮玩，他们给我当马。"

"这个好，这个好玩……"其余人都纷纷应和起来，都跟七皇子说要玩，萧栩却沉着脸，看着言君玉。黄熙见他意思，是要叫上言君玉一起玩，于是道："你也来吧，小穷鬼，别玩你的鬼画符了。"

"我不玩。"

萧栩的脸色彻底沉了下来。

"你说什么？"

言君玉蹲在地上，手上攥着石子，小声嘟囔道："我不跟你们玩骑马打仗，要玩自己的打仗游戏。"

其余的伴读都嚷起来。

"不知好歹！""真是没见过世面的穷鬼，带你玩都不玩。""反了你了，七皇子叫你一起玩，是抬举你……"

萧栩也觉得面子上过不去，周围全部吵吵嚷嚷的，更让他心头火起，冷声道："抓住他。"

言君玉反应过来，刚要挣扎，那些平时本就嫌弃他的伴读早就一拥而上。他仗着自己有功夫，打倒两个，谁知道这些世家子弟虽然没用，他们的小厮却都是练过功夫的，七手八脚，把他抓住了。雍嘉年得意地向七皇子邀功："爷，抓住了，把他怎么办？"

"还怎么办，让他当马啊！"黄熙最是阴损，"让他不听七皇子的话！"

"对，拿他当马。""活该，谁让他不听话……"

言君玉听到要当马，顿时剧烈地挣扎起来，几个人都压不住。他穿的是件旧袍子，本来就宽松，挣扎起来，露出干干净净的一截脖颈，急得满头大汗，衬着洗旧了的红色，越发显得皮肤比雪还白，一双眼睛亮得像星辰。

萧栩只觉得心里像烧起了一把火，不由得对他们的提议来了兴趣。

那个跟言君玉一起玩的伴读急得跪了下来，求道："士可杀不可辱，请七皇子三思。"

萧栩向来跋扈惯了，哪里听得进去。

"滚开。"

其他伴读早把那个伴读推开到一边，言君玉的小厮鸣鹿见他们欺负自己少爷，急得也哭了起来，偏偏打不过，也被按在地上。

言君玉被按在地上。校场的地砖晒得滚烫，让他全身的血液几乎都烧了起来，恨不能生出无穷力气，把这些按着自己的人全撕碎了。他咬紧了牙关，拼命挣扎，骨头都快拗断了，就是挣扎不开。

"这小子好大力气。""按住了……""这可是匹野马，爷，快骑上来。"

一片喧哗说笑声中，萧栩看着被按在地上的言君玉，不由得得意起来。少年的身材修长、漂亮，像一只被捕获的珍贵猎物。萧栩倒没有真的想要骑他，反而弯下腰去，钩起了言君玉的脸。

少年的脸烧得通红，几乎要烫到他手心，一双眼睛亮得像火光，狠狠地瞪着他，咬紧了牙关，一言不发。

萧栩后知后觉地看见了言君玉脸上湿润的液体，似乎不只是汗，更像是……眼泪？

周围顿时都静了下来。

男儿有泪不轻弹，大家都是知道的，虽然都是些纨绔子弟，但毕竟年纪小，真把人逼到这份儿上，还是少见，一时都有点尴尬。有人小声道："他不会真的哭了吧……"

萧栩连忙收回手，然而指尖上的湿润却挥之不去，像一团火般，烫得他的手都疼起来。他看着趴在地上的言君玉，心里第一次感到了真正的慌乱。

言君玉终于如他所愿的，被他斗败了，那双眼睛也终于像第一次见面一样，专心地看着他，不再是毫无情绪，甚至还因为他哭了起来。

他心里却一点也不开心。

"你们在干什么？"一个威严的声音在大家背后响了起来。

大家吓得都散开来，原来是刚刚教他们的老将军。这将军姓钟，据说是战场上退下来的，身材魁梧，不怒自威，大家都有点怕他。

一片安静中，只有言君玉的小厮鸣鹿哭着告状："七……七皇子说要把少爷当马骑，他们就按着少爷，不让少爷起来……"

"混账！"钟将军顿时大怒，"人是能当马骑的吗？都是爹生娘养的，杀人不过头点地，你们这群小崽子，年纪轻轻，做事就这么狠毒！"

老将军一身杀气，如同金刚怒目，大家都被吓得瑟瑟发抖，萧栩到底是被庆德帝宠爱惯的，当即怒道："你放肆！本宫是皇子，你凭什么教训我？"

伴读们也都回过神来，都是世家子弟，早就学会看人等级，这老将军虽然威风，但细算下来，也不过二品而已，这里有的是一品大员的子弟，都被他给吓住了，回过神后，都嚷起来。

"就是，你一个将军，胆敢对皇子无礼。""也不看看自己斤两，就给人撑腰。"其中黄熙读的书多，嚷道："溥天之下，莫非王土；率土之滨，莫非王臣。别说七皇子想拿人当马，就是想杀人的头，抄人的家，也不过是一句话的事而已。"

"是吗？"一个带着笑意的声音响了起来，"那我想杀你的头，也是一句话的事，对吗？"

言君玉被按在地上，只觉得全身的血液都涌到脸上来，耳朵里嗡嗡作响，几乎把牙齿都咬碎了，发誓只要萧栩敢骑上来，一定杀了他。正用劲呢，忽然觉得按在背上的手都松开了，言君玉茫然地四处张望，只见周围一片人都跪了下来。

一双靴子停在他面前，非常利落的革履，裤子扎在靴子里，穿的是胡服，黑色，有着麒麟的暗纹，再往上，是蹀躞带束住的修长而结实的腰，身姿挺拔，如同一柄凌厉的剑。

言君玉抬起头来，看见一张带着笑意的脸，仍然是山岚一般的眼，剑一般的眉，高鼻薄唇，唇角勾出一个笑容来，俊美得如同天神。

周围的声音都回来了，旁边的人脸上的表情或不安，或恐惧，但嘴里说的都是同一句话。

"叩见太子殿下。"

离那天的事，已经过去几天了。

那天在校场的事，不知怎的，很快传得连皇后也知道了，还特地把七皇子叫过去，训斥了一顿。

宫里人都知道，认真说起来，皇后应该算是七皇子的姨母——当年是两姊妹一起进宫，七皇子母妃早逝，所以他几乎是被托孤给皇后的，自幼放在皇后宫中教养，和太子一样的待遇，庆德帝又溺爱，才惯成了今天这样子。皇后对他也是如同亲生儿子一般，太子年长，又从小性格稳重，所以一腔慈爱都倾注给了他。

不然，也不会这样认真训斥了。

谁也不知道皇后说了些什么，只知道过了一会儿，七皇子就神色不善地出来了，宫人们都吓得战战兢兢的。

言君玉不关心这些，他现在是切实地厌恶七皇子了，虽然对着谌文还是很豁达，毫不在乎地说："这算什么，韩信还受过胯下之辱呢。"

那天是谌文趁乱跑去找了敖霁求助，把太子都招了过来，不然事情真会闹得不可收拾。太子处事稳重，教训了七皇子两句，处罚了那些起哄的伴读，跟钟老将军打了招呼，让大家都散了。

钟将军气得不轻。后来言君玉又遇到他一次，是清晨，钟将军在校场上练功夫，拿一杆长枪，舞得虎虎生风，言君玉本来是抄近路去找谌文玩的，结果看呆了，一站就站了一刻钟，把他全套枪法都看完了。

钟将军话少，舞完了，收起枪，瞥了他一眼，问他："言仲卿是你什么人？"

"是我父亲。"

"那张地图是你画的？"

言君玉莫名其妙地很怕他，低着头说："是的。"

钟将军"唔"了一声，自顾自地擦拭枪尖，过了一会儿，才说道："以后硬气点，凌烟阁的后人是不哭的。"

言君玉被他说得红了脸，答应了一声，默默地跑走了。

谌文本来还担心他因为这事受到打击，性情大变之类的，没想到他还是老样子，整天嘻嘻哈哈的，连馒头也越囤越多了，顿时放下心来，问他，他说："这又没什么，就跟遇到疯狗一样，狗咬我，又不是我的错，以后离他们远点就行了。"

谌文以前以为他是被他祖母溺爱，所以才这么没心没肺，现在才知道，原来他真是生性豁达，不把这些寻常挫折放在心上。想想也知道，一样是败落的王侯后代，他吃过的苦头肯定不比自己和谭思远少，只是他被祖母教得好，内心强大又温暖，所以还能维持这份赤子之心。

要是七皇子知道言君玉把他比作疯狗，估计要气得吐血。

但七皇子好像没心思计较这些了，被皇后找过之后，连着几天魂不守舍的，这天忽然让人把自己的弓箭都拿了出来，在庭中擦拭。他的弓箭都是庆德帝赏的，有彩绘斑斓的画弓，也有比人还高的强弓，摆了一院子，看得人眼花缭乱。伴读们都是识货的，一个个羡慕得不行，七皇子却阴沉着脸，一言不发。

过了一会儿，他忽然叫言君玉："你挑一把。"

众人都吓了一跳，想了想，以为是皇后让他向言君玉道歉。言君玉也这样想，但他还记恨七皇子让他做马的事，冷冷地道："我不要。"

雍嘉年怕七皇子又生气，连忙上来选了把最漂亮的，塞到言君玉怀里，劝道："让你挑你就挑，怎么这么小心眼。"

言君玉瞪了他们一眼，想起谌文说的"识时务者为俊杰"，才没有把那把弓扔到地上。

七皇子像是松了一口气的样子。

到晚上吃饭的时候，他吃到冰镇的蜜汁酥酪，又让御膳房上了一份，叫言君玉："你把这个吃了。"

言君玉不为所动："我不吃。"

七皇子瞪起眼睛，眼看着就要骂他"蠢东西"，不知道为什么，竟然忍住了没有骂，自己冷着脸用完了晚膳。

言君玉不知道他葫芦里卖什么药，等回到自己房间，鸣鹿愁眉苦脸地上来了："少爷，七皇子让人搬了个东西来。"言君玉进去一看，原来是一个半人高的冰鉴，十分精巧，外面刻着龙凤，他打开一看，里面俨然放着一碗蜜汁酥酪。

他隐约知道七皇子是在跟自己示好，但他这人很有骨气，说不吃就不吃，就算再想吃都不吃。倒是鸣鹿，操心得很，替他收了一天，眼看冰鉴里的冰都要化了，不忍心糟蹋好东西，只能自己替他吃了。

说来也有点心酸，曾经的王侯世家，家里连个冰鉴都没有，说出去都没人信的。七皇子大概就是猜到言君玉没见过什么好东西，所以想通过这方式来留住他。

其实言君玉也猜到缘故了，毕竟那些伴读都偷偷在议论这件事，连鸣鹿也听到消息——他长得可爱，嘴又甜，宫女们都很喜欢他，悄悄告诉他："那天皇后把七皇子叫去训话，屏退了所有伺候的人，但是有个宫女在窗下摘花，不小心听到一句，皇后说：'至亲兄弟，犯不着为个伴读就……'"

为个伴读就怎么样呢？宫女没听见，也不敢听，连忙退了下来。但是言君玉觉得，这个伴读说的应该是自己。

那天在校场，太子是教训过七皇子的，大家都听着，算是落了七皇子的面子。在言君玉看来，七皇子这么阴损的人，肯定是会报复自己的，但他不但不报复，还示起好来，就有点让人费解了。

这天又是练武的日子，钟将军教了大家如何拉弓后，又让大家自己散开，言君玉警惕地看了七皇子他们一眼，躲到一边去玩了。

玩着玩着，忽然有个声音带着笑意道："多大人了，还玩弹弓。"

当时言君玉正用弹弓瞄着一棵树上的叶子打着玩，听到这话，回过头来，看见敖霁穿了一身红色锦衣,笑眯眯地看着自己。

"你怎么来了?"

"没大没小。"敖霁伸出手来揉他脑袋,"叫'哥哥'。"

言君玉一扭头,躲开了他的手,又朝他身后看,敖霁笑起来:"别看了,今日立秋,太子在含章殿陪圣上饮酒呢,百官都在,你家有人来没?"

言君玉摇摇头,问他:"你家呢?"

"有人,但我懒得去。"敖霁一翻身,极潇洒地上了树,找了个舒服的位置,躺在上面,展开扇子,盖住了脸,"你玩吧,有人欺负你就来这儿找我。"

言君玉才知道,原来他是担心有人欺负自己,所以过来看看的,答应了一声,本来是要换棵树继续打的,忽然站住了,说了声:"我把那匹驽马买下来了。"

"什么?"敖霁连扇子都懒得掀。

"没什么。"

他说的是那次去西市买马,那个卖马的商人骗了许多人的钱跑了,买了马的人都把马牵过来,聚在客栈下面闹,言君玉从那儿经过,看见那匹小红马还在那里,想了想,跟那主人讲价,花了五十两银子,把它买下来了。

言老夫人知道这件事,说他憨。

他是挺憨的,一条路总要走到黑,不撞到南墙,总是不会回头的。

又过了两天,七皇子和皇后一起用早膳,言君玉站在旁边等,眼观鼻,鼻观心,忽然听见一句"你就是那个言君玉"。

皇后亲自问话,他只能答道:"是的。"

皇后大概也没见过这么理直气壮的人,好好地打量了他一番,没说什么。

萧栩是很警觉的,饭也不吃了,看着皇后,皇后反而笑了。

她是很美的,眉眼和萧栩有点像,但是神色和太子是一样的,那是种尊贵而淡然的神气,仿佛什么都在她掌握之中。

她说:"说起玉,倒让我想起件故事来。"

皇后从来端庄、持重,不算温柔的那种慈母,更不会讲什么故事,所以萧栩顿时就竖起了耳朵,只听见她笑道:"这故事还是你父皇讲给我的,说他幼时,和广平王最好,两人是至亲兄弟,偏偏为了块玉闹翻了,几乎要打起来。先孝慈皇后知道了,问明了缘故,把那块玉拿来,又把两人叫来,你猜后来如何了?"

萧栩沉默不语，面容阴郁而贵气，抿紧了唇，一言不发，又倔强，又显得有点可怜。

皇后无奈地摸了摸他的头，叹息道："你呀，这性子跟你母亲是一模一样，以后只怕有的是苦头吃了。"

言君玉压根儿没听懂皇后的哑谜，也没把这事放在心上，伺候七皇子用完晚膳，他们这些伴读也吃了饭。言君玉找个机会，又溜去厨房偷了一包馒头过来，开开心心地往自己房间走，叫了两声"鸣鹿"，也没人答应，一进门，吓了一跳。

七皇子就坐在他房间里，神色阴郁地守株待兔。

言君玉第一反应是把馒头往后藏，被他瞪了一眼，又想起他早知道了，干脆露了出来，大大方方地把馒头收到书箱子里去了。

他正开箱子，听见背后的七皇子冷冷道："我不会把你让给二哥的。"

庆德帝十位皇子中，太子恰好是第二个，言君玉也是知道的。

他其实隐约也猜到了，因为七皇子忽然开始对他好了很多，那张弓，还有吃的，都是七皇子在示好的意思。

但其实他心里已经有决定了。

七皇子见他不答话，也猜到他在想什么，伸手过来，揪住了他，恨恨道："你别以为他是太子，我就怕他。父皇说了，这宫里的东西，我想要什么都可以，等会儿就去告诉父皇，你本来就是我的伴读，是他要抢我的东西。"

萧栩这么说，言君玉反而慌了起来。萧栩一见他眼中慌乱，知道他肯定是想做太子的伴读了，顿时心中又是气又是酸，抓着他，逼迫道："不准你觉得他好。快说，你不要当太子的伴读，不然我就……"

他这么蛮横，言君玉也生气了，又想起那天在校场上的事来，瞪着他道："不然你就怎样，把我当马骑吗？"

他一生气，整张脸都浮起红色来，一双眼睛亮得像星子，又像是烧起两团火来，饶是萧栩再蛮横，也不觉有点心虚。

"那是因为你不听我的话！"他辩驳道，"谁让你不肯跟我玩。"

"我为什么要听你的话？"

"因为你是我的伴读，就得听我的话。"萧栩执着地道。

"那你去找雍嘉年去，他是你的狗腿子！我是当伴读，又不是签了卖身契。"言君玉也气得口不择言起来，"你这人不讲道理，我不当你的伴读，去给太子当伴读去了。"

"你敢！"

"为什么不敢！"

两人如同孩子般吵架，僵持住了，萧栩揪住他衣领，言君玉拼命挣脱，两人你推我搡，动作越来越激烈，干脆扭打了起来。言君玉虽然有功夫在身，但是萧栩毕竟是皇家子弟，自幼骑射，力气比一般的少年都大，到底把言君玉按住了，两人在地上扭打。言君玉本来穿的是身改小的旧袍子，领口大，扭打间袍领敞开了，露出脖子上戴着的一块玉来。非常漂亮的羊脂玉，几乎和皮肤融为一体，衬着红色丝线，更加显得肤色比雪还白。

萧栩见了那块玉，不知道想到什么，忽然怔了一下，神色阴沉下来。

言君玉还没反应过来，只觉得肩头一痛，是萧栩忽然低下头来，狠狠在他肩膀上咬了一口。

这一口肯定咬出血来了，他实在吃痛，忍不住一拳挥过去，正打在萧栩眼睛上，萧栩痛呼一声，总算松了口。

"你咬我干什么！"他气势汹汹地骂他。

"我给你做个记号。"萧栩说，"就算你当了太子的伴读，看到这个疤，就知道你是跟着我的。"

他这话又偏执又气人，言君玉一时竟然不知道怎么回答，也怔住了，看他眼睛上被打的地方已经肿了起来，不由得有点心虚。

雍嘉年说的，打皇子，是要被抄家的。

言君玉一时之间有点慌，怕萧栩去告状，又怕他发起疯来，再咬自己一口，小心地打量了一下萧栩的表情，发现萧栩倒没有生气，只是神色看起来有点落寞，还有点悲伤。

言君玉打量他一下，他也发现了，他是很聪明的人，一下子就猜出言君玉在担心什么，摸了摸自己眼睛，道："没事，我不会跟他们说的。"

萧栩忽然变得这么好，言君玉反而有点不好意思了，他向来是吃软不吃硬的，见七皇子服软，也低声道："我不是故意打你的。"

"我知道。"萧栩说，"是我咬痛你了。"

其实这样看来，他这人也不是那么讨厌，言君玉不得不承认，撇去喜怒无常的性格，他这人其实是很好看的，尤其是隔得近了，可以看清他的眼睛，是很浅的琥珀色，睫毛很长，看起来倒有点忧伤了。

他像是有点打累了，也没有放开言君玉，就这样把头靠在了言君玉身上。

言君玉有点不习惯，浑身不自在，听见他忽然问自己："要是我以后把父皇赏我的东西都给你玩，你愿意留下来吗？"

他说得恳切，言君玉一时竟不知道怎么回答，正思考呢，又听见他忽然道："算了。已经不关你的事了，母后说了，二哥是太子，以后这天下都是他的，我们都不敢和他争，何必为难你呢。"

他像是真的想开了，说完这话，就松开了手，站起身来，拍了拍身上灰尘，倒真有点皇子的洒脱了。言君玉正理衣服呢，见他朝门口走去，以为他要走，却忽然听见他叫道："喂，言君玉！"

言君玉茫然地看着他，只见他笑了起来，好看是好看的，却莫名有点悲伤。

他说："不要忘了我啊。"

七月十四日，言君玉被选为太子伴读，入住东宫。

第二章

东宫

人是敖霁过来接的，不知道为什么，选在晚上过来，天都快黑了，这边都准备吃饭了，忽然有个小太监进来传话，让言君玉出去。

言君玉出去一看，没看见人，正疑惑呢，脑袋上忽然被弹了一下。他惊讶地回头，敖霁抱着手，笑眯眯地站在宫墙转角处。

"东西收拾好没？"他看起来有点疲倦，但仍然是带笑的，手上还抛着颗果子，显然就是拿那个砸的言君玉。

"鸣鹿早收好了。"

"那走吧。"

他伸手揽过言君玉的肩膀，言君玉刚想说话，嘴里忽然被塞进了一颗东西，他疑惑地咬了两口，只觉得汁水清甜，又带着点酸味，里面有个圆圆的核，核面十分光滑。

"咦，这是什么，好好吃。"

他吃东西的时候腮帮子上鼓起一团，看起来确实是憨憨的。

敖霁被他气笑了，狠狠揉了一把他的头。

"荔枝都没吃过，出去说是王侯子弟都没人信了。"

言君玉进去，鸣鹿早把东西都收好了，仍然是进宫时的几个箱笼，只有一把弓没地方放，放在床上。言君玉拿起来看了看，是七皇子给他的那把，上面有彩绘和宝石，十分华丽。

"少爷，这把弓还要吗？"鸣鹿问。

"带上吧。"

这是言君玉第一次来东宫，他以前虽然也敢去找谌文玩，但并不敢跑远了，这次走得这么远，两边都是高高的宫墙，又是晚上，一切都是新奇的。

东宫十分气派，倒有点像圣上的正德宫的气势了。宫殿外有长长的丹陛，悬着大灯笼，侍卫提着灯、执着戟巡逻，敖霁似乎跟他们很熟，那个侍卫队长还问他："怎么这么晚回来？"

"陪太子去西郊狩猎了。整整骑了五十里地，骨头都颠散了。"敖霁看着小太监们从车上下东西，懒洋洋道。

"殿下呢？"

"被圣上留下用晚膳了，容皓他们陪着，我就先回来了。"

那队长偏偏眼尖，看见敖霁身边的言君玉，提起灯笼来，往言君玉脸上照了照，笑道："你去哪儿拐了个小孩子来。"

言君玉眼睛被灯笼晃了一下，又听得他语气轻佻，不由得有点生气，抬起头来，瞪着他道："我十六了。"

"哟，生气了。"那队长"哈哈哈"笑起来，"快进去吧，里面摆饭呢，晚了赶不上了。"

东宫的伙食倒是真不错，今天狩猎，所以很多野味。敖霁大概以为他在七皇子那儿天天挨饿，还特地给他夹了一大盘獐子肉："多吃点，不多长点肉，你骗人说自己十六岁都没人信。"

言君玉吃了个饱，又被抓去洗澡，换了衣服。东宫伴读衣服都是宫里做的，光夏天的外衣就八套，全是上好的料子，用敖霁的话说："不穿好点，出去丢的可是东宫的脸。"

言君玉满心以为吃饱了、洗了澡就该睡觉了，谁知道又被敖霁叫出去："跟我走。"

"去哪儿？"他吃得太饱，有点犯困了。

"你是伴读，你说去哪儿？"敖霁说完，见他还是一脸不解，气得戳了戳他脑袋，"好家伙，挑灯夜读不知道？怪不得书读得这么差呢。"

言君玉跟着他，从伴读住的偏殿里出来，绕过回廊，看见一片非常漂亮的花园。晚上天黑，只看见池子里开了许多荷花，清香一直传到这边来，然后才进了正房。敖霁一边走一边教他："正殿只在圣上或者皇后驾到时用，太子平常起居都在这里，这地方叫思鸿堂，这两间是坐卧、起居用的，里面是书房。"

即使在晚上，思鸿堂也灯火通明，外面月色清明，里面帘幕重重，一路走来，伺候的宫女都天仙般漂亮又温柔，领头的那个更是风姿绰约，带着笑意问："这就是被七皇子欺负的那个伴读？"

"这是云岚，你叫她'岚姑姑'就行了。"敖霁懒洋洋道。

饶是云岚脾气好，也被他气笑了。

"你可以叫我'岚姐姐'。"她十分细心，伸手替言君玉理好了折进去的衣领，又接过旁边宫女的茶盘，领着他们进去，"先坐着看会儿书吧，刚问了庆和殿那边，殿下一时回不来，且有的等呢。"

言君玉这一晚上的时间，见了许多漂亮、活泼的人，又吃了许多好东西，终于能安静地坐下来。思鸿堂的陈设看起来都精致、贵气，临窗的榻上铺着锦绣银龙的垫子，又摆着书桌，满满几架书。敖霁让他坐在桌边，拿了一堆字帖来让他练："你那狗爬似的字要是被人看见，东宫的脸都被你丢完了。"

言君玉被敖霁说得脸红起来，默默埋头练字，云岚心疼他，给他倒了茶，又端了许多果子来。敖霁嘴上刻薄，对他却好，叫云岚："装盘荔枝来，再点支龙脑香，免得他打瞌睡。"

他找来的字帖都是些不适合新手练的，言君玉只能拿着薄纸在上面一笔一画地描，描了一会儿，眼花起来，抬头看看，发现敖霁也拿着本书在旁边看，不好打扰，只能默默吃荔枝。

他是在私塾启蒙，老先生只会讲"之乎者也"，听得人打瞌睡，所以学了个半懂不懂，握笔也不会握，越握越往下，脑袋快砸到纸上。这房间里摆着冰块，一点不热，还有点凉丝丝的，又安静，宫女出去进来，一点声响也不闻，只听见滴漏的声音，催得人昏昏欲睡。

言君玉瞌睡虫上身，眼睛都睁不大开了，正揉眼睛时，只听见外面一阵喧哗，许多明亮灯光从窗外晃了过去，宫女们也都活动起来，云岚更是迎了出去。

他听到外面传来说笑声，有许多人的声音，都很陌生，隔着重重帘幕，偏偏看不真切，不由得欠起身来，心中充满期待。这感觉像极小时候过年，早早地就开始高兴起来，也不知道是为什么，就觉得周围的一切都带上了光彩。

喧哗声近了，终于到了面前来。

云岚笑着掀起帘子，说着"殿下今日可是喝醉了"，思鸿堂里灯光明亮，照见她身后的太子，仍然是高挑修长的身材，俊美面孔，唇角带着笑意，明明他身后跟着的人也都是出色的，却好像他一个人就把整个房间都照亮了。

太子一眼就看见了言君玉，朝他笑了笑。

敖霁早站起身，言君玉也有样学样，站了起来，被太子一笑，也只好朝着太子笑回去。两人都没说话，反而是太子身后的青年先开口："敖霁，这就是那个小伴读？"

看来所有人都知道七皇子欺负他，所以太子才把他换过来的事了。

说话的青年也穿着锦袍，只是文雅许多，彬彬有礼地对着言君玉介绍道："我叫容皓。"

"我叫言君玉。"言君玉连忙也介绍，忍不住问道，"你也是太子的伴读吗？"

"是。殿下有四名伴读，敖霁，我，还有一位正在边疆，快回来了……"容皓倒是很好说话。

太子已经坐了下来，云岚亲自端了茶过来，宫女也上来伺候。言君玉偷偷看他，发现他确实有点醉意，所以眼中温柔，倒平易近人许多。

谁知道他醉了后反而更灵敏，也看了回来，笑着问道："在吃什么？"

言君玉怔了一下，意识到他在问自己，连忙把嘴里含着的核吐了出来："荔枝。"

言君玉也学着宫女的样子，把自己面前的荔枝盘端给他，把敖霁都逗笑了："你当是什么好东西，献宝呢。"

言君玉不由得有点窘，正要收回手，太子却伸出手来，从他的盘子里拿了一颗荔枝。

"听说荔枝也能解酒。"他云雾般漂亮的眼睛专心地看着言君玉，带着笑意道，"多谢了。"

因为太子醉了，所以大家坐了一会儿就散了，各自回去睡觉，这就让言君玉对当伴读的辛苦程度产生了一点误会，所以当第二天凌晨敖霁来叫他起床的时候，他整个是毫无防备的。

"现在什么时候了？"他睡眼惺忪地问。

"卯初三刻。"敖霁毫不留情，"快起来，不然掀被子了。"

言君玉迷迷糊糊地起了床，用了早饭，跟着他去了思鸿堂，惊讶地发现太子早就已经在那儿看书了，那个温文尔雅的容皓也在那里，拿着本古书在看，从书页后瞥了他们一眼，笑了起来。

"敖老三，你越活越回去了，还迟到起来了。"

"你闭嘴。"

敖霁面沉如水，拎起言君玉，放在书桌边上，又搬起一堆字帖给他。容皓还要惹敖霁："看不出来啊，敖老三，你养孩子是一把好手……"

言君玉常年闯祸，很会察言观色，看敖霁一副要爆发的样子，连忙乖巧地埋下头来写字帖。

就在他以为这两人一大早就要打起来的时候，只见太子抬起眼睛，淡淡道："看来你们都还有力气，那下午再去趟西郊好了。"

"又去狩猎啊？我现在骨头还疼呢。"容皓皱起眉头。

敖霁抓到机会，趁机反击，冷笑道："容老七，你才二十岁啊，身体就弱成这样了，可怎么对得起贺家小姐，干脆退了亲，反正娶过来也是让她守活寡。"

云岚正好进来倒茶，听到这荤话，不由得红了脸，"啐"了一声，掀帘子出去了。只有言君玉，完全听不懂，一双眼睛滴溜溜地转，好奇地盯着敖霁。

"我好歹有门亲事，不像某些人，不学无术，京城里都出了名，没人敢把小姐嫁给你，以后可怎么收场……"容皓仍然笑得温和。

这两人打"言语官司"打得正开心，言君玉听了个半懂不懂，正看热闹呢，一只手伸过来，敲了敲他面前的字帖。

"这个字写错了。"太子淡淡道。

言君玉也不知道为什么，莫名地有点怕他，碰了碰他目光，"哦"了一声，就低下了头。

他提起笔来，把这个字再写了一遍，刚写完最后一笔，就听见耳边声音道："又错了。"

言君玉莫名其妙地慌起来，还没反应过来，握紧了笔杆，想写好点，然而那只手伸过来，带着他的手。

太子的手修长且漂亮，带着凉意，他站在言君玉身后，细细的笔杆顿时变得滑不溜。言君玉的手心不自觉沁出汗来。

"手要这样握，"太子握住他的手，将笔落在纸上，"字才能写得端正。"

他的指尖像玉一样干净，言君玉慌乱地偏过头，看见他的侧脸，鼻梁高挺，睫毛在眼窝处落下阴影，唇角却微微勾出一个弧度。

他就这样握着言君玉的手，教他写了一个"岁"字。

"怎么了？"他似乎察觉到言君玉的不知所措，侧过头来。

"没……没什么。"言君玉忽然结巴起来。

太子笑起来，大概把这当成小孩子的害羞，收回了手。

"写完这张帖子就出发吧，西郊路远，再拖到晚上回来，父皇又要找我喝酒了。"

这是言君玉第一次骑真正的高头大马，他那匹小驽马，到底是血统限制，长不太高，虽然灵巧，和宫里的大宛马还是不一样的。先前在七皇子那儿练武，牵出来的马就够好了，这次一看，每一匹都跟演义中的赤兔、乌骓一样。

东宫自己养了马，小太监在牵马，言君玉在墙角踢石子，敖霁提着马鞍出来，叫他："过来试试这鞍。"

不怪容皓笑他，他确实有点像言君玉的兄长，什么事都照顾言君玉，偏偏又都是用嫌弃的语气。言君玉倒机灵，分得清好歹，也乖乖地听他的话。

其实言君玉在十四五岁的少年里已经算高的了，但比敖霁他们还是矮出一个头，身量也单薄，夏天天热，穿了件松香色的衫子，皮肤白，看起来实在不是什么经得起摔打的样子。

敖霁是善于骑射的人，扶他上马的动作也正好，直接双手托着他的脚。言君玉按着敖霁的肩膀，翻身上了马。

大宛马比小驽马高大许多，也健壮许多，膘肥体壮，腰身滚圆，所以显得言君玉身量实在不够。骑马最忌腿短，踩不住马镫，就容易摔下来，敖霁不厌其烦，给他调好了马镫，告诉他："不舒服要说，下午得跑几十里路，疼了也没人管你的。"

言君玉神色认真地点点头，一副视死如归的表情。

敖霁被他逗笑了，揉了揉他头发，刚要说话，那边太子已经上马了。

因为要狩猎，太子穿了身玄色胡服，头发是束起来的，翻身上马的动作潇洒无比，只看见他袖口龙纹的金光一闪，人已经稳稳当当骑在马上，身姿挺拔，背上的弯弓如同一弦半月。

言君玉只管看得出神，满是羡慕，敖霁见他这么没出息，气得在他脑袋上拍了一下，自己去上马了。

东宫在宫中向来地位超拔，直接骑马出的宣武门，浩浩荡荡数十人，全是英挺、潇洒的青年。敖霁打头，穿一身朱袍，手里擎着一杆龙旗，策马当先，后面的人浩浩荡荡，有架鹰的，有牵狗的，簇拥着太子出了宫，都是东宫近臣，护卫和伺候的人只能远远地跟在后面。

言君玉被夹在人群里，只觉得又热闹又新奇，心想怪不得祖母要他进宫来，原来宫里这么好玩。

周围都是比他大许多的青年，连昨晚那个侍卫队长也在，是个高大、健壮的青年，面色黝黑，穿着雁翎服，大声和其他人说笑着，还追上前去，笑敖霁："敖公子，累了就说一声，我来帮你拿着。"

"滚滚滚！"出了宫，敖霁说话更加放肆了，"小爷手断了也轮不到你们。"

西郊紧邻皇宫，是皇家狩猎的围场，常年有人看守。这季节树木茂盛，一片翠绿，生机扑面而来，言君玉在宫里闷了快半年，不由得眼前一亮。

一行人动静这么大，早有兔子吓得从草丛里钻出来，不知道被谁一箭射中，留给后面跟着的下人去捡。

"我也可以射箭吗？"言君玉跃跃欲试地问身边的容皓。

"这些猎物都不算什么，我们得去围场深处，那里才有好猎物。"容皓告诉他。

"什么是好猎物？"言君玉来了兴趣。

容皓没有回答，而是朝前方抬了抬下巴。

他指的是前方的太子，从言君玉这儿看过去，只能看见太子的背影和太子背后的弓，真是一把漂亮的弓啊，线条简单，却几乎有人肩头高，用的好像是犀角，看着都觉得危险。

"什么是好猎物，殿下说了算。"

一个时辰后，言君玉知道了这问题的答案。

彼时他们已经猎了许多猎物，有鹿，有獐子，有狐狸，连容皓的腰边都挂了两只兔子，太子却始终未动弓箭，浩浩荡荡的队伍在林子里穿行，猎鹰上空盘旋，猎犬步步紧逼，根本无隙可逃。

那不过是个普通的树丛，所有人都没发现端倪，都已经准备走过了，有一条猎犬却忽然伏低身体，呜咽起来，很胆怯的样子。

大家都来了兴趣，刚要靠近，只见一道影子快如闪电，从树丛中扑了出来，将那条暴露它的猎狗直接扑杀在地。

离它最近的几匹马都吓得大声嘶鸣，有一匹干脆直立了起来，把马上的侍卫都摔了下来。

那是一只斑斓的花豹，已经是困兽犹斗，所以格外凶狠。言君玉第一次亲眼看到这等猛兽，只觉得那双眼睛里藏着无限的杀机，是全然不同，却又充满魅力的生命。

那一刻他忽然福至心灵，转头去看太子。

穿着玄色胡服的尊贵青年，此时正弯弓如满月。他的肩臂舒展，身体的线条流畅到极致，林间的风吹起他的发带，带尾是金绣龙纹，从他脸侧扫过。

但他的眼神，与花豹如出一辙。

放弦，破空声响起，箭去如流星，飞扑在空中的豹子身形一滞，直接摔落在地。周围有瞬间的安静，然后喝彩声与贺喜声一齐响起来，早有几个侍卫上去抬着还未完全断气的豹子过来讨赏，容皓从袖子里掏出金锭子，漫撒下去。

而射杀这猎物的人，太子殿下，只是在人群的簇拥中安静笑着，他收起了弓箭，温柔得像什么都没发生过一般。

回去的路上，所有人都在兴致勃勃地议论着那只花豹，还有人说要去给圣上报信，一路上热闹异常，因为要赶在天黑前回去，都在打马疾驰。言君玉安静地跟在人群中，默默地努力策马。太子的背影仍然在最前面，玄色的背影，被夕阳映着，挺拔而贵气。

言君玉年纪太小了，这里所有的人都比他至少大上四五岁，怎么都追不上的。

但他还是想离得近一点。

回到东宫，正是酉时。

敖霁半路上被那侍卫队长拖去喝酒，只嘱咐了言君玉一句："晚上早点睡。"

言君玉懵懵懂懂地跟着队伍回了东宫，众人热热闹闹下了马，伺候的小太监们胆小得很，都围着那豹子不敢碰，有侍卫大笑起来："怕什么，断气好久了。"

进了东宫，人就少了起来，只剩言君玉和容皓，还有几个太监跟着，侍卫都散了，太子回了思鸿堂。云岚出来迎接，一边接衣服，一边笑着道："殿下今日玩得开心吗？"

太子淡淡的，没说话，容皓先拣了个地方倒下去："我得歇歇，骨头散架了。"

"快去洗澡。"云岚笑着赶他，"一身灰尘，脏兮兮的，像什么样子。"

"你怎么不叫小言去洗澡。"容皓整个人瘫在睡榻上。

"好不要脸，小言才多大，你多大……"她正笑话容皓，只听得一边的太子忽然淡淡道："小言受伤了。"

其实敖霁叫言君玉都是连名带姓，总有点恨铁不成钢的嫌弃，偏偏这个容皓，昨天才第一次见面，就"小言，小言"地叫起来，带得云岚他们都跟他一起叫。太子却是第一次这样叫言君玉。

言君玉正盯着盘子里的果子出神，忽然被太子叫了句"小言"，吓了一跳。

其实下马时言君玉跟跄了一下，太子回头看了一眼，言君玉还以为自己隐藏得很好，没想到那时候就被他看出来了。

"来，我看看，小言伤到哪里了。"容皓刚才还跟死鱼一样，这时候却来了力气，笑眯眯凑过来。言君玉连忙躲开，牵扯到腿根，不由得动作迟缓些，被他按住。这人装得文弱，其实也是练过武的，顺手就摸过来："我猜一定是这里。"

言君玉顿时涨红了脸，挣脱开来，躲到书桌后面，神色戒备地瞪着他。

容皓这人初看文雅，其实无聊得很，见言君玉躲自己，顿时来了兴趣，刚要再逗逗他，只听见太子的声音冷冷地道："容清商。"

"清商"是他的字，寻常文人交往，都是称字不称名，以示尊敬。他们互相之间都是称名，是关系亲近的意思，一旦叫起字来，就是在警告了。

"好好好，我不欺负他。"容皓溜得倒快，"我去洗澡，明天左相讲书，晚上读杨朱？"

"无所谓，太傅打的又不是我。"太子还要吓他。

容皓总算走了。云岚上来，拿着药笑道："到底伤到哪儿了，我看看。"

她又不比容皓，言君玉不能用蛮力反抗，只能揪住了裤子，死活不让她碰。

云岚无奈："我让小太监给你上药好不好？还是你把药带回去，让你的小厮帮你上药？"

"你把药放下，我自己上。"

"胡闹，你怎么知道伤的轻重，你那小厮太小，怎么两个孩子就敢进宫来，要不把太医叫过来……"云岚还在坚持，言君玉只得求助地看向太子。

"你先出去，我帮他看看。"太子总算开口。

云岚惊讶地看了他一眼，到底是命令，只得退下。

太子喜洁，阖宫皆知，打的猎物沾了血污都不看的，骑马的伤口血肉模糊，竟然也肯看。

人都退下了，言君玉提着裤子站在书桌后面，一时有点尴尬，偷偷瞟了太子一眼，准备趁机溜回自己房间去，刚走两步，只听见背后人道："我有个皇叔，十多岁时骑马弄坏了腿，现在还瘸着。"

言君玉被这话吓了一跳，只得站住了，太子见他这么好骗，也笑了："过来。"

他只能乖乖过去，在睡榻上坐下来，太子似乎没有碰他的意思："裤子脱了。"

其实认真说起来，言君玉不让容皓看，是因为容皓老取笑自己，云岚是女子，更不能看。按理说，给太子看看应该没什么，而且伴读本来就该听话，但他心里就是有点别扭，不想让太子看见自己的伤口。

他犹豫一下，还是掀起衫子下摆，慢慢褪下了裤子，尽管有裈裤，还是看得见大腿内侧被磨得红肿起来，那地方本来就极柔嫩，在马上跑了几个时辰，有些地方已经破了皮，雪白的裈裤上沾了不少血，看起来触目惊心。

太子皱了皱眉头。

"你第一次骑马？"

"不是，"言君玉的耳朵又烧起来，"在家里没有骑过这么久。"

太子的脸上神色平静，看不出一点喜怒，那双烟灰色的眼睛如同月光般干净，安静地盯着他的伤口。

"为什么不说？"

"忍忍就好了，我可是男子汉大丈夫！"言君玉竭力表现得无所谓一点，甚至努力笑着道，"骑马不都是这样过来的吗？敖霁、容皓，还有殿下你……"

"我没有受过伤。"太子淡淡道。

"为什么？"

"因为我不像你这么傻。"他抬起头来，看着言君玉的眼睛，言君玉也一脸懵懂地看着他。不知道为什么，他的眼神里忽然带上笑意，伸出手来，像敖霁一样揉了揉言君玉的头发："把裤子穿上吧，给敖霁看见，又要误会了。"

"误会什么？"

"没什么。"

太子收回手去，言君玉却觉得头顶还有被揉过的感觉，清晰得不讲道理。

不知道为什么，言君玉忽然也觉得开心起来，仿佛腿上的痛，也没那么难以忍受了。

敖霁是深夜回来的。不知道从哪儿听说言君玉受了伤，把他从被子里挖了出来。

"裤子脱了。"

言君玉睡眼惺忪，默默脱了裤子。

"鸣鹿已经给我上过药了。"他解释道，"太子说是皮外伤，上了药就行了。"

敖霁在他额头上敲了一下。

"还敢提太子，太子一句话，你就把裤子脱了，气死我了……"

"这有什么好气的，又不会少一块肉。"言君玉困得眼睛都睁不开，"你快点看吧，太子说明天早上还要读书呢。"

"这也太子，那也太子，你迟早被太子卖了都不知道。"敖霁气得拿被子蒙住他的头，揍了他两下就出去了。言君玉以为敖霁走了，谁知道过了一会儿又进来了，把他拉起来，重上了一遍药，说是这个药效果最好，伤口好得快点。

"你骑马的时候也受过伤吗？"言君玉忽然想起一件事来，好奇地问。

"受过。"敖霁低着头给他上药，也许是灯火昏暗的缘故，连他这么凶巴巴的人也显得有点温柔。

"那为什么太子骑马不会受伤呢？"

敖霁的动作停了一下。

"你真想知道？"

"真想知道。"

敖霁抬起头来，看着言君玉的眼睛。

"因为他是太子。"他平静地道，"宫中旧例，太子受伤，服侍的下人一律打死，伴读及近臣杖四十，罚俸三年，有蓄意谋害太子者，诛九族。牵连者皆凌迟处死。"

言君玉吓得睡意都没了。

敖霁显然对他的反应很满意。看了他一眼，又低下头涂药了。

"我和容皓，都是和太子一起长大的伴读，所以偶尔会和他说笑。但是我不希望这给了你错觉。你要知道，在这些说笑的背后，我们仍然有着尊卑之别、君臣之礼，我们的生死荣辱都在他手里。"他垂着眼睛，"你懂我意思吗？"

言君玉连忙点头。

他犯傻的时候让人生气，真被吓到了又怪可怜的，敖霁心软下来，揉了揉他的头。

"总之，皇家无真心，记住了吗？"

"记住了。"

因为被告诫了一番，第二天言君玉就收敛很多了，早上读书，明明他一点听不懂，也拿了本《列子》认真地看。太傅还以为他是像谌文他们那样以好学选进来的，还考问了他两个问题，结果一问三不知，失望得直叹气。

容皓倒是对答如流。言君玉发现他这人有点像只狐狸，很狡猾，什么都要藏着，明明读书读得这么好，昨晚还要开玩笑，说要临时抱佛脚。

不知道为什么，太傅明明是教太子的，却不过问太子的功课，只是他讲，太子听。言君玉有点好奇，本来下了课想问问为什么，又想起昨晚敖霁的警告来，不敢造次行事。

就这么平安无事地过了几天，言君玉在东宫也混熟了，不仅宫女、太监都认得他了，连那个侍卫队长也开起他的玩笑来，经常看见他，就叫他："小言，过来，给你个果子吃。"

言君玉第一次信了，满心期待走过去，结果被侍卫队长屈起手指，在额头上弹了个脑瓜崩。侍卫队长还大笑起来："这个叫脆豆儿，好不好吃？"

言君玉从此记恨上他，不管他怎么叫，再也不搭理了，倒是敖霁知道之后，把他揍了几拳。他很经打，还笑敖霁："敖老三媳妇没讨上，倒捡了个儿子，整天这个操心哟……"

这侍卫队长叫聂彪，手劲大得很，言君玉被弹的地方留了个红印，两三天才消。这天太子在看书，抬手要茶，顺便瞟见，笑了："怎么长了颗痣？"

他伸手过来，言君玉不知道脑子里怎么想的，也许是想起了敖霁的警告，本能地一偏头，躲开了。

太子的手在空中摸了个空，顿了顿，没说什么，又低下头去看书了。

言君玉为那一躲懊恼了许多天。

他其实知道敖霁说的是对的，都说敖霁把他当成了自己的弟弟，自然是为他好的。就跟言老夫人一样，是为他考虑的。

但是那匹小红马真的太漂亮了，尤其是那双眼睛，他第一次知道马的眼睛里也是有感情的，言君玉的手一碰它，它就把头靠过来了，亲昵地蹭着他。天晴的日子里，言君玉还带着它去乐游原，把缰绳卸了。自己躺在草地上晒太阳，它就在旁边吃草，时不时拱他一下，免得他睡着了。

就算他后来骑过了进贡来的御马，也看到了传说中的汗血宝马，仍然觉得它最好。

撇开这些事不说，言君玉在东宫的日子还是过得很开心的，教太子读书的夫子们都和气得过了分。后来他从容皓那儿知道，原来先生不能随意考查太子，是因为太子是皇储，况且已经成年，是有君臣之分的。就跟臣子不能考查皇帝是一个道理，其余皇子就没这个忌讳了。

因为这，太傅也不怎么惩罚伴读，况且这颜太傅是个好老师，知道因材施教，见言君玉只是底子差，不是偷懒，况且也挺刻苦，也就不苛责他了。只找了几本比启蒙稍深的书，让他背熟了，打好底子。言君玉虽然不会读书，却是很乖巧的，况且也尊重老人，不像一般的王孙公子那样骄纵。所以太傅也喜欢他，对他也特别关照。

言君玉生了一张好皮囊，人虽机灵，却不势利，反而一片赤诚，所以东宫上下都颇喜欢他。尤其是云岚，把他当成自己弟弟，一天到晚打点他的穿衣。她针线活做得非常好，皇后娘娘送给先太后的万寿屏就是她绣的。这宫里的宫女也喜欢斗巧，她给言君玉做了几身衣服，言君玉穿出去，常有小宫女过来问是谁的针线活。

言君玉其实是不太乐意的。他从小的志愿就是当大将军，去边关杀敌、打仗，结果被云岚打扮得粉雕玉琢的，跟观音座下的金童一样，心里很是困扰。

但他脾气好，反抗不了，也只好乖乖穿着。这天跟着太子去燕王府做客，王妃见了都赞叹一声"好漂亮的孩子"。他听了，自己默默躲到墙角生闷气。

这都是小事，最大的一件不如意的事，就是因为东宫的侍卫队长，叫作聂彪的家伙。

他们都是跟敖霁一起玩的，不知道是看不惯敖霁对他好还是怎么的，敖霁一转脸，他们就开始逗他。经常他好好地走着路，就被叫过去，搓圆弄扁，头发都被揉成了鸡窝，把他当个小玩意儿。他要真生气，他们就笑着一哄而散了。

这天总算被他逮到机会。聂彪本来又在门口堵住了他，一堆人逗他玩，忽然有个侍卫进来传了句话，他们就都走了。言君玉本来也要走的，忽然看见门槛下有金光一闪，捡起来一看，是块腰牌，金灿灿的，上面雕了条龙。翻过来，后面刻了聂彪的名字和容貌特征——身长八尺，面阔额方。

他知道这是什么，这是东宫侍卫长的腰牌，见牌如见人，这东西对侍卫很重要，前几天有个侍卫丢了腰牌，被聂彪狠狠地骂了一顿。

言君玉心里顿时得意起来，想到聂彪这些天一直欺负他，决定把这腰牌藏起来，让聂彪好好地急上一阵，再拿出来。

他打定主意，顿时就开始找起藏腰牌的地方来，想了想，还是藏在思鸿堂最妥当，太子平时坐着的睡榻是没人敢动的——重，紫檀料子又雕着累累的花。他蹲在地上，把手伸到下面，把腰牌藏在最里面。

他正做坏事呢，只听见背后一个脆生的声音道："你在干什么？"

他吓了一跳，回过头来，原来是个极漂亮的小女孩子，不过十四五岁，很骄纵的样子。这东宫的宫女已经够漂亮了，但这女孩子实在生得灵秀，如同冰雪雕成的，唇色殷红，樱桃一般，眼睛漂亮得像湖水，漾着碎光的波，巴掌大的脸，头发却厚，云一样，绾了个髻，穿着一身银红裙衫，光彩照人。

言君玉这才知道，原来在见到漂亮的人的时候，是真的想赞叹一声的。

不过这女孩子脾气不太好，问了话，见他没回答，皱起眉头，道："你快说你是谁，为什么在太子哥哥的宫里，不然我让人打你哦。"

"我是太子的伴读……"言君玉老实地回答道。

"伴读？我还以为你是个小太监呢。"女孩子不感兴趣地转开眼睛，"太子哥哥呢？他今天不是不用出门吗？"

"太子在御书房，太傅打发我先回来了。"

他正和这女孩子说话，只听见背后有笑声传来，原来是太子回来了，自然是前呼后拥。容皓先进来，笑了："玲珑怎么来了？"

原来这女孩子叫作玲珑。她瞪容皓一眼："我为什么不能来？"

她脾气这样坏，等太子进来，却忽然忸怩起来，声音也小了，也不飞扬跋扈了，先过去行了一礼，低声道："太子哥哥。"

太子对她似乎也颇好，笑了笑，道："什么时候来的？"

"刚到。"她把手上的锦盒递给太子，"姐姐让我给你送这个过来。"

云岚上去收下来，笑着看了她一眼，道："玲珑最近瘦了，更漂亮了。"

她说完就借机走开了，容皓他们也都去了外间，只有言君玉最呆，还傻傻站在里面，玲珑耗不过他，瞪他一眼，只得从袖子里又拿出一个荷包来。

"这是什么？"太子笑问道。

玲珑的脸迅速地红了。

"是我在广安寺采的莲心。"她的声音越发低起来,"太子哥哥晚上看书,用这个泡茶喝,对眼睛最好。"

她说到后来,声音细如蚊蚋,言君玉正奇怪呢,敖霁大概想起他还在里面,又转回来,抓住他衣领,把他拖走了。

言君玉脑子里一片糨糊。

"那个,玲珑,她送太子莲心……"

"送什么都行,人家小女孩子春心荡漾,关你什么事。"敖霁没什么好气。

"玲珑是太子妃的亲妹妹,看来是要当侧妃了。"容皓在旁边笑眯眯地喝茶,"敖霁,你看看太子,再看看你。"

"太子妃?"言君玉睁大了眼睛。

"是啊,怎么了?"容皓一脸蒙,"太子三年前就大婚了,娶的是叶相家的女儿。叶相是凌烟阁第一位的功臣之后。太子妃上月去广安寺进香了,估计快回来了吧。我们这群人早就只剩敖老三一个光棍儿了,哈哈哈。"

容皓他们在厅堂里聊起天来,言君玉默默站了一会儿,又进了书房。

他进来的时候,玲珑正好出去,瞪了他一眼,嘴里仍然在说:"景衍哥哥,我走了哦。"

"路上小心。"

太子平静嘱咐道,又垂下眼睛去看书。他穿的素色锦袍,外面天已经黑透了,光照在他身上,仍然如同第一次见面一样,像是俊美而冷漠的神祇。

言君玉站着没动。

"怎么了?"太子看了一会儿书,抬起头来,"怎么一副要哭的样子。"

周围没有镜子,言君玉也不知道要哭的样子是什么样子。

言家的书房,言君玉以前是很少在里面待的,有次捉迷藏,在里面躲了一下午,他以前只知道那里有许多被蛀坏了的书,也有以前的历任镇北侯写的字,都是他先辈的,十分无趣。但是那天他在故纸堆里翻到一方很小的印章,印出来,是四个字,咫尺天涯。

那时候他不懂,咫尺怎么又会变成天涯呢。近在眼前的东西,抓得住,摸得着,跟天涯有什么关系呢?

不知道为什么,他忽然想起月亮来,月亮映在水里,也是看得见、摸得着,但是抓起来，就只剩一捧水了。

大概这就是咫尺天涯。

太子忽然抬起眼睛，认真地看了他一会儿。

"过来。"

言君玉过去了，太子抬起手来，这次他没有躲。

太子没有像敖霁一样敲他的头，也没有像聂彪他们一样，胡乱地揉他的头发。太子只是像打量一件什么东西一样，安静地看着他。

太子的眼睛，是烟灰色的、淡漠而贵气的眼睛，里面的目光渐渐专注起来，言君玉没有躲避，也抬起眼睛，看着他。

有那么一瞬间，时光似乎慢了起来，周围的一切似乎都渐渐褪色，言君玉的心里，唯一一个念头，就是读懂他眼睛里的内容，但又隐约觉得，读不懂似乎也没关系。

言君玉一直很怕太子，连他自己也不知道在怕什么。他吃过许多苦头，而太子是他见过的最有礼有节的一个人，太子不会打他、骂他，或者像别人一样捉弄他，但他怕所有人的恐惧加起来都少于怕太子的恐惧。

太子忽然笑了起来。

"小言，其实你什么都不懂。"他的唇角勾了起来，像是在笑自己多心，"你才十五岁。"

"我十六了。"言君玉辩解。

他挑了挑眉毛。

"是吗？"

"真的，我已经很大了。"言君玉极力证明，"我什么都知道。我知道玲珑喜欢你，所以她送你莲心，还脸红……"

太子笑了起来。

"嘘。"他笑着制止言君玉，"女孩子的心事，不要随便议论。"

他是在替玲珑遮掩。

言君玉急了。

"你也喜欢她对不对，要娶她吗？"

"不，我不会娶她的。"

"但是你让她叫你的名字，而且你的太子妃……"

"这是伴读应该管的事吗?"太子平静地反问。

言君玉一瞬间泄了气,就算他再不懂规矩,也知道自己逾越了,他自己也觉得这样追问挺没意思的,不由得垂头丧气起来。他活了十六年,从未有今日这样的情绪,好就是好,不好就是不好,被七皇子欺负,他也只觉得是被疯狗咬了,躲开就完了。然而今天什么坏事都没发生,他却觉得心都灰起来。

太子抬起眼睛,安静地看着他。

太子的目光似乎是有着暖意的,又好像跟他看任何人都没什么不一样。言君玉忽然想起太傅说过,"为君者,要对天下子民一视同仁"。他虽然呆,也知道太子的温柔不过是一种表象而已,不然敖霁他们为什么那么怕太子呢。

但是太子忽然叹息了一声。

言君玉还以为自己听错了,毕竟他跟了太子这些天,还是第一次见太子露出情绪来。

太子伸手摸了摸言君玉的头,告诉他:"我没有让玲珑叫我的名字。"

言君玉没有说话,太子继续道:"景衍也不是我的名字,只是我的字而已,天下人都知道的。"

"那你的名字叫什么?"

言君玉问得直接,以至于自己都有点后悔,怕太子不会回答。

但太子顿了一下,还是回答了。

"这一代皇子,名字从木。"太子看着言君玉的眼睛,告诉他,"我叫萧櫈。"

如果敖霁在这里,他大概会大惊失色的。因为这宫内任何一个有点常识的人都知道,太子的名字,取的是极为生僻的字,因为取名时就已经注定要继承大统,为了天下人避讳方便,所以取得越生僻越好。

皇帝的名讳之所以要避,就是因为没人敢提起。就比如当今圣上,先太后薨逝后,最后一个有资格叫他名字的人也没了,天下人只知道称他为"庆德帝"。太子是储君,普天下能提起这名字的,也不过圣上与皇后而已。

但言君玉并不知道这句话的意义,他只是追问:"那是哪个'櫈'呢?"

太子并未提醒他又僭越了,反而笑起来。

"你现在知道多看书的好处了?"

敖霁走出厅堂,见庭院中月色如银,云岚正坐在廊下,似乎在编织一个璎珞项圈。细细的金线在她指间穿梭，把各种名贵的宝石攒在一起。

"替言君玉编的？"

云岚回头看见他，站起身来让了一让，笑着答道："是的。"

言君玉完全是误打误撞进的宫，他心中一片赤诚，连人的高下之分也不知道，常常和个扫地的小太监也聊得来，常常有势利的人因此轻视他，他性子傻，被轻慢了也看不出来。云岚一手打点他的衣物、配饰，就是为了这个。宫里人再势利，见到他的穿戴，也知道先敬罗衣后敬人。

但这跟言君玉多讨人喜欢也没关系，再讨人喜欢，也不过是个伴读。东宫主事女官，不会为个伴读这样上心。

她有自己的原因。

敖霁知道此刻的言君玉在哪儿。

他以前养过一条小狗，非常可爱，但也傻，本来是当成猎犬养的，结果什么都不会，整天傻吃、傻乐，跟在他脚后面摇着尾巴。宫里人都喜欢，但它太贪吃了，每次偷吃东西被敖霁抓到，训斥一顿，它呜呜咽咽，看起来颇可怜，一转眼，又在翻落叶堆了。

言君玉现在就有点像那条小狗，讲道理，他也懂，也听得进去，只是在诱惑面前忍不住。像小孩子逃学闯祸，明明知道回来要挨打，翻窗户的时候还是义无反顾。

云岚看了一眼他脸上神色，笑了起来。

"出则衔恤，入则靡至。"

她是在笑敖霁照看言君玉的情形。这句诗出自《诗经》，这里面还藏了一句"哀哀父母，生我劬劳"。整个东宫的人都在打趣说敖霁是言君玉的爹，她也拿这个来说笑。

敖霁虽然不比容皓渊博，但还是听得懂的，皱了皱眉道："言君玉这年纪，并不懂有些事的代价，我们是大人，难道也不懂？"

他这话其实是在指责太子了。太子光芒太盛，少年人见到，很容易被吸引，言君玉和玲珑没有两样，太子放过了玲珑，却没有给言君玉一条生路。

"好老成的话。你当年冲冠一怒为红颜，不也是这年纪？"云岚笑着道，"你太小看少年人了，今天的玲珑没见到？主意多着呢。"

"言君玉不是玲珑。"

云岚笑着偏过头来。

"风乍起,吹皱一池春水。"

这话又用的是原词主人的典故,说起来,是"风乍起,吹皱一池春水,干卿底事",是在笑敖霁多管闲事。

敖霁被她气笑了。

"这天下不是他想要的所有的东西,就该到手的。"

云岚笑了起来。

"你错了,不是他想要天下的东西,"她看着敖霁,"是这天下人,都想要他。"

"有人想要权,有人想要利,有人想要成就千秋功业,有人只想要被他注视一眼。九州四十八郡,千里江山,也不过是一池水,这皇宫就是个巨大的漩涡。他在漩涡中心,天下人都向他拥来,他只要在其中挑选他想要的罢了。"她的目光温柔却冰冷,"就连你,也不过是'学成文武艺,货与帝王家'。你何必苛求言君玉去做那个例外?"

敖霁被她问住了,一时竟无法作答。

她笑了。

"你说小言承受不住代价,有什么代价呢?不过情义罢了,这世上并没听见有人是因为心碎而死的。当年那场大雪,你不也熬过来了,她现在也好好的。你尝过苦头了,现在去拦别的年轻人,你不如告诉我,当年有人拦得住你吗?"

敖霁没上过战场,但据说被箭射中之后,人会僵住一阵,他现在就跟那样子差不多。

云岚却笑着站了起来。

"说得我都热了。"她又变回那个温柔解语花的样子,"我去倒点茶来,敖少爷要喝什么?木樨露,还是酸梅汤?"

言君玉现在确实是知道不读书的坏处了。

他翻遍了自己看过的书,也找不到那个字究竟是什么字,最气的是当他跑到御书房找到一本字典时,发现里面最可能的那个字被朱砂涂掉了。

他不知道这是皇家避讳,还以为是有人恶作剧呢,气哼哼地回来,吃了饭,坐在书桌前看书,把一本《尔雅》翻来覆去地看,干脆叹起气来。

萧景衍心里早勾起唇角，表面仍不动声色，叫他："小言，过来磨墨。"

言君玉也听话，"哦"了一声，过来乖乖磨墨，一边磨墨一边出神，袖子都快垂到砚台里了。

真是个傻子，为了个"檺"字，反而把面前这个"萧檺"视而不见起来，真是买椟还珠。

萧景衍在心里笑，故意逗他："小言有要请教的书吗？"

言君玉的学问比他们差出十年不止，经常看书看不懂，问的问题也浅得气人，容皓懒得答，说"杀鸡焉用牛刀"，敖霁自己就不喜欢读书，虽然底子是有的，也懒得教他，最后常常是太子殿下来回答他那些让人好气又好笑的问题，可谓是大材小用到极致。

但这次言君玉偏偏硬气起来。

"我不要请教。"少年眼中的神色执拗而坚持，一双眼睛干净得像水中的黑棋子，认真地告诉萧景衍，"我自己能找到的。"

萧景衍的眼睛弯起来："那就好。"

言君玉想到的最后一个办法是去找谌文。

谌文在三皇子宫中，去那边要穿过小半个皇宫，而且很可能会遇到七皇子。

言君玉的肩膀上的伤已经结了痂，多半要留疤，而且想到当时被咬的痛，他还是有点怵。

但他决心要以身试险。

这天中午，他趁太子在看书，敖霁在院子里跟人吹牛，偷偷溜了出来。虽然入了秋，天气还是热的，他沿着早想好的路线一路跑，绕过皇后的长春宫，顺利到了三皇子住的地方。

他爬到经常找谌文的地方，没看见谌文。宫殿里静悄悄的，小太监都在打盹。他虽然胆大，但也知道不能私自闯进去，只能趴在墙上，学起杜鹃叫来。

这一学就学了几乎一刻钟，嗓子都快叫哑了，正思索要不要打道回府时，只听见身后传来一声："言君玉？"

他回过头来，七皇子萧栩正站在他身后，神色惊讶地看着他。

"呃……"言君玉不由得有点词穷起来，挠了挠头，只见萧栩认真地把他打量了一番，神色忽然渐渐阴沉下来。

言君玉跟着太子之后，云岚给他打点的衣服都精致、华贵。他皮肤白，长得漂亮，神色天真，今天穿的是一身云白软绸的圆领袍，袖口、领口都是金线刺绣的凤尾纹，活脱脱是个王侯贵公子，阳光、明朗，连他额头上的汗珠也显得晶莹起来。

他比以前更漂亮，更开心了，连见到萧栩，也没来得及换回以前那种木头般的神色。

"大胆，见到皇子，不知道请安？"萧栩后面的小太监尖声道。

言君玉吓了一跳，连忙从踩着的墙上下来了，刚要跪下来，只听见萧栩淡淡道："免了吧。

"你来这儿干什么？"

言君玉听见他问，偷眼看他，见他不像是生气的样子，老实答道："我来找谌文。"

"找谌文为什么不大大方方进去，在这儿鬼鬼祟祟的。"

萧栩自己说完，其实已经猜到原因——三皇子心胸狭隘，嫉妒谌文，言君玉作为谌文的朋友，自然也不想引起他的注意力，免得转过头他又去欺负谌文。

言君玉显然是这样想的，但偏偏不说，只是默默低着头。

到底是把萧栩当外人，兴许连外人也不如。

萧栩心中酸涩，要按以前的脾气，估计又要发怒，但是言君玉被太子要走后，皇后教导过他，他自己也反省过，下了决心，下次见到言君玉，一定不要再欺负言君玉了。所以暗自握了握拳，告诉言君玉："我等会儿去见三哥，帮你带话，叫他出来。"

言君玉惊讶地看着萧栩，显然是对他忽然变得这么好很不习惯。

"谢谢你。"

还是像以前一样没规矩，对着皇子也不知道谢恩，满嘴的"你"。

萧栩在心中苦笑一声，知道他见了自己就跟老鼠见了猫一样，也不多待，说了句"你在这儿等着吧"，就进去了。

其实他是很想问问言君玉在太子那儿过得怎么样的。

不过答案已经在这儿了，何必让他为了怕触怒自己而低头沉默呢。

言君玉却压根儿没猜到萧栩心中所想，只觉得今天的他特别好说话，果然他进去后不久，院墙下就传来轻声的"言君玉"。

"在这儿。"他连忙努力探出头去，看见谌文正在院子里找他。

"你长高好多啊！"他忍不住感慨。

两人都正是长高的年纪，谌文大一点，这些天长得飞快，像竹子一样，越来越高瘦修长。穿了身旧长衫，因为瘦，轮廓更加明显，是介于少年和青年之间的清俊，气质更是疏朗，谪仙一般。

谌文被他夸得笑起来，教皇子读书的梅先生原是状元出身，世代读书之家，现做着翰林院的学士，清贵无比。谌文受他陶冶，如同上好的苗子遇到顶尖的花匠，自然是越来越气质出尘，倒衬得言君玉还是一脸孩子气了。

"你怎么有时间过来看我？"谌文原是极内敛的性格，但是见到言君玉，忍不住把情绪都带到脸上来，笑着问他，"听说太子殿下的伴读学问极深，你在那儿可吃力？"

太子的伴读都是世代簪缨的门第出身，又都是鼎鼎有名的天才，言君玉被选中时，谌文还担忧了一阵。替他列了书目，让他全部背下来，免得露怯。言君玉哪儿有谌文的脑子，刻苦读了两天，只背下半本。

"还行吧，敖霁他们都挺好的。"言君玉全然不知道其中利害，毫不在意地说完，趴在院墙上关心地问道，"我让小太监带给你的点心你吃了没？怎么还这么瘦啊？"

说言君玉憨，偏偏有些事又厉害，到太子那里不到半个月，已经和小太监混得极熟，老鼠搬家一样，把东宫的精致点心源源不断地送到这儿来。

"哪里吃得了那么多，还剩两包呢。"谌文无奈地笑，"梅先生说了，读书人劳心太过，都是瘦的。"

"嘿，这话有意思，我回去跟容皓说去。"言君玉笑嘻嘻地道。

都说东宫虽好，但是高处不胜寒，绝不能犯错。但言君玉去了半月，还是这样子。谌文虽然有点想笑，但心里又觉得欣慰。

"你这次过来找我有事吗？"

其实谌文巴不得言君玉能趴在这墙上跟他聊上一天。这重重宫墙如同监牢，他虽然心中秉持君子之道，但是被三皇子处处针对，也觉得压抑得透不过气来。而言君玉是他进宫半年以来唯一脱略的一抹亮色，实在珍贵。

但谌文也知道，言君玉这家伙有点孩子气，要是不提醒他，他真能把正事忘了，趴在这儿跟自己聊一天。就算太子再仁慈，伴读到底是个差使，他偷溜

第二章 | 东宫 | 067

出来太久，只怕会有麻烦，所以谌文出言提醒。

"是哦，我差点忘了。"言君玉笑眯眯地告诉他，"我来找你，是要请教你一个字。"

看来言君玉在东宫也不是毫无长进，至少知道说"请教"了。

"什么字？"

"你知道有什么生僻的字，是从木，读作'云'的？"言君玉趴在墙上，一双眼睛认真地看着他。

"从木？"谌文的脑子活脱脱是一栋藏书阁，"是这个'櫄'字吧？"

言君玉伸出手来，让他写在自己手心里。言君玉的手生得漂亮，皮肤白，掌心生了一颗小痣，倒像在玉上留了一点瑕疵。

谌文的指尖刚一落下去，他就忍不住缩手，嘻嘻哈哈笑起来："好痒。"

他自己怕痒，干脆伸手抓住谌文的手："你写给我看。"

谌文从小母亲早逝，父亲又严肃，鲜少与人这样亲昵，耳后不觉有点微热，但还是认真写了。言君玉确认再三："是只有这个'櫄'字是生僻的，又从木的吗？"

"只有这个了，这是古书上说的一种树。"

"树？"言君玉怔了一下，忽然大笑起来。他笑起来眼睛弯得像月牙一样，这次不知道为什么，眼睛亮亮的，像是心里藏着什么好东西，带着暖意，让人心神都一荡。

"哈哈哈，原来他是一棵树啊。"

言君玉得到答案，开开心心地往回走，走到东华门附近，远远看见东宫，心中期待，干脆一路跑了过去，过了侍卫那道关，小太监正打盹，看他一阵风一样冲过去，还没反应过来。

到了思鸿堂，云岚正在廊下教小宫女，看见他，笑了："哟，这是去哪儿了，跑得一身的汗。"

"不告诉你。"言君玉笑嘻嘻。

"那我可要跟敖霁告状了。"

"我可不怕他。"

"那我就告诉殿下……"

言君玉一听，顿时笑了："正好，我还要找他呢。"

"那可不巧了，殿下有正事，晚膳时候才能回来。"云岚见他过来，拿出手帕来替他擦额头上的汗，"你看你野得，一点规矩没了，到处跑找不着人就算了，谁教你的，连殿下都称起'他'来。"

我不仅要称"他"，还要叫他名字呢。言君玉得意地在心里想道。

他耐心等到晚上，太子果然回来了，这次的事像是颇重要。太子一边走，还一边说话，说着什么："五胡只来了四个……""白羯人只怕在酝酿战事，要等燕然回来才知道了。"

言君玉本来是半懂不懂的，等到听到"白羯"两个字，恍然大悟。他整天玩打仗游戏，把胡族都用了个遍，其中羯族就是南北朝时的五胡之一，白羯据说是羯族的分支，也很骁勇善战，善于打造铁器。

他是很想插话的，但看他们说得颇认真，是在聊正事，只能等着。他从小父亲就戍边，偶尔回来一两次，跟人谈话，他也是这样在旁边乖乖等着，听了不少东西，放进自己的打仗游戏里。

太子他们进来后，说了一会儿就不说了，言君玉听得百爪挠心，见他们坐下喝茶，连忙琢磨怎么开口。

他当小孩当了这么多年，早有了心得。知道随便插话，或者问得太急切，大人都不愿意跟你聊正事，只会扔下一句"小孩子懂什么"。只有问得恰到好处，要看似无心，又要勾起他们谈话的欲望，这样他们才会说出一点不适合小孩子听的话出来。

他这个年纪，又是深宅大院的王侯子弟，竟然已经知道了边关打仗时尸横遍野的情形，又知道被砍下的手还能握着刀，跟他的机灵少不了关系。至于他父亲因为跟才几岁的儿子讲这个，差点被言老夫人用拐杖打，就是另外一个故事了。

他正琢磨怎么开口呢，那边敖霁先找他了："又去哪儿野了，我们出门都找不到你。"

言君玉暗自惋惜，没有跟着他们出门，不然就不用现在套话了。虽然从谌文那儿知道了是哪个"櫆"字，还是觉得有点亏。

"我去找谌文了，跟他请教书上的问题。"

"你别浪费人家时间，先把四书背了，谌文的文章都赶上容皓了……"

这边敖霁在打击言君玉，那边容皓不乐意了："是啊，你还不如练练武功，两三天就能赶上敖霁了。"

容皓这人在别的事上都笑眯眯，唯独在学问上经不起别人看轻，敖霁在武功上也是一样，两人顿时斗起嘴来，互相评价"武夫"和"百无一用是书生"。

言君玉看他们斗起来了，知道套话无望，不由得叹一口气，干脆走到书桌前，替太子磨起墨来。

太子正写着什么，见他这样，笑了："还没找到？"

"找到了。"言君玉想起这事，顿时得意起来，神采飞扬。

"我不信。"

"真的。"言君玉急了，"我已经知道了……"

"知道什么？"

言君玉看了一眼还在争吵的敖霁和容皓，悄悄凑到他耳边："你的名字是棵古树，对不对？"

他并不知道这动作亲近得过了分，连萧景衍自己都惊讶了一下，不过萧景衍向来是喜怒不形于色的，反而笑着回了他一句："那你的名字是颗石头吗？"

"胡说，明明是玉。"言君玉还要争辩，只听到身后敖霁冷冷叫道："言君玉。"

言君玉虽然在云岚面前夸海口，其实还是怕敖霁的，虽然不知道自己哪里做错了，顿时就收敛了，萧景衍看他乖巧得可怜，还伸出手来摸了摸他的头。

敖霁只能约束言君玉，对他不敢如何，面沉如水，干脆站起来，一转身出去了。众人正奇怪，敖霁又提着一个箱子进来了。

"言君玉，过来。"

言君玉乖乖过去，以为他又要讲道理，谁知道他打开箱子，里面竟然是一个山川河流和城池的沙盘，一看地形就认了出来，是自己最喜欢的长平之战，旁边扣着一堆小碗，里面放着许多黑白棋子，还有自己最想要的几个泥人，关羽、李靖、秦琼……

他喜出望外："给我的吗？"

敖霁早就知道他会惊喜，但是被他满心信赖地看着，还是有点得意，道："我说了等你生日送你个好玩的东西。"

"可是我生日还没到啊。"

"啰唆。"敖霁转移话题，"要不要来一把？"

"来来来。"言君玉顿时摩拳擦掌起来,别说磨墨,估计连太子也忘到九霄云外去了。

其实他的那个打仗游戏,敖霁跟他混熟后也玩过几次,但是这家伙实在有点厉害,敖大公子屡战屡败,觉得有失自己的威严,也就不肯和他玩了,只偷偷去京城的工坊里定制了这个沙盘,准备等他生日时送给他。

言君玉只能和鸣鹿玩,赢得没劲,所以来了东宫之后,基本没玩过这个,现在看到这沙盘,顿时来了兴趣,撸起袖子就和敖霁"杀伐"起来,十分狂妄:"我让你五千精兵。"

"小浑蛋,你少得意。"

两人玩得热闹,容皓也被吸引了过来。他极聪明,笑了一句"敖霁不长进,一把年纪还和小孩子玩泥巴"之后,竟然看懂了,这一看就看了进去。大周以武立国,凌烟阁十八将,全是有军功的,年轻人难免有点建功立业的想法,容皓虽是书生,兵法也是倒背如流的,不由得也来了兴趣。

眼看着敖霁被言君玉连杀三盘,他看不下去了,笑敖霁:"敖老三,你不中用,快下去吧,小爷来给你报仇。"

敖霁冷笑一声,让开位置。

容皓围棋下得极好,难免轻敌,作壁上观时觉得一切尽在掌握,嫌敖霁蠢。结果自己下场,第一把就惨败,被敖霁嘲笑个不停,来了好胜心,又连下两把,仍然是大败而归,心中不由得收敛起了骄傲之心,抬起头来,重新打量了一下言君玉。

然而言君玉还是那个言君玉,不过是个十五六岁的少年,一张漂亮面容,皮肤雪白,傻乎乎的,只是沉浸在这游戏里,眼睛亮得像星辰,让人觉得他的瞳仁里,似乎有什么在燃烧着,这光彩将他整个人都映衬得无比夺目,如同一件珍宝被映上了光芒。

"怎么样,还玩不玩?"他见容皓不动,笑着催道。

他在打仗游戏上的天赋,不仅在游戏中有用,还能在游戏外看出对手的风格和潜力。容皓虽然输得惨,却比敖霁潜力大多了。他心思贼得很,一心想把容皓勾进来,以后就有人陪他玩了。

所以下一局言君玉故意卖个破绽,让容皓以为有机会赢,获得了一点优势——人都坐端正了,步步为营。容皓一斟酌,难免就慢,敖霁急得催起来:

"你到底走不走，不行就起开让我来。"

"嚷什么呢？"云岚进来送茶，被气笑了，"多大人了，还围成一堆玩这个，吵成这样，殿下还要看书呢？"

"不妨事。"

萧景衍已经站了起来："我也看看，是什么让你们这么痴迷。"

萧景衍一站起来，就走到了言君玉后面，在身边坐了下来。

睡榻并不宽阔，言君玉本就盘腿坐在里面，他一过来，基本是贴身坐下。言君玉不由得抬起眼来，看了他一眼。他眼中带笑，唇角微勾，言君玉不自觉心绪一乱，下一步竟然走错了。

这就真给了容皓机会了，容皓毕竟是绝顶聪明的人，又有时间慢慢思考，在脑中翻找兵书，一步步推进，言君玉又是守方，随着那些倒扣的小碗被一个个揭开，被容皓推到兵临城下。

"怎么样？现在你还走不走那么快了？"容皓得意地逗他。也是因为言君玉之前太得意忘形，笑容皓走得慢。

言君玉却没理容皓的挑衅，只是坐直了，抿紧了唇，紧盯着沙盘。

他一紧张，就有咬唇的习惯，本来是唇红齿白，现在咬得更红，皮肤又白，被灯一照，如同雪地里的朱红玛瑙，整个人都有种少年的剑走偏锋的清艳感，目光中带着杀气，仿佛变了一个人般。

周围人都看沙盘，只有太子看着他。

"你猜到我布局，藏兵就没有意义了。"他索性把盖子全部掀开，"咱们明着打吧。"

容皓惊讶地发现，原来这个游戏，布兵只能算个开始而已。

言君玉向他展示了这个游戏的第二重玩法——通过兵力的调度、骚扰、偷袭，使一支精兵长驱直入，或是将看似散兵游勇的队伍忽然收拢，形成一张大网，截断后援，困住他的军队。整个大地图上，两人兵力相当，容皓甚至还多一点，但是每一块小战场上，总是言君玉在以多打少，战损算下来，永远是容皓吃亏。

容皓竭尽全力，也只能将队伍推到他的城郭，连主城都无法碰到，就已经泥足深陷。

言君玉毫不松懈，继续削弱他的兵力，容皓到底是不甘心，迟迟不肯投降，仍然苦苦支撑……

"就拼掉他的精兵嘛，已经是死路了，不如为后来人做点事。"一个声音在他们身后响起来。

众人都一惊，言君玉抬起头来，看见一个穿着红色战袍的青年，看起来有点少年将军的模样，身上还穿着甲胄，腰间悬刀，手里还拿着个头盔。他身形极高大，鹤势螂形，十分舒展，一看就和京中的青年不同，面容英俊，笑意盈盈，目光很是野性。

"甲胄在身，不宜跪拜。"他笑嘻嘻朝太子道，"殿下恕罪。"

"你在说啥场面话呢！"敖霁跳起来，一拳擂在他胸口，"你这马曹，竟然没死在战场上。"

"你这狗监都没死，我怎么舍得死呢。"青年笑道。

两人看起来针锋相对，转眼又嘻嘻哈哈地抱成一团，连容皓也起身，和青年推搡了两下。言君玉看得奇怪，好奇地问太子："他也是殿下的伴读吗？"

"是。"萧景衍挑起眉毛，"他是给我养马的小'太监'，现在在边疆监军呢。"

容皓大笑起来："还是殿下厉害。"

青年也笑："不就是没给你磕头吗？就这样编派我，我可好用得很呢！"

云岚送茶过来，气得脸都白了："羽燕然，这可是东宫，不是在军中，你注意点言辞。"

言君玉机灵，一下子就猜出他是谁了，用容皓的话说，太子四个伴读，分别对应"文治武功"，容皓和敖霁分别是文武，那这个就是放出去建功立业的那个了，也是凌烟阁后人，羽策羽将军的后代，世代戍边的。十八岁就放到了边疆，极少回京。

"又不是小孩子了，说说没什么。"羽燕然丝毫不把云岚的话放在心上，一转眼，看见言君玉，笑了，"嘿，还真有个小孩子。"

言君玉瞪他："我不是小孩子。"

"你不是小孩子是什么？"羽燕然在边关待惯了，粗野得很，伸手就过来掐他的脸，被太子伸手隔开了。

羽燕然对太子的反应有点意外，所以更要逗言君玉："还说不是小孩子，还在这儿玩泥巴呢。"

如果说激怒敖霁的方法是质疑他的武功，激怒容皓是质疑他的文采，那激怒言君玉也很简单，只要嫌弃他的打仗游戏就行了。

言君玉被他气得眉毛都竖起来："这不是玩泥巴，这是打仗游戏，很有用的，可以培养将军。"

"还打仗游戏呢，我们真正打仗的可不玩这游戏。"羽燕然大笑起来，"没有粮草辎重，不考虑天气，又不考虑地形对行军速度的影响，纸上谈兵，不知道是哪个傻子想出来的……"

他话音未落，只见言君玉直接弹了起来，如同一头被激怒的小狮子，直接朝他扑了过去！

说时迟，那时快，羽燕然是上过战场的，反应敏捷，虽然不至于拔刀相向，也是做好了等言君玉扑上来就擒住他的准备，那边敖霁武功更高，也准备好拦架。

最后却是坐在言君玉身边的太子，十分轻松地将他擒了下来，制住他双手，将他按在榻上。

这倒是稀罕景象，羽燕然当年当伴读时，和敖霁打过的架没有一千也有八百场了，太子从来不拦，他们也不敢当着他面打，但凡上位者都有这种骄矜，任他们私底下打到头破血流，只当看不见。

所以羽燕然又笑起来："哈哈哈，小屁孩还想打我，也不看看你的身板……"

言君玉本来被制住了，听到这话，又挣扎起来，急得面色通红，又好笑又可怜。

"羽燕然。"太子皱眉，叫他名字，"出去。"

"出去就出去嘛，唉，大老远回京，刚进门就叫我出去，真是……"羽燕然一面往外走，一面还在抱怨。那边敖霁瞪他一眼，刚想过来查看言君玉，太子看了敖霁一眼："你也出去。"

容皓最有眼色，不等太子说，拖着还不放心的敖霁走了。

书房里只剩下他们两人。言君玉被制住，挣扎不开。其实他也是练过武的，他父亲常年戍边，家里只有些老家人是懂武艺的，言老夫人是将门虎女，也有家传的秘法，所以言君玉小时候是打了底子的。但是后来他父亲战死在边疆，言老夫人中年丧子，灰了心，只想守着个小孙子平安长大，所以不再教他那些战场上的功夫了。

练武者有句话，叫作"传武不传药，阎王身边绕"，但凡练武者，难免受伤，又消耗血气，都要配合药材淬炼体质，别的不说，每次练完后烧一大缸药草汤泡澡是少不了的，不然年纪轻轻折损气血，容易早夭。民间俗语"穷文富武"就是这道理，没有一点家底，哪里练得起武。言侯府败落之后，也买不起那些珍贵药材了，所以也就渐渐丢下了。

因为这，所以言君玉不仅在七皇子那儿受欺负，连太子也能轻易制住他。

少年的身形十分清瘦且修长，像一只被按倒在草地上的鹿，只是太愤怒了，所以脸都涨得通红。

实在是少年心性。

萧景衍心中想笑，仍然耐心问他："怎么忽然发这么大脾气呢？"

言君玉只是咬着牙，埋着头，不肯说话，就在萧景衍以为他是因为羽燕然嫌弃他的游戏而生气，想要放开他的时候，只听见一个极低的声音。

"那不是傻游戏。"

"我知道。"萧景衍也低声道，"这游戏比对着地图推敲实用多了，一点也不傻。"

这句话一出口，言君玉顿时就没那么抗拒了，脸上的愤怒也退了下去，但萧景衍清晰地看见他的睫毛湿了。

其实上次从萧栩那儿救下他时就发现了，言君玉是很容易哭的人，不管愤怒还是委屈，眼圈先红了再说。

到底是少年人啊。

萧景衍在心里勾起了唇角，伸手揉了揉他的头。

"其实燕然脾气和你有点像的，别看他在边疆待了几年，其实很小气的，他是看我们都在关注你，心里不开心……"

"那是我父亲教我的游戏。"

萧景衍惊讶地挑起了眉毛。

"我小时候，我爹老是去打仗，我就见过他三次，是他教我这游戏。他说等我长大，去当将军，就可以去边关找他了。"言君玉低着头道。

萧景衍知道言君玉父亲早逝，京中王侯虽多，战死了也是要上报的，他自幼过目不忘，记得有个镇北侯战死在狼居胥。想到这个，一时竟不知道说什好，只能就着现在的姿势，安慰地摸了摸言君玉的脑袋。

当年羽燕然刚进宫，有天下课，忽然跟敖霁打成一团，从此见着就打，像天生的对头一样，足足打了半个月，最后萧景衍看不下去了，询问原委，敖霁一头雾水，再问羽燕然，原来是敖霁吟了一首诗，里面有句"羽卫九天静，英豪四塞知"，里面恰恰就带着羽燕然去世父亲的名字"羽英豪"，燕然以为他是故意影射，所以跟他打了半个月的架。

那不过一个名讳而已，就打成这样。羽燕然直说设计这游戏的人是傻子，言君玉没和他拼命就算宽宏大量了。

"我让燕然进来，给你道歉。"

"不用。"言君玉抬起头来，眼角仍然微红，神色却是少年人特有的倔强，"这游戏有算粮草、季节、天气的玩法，我告诉他，再激他两句，他一定会跟我玩的。"

言君玉说："我要杀他个片甲不留。"

羽燕然这人确实有点大大咧咧的，刚刚差点被言君玉打了，等再进来，言君玉把这游戏里加上粮草等因素的玩法一说，再用个激将法，他真就大马金刀地坐下来，跟言君玉玩了起来。

他本来真没把这游戏看在眼里，以为是逗小孩子玩的。但是他不知道，这游戏言君玉玩了十多年。言府虽然败落，但是有些老仆人，当年是跟着上过战场的，言君玉记的地图，都是从镇北侯当年的行军地图上弄下来的，有许多外人不知道的细节。再加上这些老仆人讲的打仗故事，言君玉带着小厮天天演练，早就玩得出神入化了。不仅有专门的棋子代替粮草，连带上粮草辎重的行军速度都要重算。

第一把羽燕然取巧，想用六千兵马奇袭言君玉的后营，结果被抓个正着，退守到山头上，言君玉截了他的水源，认认真真地跟他算几日断水，几日断粮，羽燕然也干脆，剩下兵马全部平推过去，攻掉了言君玉左翼的营垒。

"下一把你的营垒没有了。"他告诉言君玉。

"行。"言君玉跟他认真算，"但是我这把的兵要留到下一把。"

"那算了，还是重新来吧。"

羽燕然第二把就认真玩了起来，两人都知道对方会玩，也不用险招，认真打起拉锯战来，敌退我进，绝不纠缠。打了半天，容皓第一个看不下去了："好好的游戏，被你们玩得这么没意思。"

他见羽燕然也赢不了，知道言君玉之前跟他玩是放了水，所以也懒得再看，直接走了出去。他一走，敖霁也走了出去。外面回廊里，云岚正在绣花，这一幕有点似曾相识。

敖霁也觉着了。

"你又有什么金玉良言等着我？"

"没有。"云岚笑起来，"不过是怕你生气，在这儿看着。"

"我为什么要生气？"

"上次跟你说的，你全没听进去。你让小言在殿下面前崭露头角，不就是希望殿下爱才、惜才，不要动他吗？"

连言君玉都知道生日礼物不是这时候送的，显然是他看言君玉和太子过于亲近，临时起意，想要拦上一把。

敖霁只是不说话。

"其实我真不懂，人家十五六岁的少年人的想法，跟春暖花开有什么两样？你又如何拦得住。"

"十月天气转暖，民间称为小阳春，有些桃花树会错了意，就会在十月开出花来，谁知道紧接着就是冰天雪地，连果子都来不及结，就匆匆谢了。"敖霁看着她眼睛，"我不过是提醒桃花树一句，这不是春天罢了。"

"那又如何？冻死了花，树还在。这世上所有的花都能结果吗？未必吧，那为什么不干脆轰轰烈烈地开一场呢。"云岚笑着摇头，"再说，你太小看殿下了，殿下从来只用阳谋，你跟了殿下十年，他几时骗过人？所有人都是心甘情愿，包括她也一样。"

敖霁抿紧了唇，显然被戳中痛处。

"年少时的一腔热血罢了。"

"他得到的，是这天下人都想要的人，这个理由还不够吗？"

"正是如此，所以我才要让那人知道，言君玉有他的珍贵之处，不要轻易糟蹋了他的心意。"

云岚笑了起来。

"我小时候，我父亲在云南做官，我和母亲都跟着过去了。在那边有一个县，全是山，种满了上百年的古树。那地方有一个姓氏，很奇怪，就姓'柱'，整个县有三万人都是这个姓，世代为树农，打理森林，砍伐树木。宫里很多宫殿的柱子，都是那里产的。后来我才知道，那是开国时改的姓氏，他们住在那里，就只是为了替宫里种树、砍树，好让宫里有最好的柱子可以用。三万人，从生到死，祖祖辈辈，就为了宫里的柱子，所以连姓的意思都是柱子。"

她说："你是王侯公子，应该比我清楚，宫中每年的贡品，都是倾举国之力，选出最珍贵、最上等的东西。宫中除夕宴那一道'千秋禧'，要用一千条雀舌，这样的菜一共有九十九道。这东宫里，连脚踏上罩的都是镂金缎，而江南最好的织女，一天也只能织出两寸而已。说到人身上，羽燕然是三代单传，论天赋，不说第一，至少也是大周最优秀的年轻人之一，照样被扔去边疆，刀口舔血。他若死了，凌烟阁还有十七家等着补上。"

她笑着问他："敖霁，你告诉我，皇家会不会因为是珍贵的东西，就不糟蹋呢？"

七月二十九日，太子妃回宫。

言君玉迷迷糊糊睡了一觉，被叫醒起来。这次更早，外面的天还一片漆黑，他根本没睡醒，被敖霁拖起来，他眯着眼站了一会儿，又倒下去了。

敖霁气得叫鸣鹿："去端一盆水来。"

"别别别，我马上就起来了。"言君玉倒是机灵，一骨碌爬起来了，困得眼睛都睁不开，一边穿衣服一边打瞌睡，敖霁被他气笑了。

太子那边也刚起，正穿衣服。这次的衣服隆重，衮龙袍，翼善冠，黑鸦鸦的纱冠盖着鬓角，如同刀裁出来的一般。太子眉目俊美，没有笑，一脸清冷、高贵，云岚在旁边，带着小宫女伺候着穿衣服。他神色冷如霜，也看不出开心不开心，是习惯了被人服侍的样子。

言君玉站在旁边等着，困得头一点一点的，太子余光瞟见，笑了："小言打瞌睡呢。"

他一笑，屋里气氛顿时就松动了，云岚也敢开玩笑了："都是燕然，昨晚非拉着小言玩到子时。"

羽燕然这人不知道是天性使然，还是在边疆待久了，不拘小节，正大马金刀地坐在一边，听到这话，哈哈大笑："你这样还打仗呢？敌人摸到帐篷外面你都不知道。"

别人笑他还可，羽燕然一说话，言君玉就忍不住了："那你昨晚还输给我七把呢。"

"什么七把，最后一把明明是我赢，你城都破了还不认。"

"是你赖皮，我藏了兵在城里打巷战的……"

"还不是你守不下来，打什么巷战，认输就行了。"

两人的嘴仗一直打到出门，仍然是浩浩荡荡一大帮人，太子乘辇，伴读骑马，天还没亮，伺候的人还提着灯笼，两侧宫墙高耸着，这感觉让言君玉感到很新奇。

"我们去哪儿啊？"言君玉好奇地问敖霁。

"永乾宫。"

"圣上的寝宫吗？"

"是，各国使节都到了，八月初三一齐进宫朝贺，圣上龙体微恙，让太子暂摄政事。前些天就定下来了，咱们今天是跟着太子去永乾宫接旨的。"

"太子妃去广安寺进香也是为这个？"羽燕然好奇地凑过来问。

他也算有眼色了，见到敖霁脸色瞬间沉了下来，一下子会过意来，连忙道歉："我错了，不该提这个。"

敖霁拿他也没什么办法，冷了一会儿脸，干脆来欺负言君玉："听到没有？"

"听到什么？"

"太子妃今天回宫。"他见言君玉还是一脸懵懂，只得加上一句，"你机灵点。"

"哦。"

这是言君玉第一次来永乾宫，记得小时候父亲是面过圣的，自己还问他，皇帝长什么样，言侯爷不好意思地笑了笑，说："都低头跪着呢，谁看得清。"

这次也是一样，先是太子进去，过了一会儿，出来个小太监，尖声道："谁是羽燕然？"

羽燕然竟然不说话，言君玉以为他没听到，戳了他两下，被他白了一眼，这才发现他是故意装听不见的。

小太监在御前伺候，显然是地位很高的，所以盛气凌人惯了，见没人回话，不由得有点尴尬，又丢不下脸，冷声道："圣上宣太子伴读羽燕然进去，人呢？"

容皓竟然也帮腔："我们都是太子伴读，不知道你说哪一个。"

小太监顿时瞪起了眼睛，刚要说话，里面又走出来一个胖胖的老太监，面容很和善，看了那小太监一眼，小太监却很害怕似的，退到他身后，低声道："老祖宗，我问他们谁是羽燕然，他们不搭腔。"

那老太监满脸堆笑："太子伴读都是公子爷，身份尊贵，一定是你冒犯了他们，误了圣上的事，有你的好果子吃。"

言君玉离得近，看见这老太监一说这话，小太监的手就发抖起来，脸色也惨白了，但神色仍然倔强，似乎要辩解。

容皓总算出声了："不过是逗这小太监玩玩而已，孙公公也太当回事了。"

他平时在东宫里嬉笑玩耍，其实正经出门，是很压得住场的，摇着扇子，俨然是个尊贵公子的模样。

"老奴也知道，容公子不是故意的。"孙公公笑眯眯地道，"圣上口谕，宣太子伴读一齐面圣，请吧。"

内殿比外殿又不同，陈设是华贵的，宫女、太监都十分规矩，只是光线有点阴暗，摆着几张桌椅，坐着几个官员，见他们进来，也都站起来了。言君玉想起以前听敖霁说过，圣上病了之后，朝中就派了几个官员来永乾殿侍候，政事都通过他们传递。前朝末年太监乱政，一度废立皇帝，所以大周朝的规矩是太监不许识字，更不许干政。

容皓这人，狐狸一样，又八面玲珑，个个官员都认得，拱手打招呼。敖霁傲慢些，不太理他们，羽燕然这人最无聊，言君玉是因为年纪小，偏偏也跟个局外人一样，笑嘻嘻的，心不在焉，不当个正事。

到了圣上养病的养心阁外，宫女一挑帘子，言君玉就闻见了药味。

他小时候听说，病人身上，是有股特殊味道的，他不懂，一直以为那是药味，今天才知道，那是一股非常沉重的、阴郁的、夹杂着药味的味道。

辉煌的龙床上，整个国家的主人，当今圣上庆德帝，如同一条年迈的巨龙，卧病在床。

他们都跪了下来，言君玉也依样跪下，额头抵着养心阁冰凉的地砖，上面的花纹硌得脑袋疼。

"叩见圣上。"

床边似乎还侍立着两位官员，刚才匆匆一瞥，也是年迈模样，官服上仿佛是仙鹤，那就是一品大员了。

"免礼。"有小太监替圣上开口传谕道。

言君玉也跟着爬了起来,老老实实站在敖霁身后。他到底胆大,偷偷看了一眼龙床,原来圣上是个面容清瘦的中年人,五十岁上下,穿着龙袍,看起来实在病得重了,连冠也没戴,瘦得脱了相,很文雅清贵的样子,五官隐约和太子有几分相像。

太子安静站在床边,挺拔、高挑,穿着华贵的衮龙袍。这一幕未免有点残忍——江河日下的年迈帝王和如同旭日东升般的太子。

庆德帝似乎也觉得了,笑道:"太子的伴读也这样出色了,朕真是老了。"

"父皇正值壮年,哪里老了。"太子淡淡道。

庆德帝只是笑着摇了摇头,朝着伴读指了指,羽燕然这次可不敢装没看见了,连忙站出来,又磕了个头道:"末将羽燕然,叩见圣上。"

"你父亲年轻时,是朕的伴读,你又做了景衍的伴读。若你父亲还在这里,一定也和朕一样感慨,时间过得真快。"

一番话把羽燕然说得快落下泪来,他低头跪在地上,道:"末将一定继承父亲的遗志,为圣上扫平寇乱。"

"罢了,年岁大了,皇图霸业,早看淡了,只要百姓安居乐业就好。"庆德帝淡淡道。

殿内顿时安静下来,言君玉虽然不知道具体发生了什么,但敏锐地察觉到了变化,于是他又偷偷去看了眼太子。

太子报着唇,似乎有一阵没有说话,明明隔了那么远,看不清神色,言君玉却觉得他的脸一定和早上一样,是清冷如霜的。

但是他笑了。

"等父皇养好身体,这盛世图景,可是看不完的。"

这话一说,庆德帝也笑了起来。

"长庆。"

孙公公连忙上来,双手捧着一卷圣旨,走到太子面前。他代表圣上,自然是不能低头也不能跪的,偏偏面对的又是一国储君,这压力实在太大,不由得让这号称"老祖宗"的老太监额上也冒出汗来。

太子面上仍是淡淡的,双手接了圣旨。

"你们两个都是老臣了,太子年轻,这次朝贺的事,你们都看着点。"庆德帝道。

一句话把两个白胡子的一品大员都说得跪下来，颤颤巍巍，恭敬地道："老臣自当竭尽心力，辅佐太子。"

"好了，朕乏了，都下去吧。"

这个上午，言君玉见识了太子这个职位能忙到什么程度。

因为是摄理政事，所以太子就坐在明政殿内，圣上卧病多日，奏章堆了一沓，太子要全部看过一遍，实在要紧的才送去永乾宫由圣上亲自定夺，余下的都要自己处理。这事既重要，又微妙，哪些事该交给圣上来裁夺，哪些事太子可以自己独断，是个棘手问题。太子送去永乾宫的奏章多了，打扰圣上养病不说，也显得太子软弱，没有能力。但是太子要是独断专行，未免太不把圣上放在眼里。能送到明政殿的，都是举足轻重的大事，做错一件，牵涉的人都难以计数。

但是太子神色平静地坐在案后，奏章如流水般看过，他手上的朱砂笔笔走龙蛇，毫不停顿，再棘手的事，也不过略皱一皱眉头罢了。

这里不是东宫，规矩严得很，太子坐着，其他人都得站着，只有容皓，因为要协同处理政事，搬了个墩子坐在太子右手侧，所有的奏章由他先过一遍，所谓"丹殿执笔辅君王"也不过如此，天下文人的理想也就是这个了。

但这差事实在不轻松，言君玉站在太子身后，清晰地看见容皓的额头沁出汗来。容皓向来嬉笑怒骂，狐狸一样，这时候倒显得可怜了。

太子也看出来了——容皓看得慢，他就有了当口儿，抬起头来扫了容皓一眼："这就吃力了？"

"当初原没学过这个。"容皓苦笑。

太子"唔"了一声，也没说什么，看了看他新递上来的一本，皱起眉头。

"户部这一本写错了。"

容皓接过去，看了看，不明所以："怎么说？"

"庆州粮库原是建国时为军需所建，名义上和户部是上下级关系，其实不受户部调度。去年冬天，户部从庆州借了粮食赈灾，这一项是要还回庆州库中的，不然兵部就吃了亏。"太子倒公正，"这不怪你，你原不懂这些事。"

他不怪容皓，却没轻松放过这事，低声道："户部官员呢。"

"在殿外等宣呢，太子爷。"

户部的官员是个胖胖的文官，穿着三品的孔雀官服，听见宣他进殿，连忙跑了进来，跪倒便拜，连声告罪，说是户部新任的官员犯了错，一边说一边磕头求饶，样子是极恭敬的。

太子也不听他解释，头也不抬，直接把奏章扔了下去："再有下次，本宫就扒了你这身官服。"

眼看那官员连忙捡起奏章，一面谢恩一面下去了，言君玉身边的敖霁冷笑了一声，说："看到没，圣上仁厚，下面的官员就这么大胆，当着太子面还敢浑水摸鱼，看他那样，不知道的还以为真是别人搞的鬼呢。"

言君玉"嗯"了一声，他不是什么傻子，侯府败落后，下面人欺上瞒下的嘴脸也是见过的，偏偏又拿这些人没什么办法。要是被骗过去，那就麻烦了。有家侯府和言家是世交，更富些，但是老人都去世后，全府下人合起来骗那个小侯爷，鸡蛋都说要半两银子一个，不几年就把家业全部骗光了。

太子听见敖霁的教学，抬了抬头。

"你这么厉害，不如也坐下来帮我看奏章？"

"别，殿下放过我吧，我没读过书，看不懂这东西。再者家底也薄，经不起抄，容皓家底子厚，多抄几次也没事。"敖霁推托道。

容皓听到这话，抬起脸来狠狠瞪了他一眼，可惜实在是忙得目不暇接，只能咬牙切齿地说了句"敖老三"，就低下头去看奏章了。

要知道，要是太子暂摄政事时出了差错，圣上顾念太子体面，一般是不会斥责的，照惯例，一定是协理的人顶锅。敖霁说抄家，虽是开玩笑，但也不是没有依据的，不然容皓不会连背上都汗湿了。

太子四个伴读，文治武功，他原不是负责这个的。容家是王府，已有长兄袭了王爵，他只要当个富贵公子，在京中修修书，顺便充当一下朝廷和西南的纽带，就已经够了。

然而总是世事难料。

眼看着到了午膳时间，事越发多起来，礼部官员直接拿着卷进来，禀报安顿各国使节的事，太子召了个白胡子老大人过来，正是早上庆德帝榻边的其中一位，说话文绉绉的，动不动就扯上"祖制"，言君玉本来对胡人挺有兴趣的，在旁边也听得眼发晕。

就在这时，敖霁扯了扯他袖子。

"走。"

"去哪儿？"

"去吃饭，你不饿吗？"

"那殿下呢？"

伴读虽然不像云岚他们，要伺候太子吃了饭自己再吃，但还是要象征性地等太子吃了自己再去一边吃。

"殿下今天不知道什么时候才能吃，你等不到的。"敖霁见他叫不动，皱起眉头，"'宵衣旰食'听过没，'周公吐哺'总知道吧，执政者哪儿有时间吃饭？再说了，今天才第一天摄政，圣上都累病了，太子倒按时吃饭，别人看着，像什么样子。"

敖霁真是把言君玉当儿子教，什么道理都跟他讲了。偏偏言君玉还站着不动，敖霁不由得要生气了。

言君玉是听他话的，但是还不想走，朝太子那边看了一眼。

太子正在听那老大人唠叨什么"泱泱大国，以礼服人"的道理，侧着脸，仍然是那清冷、贵气的样子，十分耐烦，也看不出饿不饿。

言君玉不由得有点气馁，但还是不愿意安静走了，于是略微高声地说了句"我去吃饭了"。

他这话也不知道说给谁听，自己也觉得挺没意思的，说完，就乖乖地跟着敖霁走了。

但他不知道的是，在他转身的时候，他身后，正听着礼部尚书唠叨的太子，忽然轻轻地勾起了嘴角。

这笑容转瞬即逝，连容皓也没来得及发现，就这样消失于无形。

别的不说，明政殿的饭还是好吃的。

太子第一天摄政，明政殿比伺候圣上还尽心些，连伴读的饭也做得十分精致，羽燕然一边吃一边感慨："还是宫里的厨房好，我在边疆什么都不想，就想这些吃的。"

敖霁冷笑："好有出息的人。你说想京里的姑娘，我都看得起你些。"

"你以为跟你一样，几辈子没见过女人。"羽燕然笑嘻嘻，"我告诉你吧，边疆的姑娘才好呢，又漂亮又泼辣，你要是敢辜负她，她能把你眼珠子剜出来当项链戴。"

言君玉正吃肉丸子，听到这话，吓得一哆嗦。

"这么厉害的姑娘，恐怕看不上你这马曹。"

言君玉现在已经知道他们互骂的"狗监"和"马曹"是什么意思了。原因为他们在宫中挂职，羽燕然挂在上驷院，敖霁挂在鹰犬处，所以互揭短处。说起来，这外号还是容皓起的，据说容皓这家伙最擅长就是起外号。

"懒得跟你说。"羽燕然催促言君玉，"快吃快吃，吃完了我带你溜去胡人的使馆看看。你还没见过胡人吧，我教你怎么分辨北狄胡子和西戎狼。"

言君玉本来是不想去的，但是经不住羽燕然和敖霁一人一边，拎小鸡一样，一吃完饭就把他拎走了。

所谓的"万国来朝"，其实也不过是大周附近的二十来个附属小国来而已，其中几个主要的胡族，都是被大周穆宗皇帝打服了，议过和的，不能算属国，用两国文书上的话来说，叫兄弟之邦。

胡人的使馆，就在皇城的东北角上，如今人还没到，只有礼部一些官员在忙活。羽燕然会闯祸，也不通报，直接拣了面僻静的墙，一纵身就上去了，干脆躺在屋顶上观察起来。

敖霁一看就是常年跟他一起闯祸的，拎着言君玉也上去了，踢他一脚："请挪一挪尊臀，让个位子。"

言君玉懵懂地跟着他们，看了一番，也不明白，只觉得胡人长得奇怪。他忽然被羽燕然戳了戳："看那边。"

他指的那一行人，十分高大，比大周的寻常人还要高出一个头，穿着胡服，头发、胡须都是黑色的，极茂盛，看起来衣着简单，腰间挎着的弯刀却镶嵌着许多宝石，一看就价值不菲。

"那是西戎的宰相兼南大王，呼里舍。"羽燕然眼睛亮起来，"如果是他打头阵的话，那人一定来了。"

"谁一定来了？"

"西戎王的长子，蒙苍王子。那可是个狠角色。"

"有多狠？"敖霁不以为然。

"西戎自从他掌军后，与我边疆交战数十次，未尝一败。"羽燕然神色凝重，

"不然你以为圣上为什么动了和亲之念呢？"

言君玉回到德政殿，已经是黄昏时候了。

敖霁和羽燕然两个人，看似冤家对头，其实最是臭味相投。两人聊了一阵，不知道要去哪里，竟然不带言君玉玩了，骑马到朱雀门，把他扔下，两人自己跑了。

言君玉没有办法，只能自己默默走回德政殿，天都快黑了，德政殿已经掌了灯，许多臣子还等在外殿，交头接耳的，见他进来，都悄悄打量他，有人想攀龙附凤，早打听清楚他的来历，上来作揖道"小侯爷"。

他走到内殿，却不见人，只有宫女，见他进来，朝里面指了指。

他进来一看，桌上摆了满桌的精致的膳食，旁边只有两个宫女伺候着，太子正用午膳，抬头看见他，淡淡道："回来了？"

他"嗯"了一声，默默走到太子旁边站着。太子神色中有点疲惫，正喝粥，垂着眼睛，仍然是温柔的。

喝了两口，外面小太监悄悄进来："殿下，户部尚书来请罪。"

言君玉看见他的眉头皱了起来。

"让他好好回家养病，别操这闲心。"

"是。"

小太监出去了，太子又继续喝着粥，像是并不饿，懒洋洋地搅着碗里的燕窝粥，言君玉想起敖霁跟自己讲的《三国演义》里的诸葛亮，不由得有点慌，太子抬头看见他脸上神色，笑了："怎么了？我不累，只是在想事。坐下吧。"

言君玉坐下了，仍然一副心事重重的样子，萧景衍忍不住逗他："怎么，小言用过午膳了吗？"

见言君玉摇头，他又笑着道："那一定是想用我的午膳了。"

"不要笑了。"言君玉声音闷闷的，"你明明就不开心。"

他这话是有点冒犯的，萧景衍怔了一下，笑容不由得退了下去。

但他毕竟是太子，很快又笑了起来。

"小言怎么知道我不开心？"

"我就是知道。"

少年的神色倔强，眼神却很认真。像最简单的剑法，直来直去，却让人无法躲避。

被这样一双眼睛看着，实在不好撒谎。

萧景衍笑了起来。

"那小言知道我为什么不开心吗？"

"因为圣上？"言君玉偷眼看他表情。

萧景衍"唔"了一声，不置可否。

言君玉于是继续往下说："羽燕然说，是你把他召回京的。边疆出了虎狼之辈，咱们和五胡迟早有一战。你想战，圣上想和，你召羽燕然回京是想问问边疆情况，而他直接来了东宫。圣上不高兴，所以今天敲打了你，你伤了心。"

其实萧景衍是应该要反驳他的，"伤心"这种词，对太子来说，是用不太上的——一国储君，自幼学习帝王心术，未来要执掌天下的，怎么会轻易伤心呢。"天家无父子"这种事，看多了史书，早就懂了。这事摆在面前，最先应该自省，进而自保，根本没什么时间伤心。

但他并未反驳，也没有点头。

言君玉又问："那咱们要和亲吗？"

"如果我说要呢？"

庆德帝下旨，太子暂领政事，五胡使节都由他接见，和亲自然也是由他做主。

对于普通大周人来说，和亲尚且是屈辱，况且言君玉是王侯后裔，祖上是赫赫有名的将领。看羽燕然的反应，就知道他们这一批人对于和亲的态度了。

"羽燕然说他还没有和那个什么西戎王子打过，我也没有……"他几乎是有点天真的，"不知道他愿不愿意玩打仗游戏，愿意的话，我就知道他的风格了。"

萧景衍被他逗笑了。

他看着言君玉的眼神深邃起来，像是在认真打量，又像只是在欣赏。

"小言，你跟着我吧。"

"我现在就是跟着你啊。"言君玉不解。

"不是这样跟着。我要你一天十二个时辰跟着我，我去哪儿，你就跟着我去哪儿，我做什么，你都可以在旁边看着。"

言君玉似乎明白过来。

"你想让我知道你为什么不开心吗？"

"不。"他看着言君玉眼睛，"我想让你知道我究竟是谁。"

太子这顿饭注定吃不安稳，刚吃了两口，外面人进来通报："太子妃驾到。"

言君玉站在他身后，好奇地打量，只见帘子外面人影憧憧，宫女挑起帘子，先进来的是上次见过的玲珑，然后才是太子妃。

她进来的时候，整个屋子似乎都亮了起来，这光彩跟她如云的宫髻、满头的珠翠、身上的绫罗都毫无关系，仿佛只是她身上带着的光。她本身就像一株牡丹，一件绝世的珍宝，或者一轮夜空中皎皎的明月，足够照亮周围的东西。

太子妃其实并不算非常艳丽，而是纯粹的美，真是春山眉黛，秋水剪瞳，肤如凝脂，是极端正又极罕见的那种美，神色却是温柔而贵气的。言君玉忽然觉得，如果这世上非要选一个人来配太子的话，没人比她更合适了。

她看见言君玉，愣了一下，因为太子妃是东宫女眷，她进来后伴读都要避开，这衣着华贵的少年却直愣愣地盯着她。他长得漂亮，就是眼神太直接了，显得有点天真。

玲珑看见言君玉，一眼就认出来了，瞪了他一眼。

"殿下在用午膳？"太子妃行了礼，笑着问道。

"刚忙完。"萧景衍淡淡问道，"你从哪儿来？"

"刚去给父皇请安，母后也在那儿，就留下用了膳。"太子妃正说话，有宫女已经提了食盒进来，非常精致的紫檀雕花，螺钿嵌出龙纹，一看就是上等的。

"刚才在父皇那儿用膳，昨天越王送了些金钱鳖过来，席上有道黄金肚，父皇见了，问你用了膳没，让我顺便给你带过来，还拣了两样菜，都在这儿了。"

宫女端出菜来，是个小盅装的，其余两样菜不过是炙羊肉、剔缕鸡之类，言君玉也见过，就那黄金肚不知道是什么，不由得打量起那汝窑小盅。

但太子也没有动它的意思，只是问："父皇还说了什么没？"

"安乐公主来请安，说了一会儿话，"太子妃笑着道，"父皇说，还是女儿好。养个儿子，一不如意就闹脾气，这么大人了，还要做父亲的去哄他。"

言君玉难得听懂一句玩笑话，忍不住笑了起来。偷偷看太子，太子脸色没变，仍然清冷如霜，只是眼神里多了点暖意。庆德帝从小亲自教太子读书，父子之间也是有点感情的。

只是宫闱之中，这点感情算不得什么。

"打发个人，去给父皇谢恩，说太子知错了，只是政务繁忙，不能亲自过来。"萧景衍淡淡道。

"这样最好，母后先前还担心，我也打发人去跟母后说一声。"太子妃一面说，一面亲自站起身来，早有宫女揭开那小盅，里面是金黄色的汤羹，十分浓稠，散发着诱人的香味。太子妃布菜的手势也好看，怪不得书上说"指如削葱根"，姿态优雅，温柔婉约。

书上还说"举案齐眉"，应该就是这意思了。

但萧景衍并没有接，太子妃盛了一碗羹，他就凉在那里。

"到底是父皇一片心意……"

"太腻了，不想吃。"萧景衍神色仍然是一贯的冷淡，"你要吃吗？"

太子妃眼中有一瞬间的惊讶，因为这提议实在不合礼制，本能地笑起来，掩饰这尴尬，然而还没等她开口拒绝，就听见萧景衍接着道："说你呢，小言。"

言君玉正偷偷吞口水，没想到被抓个正着，吓了一跳，被太子和太子妃两人盯着，不由得有点结巴："我、我不吃……"

他再没规矩，也知道庆德帝是赏给太子的，不敢随便吃。

"馋成这样，还说不想。"萧景衍总算勾起了嘴角，"吃吧，没事，父皇赏了我，就是我的了。"

他说得合情合理，言君玉不由得有点受不了诱惑，慢腾腾地挪到桌边坐下。太子妃仍然十分温柔，还替他安箸，本来远远看着就觉得她美得让人心惊，这样近距离一看，更觉得眉眼间直像神仙一样好看，言君玉顿时有点脸红。

"玲珑要吃吗？"太子又问。

玲珑是太子妃的亲妹妹，真正世代簪缨大族，能进宫来，规矩不知道学了几千几万，自然知道这是僭越。但是她心气高，见言君玉都敢坐下，明知不合规矩，也硬气地坐下来。太子妃笑着看她一眼，也给她盛了一份。

言君玉对吃的还是热衷的，舀起来吃了一口，原来不全是汤羹，不知道是用什么炖的，软糯弹牙又入味，唇齿都是香的，鲜美异常，简直连舌头都要吞掉。

他还是小孩子心性，吃到好吃的，顿时笑起来，眼睛弯弯。

"真好吃。"

太子也笑了："看，我不会骗你吧。"

正吃着，又有人进来回话，太子干脆洗手、漱口，回内殿继续看奏章去了。

太子妃也回东宫去了，留下言君玉和玲珑在这里，言君玉正埋头吃，听见一边的玲珑冷冷道："哼，你真会装。"

言君玉一头雾水："装什么？"

"不过是鱼肚罢了，别装得像没吃过一样。"她忽然发难，"你以为这样就能讨景衍哥哥的欢心了？"

言君玉对她的质问闻所不闻。

"鱼肚可以这么好吃的吗？"

"鲍参翅肚不知道吗？比饭还常见，我不信你没吃过。"玲珑站了起来。

"我真没吃过。"

他神色坦荡，玲珑也没法继续责难下去了，只能冷哼了一声，转身要走。眼瞟到言君玉忽然伸出手来，十分惋惜地端起了她只尝了两口的那一碗，顿时气得柳眉倒竖。

"你敢！"

"又怎么了？"言君玉拿她这骄纵的脾气实在没有办法，"你剩这么多，实在浪费了。"

"我浪费又怎样。我吃过的东西，谁也不准碰。"

"那你完了。"言君玉笑嘻嘻，"宫里小太监经常偷吃主子剩下的菜，你的口水早被好多人吃啦，你发脾气也没用。"

他这个年纪，还不懂这话的暧昧之处。倒是玲珑的脸顿时涨得通红，又是急又是气，嚷道："你不要脸！"

"我怎么不要脸了，又不吃你剩下的。我带回去给小福子他们吃，他们一点也不嫌弃剩菜，只要好吃就行。"

他一面说着，一面把那碗黄金肚又倒回空了的盅子里，倒像真的要带回去给小太监们吃。玲珑气得不行，早把学到的规矩全忘了，冲上来，抢过那汝窑盅子，就往地上一砸，摔得满地都是。

言君玉见她这么蛮横，也生气了："你这人真是不讲道理，你留在这里，这里的小太监也会偷吃的，为什么不让我带回去。难道以后你吃完的剩菜都砸掉？"

"我偏要砸掉，你能拿我怎么样？"玲珑气冲冲看着他，"你这穷鬼破落户，鱼肚也没吃过，剩菜也当宝，你去跟你的小太监们玩吧。"

她这话骂得刻薄，连伺候的年长宫女也轻轻咳嗽了一声，提醒她慎言。她自己也意识过分了，但是性格骄纵，仍然强撑着，有点忐忑地瞪着言君玉。

她的话一骂出口，言君玉的脸唰地就白了。他在七皇子宫里就被起过"穷鬼"的外号，对于宫里的世态炎凉是知道的。他这个年纪，自尊心是最强的，所以耳朵顿时就烧红了，握紧了拳，狠狠地瞪着玲珑。

玲珑心中也后悔，又怕他去告状，所以越发虚张声势："你瞪着我干什么，想去跟景衍哥哥告状吗？我才不怕，告诉你吧，他就是没见过你这种人，觉得新鲜，过两天就不会理你了。"

"不会的。"

"你说什么？"

"他不会不理我的。"言君玉握着拳，高声告诉她，"他说了，要让我一天十二个时辰都跟着他，他才不会不理我的。"

明政殿里，萧景衍正看奏折，忽然有个人影，默默地贴着墙走了过来，难得这么老实，乖乖站在他身后。

他心里好笑，不动声色，等看完手上这份奏折，才抬起头来看着言君玉。

"怎么了？"他伸手揉揉他的头，"怎么一副不开心的样子。"

言君玉没有说话，只是任由萧景衍揉着头。他平时虽然忍不住亲近太子，但是常常有种小兽般的警觉，像林中的鹿，好奇地打量着你，等你稍微靠近，他又跑远了。

他的头发毛茸茸的，只是埋着头不说话，像是受了委屈的样子。

萧景衍隐约猜到原委，见他背脊起伏，大概是在忍哭，真是少年心气，喜欢逞强，偏偏又爱哭。萧景衍只能安抚地拍拍他的背，等他自己缓过来。

容皓批奏章批累了，正饶有兴味地打量这场景，忽然觉得背后一凉，扭头看见萧景衍警告的眼神，连忙赔笑道："我错了，什么都没看见。"

他一说话，言君玉就不好意思了，连忙抬起头来，又躲到萧景衍身后站着了。

他认准了"一天十二个时辰"，所以十分坚持，一直陪着萧景衍到深夜，困得头一点一点的，跟鸡啄米似的。容皓这人实在是个纨绔，累成这样了，看见言君玉打盹，还要笑着吟诗道："养鸡纵鸡食，鸡肥乃烹之。"

萧景衍看他一眼。

"后面一句呢？"

容皓笑眯眯看着他，狐狸眼眯得狭长："主人计固佳，不可与鸡知。"

"你文采这么好，明天秋闱审卷，你去做考官吧。"

"饶了我吧。"容皓笑着求饶，"看个奏章已经要我半条命了，还去审卷，不如一刀捅死我算了。"

八月初一，秋闱放榜，今年的秋闱因为要准备万国来朝的事，所以提前了几天。大周的科举依照前朝旧例，分明经科和进士科。进士地位高，最是难考，所以民间有"三十老明经，五十少进士"的说法。又分乡试、会试、殿试三关，乡试在各省省城考试，又称秋闱。

虽是在各地考试，但是审卷几天，好文章早早就被抄送到了京城，皇宫自然是消息最灵通的。八月初一，天还没亮，东宫有人送来厚厚一沓试卷，全是各地的解元、亚元的好文章。

容皓自然是最积极的，赶在太子前过了一遍，等太子忙完，自己把几篇好文章拿出来，肆意点评。敖霁平时以武人自居，其实是有学问的，也能跟他谈论几句。

到了御书房，更是热闹，到处都在传文章，满天飞的都是什么山西解元的《降夷论》，江宁解元的《长安赋》，连老先生案头也摆着一沓。太傅今天讲汉赋，显然也是受了那位据说惊才绝艳的江宁解元的启发。

言君玉反正听不懂，但还硬站着，太傅正讲得慷慨激昂，见他在一边发呆，叹一口气，挥挥手让他出去了。他如鱼得水，拿着本《资治通鉴》溜了出来，庭院里伴读们正三五成群地聊天，他一问，原来夫子们正看文章，放他们半天假，让他们自己在庭院里玩。

他一眼就找到了谌文，谌文正和谭思远，以及几个年长的伴读站在一起，都是出了名的文采好的人。几天不见，谌文又瘦了一圈，更高了，玉树临风，落落大方。

"你们在说什么呢？"他笑嘻嘻地问。

谌文见了他，顿时笑了。那几个伴读却都是和谌文一样的处境，家境不甚豪富的，见了言君玉一身华贵，不由得有点疏远，都不说话了。

"正评论文章呢。"

"评论文章？怎么不见你们拿着呀？"言君玉见他们都是两手空空，好奇地问。

"早就背下来了，难不成还拿着纸看。"里头有个文弱的青年十分傲气地道。

言君玉向来脾气好，也不介意，还笑嘻嘻地问："你们最喜欢哪篇啊？"

"我喜欢《平戎策》，格局大得很。"谌文笑道。

其余人也都纷纷议论起来，有喜欢《降夷论》的，有喜欢《明光词》的，拥趸最多的还是那篇江宁解元的《长安赋》，说是字字珠玑，精彩无比。江宁府地处江南，与苏州府一起，是天下文脉最兴盛处，是最多世家大族书香门第的地方。据说今年的解元才十七岁，写得一手锦绣文章，只可惜恃才傲物，有伤仲永之虞。

"哼，其实《长安赋》也不过是陈词滥调。"那文弱青年忽然道，"沐凤驹不过是拜了个好师父罢了。"

"此话怎讲？"其余人都不解。

"你们还不知道吧？沐凤驹是江宁沐家的，他父亲有个至交好友，曾在他府中停留过几个月，顺带教了他做文章。他的文风，全是学他老师的，《长安赋》里的'杨柳依依，芳草萋萋。蕙风如薰，甘露如醴'等句，就是照搬他老师的作品。"

他话未说完，早有人猜出来。

"难道你说的是郦解元？"

"正是郦道永。"那青年得意道，"沐凤驹不过学了三分相似，就拿了个解元，郦道永真不愧是江南第一才子。"

"若是他的弟子，拿状元也不稀奇了。"

"看来明年春闱，魁首已定，剩下的人只能争个榜眼了。"

众人都在感慨，言君玉听了个一头雾水，忍不住问道："这个郦道永这么厉害，那他自己为什么不去考个状元呢。"

"你不知道，郦解元的功名之路早就断了，只能寄情于江湖了。"

言君玉在外面玩了一会儿，赶在饭点前回了文心阁，太子他们正要动身回东宫，见到他，都笑了。

"我看看，你身上是不是藏了个滴漏。"敖霁抓住他，狠狠揉了两把，"天天在外面野，每次一准备吃饭你就回来了。"

"我没野，跟谌文他们议论文章呢。"他现学现卖，背诵道，"杨柳依依，芳草萋萋。蕙风如薰,甘露如醴。"

"哟,太阳从西边出来了,咱们小言也会背书了,再背两句来听听。"容皓也凑过来。

言君玉不好意思地笑了:"我就背了这两句。"

大家一路走,他悄悄凑到容皓边上,问道:"你知道有个叫郦道永的人吗?"

"知道啊,郦解元嘛。"

"那你知道他为什么不去考状元吗?谌文他们都说他厉害,又说他功名之路已经断了,为什么断了呀?"

容皓看了他一眼,笑得像狐狸:"你真想知道?"

"真想知道。"

"那我也不告诉你。"

"好啊,那我就告诉敖霁,你给他起了新外号。"

"行行行,怕了你,告诉你吧。郦解元十七岁中了解元,又因母亲去世守孝了三年。二十一岁,进京赶考,本来文章都作出来了,被他父亲告了忤逆,虽然没入罪,但是被革去功名,永不录用。"

"他父亲为什么告他忤逆呢?"言君玉更加好奇了。

"这个你别问我,去问殿下。"容皓忽然又笑起来,"要不你就自己去问郦解元。"

"我怎么问他呀,又见不着他。"

"嗐,这还不容易?他现在就住在京城的烟花巷里,专给勾栏、教坊填词、作画、写戏本呢,敖霁和羽燕然两个人天天往那儿跑,你让他们带你去就行了。"

言君玉虽然见识不多,但烟花巷是什么意思还是知道的,顿时红了脸:"你骗人,敖霁他们不是去烟花巷。"

"跟你说你也不信,你自己去看吧。可别让他们知道是我说的,到时候敖老三恼羞成怒,肯定要揍我。"

一到下午,东宫就没人了。敖霁和羽燕然这几天一到下午就往宫外跑,容皓向来是最能躲懒的,这两天处理政务,更有了借口,说是劳了神,要静养,躲到小阁楼上晒太阳去了。他向来像狐狸一样,一肚子诗词,长得也好看,又油嘴滑舌,宫女们私下提到他,都要啐几口,笑骂几句。真见了他反而忸怩了,一个个脸红起来，端茶递水，连果子都剥好了，把他伺候得舒舒服服的，在阁楼上乐不思蜀。

东宫里只剩下太子和言君玉。八月天气尚热，言君玉有点打盹，干脆在睡榻上睡着了，醒来时身上盖着件鹤氅，是太子的衣服。

太子正在窗边看书，神色淡然。其实这东宫人人都有松懈的时候，唯独他，不管什么时候总是毫不松懈，冷静得不像凡人。

"醒了？"

"嗯。"言君玉刚睡醒，还有点蒙，茫然地摸着鹤氅上金线绣的龙纹，发着呆。

"怎么了？"太子抬头看了他一眼。

"殿下会累吗？"

太子放下了书，看着他。

"怎么忽然想起问这个？"

"就是想问。"言君玉看着他道，"我看演义故事里，都说当皇帝好，当太子也好。但是我进宫之后才发现，当太子太累了。不想做的事也要做，不想笑也要笑，敖霁他们还能溜出去玩，你却只能待在皇宫里。"

太子笑了："我早习惯了。"

他招招手，言君玉很听话地过去了，刚睡醒，还有点懒洋洋的。他坐在窗边榻上，言君玉也挨着他坐下来，靠在一旁的绣垫上。

"我四岁启蒙，读了十七年书，从未在卯时之后起过床。习惯成自然，所以并不觉得累。"他伸出手来，像摸一个小动物一样，摸着言君玉的头，笑着问，"小言长大之后，想干什么呢？"

"当将军。"言君玉毫不犹豫。

"当将军是为了什么呢？"太子循循善诱。

"为了报效国家，抗击胡人，保护我大周的百姓。还有，报我父亲的仇，再给我奶奶争个诰命夫人。"

"那要是你的主帅懦弱，一味退让，或是干脆是个草包，专拖你后腿，怎么办呢？"

言君玉从来只知道打仗的事，不知道这些权力场上的规则，但最近也听羽燕然说过，大周四面边疆，全是开国分封的王爷在镇守，许多代传下来，也有不济事的。比如羽燕然驻守的北疆，那一块是燕北王府在镇守，燕北王年纪大了，十分保守，很多时候明明有大捷的机会，偏偏不准他们追击，连连下军令，把他们追回来。用羽燕然的话说："干脆在我们脖子上拴根绳算了，我才跑出五十里地，就跟要了他命似的。"

羽燕然出身高官贵胄之家尚且如此，寻常将士如何受拘束就不说了。

言君玉被他问住了，思考了一会儿，说道："那我就努力作战，总有赢的时候，等我靠军功封王，就没人管我了。"

他这话是孩子话了，先不说以军功封王多么艰难，几乎是九死一生，大周朝只有开国的时候封过几位异姓王，容皓家就是其中一家，自那之后，再未有人以异姓封王。

但萧景衍并未提醒他这点，而是淡淡地问道："那要是你封王之后，皇帝却不愿打仗，只想议和，不惜与蛮族和亲呢，或者效仿岳飞故事，拿你的命与蛮族议和呢？"

言君玉被问住了，他再天真，也知道总不能以军功封皇帝，那不是造反了？

他是真心想当将军，被主帅钳制的痛苦，羽燕然已经告诉他了。萧景衍说的可能性，比那还可怕，他不由得皱起眉头认真思考起来。

"所以你看，你若想成就一番事业，自然是位置越高越好，权势越大，越少人能掣肘你。相比之下，是不是失去自由也没什么了？"

"好像是这道理。"言君玉十分执着，"但你也有你的难题啊。"

当初在养心阁的那一番暗流涌动，始终刻在他心头上，那是他过去十五年人生中从未遇到过的气氛，蒙昧、隐晦，但是本能地知道恐怖，所以记忆尤深。

羽燕然受主帅掣肘，是可以光明正大地说出来的，可以和朋友大叫、大嚷地抱怨。但养心阁那短短的一段交谈，背后是永远不能宣之于口的阴霾，像是这金碧辉煌的皇宫背后最深重的阴影，是言君玉这个年纪理解不了，也不敢去触碰的东西。

萧景衍明白了言君玉的暗示。

他笑了起来："这世上的道理，就是越好的东西，越多人争抢。你想要做多大的事，就要付出多大的代价，不是吗？"

"我以后想当将军，也要付出很大的代价吗？"言君玉忍不住问。

"你不用。"

"为什么啊？"

"因为我在这里啊。"萧景衍笑着告诉他。

言君玉的眼睛顿时亮了起来。

"那我以后给你当将军，替你扫平边疆之患。"

"好啊。"

萧景衍笑着答应道。

言君玉却不好意思了。他自己也知道这交易有点不公平，因为他本来就是要当将军的，这承诺有点顺水人情的意思。萧景衍却是储君，未来的天子，他这个承诺其实是很重的。言君玉觉得自己占了大便宜，看萧景衍还笑眯眯地没有戳穿自己，不由得就有点讪讪的，没话找话道："殿下在看什么书？"

萧景衍把书扬了一扬，是本《五胡习俗志》，言君玉顿时认了出来。

"你看这个？我从御书房也找到一本，带回来了，敖霁不准我看，说是闲书，抢走了……"他十分不爽地抱怨。

"哦，原来是你。"萧景衍笑起来，"我说谁在书上涂了那么多页。"

言君玉的脸唰地红了，他其实是看太子给书做注解，所以自己也学着弄，但是写不出蝇头小楷，所以乱写一通，看起来像有人故意涂掉书一样。

萧景衍这么说，他当然不好意思解释了，只能转移话题道："这书上写的都是真的吗？胡人真的吃人吗？"

"平常倒不至于吃人，但打起仗来难说，拿俘虏做军粮古已有之，唐时黄巢就干过，不只是胡人。不过胡人一直觊觎中原是实话。"

萧景衍语气平静，说的却是最残忍的话。

"那我们要准备打仗吗？"

"那就要看事态如何发展了。"萧景衍淡淡道。

他闲散时常有这种神态，慵懒而漫不经心，偏偏说的又是举足轻重的大事，这状态让言君玉觉得十分矛盾，却又有种致命的吸引力。

那种坐在厅堂里玩耍，听着大人们聊着军国大事的感觉又回来了。但是这次不同，这次他仿佛站在深渊边缘，凝视着权力本身。言君玉本能地被这感觉吸引，毕竟是王侯后裔，对战场、对权力的热切，是融在他血液里的，何况他才十六岁。

而萧景衍仍然懒洋洋靠在睡榻上，素锦衮龙袍上银绣耀眼，他的姿态这样随意，仿佛无论你问什么，都会得到答案。

"秋闱的试卷中，有人写了这个，叫《降夷论》。"他极聪明地斟酌着措辞，问道，"但是湛文说《平戎策》格局更大，为什么呢？"

他现在不像鹿了，更像是狼，或者是虎，虽还是幼崽，却有机会成长为猛兽，看似笨拙的试探后面，藏着日后成为百兽之王的架势。

萧景衍笑了起来。

"'却将万字平戎策，换得东家种树书'，这典故用得不错。"

言君玉皱起了眉头："也许不是因为典故呢？"

"那是因为什么？"萧景衍反问。

他的眼睛仍然是山岚般的浅灰色，却弯起来，无人知道那山岚中藏着千军万马。

言君玉在这样的眼神中犹豫了一下。

但他还是说了出来。

"《平戎策》比《降夷论》的格局大，是因为这个'戎'指的是西戎，对吗？写这篇文章的人，已经知道西戎才是我们大周最大的威胁，所以他格局大，对不对？"

萧景衍笑了起来。

"真聪明。"他夸奖言君玉，"小言是怎么猜到的呢？"

"羽燕然和敖霁去探过招待五胡使节的使馆，他们对西戎王子评价很高，很忌惮他。"言君玉忍不住问道，"容皓说敖霁去烟花巷，我才不信。"

萧景衍忍不住大笑起来。

"那你可错了，他们是真的去了烟花巷。"

言君玉顿时瞪大了眼睛，还要再问，萧景衍已经重新举起书，继续看了下去。他没有办法，在旁边想了一会儿，还是想不通去烟花巷跟西戎有什么关系，只能又把字帖搬出来，认认真真地临起字来。

萧景衍从书页间悄悄抬起头来，安静地看了他一眼。

言君玉临字帖的样子笨拙且认真，看着让人好笑。

这皇宫中聪明的孩子很多，聪明而心如此赤诚的，却太少见，所以敖霁一眼就看了出来，把他收到羽翼下，耐心呵护，生怕被萧景衍哄走。

因为越赤诚的人，掉入权力场中，越容易被撕碎。

就像言君玉永远也猜不到，《平戎策》的格局之所以大，不是因为看出了西戎才是大周的未来之敌，而是因为那个典故。

萧景衍没有骗他。

"却将万字平戎策，换得东家种树书。"写这句词的人，是南宋的词人辛弃疾，世人多传颂他的词作，却无人提起，他曾经著有《美芹十论》《九议》，都是论战之书。却因为朝廷主和，被弹劾落职，退隐乡间，壮志难酬，一世不得重用。

用这典故的人，不仅看出西戎是大周最大的威胁，而且已经看出了如今庆德帝的主和之心，但是仍然以辛弃疾自居。与其说他写这篇文章是为了考取功名，不如说他是在发出一个信号，让能看懂这篇文章的人看见。否则他也只能像辛弃疾一样，去换东边人家的"种树书"。

而萧景衍，是收到了这信号的人。

眼看着言君玉又临帖到打瞌睡，萧景衍伸手去拿鹤氅，只听见身后有人笑起来："这小子睡得倒安稳，今天追着我问个不停，傻乎乎的。"

"联系到褚良才了？"

他说的褚良才，正是写出《平戎策》的那个云南亚元。

"早找到了，云南那边咱们的人多，早有人过去结交了，那小子倒实心眼，一听说太子看了他的文章，眼泪都下来了，还朝京城方向行礼呢。"

"他愿意放弃春闱？"

"愿意倒是愿意。"容皓有点犹豫，"但是他不是什么大富之家，家里有个寡母，对他期望很高。其实让他考个功名也没什么，明年春天再送去边疆也是一样的……"

"他文章太好，锋芒又露，去考春闱会有变数。"萧景衍十分独断，"让他走军功，边疆正缺人，越早过去越好。"

"哪里就这样危急了。"容皓笑嘻嘻，"我那招数还没用呢，说不定能拖延个五年十年的。"

"好啊，你要能拖延五年，我封你做宰相。"

"那可说定了。"容皓什么话都敢接。

"对了，景扈那儿有个伴读，叫谌文的，有点见解，你留意一下。"

"嗐，我早发现了。那小子聪明，但是心太软，读圣贤书读傻了，正好让三皇子好好磨炼一下，让他知道一味仁慈是不行的。有个谭思远也不错，但心更软。现在孩子都怎么了,都跟小言一样傻乎乎的。"

"都跟你一样狡猾才好?"

"好了,知道你喜欢傻乎乎的了。我可就喜欢聪明的,棋逢对手才好玩。"

"贺家军功出身,可贺小姐一字不识。"

"那倒无所谓,教教就好了,我可不信这天下还有我教不会的人。"

第三章

来朝

八月初三，万国来朝。

这是庆德一朝从未有过的大盛事，百官早把贺表写成了山，都说是因为天下归心，国泰民安，所以连蛮夷之地也来朝贡。其实他们心里也打鼓。主和的，怕胡人是来刺探情况，要起战事；主战的，怕庆德帝仁慈，为了笼络胡人，大肆封赏，到时候丢了脸面，百姓也吃苦。

庆德帝病重，接待使节的工作就落在太子身上，举国无数双眼睛盯着，实在是棘手的工作。

庆德帝为太子亲手挑选的班底这时候起了作用，有当过丞相的老太师坐镇。几个伴读里，容皓是王爷嫡子，见过大场面，礼数是周全的，一应接待旨意都是他在传达，羽燕然领羽林卫，敖霁随侍太子，都是英挺青年，气质非凡，应对得宜，看起来倒也颇像样。

言君玉混在里面，只管跟着太子。好在他年纪虽小，但倒也机灵，没露过怯。太子在太和殿接见各国使节，他就站在太子身后，悄悄打量丹陛下跪着的使节们，一眼就认出那个据说很厉害的西戎王子。

西戎人跪也不好好跪，只屈起一条腿，一边手臂放在肩膀上，像是胡人的礼节。一个个人高马大，穿着袍子、马靴，每人都带着一柄镶嵌珠宝的弯刀。

昨晚他偷偷听到一句有用的话，是羽燕然说的，说西戎人把西域都打通了，现在跑去更远的地方通商了，所以有那么多漂亮宝石。

那西戎王子是最高大的，看起来确实年纪不大，和敖霁他们差不多，头发是卷起来的，颜色乌黑，眼睛却有点偏蓝，轮廓很深。人人都跪着看向地面，他却抬起眼睛来，直视着丹陛上的太子，神色很是桀骜不驯。

言君玉连忙偷偷看敖霁，看敖霁发现了没有，敖霁面色如常，他又看太子，太子也仿佛没发现。

他第一次见到这么嚣张的人，觉得简直胆大包天，眼看着礼部官员还在读旨，那西戎王子竟然就这样打量起太子来。言君玉连忙整理好眼神，等西戎王子眼睛扫到自己这边，抓紧机会，狠狠瞪了回去。

蒙苍正觉得这大周的礼节滑稽，文武百官一个个全跟木头人似的，在心里嗤笑。忽然被人狠狠瞪了一眼，仔细一看，原来是个穿着华贵的少年，不过十五六岁，一双眼睛乌溜溜的，本来是漂亮的，但硬撑着一副凶恶样子，十分好笑。

蒙苍顿时无声地笑了，那少年见他竟然敢笑，更恼怒了，连拳头也握紧了。蒙苍见那少年反应好玩，干脆连腰也直起来了。他虽然是第一次来汉人国家，但是短短几天，已经摸清楚规律了——越是这样严肃的场合，越是没人敢管你，最多事后说两句。用汉人的话说，这叫"投鼠忌器"。

少年的耳朵都红了。蒙苍常年打猎，隔了远远的丹陛，能清楚看见少年愤怒地涨红了脸。小小年纪，竟然比大人还喜欢维护规矩，真有意思。

他还想要继续逗少年，却见丹陛上的太子忽然冷冷地抬起眼睛，朝这边看了过来。

他其实是第一次见这所谓的太子，觉得不过是个清瘦文雅的青年，除了长得好看些，与其他汉人并无区别。然而这个眼神，看似极淡，却仿佛有千万斤的重量，仿佛与这威严宫殿、无上皇权一齐朝你俯身过来，逼得你不得不低下头去。

蒙苍用尽所有力气，才没有把头低下去。等太子看似无心地移开眼睛，他这才意识到，这一个对视，不过短短的一瞬间而已。

而他背上的冷汗都出来了。

他现在才明白王兄说的"中原之地，虎踞龙盘"是什么意思。

而那个少年，显然对他被太子提醒过之后的反应很得意，先是悄悄地看了一眼若无其事的太子，默默地把身体往太子边上移了移，然后勾起唇角，朝他露出一个挑衅的笑容来。少年笑起来的样子似乎和一般人不一样，但又说不清具体是哪里有区别，因为转瞬即逝，如惊鸿一瞥。

都说中原的桃花最好，这次朝贡偏偏是秋天，没赶上花期。不过蒙苍想，中原的桃花盛放时，应该也不过如此罢了。

朝拜之后，宴席开场。

庆德帝年纪大了，喜热闹、豪奢，尽管没有亲至，场面却是很大的。繁花锦簇，烈火烹油，山珍海味自不必说，看安排，宴席要从中午一直摆到晚上。

文武百官都在，言君玉是没有官职的，不能上席，所以出来在偏殿吃饭。其实东西都是一样的，还清静些，正吃着呢，看见敖霁也出来了。敖霁直接大马金刀地往边上一坐，也吃起来。

"你不是狗监吗，怎么不去席上吃？"言君玉好奇地问。

敖霁气得敲了一下他脑袋。

"说了是鹰犬处，你再跟着羽燕然叫'狗监'，我打断你的腿。"他威胁了两句，又解释道，"里面吵得很，又要喝酒，我晚上还有事，吃点东西就出宫了。"

言君玉放下了筷子，皱起眉头。

"你又要去烟花巷？能不能别去啊。"

他这样子可谓是语重心长，为敖霁操碎了心，倒把敖霁气笑了："谁又在造我的谣，一定是容皓。"

"他又没说假话。"

"你知道个啥，我有正事要忙呢，是容皓自己想出来的……"他最近天天跟羽燕然混在一起，说话也粗鄙不少。正骂容皓，见言君玉飞快地扒了两口饭，就起身要走，连忙拉住言君玉："你干什么去呢，吃这么点。"

"我去守着太子。"言君玉跟他告状，"那个西戎王子嚣张得很，眼睛老是到处乱瞄，还敢抬头看太子。"

"原来你之前跟他打眉眼官司是为这个。"敖霁哈哈大笑起来，"你可别逗我笑了，就你，还想威慑他？别操这份闲心了，太子可不需要你撑腰，他给你撑腰还差不多。"

言君玉压根儿没听进去。

"不跟你说了，我去守着太子了，你晚上早点回来啊。"

敖霁懒得跟他多说，在他屁股上轻轻踢了一脚，自己匆忙吃了两口，也走了。

言君玉自觉重任在肩，匆匆赶回了正殿。那边又在推杯换盏，觥筹交错，热闹非凡，还有宫里的歌舞伎上来唱词，十分婉转好听。有个抱着琵琶的歌姬生得尤为漂亮，眉心有颗朱砂痣，周围人都婀娜妩媚，她却端庄得如同观音一般。

言君玉到底年纪小，不懂这些，也没有多看，又回到太子身后站着。太子正饮酒，看见他，笑了："去哪儿了？"

"去吃午饭了。"

"这么快？今天怎么不贪吃了？"太子逗他。

"今天有正事，我才不贪吃。"言君玉说完，觉得有点没面子，连忙补上一句，"我以前也不贪吃。"

两人正说话呢，容皓回来了。他这几天负责接待各国使节，忙得很，风风火火的，倒是跟这些胡人打成一片，见他来了，胡人们都举起杯来："容公子，来喝酒……"

他被灌过一轮，好在酒量好，仍然没什么醉意，到太子下首坐下，倾身道："都安排好了，明后两天狩猎、射箭，然后带他们在京中玩几天，等十五再开宴。"

他正说正事，那边赤羯首领却没什么眼色，端着大酒杯又过来了："容小王爷，我敬你一杯。"

五胡中原有羯族，后来沿着天水河分成两部，东边的叫赤羯，西边的叫白羯，今年白羯没有来。前几天容皓还在和太子说这个，连羽燕然也不知究竟。

这赤羯首领叫石豹，人高马大，满脸络腮胡，喝酒跟喝水似的。本来皇宫饮宴用的是酒盏，这些胡人嫌不过瘾，换了拳头大的酒杯过来。太子高高在上，他们不敢造次，见了容皓，顿时来了精神，抓着就要敬酒。

容皓被石豹灌了三大杯，颧骨上也冒出红色来。他原是极文雅的长相，带上醉意，倒显得有点风流架势。他招架道："你这喝法，实在没意思。"

"那什么有意思？"石豹十分耿直，"可不要行什么酒令，昨晚你带着我们行那个酒令，又是花又是雪的，听都听不懂，害我整整喝了三四坛。"

容皓见被他识破，连忙转移话题："听说赤羯的女子都能歌善舞，首领你看咱们大周的歌舞如何？"

石豹真就认真去看歌舞，皱了皱眉头道："漂亮倒漂亮，就是软绵绵的，不像咱们胡人女子洒脱。"

"听说五胡中美女最多的是白羯。"容皓轻描淡写地笑道。

"这当然，白羯是天山上的雪，赤羯是戈壁滩上的红石头，所以白羯的女人最好。"

"哦，那这次怎么不见白羯来朝拜？"容皓笑道，"别是沉醉在温柔乡里吧？"

他是层层铺垫才问出来的，石豹却还是立刻就警觉了，神色为难地朝着太子那侧看了一眼，打哈哈了两句，连酒也不敬了，竟然回去位子上乖乖坐着了。

容皓嘴角噙着笑，面色如常地看着他回去，眼神却冷了下来。

"看吧，我就说有古怪。"他告诉太子。

太子却淡淡扫了一眼左侧，那里坐的正是西戎使节。

"要我再去打听吗？"容皓低声问道。

"不用。"萧景衍神色也有点冷，"我已经猜到了。"

"猜到什么了？"一直安静听着的言君玉忍不住小声插话。

"嘿，你这小子，整天在这儿偷听。"容皓钩住他肩膀，想要揉他头发。言君玉一偏头躲开了："你又想打岔，我可不是石豹。"

容皓见他机灵，知道蒙混不过去，笑了起来。言君玉也不理他，仍然眼巴巴看着太子，太子被他的目光盯得笑了起来。

"小言真想知道？"

"真想知道。"

但太子没有告诉他，而是举起了酒杯，高声道："圣上曾曰'朕于戎、狄所以能取古人所不能取，臣古人所不能臣者，皆顺众人之所欲故也'，各位远道而来，朝拜大周，其心可嘉。请满饮此杯，大周必世代庇佑臣国。"

五胡首领都举起杯来，痛快饮酒。也都说些"愿大周国祚绵长，千秋万载"之类的吉利话，殿内气氛顿时热烈起来。

太子又笑道："听闻如今五胡中是西戎最为强盛，是不是？"

他这话问得直接，反而锋芒不显了，顿时就有没什么机心的首领笑道："是啊，西戎现在部族强大，从太阳升起的地方到太阳落下的地方，都有他们放牧的牛羊。"

太子仍然笑着，继续问道："既然西戎这么强盛，那消息一定灵通了。"

他这话是对着西戎人问的，又是东道主，西戎那几席上的人都站了起来，那个南大王呼里舍恭敬答道："回殿下，不过是对草原上的事略知一二罢了。"

"那你们知不知道，为什么白羯人这次没有朝贡呢？"

这件事，容皓和敖霁他们已经打探了几天，言君玉也听过几次议论了，刚刚还看见容皓套了一回话，没想到太子就这样直接问了出来，不由得满脸惊讶地看向他。

但更让他惊讶的是西戎人的反应。

呼里舍是只老狐狸，按理说，既然这事里有鬼，肯定要像容皓那样转移话题，或者蒙混过关，不知道为什么，却似乎在犹豫。就在他犹豫的时候，他身后的蒙苍王子十分爽快地道："这事我们确实知道。"

"哦？"

"白羯人为我们西戎打造马鞍，误了日期，被我们杀光了牛羊和壮丁，所以不能前来了。"

一片哗然中，言君玉看见了那赤羯首领石豹脸上的恐惧和其他胡族首领的兔死狐悲，再回过头来看太子时，只见他脸上仍然波澜不惊，只有眼中一闪而过的冷意，让人心惊。

白羯是大周的属国，属国之间是不能随便打仗的，除非宗主国默许。西戎这样放肆，已经触犯到大周的皇权了。就算言君玉再没有常识，也知道这道理。

连他都能看出这一层来，那这事在容皓和太子眼中，代表的意义肯定更加重大。

不然容皓不会这样热烈地上来圆场，笑道："不说这些不开心的了，来来来，大家喝酒，昨晚是谁说要灌醉我来着，咱们今日再来。"

晚宴一直进行到深夜，容皓先醉倒了，萧景衍让小太监先把他送回去，叫言君玉："小言也跟着回去吧。"

"那殿下呢？"

"我再坐一会儿，也回东宫了。"

"那你早点回来。"

言君玉跟着容皓回东宫，容皓醉得像烂泥一样，还好有车辇。外面月亮已经出来了，像一把锋利的刀，言君玉不由得盯着夜空出神。

"怎么样？这月亮像不像西戎人的弯刀？"

言君玉吓了一跳，惊讶地看着说话的容皓。

"你不是醉倒了吗？"

"骗那群蛮子的，不然他们能放过我？"容皓笑着伸了个懒腰。

言君玉皱起眉头，十分不满地看着他。

"你临阵脱逃。"

"嚯，好大的罪名。"容皓笑嘻嘻地逗他，"怎么，都跟你一样傻戳在那里才好？"

"那你也不能扔下太子在那里。"

"行了吧，太子可不需要我在那里，你没看他刚刚把西戎人玩得团团转吗？"

他这么一说，言君玉果然被转移了注意力："对啊，我刚刚还想问呢，为什么太子一问，西戎人就说了，那你之前还套话干什么？"

容皓被他气笑了："是是是，西戎人都是傻子，一问就说。我也是傻子，明知道一问就说，还非要转着弯套话。这都被你发现了，你简直是天下头一号聪明人。"

言君玉就算再傻，也知道他是在讽刺自己，顿时红了脸："你这人真没意思，老是阴阳怪气的，我以后不跟你说话了。"

容皓哈哈大笑起来。容皓这人喜欢捉弄人，见他不理自己，又戳了他两下，见他真生气了，叹道："唉，还是刚来的时候可爱些，怎么逗都行。现在娇气多了，说两句就生气，都是殿下惯的。"

容皓说别的还好，一说太子，言君玉忍不住了，反驳道："不是殿下惯的。"

"那是谁惯的，总不能是敖老三吧？"容皓见言君玉又要瞪自己，连忙见好就收，"你还想不想知道西戎人为什么一问就说？"

言君玉虽然生气，好奇心还是在的："想。"

"那你叫我句'容皓哥哥'，我就告诉你。"

言君玉气得脸通红："你去死吧。"

容皓大笑起来。他这人很有点风流才子的样子，笑起来放浪形骸，连驾车的小太监都忍不住回头看。按理说他应该也是郦道永那类放诞不羁的才子，不知道怎么混到了官场上来。

他笑了一阵，总算消停下来，见言君玉已经彻底不理他了，又正色道："其实这事要解释起来，也不是一句两句说得清楚的。这要从太子的第一位太傅说起，太傅姓李，是山西学派的大家，圣上亲自请入宫来的，桃李遍天下，但是真正称得上亲传弟子的，只有两位，第一位便是太子殿下。"

言君玉下定决心不理他，没想到他竟然认真解释起来，忍不住竖起耳朵听。其实容皓也发现言君玉在听，不过没有揭穿，装作自说自话。

"李太傅读遍诸子百家，最喜欢讲鬼谷子。他教殿下的是帝王术，将世上权谋之术分为两种，阴谋与阳谋。后来我才知道，原来他是为了便于我们理解才这样分，其实讲的就是鬼谷子所传的'纵横捭阖'：捭之者，开也，言也，阳也；阖之者，闭也，默也，阴也。阴阳其和，终始其义。"

言君玉读的书少，基础也差，听到这儿其实已经有点吃力了，却十分认真地听着。他天生一双宫里少见的干净眼睛，被这样一双眼睛看着，狡猾如容皓，也收起了戏弄他的心，难得认真地解释起来。

"讲得浅显点，阳谋是可以摆在明面上的，可以说出来的，就算对方已经知道你要做什么，也无法破解。阴谋就恰恰相反。殿下今天用的，就是典型的阳谋，他已经猜出白羯是被西戎给打了。西戎现在在五胡中权势最大、威望最高，所以要讨伐小部族，必须师出有名。他当着五胡的面问，西戎就必须说出理由，否则就有损威望。何况蒙苍行事磊落，就算呼里舍不说，他也会说。"

"那你为什么不用阳谋呢？"

"因为我不是殿下。问这话的语境、时机与提问人的身份，缺一不可。鬼谷子说，'捭阖之道，以阴阳试之。故与阳言者依崇高，与阴言者依卑小。以下求小，以高求大'。阳谋是位高的人用的，阴谋是位卑的人用的。位高的人用阴谋，有损威望，也影响心性；位卑的人用阳谋，筹码不够，得到的收益就不够。"他见言君玉似乎在思考，显然还要消化他的话，也不再多说，笑着拿扇子盖住了脸，"啊，说得头晕，真是喝醉了……"

"你又装醉，明明很清醒，说得头头是道的。"

"我就是喝醉了，才跟你说这么多。"他又逗言君玉，"我平时哪儿有这闲工夫对牛弹琴。"

"你又骂我。"言君玉举起拳头。

"我这是夸你呢。我是不喜欢打仗，才读这么多书。你明明擅长打仗，还要学这个，岂不是跟牛学弹琴一样有上进心？"

"我学这个有用的。"

"有什么用？"

"殿下说要我整天跟着他，好让我知道他到底是什么样的人。但我整天跟着，也看不太懂，所以才问你们的。"

容皓的神色认真起来。

"他跟你这样说？"他打量了一下言君玉，笑道，"那我以后不欺负你了。"

"为什么？"

"怕你报复我啊，以后你当了大官，想起我骂过你，抓我去砍头，怎么办？"

言君玉以为他在说笑，没有理他。容皓却懒洋洋靠在一边，笑了一会儿，忽然叫道："言君玉。"

"干什么？"

"我告诉你件事吧。"他神色忽然认真起来，"其实我们也看不懂殿下，要是一国储君这么容易被看懂，这天下就没有'伴君如伴虎'这句话了。不过你倒可以学学我的方法。"

"什么方法？"

"我七岁当了太子伴读，还是不能说自己完全了解太子殿下。"他看着言君玉的眼睛，告诉对方，"我了解的，只是那个和我一起长大的萧景衍罢了。"

言君玉怔了一下，会过意来，点了点头。容皓是很懂规矩的，这是第一次直言太子名讳，显然说的是真话。

言君玉其实真是心性纯良，不管容皓之前怎么捉弄他，都没记仇。现在容皓一认真跟他说话，他眼里还是满心信赖。连容皓这种狐狸心性，也不由得心生感慨。

"其实你这人也挺难得的，出现的时机也巧，早一步晚一步，都不是这样了。殿下有你跟着，以后就没那么孤单了。"

"为什么？我来东宫之前不是有你们跟着殿下吗？"

"那不同的。"容皓又笑起来。

"哪里不同。"

"我们没你这么傻。"

言君玉实在忍不住，揍了他两拳。容皓醉意上来，打不过言君玉，干脆嚷起来："打死人了，东宫新伴读欺负老伴读了。"

太子直到深夜才回到东宫。

言君玉在思鸿堂等到睡着了，被喧哗声吵醒，睁开眼睛，看见太子正站在一边由云岚伺候着换衣服，见他醒了，朝他笑了笑。

太子像是有点醉了，连眼神也比平时温柔些，更加显得如云雾一般。言君玉也睡得有点蒙，两人隔着云岚安静地对视着。

言君玉小时候，有一次溜到父亲书房里玩，结果不小心在书堆里睡着了，醒来时已经是下午，阳光穿过窗扇照在地上，又暖和又令人懒洋洋的，那感觉就跟这一刻差不多。

云岚下去了，宫女奉了茶上来，太子在榻边坐下，笑着问道："小言怎么还不睡？是在等我吗？"

言君玉点了点头。

"怕我像容皓一样，被人灌醉了？"

"容皓是装醉的。"言君玉忍不住告状。

太子大笑起来。

"我知道，等明天再收拾他。"

言君玉把这玩笑话当了真，以为他明天真要收拾容皓，又替容皓解释道："不过他也可能是真的醉了，话比以前多多了。"

"哦，他跟小言说了什么？"

太子端起茶来喝。他自幼被当作储君教养，礼仪无可挑剔，一举一动都优雅、好看，连眼睛隔着茶杯盖看人的眼神也显得坦荡，带着笑意。但言君玉很有出息地抵挡住了："我不能说。"

太子被他逗笑了。

"那一定不是好话。"太子大概有点醉意，所以不如平时稳重，但离轻佻还是差得远，倒像是一尊神像忽然有了人的气息，开始逗起言君玉来，"那我明天可要好好审审容皓了。"

言君玉其实是聪明的，寻常人骗不到他，连容皓使坏他也能躲过去。唯独在太子面前，就有点呆。何况今天太子故意逗他，所以他很轻易就入了套。

"他说的是好话，都是为我好的……"

"什么好话？"太子笑着凑近，"我也听听。"

他已经取了冠，发色漆黑如墨，东宫的银灯照在他鼻梁上，唇角笑意让人心神摇晃，就这样把耳朵凑了过来。

"他、他说我不用了解太子殿下。"言君玉到底是胆大的，干脆说了出来，"我只要了解萧樘这个人就行了。"

太子的眉毛挑了起来。

"哦，容皓叫我'萧樘'？"

"没有。"言君玉连忙解释，"他叫的是你的字。"

太子笑了起来。

"量他也不敢。"

"敖霁敢吗？"言君玉忍不住问。

太子笑着摇头。

他今天带着醉意，情绪比之前都明显，所以笑起来连眼睛都是弯的，眼神无比专注。不像平时，就算被他看着，也知道他心中还有许多事，随时可以从容地抽身走开。

大约是他的眼神太有说服力，言君玉心中似乎有什么东西在破土而出，疯狂生长。

"只有我能叫你萧樗吗？"他听见自己的声音问道。

"是的，"太子看着他的眼睛回答道，"只有小言能叫我'萧樗'。"

言君玉最近这几天都有点心不在焉。

这几天，太子没再提过那天晚上的事，言君玉记得敖霁说过，喝醉的人有时候醒来后，会不记得自己喝醉时发生的事，他有时候想，太子可能是不记得了。因为太子对他还是和往常一样，什么也没改变。

他不由得觉得有点失落。

因为他很清楚地记得那天晚上的事，清楚得有点过了头，有时候看着太子的时候，都不由得想起来，所以总是走神。

容皓倒是没失忆，对他比以前亲近了好多，没事还逗逗他。这天又逗他："小言这几天魂不守舍的，不会是有心上人了吧？"

言君玉被他笑得脸通红，骂他："你才有心上人了。"

"我一直都有心上人啊。"容皓笑嘻嘻，"这天下的美人，都是我的心上人。"

还是敖霁看不下去，过来吓容皓："我可打听清楚了，贺家小姐将门虎女，手下一队女兵。等她过了门，你还说这话，我就敬你是条好汉。"

羽燕然也在旁边起哄："到时候只怕咱们容大公子改邪归正，京城的歌舞伎都要哭死了。"

"你们两个逛烟花巷的，还说我。"

敖霁听不得这个，和羽燕然一边一个，抓住容皓，扔到书房外面去了。

他们说话的时候，言君玉连忙趁机偷偷打量太子，没想到太子敏锐得很，抬起头来："怎么了？"

言君玉吓了一跳，结巴起来："没、没什么。"

太子笑了笑，又低下头去看奏章了，今天各国使节出了宫，都在京城里闲逛去了，说是了解一下大周的风土人情。他仍然是忙，有许多政事要处理。时间安排得水泼不进，言君玉想和他单独待一会儿都没机会。

有这事挂在心上，言君玉吃饭的时候都心不在焉起来，敖霁看在眼里，等吃完饭，抓住他："下午跟我出去玩。"

"去哪儿？"

"我带你去看看我们这几天到底在忙什么，免得有些人在那儿造谣。"

"谁造谣了。"容皓笑嘻嘻地钩住言君玉肩膀，"实话告诉你吧，你敖霁哥哥准备带你去烟花巷逛逛呢。"

言君玉听了，顿时反抗起来，还是被敖霁抓住，扔到马上。容皓、羽燕然他们也一起骑着马，四人一行，骑马出了白虎门。白虎门的侍卫是认得他们三个的，倒是言君玉是生面孔。侍卫看了看，笑起来："这位小爷面生。"

"这是东宫新添的太子伴读，以后记住了。"敖霁淡淡道。

"原来这就是言小侯爷。"侍卫竟然知道言君玉的名号，笑着打量了一下言君玉，恭敬地朝着敖霁道，"敖爷，令牌。"

敖霁向来行事潇洒，掏出令牌亮了亮，也不等侍卫细看，打马就走。侍卫也知道他脾气，只得开门放行。

这次又和上次去胡人使馆不同，上次是出了皇宫，这次是直接出了皇城，外面就是整个京城的内城了。言君玉以前也来过这里，知道这离西市不远，骑马回家的话，只要一刻钟，顿时心思活泛起来。

"我不跟你们去烟花巷。"他嚷起来，"要回家看我奶奶，我都半年没回家了。"

"你想得美！"敖霁直接拿马鞭在他马上轻轻抽了一鞭，"傻小子，你真以为咱们是去逛烟花巷呢，咱们是去干正事的。"

"什么正事？"

"陪五胡使节游玩京城，算不算正事？不然你以为咱们能随便出宫？太子殿下都忙成这样，伴读回家探亲，你怕是没被御史参过。"

言君玉十分不想去，但也没办法，只能跟着敖霁他们走，自己在心里暗暗盘算，等会儿找个机会，溜回家去，才不跟他们去什么烟花巷。

四人出了皇城，又走了一段路，都是衣着华贵、面容俊美的王孙公子，又潇洒，又漂亮，骑的高头大马，说不出有多神气了。从街道上飞马而过，路人纷纷注目，有些年轻姑娘都羞红了脸，偷偷打量。容皓还笑："敖老三，你看你市况也不差呀，怎么就是娶不到媳妇呢。"

"闭嘴。"敖霁暴躁得很，"再说我把你从马上踹下去。"

很快容皓就笑不出来了。本来他们在街道上走着，两侧临街的楼上虽然有大胆的姑娘们偷偷开窗看他们，都是小心翼翼的，但是自从转入一条小街后，就换了一种气氛。仍然是拥挤街道，人又多，只能慢慢走，偏偏两边的楼上都住了人，窗户都开着，住的全是姑娘，打扮得花红柳绿的，胆子也大，都站在窗口看，甚至有人娇声道："哟，好英俊的公子。"

说话的是个年轻女子，穿得十分鲜艳，声音也娇气，像带着钩子一样，听得言君玉浑身不自在。谁知道她这话一说，街对面的窗内有人搭话了，也是个姑娘，声音更嗲，软绵绵道："这你都不认识，还开张做什么生意，这可是安国公家的公子。敖少爷，我说得对不对呀？"

言君玉偷眼看敖霁，发现他面沉如水。

"你歇歇吧，小娟妇，敖少爷哪里看得上你。"对面街上又有人笑道，"敖少爷天天从后街进来，今天难得走一次前街，可别被你吓跑了。"

两侧楼上越来越热闹，有许多姑娘干脆探出身来，有胆大的，直接叫着敖霁的名字，抛下手巾和花果之类的来，笑语不断，娇嗔、说笑，也有看上羽燕然的，笑道："那个傻大个，对，就是说你呢，你叫什么名字？"

羽燕然豪迈得很，笑道："我叫羽燕然，是前面那位敖少爷的叔叔。"

敖霁也不说话，直接一脚踹了过去，被他躲开了。

"谁问他了。"那女子五官艳丽，穿着红绡衣，敞着领口，皮肤雪白，露出臂上戴的金臂钏来，笑道，"姓羽的，你上楼来，姐姐唱曲给你听。"

"好啊，什么曲？"羽燕然还和她聊了起来。

"你管我什么曲，横竖不收你的银子就是了。"

旁边楼上都笑成一团，都笑骂道："好聪明，赔本买卖也做，让李妈妈知道，还不撕烂你的嘴。"

"老娘乐意养汉子，那老虔婆管不着。"

这女子开了个好头，顿时两边楼上叫声迭起——"敖少爷，来这里，我也不收你的银子""咱们花月楼的曲子是最好的""别信她们，咱们玉桂楼的姑娘才好看，还会诗词歌赋呢"。

容皓本来一路用扇子挡着脸，一边听，一边笑，言君玉跟在他后面，看见他笑得几乎倒过去。眼看敖霁的脸越来越黑，偏偏这巷子窄，行人拥挤，马也走得慢，前面更是被一辆卖花的牛车挡住了路，速度几乎停滞下来。两边的姑娘还在肆意调笑，连荤话都说出来了，敖霁也是一副要翻脸的架势，容皓终于舍得把扇子放了下来。

他本就长得极漂亮，和敖霁那种英姿勃勃的俊朗又不同，是极儒雅、极俊美的，发黑如墨，肤白如月，穿了一身素色锦袍，上面绣着云鹤，一双眼笑微微的，真是如同桃花一般。

他一露脸，场面顿时一静，两边楼上的姑娘都喝起彩来。敖霁多少还有点不拘小节，容皓到底是王府的嫡子，更是一身贵气，这些花街上的姑娘见惯了达官贵人，自然知道这是了不得的人物。

"各位小姐，还请高抬贵手，不要取笑了，咱们这还有小孩子在呢。"他笑着朝两边拱了拱手，礼貌道。

"谁取笑了。"那个戴着金臂钏的姑娘笑道，"只是这敖公子来咱们花街三四次，每次都从后街走，怎么？花街上只有它天香楼是好地方，有个花魁娘子坐镇。咱们都是乡野丫头不成？"

她看起来颇有威望，一说出缘故，其他姑娘都附和道"是呀是呀"，显然对敖霁和羽燕然每次直奔天香楼很有意见。

容皓连忙安抚道："岂敢岂敢，各位小姐都是国色天香。原是因为天香楼离得近，又是外国使节指定要去的，敖少爷是在探点呢。"

"呵，我当是什么，原来是胡子们要去天香楼。""天香楼那娼妇本来就有胡姬血统，你们又不是不知道……""我也听说了，原是胡人的杂种，咱们正统的大周人，可是比不了。"

容皓的话平息了这些姑娘的怒火，那戴着金臂钏的姑娘也笑道："咱们也不是什么小气性的人，这些调笑的话都是认真的。敖少爷长得这么俊俏，多少姑娘连夜度资也不收，甘心要他来光顾的。"

眼看敖霁的脸又黑了，容皓连忙拱手道："多谢各位抬爱。"

"还是读书人会说话。"有姑娘调笑道,"我倒觉得你比敖公子还俊俏些,姑娘们,你们说是不是啊……"

"岂敢岂敢。"

谁知道姑娘们都呼应起来,又开始调笑起容皓来,有扔手巾的,有扔扇子的,连金凤钗都扔了下来。容皓虽然滑头,也有点难以消受美人恩了,好在那戴着金臂钏的姑娘道:"你们可悠着点,这位可不是好相与的。咱们花街上,多少花魁就栽在读书人手里呢。"

"这倒是实话,武人重义,官员重情,什么才子、书生最是无情无义的,一转头就把咱们忘了……""那是,读书人最会骗人了,我家妈妈当年为个什么才子,脸都被划了呢,到了还不是陷在这花街里。"

容皓听得冷汗涔涔,好在那戴着金臂钏的姑娘道:"依我看,还是让他们赶快过去是正经。老吴,还不把你那破车挪一挪,再堵着路,咱们半条街的姑娘都得跟着这位读书人跑了。"

一片笑声中,那辆牛车慢慢挪开了,原来车主人是个卖花的瘸腿老头,显然也是故意堵在这儿的,不然不会这么快就挪开了。容皓松了一口气,朝四周拱了拱手,大家策马快步通过了这一段路。两边楼上还扔下不少东西来,下雨一样。言君玉跟在后面,看见羽燕然偷偷把什么揣在怀里,倒像是个金臂钏。

他刚想跟敖霁告状,羽燕然也发现了,朝他做了个"嘘"的动作。言君玉见羽燕然笑嘻嘻的,有点不好意思,又怕他被告状了生气,以后不陪自己玩打仗游戏了,只能算了。

好不容易过了这段路,前面就是什么天香楼了,言君玉对这些风月情事一点不懂,只想着找个机会溜走。他其实长得也好看,刚才在花街上就有女孩子对他扔果子,进了天香楼,也有刚梳上头的小丫鬟偷偷打量他,他浑然不觉,只在见到那个什么花魁时略微惊讶了一下。

言君玉也会读诗,当初看到一篇《羽林郎》,以为是说宫中的羽林卫的,就背了下来,对里面那个胡姬印象很深。天香楼的花魁活脱脱就是从那首诗里走出来的,肤白如雪,发色墨黑,眼睛却是绿色的,宝石一样,穿着金色胡裙,正在跳舞,裙摆如同盛放的花一般,动作又洒脱又好看,可和宫里舞姬的温柔、婀娜又不同。

五胡使节都很满意，那个赤羯的首领石豹干脆站起来大声喝彩，把身上戴的玉珠解下来扔到她脚下的地毯上，当作打赏。其他胡人也纷纷扔下许多珠宝，天香楼的老鸨嘴都笑歪了。

　　言君玉打量西戎人，看见那个蒙苍王子也一脸赞赏，胡姬跳到一半，他忽然站起身来，也加入了进去。原来胡旋舞不只女人可以跳，男人也能跳，而且动作充满力量，干脆、利落，两道身影相得益彰，竟然十分和谐。连乐师的琵琶也越弹越急，如同暴雨打金盘，那胡姬花魁转得让人眼花缭乱，周身环佩叮当，越发显得身形如同风中的花枝一般。

　　琵琶声快到极致，最终乐师抬手当心一滑，戛然而止。花魁也停下转动，身形摇晃一下，被蒙苍王子拦腰搂住，如同摘下一枝花一般，四周静了一瞬，然后响起热烈的喝彩声。蒙苍在喝彩声中解下了腰间佩刀，递给花魁。花魁伸手接过，朝着他微微一笑，虽然满脸香汗淋漓，却仍然是国色天香。

　　众人纷纷喝彩，只见石豹大声嚷道："蒙苍王子摘了花魁，咱们是没人要的了。"

　　"哪里哪里。"容皓笑着道，朝着天香楼的老鸨使个眼色，老鸨连忙一招手，许多漂亮姑娘鱼贯而入。虽然不及花魁漂亮，但也都是花容月貌，而且都是按胡人的标准选的。这些胡人使节也都心满意足，搂着姑娘们或笑或跳，饮酒作乐，连那个西戎的南大王呼里舍旁边也坐了一位。

　　"听说西戎人的佩刀，是只给喜欢女子的。"容皓摇着扇子，笑眯眯地道，"看来蒙苍王子是动心了。"

　　"你别高兴得太早。"敖霁泼他冷水，"西戎王不可能接受个杂种女子做王子妃，蒙苍如果是继承人，也是要和其他胡族联姻的，胡人看重血统的程度不比我们轻。"

　　"那又如何，谁说杂种就当不了王子妃。西戎王不是也有三四个侧妃吗……"容皓刚要继续说，见有个戴着面具的西戎侍从刚好经过，就不说了。

　　"对了，小言呢？刚刚还在这儿的。"

　　他们聊天的时候，言君玉找个机会，终于溜了出去。

　　这天香楼也大，他避开正门，往后院走，想找道墙翻出去，回家看言老夫人，谁知道越绕越深了，还经过个极清幽的雅房，里面咿咿呀呀的，像是在唱南戏，还说什么"玉相"。他绕过这间雅房，又进了一片竹林，七绕八绕，又绕回雅房后面的回廊了。

这一回来虽不打紧,但正好撞见两个人,一个肥头大耳,服饰华贵,似乎是个中年官员,另一个似乎是个年轻姑娘,身形纤细,正被堵在角落里,按着撕衣服。

言君玉平生最好打抱不平,虽然知道这是烟花之地,多半是客人在强迫妓女,但他是一视同仁的,上去就一脚踹在那中年人屁股上,揪住他衣领,先揍上两拳,打得那人鬼哭狼嚎起来,一溜烟跑了,还扬言要报仇。那姑娘仍然蜷在角落里,背对着他,似乎在整理衣服,言君玉连忙转了过去。

"你先把衣服穿好,我不看你。"他还管善后,"你住在哪儿,等会儿我送你回去,免得那人再回来找你。"

"我穿好了。"这姑娘的声音倒是好听,只是有点……英气?

言君玉回过头来,吓了一跳。

眼前的这位,虽然也纤细、漂亮,但显然是个少年,穿的是身男装没错,难道是女扮男装?

"你、你是男的?"

"我当然是男的。"少年脾气也极骄矜,眉毛顿时挑了起来。

"那他……那个人怎么非礼你啊?"

"男的就不能被非礼了吗?"少年皱着眉头反问他,"你是天香楼的?那里不是有小倌吗?怎么你连这个都不知道?"

言君玉只觉得一头雾水,这少年说的话他一句也听不懂:"小倌是什么?"

那少年却不等他想明白,推了他一把:"喂,我叫郦玉,你叫什么?"

"我叫言君玉。"

"行吧,你名字里也有个玉。"少年很满意的样子,吩咐他,"今天的事谢谢你了,但不要说出去。刚刚那个畜生,我自己会想办法收拾他,知道吗?"

言君玉自己也是个半吊子,只会看些演义故事之类,到底是王侯公子,真正遇到这样江湖气重的同龄人,反而显得有些青涩了,"哦"了一声。那少年又解下来一块玉佩,塞给他道:"喏,给你的谢礼,你有什么还礼的没?"

他眼尖,一眼扫见言君玉脖子上的红线,就要伸手去拿,言君玉连忙护住:"这是我娘留给我的。"

"小气鬼。"少年把他打量了一番,干脆把他头上束发的簪子一抽。言君玉的小冠是云岚给他戴上的，原是为了骑马的，所以极稳当，用了两根簪子，摘了一根也没什么。那少年把簪子揣进怀里，吩咐他道："以后咱们就是换过信物的了。"

"哦。"

"有人来了，先走了，我住在花街上的梨子胡同里，你问别人郦玉住哪儿就知道了，有空来找我玩啊。"

少年一闪身就走了，身形灵巧得很，言君玉还在发蒙，只听得背后容皓笑道："好啊，小言，你临阵脱逃，看我不跟殿下告状。"

言君玉被他抓个正着，不由得有点理亏，解释道："里面太吵了，我就出来了。"

"哪里是因为吵，我看你是想溜回家吧？"容皓笑眯眯地道。

言君玉不好意思地笑了，转移话题道："那个蒙苍王子和花魁怎么样了？"

他这招数，容皓怎么会看不出，不过言君玉提的是他最得意的谋划，所以也就不戳穿了，而是顺着说道："那自然是情投意合了。你可不知道，找这个花魁，花了我多少工夫，要漂亮，要胡人血统，又要会跳胡旋舞的。你敖霁哥哥天天往天香楼跑，可就是为了这个。"

他和敖霁虽然斗嘴，但到底是朋友，所以顺便还替敖霁解释了一下跑烟花巷的原因，免得言君玉真误会了。

言君玉想了想，问他："这就是你跟殿下说的，可以拖延西戎五年的计划？"

容皓吓了一跳，反应过来之后，拿扇子敲了敲他脑袋。

"嘿，你个小言，怎么整天偷听人说话呀，这又是什么时候知道的？"

"那天你和殿下说话，我醒了，就听到了。"言君玉不好意思地道，"这就是传说中的美人计吗？"

"你说是就是吧。"容皓摇着扇子道。

言君玉小心翼翼地凑近他耳朵，问道："那你是把花魁当成貂蝉了吗？"

《三国演义》里，司徒王允利用貂蝉，让董卓和吕布相争，使两人最后自相残杀的故事，言君玉可记得清清楚楚。容皓见他这样神神秘秘，反而笑了："叫你别整天看些演义故事了，那都是没学过权谋的人编出来的，一个美人哪里就有那么大作用了。再说了，西戎现在上下团结一心，哪里有间隙让人离间？不过是曼珠有一半汉人血统，以后有她在蒙苍身边说说话，或者生下子嗣，也许

第三章 | 来朝 | 119

西戎能和大周亲近些。"

"这不还是和亲吗？"言君玉忍不住道。

"这能一样吗？和亲是把我大周的女子送给西戎求和。曼珠却是我一步暗棋，况且于她本人也有益，跟你说也不懂。"

"要是作用不大，你让敖霁他们天天往这儿跑干什么？"

"你真想知道？"容皓笑起来。

"真想知道。"言君玉顿时警觉，"我不可能叫你'哥哥'的。"

"不叫就不叫吧。"容皓仍然是笑，脸上神色却忽然正经起来，"小言，你知道我最喜欢的一首词是什么吗？"

"不知道。"

"是柳永的《望海潮》一词。"

"你之前不是说柳永过于婉约、缠绵，格局太小吗？"言君玉不解。

"柳永的词是格局小，但是论起来，历史上的诗词，没有一首比这首格局更大了。"他的神色凛然，"因为这首词，间接影响了金人侵宋，导致靖康之耻。神州陆沉，奇耻大辱，都与这首词脱不了干系。"

言君玉被吓到了。

"真的？"

"当然是真的了。"容皓笑起来，"《鹤林玉露》上记载——'孙何帅钱塘，柳耆卿作《望海潮》词赠之云"东南形胜"云云''此词流播，金主亮闻歌，欣然有慕于"三秋桂子，十里荷花"，遂起投鞭渡江之志'。说是这首词影响金人侵宋，也不是没有道理。不过我倒觉得，与其说完颜亮是因为'三秋桂子，十里荷花'这一句而起了侵宋之心，倒不如说是'市列珠玑，户盈罗绮，竞豪奢'这一句，最为致命。"

言君玉虽然没读多少书，脑子却机灵，一听他这样说，就明白过来："我懂了，你的意思是说，金人不是因为宋朝景色好，是因为宋朝富庶，所以才大举入侵的，对吗？"

容皓这人虽然读的书多，却毫无腐儒习气，据说当年也是把太子的太傅气得厥过去的人才，总有些冒天下之大不韪的观点。如今辅佐太子处理政事，更是常有惊人之论，好在他也知道谨慎，所以不在外面说，只在东宫内部议论时一抒胸臆。言君玉年纪小，是个懵懂学生，却讲义气，嘴也紧，所以容皓常常

| 120 |

教他。

言君玉见他只点头，知道自己还没说到点子上，思索了一下，恍然大悟。

"我知道了。"他眼睛亮起来，"你知道五胡使节会有几天闲空，在京中四处闲逛，怕他们看到大周最繁华、富庶的一面，起了入侵的心思，所以安排了许多酒宴和美人，把他们拖住。敖霁他们就是在忙这个，对吗？"

容皓笑着摸摸他头："孺子可教也。"

言君玉还在思索，也忘了躲开了，忍不住问道："但是这方法也不保险啊，总不能一天十二个时辰跟着他们，他们总会知道大周富庶的，西戎人肯定也有探子……"

"所以尽力而为就行了。"容皓笑得无奈，"这叫作心术，你说的貂蝉故事，叫作美人计，'计'与'术'，都不过是迷惑一时罢了，没什么用的。"

"那什么有用呢？"

"有用的东西，一种叫权，另一种叫谋，那才是治世之学。文治武功，我早年学的是文，学过这两个的人，现已不在东宫了。"

"那怎么办呀？"

容皓笑了。

"瞧你担心成这样。"他大概觉得言君玉的头发好摸，又趁对方皱着眉头的时候摸了两下，"东宫还有一位呢，文治武功全部学得通透，怕什么。"

"谁？"言君玉想了一下，顿时明白过来，"是殿下，对不对？他什么都会。"

说来也奇怪，他本来被容皓说得担忧起来，但是一想到太子殿下，顿时就觉得安心多了。仿佛只要有太子在，不管是西戎还是五胡，都没那么可怕了。

"是是是，那位高人就是你的太子殿下。"容皓正和他笑闹，只听得身后传来一声咳嗽。

"谁？"容皓顿时警觉，言君玉胆大，朝发声方向跑过去，竹林中却空无一人，连脚印也没有。

两人对视一眼，都有点担忧，不管咳嗽的是谁，一定是有武功的，不然不会一点痕迹也没留下，那么这声咳嗽很可能是故意的，肯定那人已经听到了他们的谈话，还要故意咳嗽一声，以示光明磊落。天香楼的人不会这样大胆，那么很可能是胡人。

"先回去吧。"容皓倒是镇定，"回到席上，我一定找出这个人是谁。"

席上仍然是老样子——五胡使节仍然在饮酒作乐，那个蒙苍王子也正和石豹饮酒，花魁曼珠正在厅堂中间，抱着琵琶，弹一首曲子，声调十分婉转。看起来一切如常。

然而容皓的脸瞬间沉了下来。

"怎么了？"言君玉忍不住问他。

容皓却没回答，只是收拾好了脸色，笑道："怎么不跳胡旋舞，弹起词来了？"

"都是蒙苍王子，非要听这个。软绵绵的，有什么意思。"有人笑道。

"也不是蒙苍王子，是他那个侍从。"石豹心直口快地道，他喝了酒，不由得有点失态，还伸手去揭那侍从的面具，嚷道，"听说西戎只有巫祝才戴面具，是不是真的？"

他是怕蒙苍的。谁知道别人说蒙苍，蒙苍并不生气，但他手还没碰到那侍从的面具，蒙苍和呼里舍竟然同时抬起手来，按在了腰侧的弯刀上，顿时吓得石豹一个哆嗦，连忙悻悻地走开。

容皓心中更明白了，看着那侍从，唇角露出一个冷笑来。那侍从戴着一张赤红面具，十分狰狞，说是面具，其实更像个头盔，连头发也遮住了，只露出眼睛，与他对视了一下，忽然走了出来。

蒙苍要拦，呼里舍却摇了摇头，只得由着那侍从走了出来。容皓一直未曾注意西戎队伍中还有这人的存在，这时才注意到。这人身材高大舒展，虽然穿的只是普通的西戎服装，却自有一股气度在，厅中顿时为之一静。

"我不是什么巫祝。"他的声音竟然是非常标准的汉话，语气也从容，"不过是容貌像我母亲，领兵打仗不太方便，所以戴个面具罢了。"

他摘下面具来，厅堂中顿时为之一亮。这西戎人竟然有一头极耀眼的金色卷发，亮得如同阳光一般，肤白眼蓝，轮廓极深，五官精致、秀美，只是眉眼和蒙苍有几分相似。

五胡之中，都没有金发的人，连容皓也吓了一跳，只听见石豹疑惑道："希罗人？"

希罗是一个极弱小的胡人部落，相传是五胡以北有个罗刹国内乱，王族有一部分人流落在外，称为希罗人。希罗人虽然也长得胡人模样，却不如胡人强壮，高是高，四肢却瘦长，不堪一击，不如西戎人、羯人能打仗，又生得貌美，能歌善舞，所以周边的胡人常常没事就去劫掠一回，把妙龄女子抓来做舞姬，男的留作奴隶。五胡都看不起这个部族，更别说通婚了。偏偏他们一头金发，是最好辨认的，就算逃出来，也跑不远，渐渐地都被折磨死了。

这些胡人使节见他是希罗人，还是希罗男子，都面露鄙夷，蒙苍顿时发作起来，手按弯刀，怒视众人。

"谁敢对我王兄无理，我今天就砍下你们的头颅。"

西戎的文牒上写了，来朝拜的是大王子蒙苍，并没听说他还有什么王兄，显然这个长了一头金发的希罗人并没有被西戎王接纳。那个南大王呼里舍听到蒙苍这样说，也面露尴尬之色。

石豹他们不懂这些，吓了一跳。

"不敢不敢。请问王子如何称呼？"

"我不是什么王子。"希罗男子像是在回答他们，眼睛却看着容皓，"叫我'赫连'就好。"

石豹他们哪里敢直呼大名，连忙称呼道："原来是赫连王子。"

赫连也不多计较，只是笑着道："刚才大家说宋词太婉转，其实我在西戎，看了许多汉人的书，倒觉得宋词也有格局大的，比如我请曼珠姑娘弹的这一首，叫作《鹊桥仙·待月》，我念给各位听听，看这首词格局如何。"

他说出"格局大"那三个字的时候，容皓的脸就沉了下来，等到他把词名都说出来时，容皓的手紧握成拳，言君玉在旁边偷看，发现他脸色铁青。

石豹他们就算再蠢，也知道现在的气氛诡异，都不敢说话了，连曼珠也不敢弹琵琶了。厅堂中万籁俱寂，只听见这金发的希罗人不急不缓地念道："停杯不举，停歌不发，等候银蟾出海。不知何处片云来，做许大、通天障碍。"

他一边念，一边看似无心地在厅中踱步，不多时，已经踱到容皓面前，忽然伸手抽出腰间的弯刀来。羽燕然见状，以为他要发难，顿时也要拔剑，被敖霁按住。只见那赫连拔出弯刀，心不在焉地抚摸着刀锋，念道："髯虬捻断，星眸睁裂，唯恨剑锋不快。一挥截断紫云腰……"

容皓已经猜到他要干什么，只见赫连转了个刀花，忽然将弯刀双手举到容皓面前，微微低头，抬起眼睛看着他，薄唇勾起，笑着念道：

"仔细看、嫦娥体态。"

有一瞬间，厅堂中静得连一根针落地都听得见。言君玉认识容皓这么久，第一次看见那双总是笑眯眯的眼睛里露出了杀气。

"怎、怎么回事？"言君玉吓得结巴起来，忍不住低声问羽燕然，"西戎人的刀，不是只赠给喜欢的女子吗？"

羽燕然也尴尬得摸鼻子："可能也有赠给朋友的吧，这谁说得清。"

"你们两个活宝，多读点书。"敖霁恨铁不成钢，"真以为那西戎王子是为了调笑容皓？你们知道这首词是谁作的吗？"

"谁作的？"

"金朝皇帝完颜亮知道吗？他听了柳永的《望海潮》之后，就在中秋作了这首《鹊桥仙》，你们听词中意思，为看月而欲'截云'，杀气腾腾，是已经有了侵略之心了。写完这首词不到一个月，金国就起兵二十七万，大举侵宋了。"

言君玉恍然大悟："原来是他偷听了容皓和我说话……"

他话音未落，容皓也说话了。

容皓显然比言君玉更早猜到赫连就是偷听到他和言君玉说话的那人，对他来说，赫连这首《鹊桥仙》，就是在嘲笑他之前和言君玉说的话了。再加上这调笑的举动，不由得心中大怒。他面上仍然平静，只是目光冷得吓人。

他看也不看赫连那把弯刀，而是走到一侧的乐师中间，指着琴师道："借琴一用。"

琴师连忙让开，他坐下来，略试了试弦，抬起头来，看着赫连冷笑道："恐怕赫连王子有所不知，我们汉人的词，原不是念的，而是唱的。既然赫连王子有此雅兴，我也不得不来上一曲了。这一首，叫作《满江红》。"

这下言君玉跳起来了。

"我知道我知道。"他忍不住低声在敖霁耳边嚷道，"这是岳飞的词！"

"傻小子，你安静点，谁不知道呢。"

正如敖霁所说，这首词原是家喻户晓的，何况天香楼中的歌舞伎都是通晓音律、诗词的，先还没人敢和，等到容皓弹唱到"靖康耻，犹未雪。臣子恨，何时灭"等句时，慷慨激昂，让人热血沸腾，终于有人忍不住和了起来。声音越聚越大，连乐师也跟着唱了起来，更显得气势阔大，几乎盖过琴声，然而容皓却仍然且弹且唱，唱到"壮志饥餐胡虏肉，笑谈渴饮匈奴血"句时，厅中的胡人使节都坐立难安起来。

他却只是冷冷一笑，看着那赫连王子，挑衅地吟唱道："待从头、收拾旧山河，朝天阙。"

一曲唱完，天香楼中响起热烈的欢呼声，都是汉人。容皓站起身来，身上杀气犹在，只是慵懒地笑着，一言不发。

他原是极文雅的长相，谁料到竟然也有这样的气势，连言君玉也刮目相看，心中知道他是为了打压西戎人的气焰，不由得对他敬重起来，决定以后再也不趁他喝醉的时候打他了。

一场风波过去，天香楼的老鸨上来打圆场，又让姑娘们表演歌舞，气氛又热闹起来。容皓走下来，言君玉刚想夸他，却见他神色凝重，把敖霁和羽燕然都叫了过去。

"你立刻回宫，给太子传信。就说遇到意外，西戎出了个厉害人物，请他重新考虑我之前的计划。"

"不就是念了首词吗？要不要这么大惊小怪。"羽燕然很不以为然。

"当年太宗皇帝也是念了首诗，被叶慎听到。叶慎装成看相先生，说他有真龙之相，投靠他手下，日后果然成就大业。"容皓淡淡道。

"你拿这西戎人比太宗？"羽燕然难以置信。

"不，我是说我会看相。"容皓出言讽刺，见羽燕然一副要当真的样子，气得火冒三丈，"我当然是说这西戎人像太宗当年一样有野心了！你这猪脑袋，还不快带着小言回宫，我真是一刀捅死你的心都有了。"

羽燕然被他骂了一顿，摸了摸鼻子，只能带着言君玉走了，但他这人也是不肯吃亏的性子，都走到门口了，忽然回过头来，朝着容皓笑道："你这白面书生，哪儿来的刀捅我，别是那个西戎人刚刚送你的信物吧。"

他这话一说，气得容皓浑身发抖，刚想过来揍他，他早拎起言君玉上了马，一溜烟跑了。

羽燕然虽然和容皓斗嘴，但对正事还是上心的，嫌言君玉慢，干脆自己骑马带着言君玉一路飞驰，回了宫。

言君玉被他带着骑在马上，见他神色凝重，忍不住问道："真的要打仗了吗？"

"怎么突然这么问？"

"你不是说蒙苍掌兵之后，西戎再也没有败过吗？"

"不过小战役罢了。况且西戎一直不缺好将军……"

"那他们缺什么？"

羽燕然不说话了，但言君玉也猜到了。他也看过刘邦和韩信那个"韩信将兵"的典故，知道西戎不缺将军，他们缺一个能统一五胡，并且有雄才大略的皇帝。

容皓之所以这样如临大敌，是因为他觉得赫连就是那个皇帝。

想到这里，言君玉不由得也有点慌起来。偏偏天也快黑了，天边残阳如血，更加像是末日要来了一般。他想起父亲跟自己说过的战场惨状，顿时觉得这繁华的京城都成了一击即碎的幻象。

好在羽燕然的马跑得快，一路向东，在宫中也没有停下，等到进了东宫，言君玉见到思鸿堂的灯，才觉得心下稍定。

太子仍然在灯下看书，羽燕然先凑上去，耳语了几句，太子只淡淡说了句"知道了"，就让他下去了。言君玉坐在太子对面的榻边上，大概是马跑得太急了，仍然觉得惊魂未定，心跳不止。

"怎么了？"太子忽然问道。

"没怎么。"言君玉闷闷地道。

太子招了招手，言君玉乖乖过去，以为太子要摸他脑袋，连头都伸过去了，太子却忽然道："坐下来。"

言君玉依言坐下，只觉得身上一暖，太子竟然伸出手来，就这样抱住了他。太子身上仍然有非常清冽、好闻的香味，怀抱却是暖和且宽厚的，一面抱着言君玉，一面伸手摸着他的脊背，像给小孩子顺毛一般。

"小言被吓到了。"言君玉听见太子带着笑意的声音在自己耳边说道，"那西戎人这么吓人吗？"

言君玉不觉有些脸红，小声辩解道："都是容皓，说那西戎王子像太宗皇帝。"

"是吗？我小时候，也有老宫女说我像太宗皇帝呢。"太子笑着道，"不知道我和那西戎人谁更像？"

"肯定你更像。"

言君玉虽然没见过太宗皇帝的画像，但不知道为什么，就是这么笃定。

太子笑了。

"既然这样，小言就更不用怕了。"

言君玉点点头，更加不好意思了，但是这样抱着太子又挺舒服的，正摸不准要不要松手时，只听见太子忽然道："小言今天骑马掉了东西吗？"

"没有啊。"言君玉有点茫然，"我出去的时候骑得慢，回来羽燕然带着我，不会掉东西的。怎么了？"

"没什么。"

他收回了手，言君玉也不好继续抱着了，只能也收回手来，顿时觉得有点空落落的，再面对面看看太子，更觉得不好意思了，只好笑起来，摸了摸脑袋。

太子倒没笑他，只是打量了他一下，忽然道："小言说话不算话。"

言君玉十分惊讶："我没有啊。"

"那你今天怎么跟着敖霁他们跑到宫外去了。"太子看着他问道，"不是说好了，要一天到晚都跟着我的吗？"

"是敖霁他们抓着我去的。"言君玉告状道。他其实自己也有小心思，想趁机溜回家去，不然早在出宫门的时候就跑回来了。不过他可不会告诉太子。

太子也不知道信没信他这说辞，只淡淡看了他一眼，说："原来如此。"

他这语气太云淡风轻，言君玉不由得有点心虚，所以更要强词夺理，道："而且当时说的是一天十二个时辰跟着你，以前也没有十二个时辰啊。"

"哦，那小言是想住到我寝宫来了？"

言君玉不由得一怔。他这些天听了敖霁他们不少荤话，今天又见到男的也被非礼，懂事了许多，知道这不是什么好话，莫名地烧红了耳朵。慌乱之下，不由得色厉内茬地嚷道："那你用膳我也没跟着你啊。"

太子没有马上说话，只是抬起眼睛，淡淡地打量了一下他。

言君玉被太子看得浑身不自在，自己也想不通，为什么别人他都不怕，单单怕太子，被看一眼，都觉得有股想逃的冲动，但是又控制不住地往太子跟前凑，常常伺候个笔墨，都越伺候越近。还被容皓笑话，说他这个伴读，副业是磨墨，主业是挡光。

就像现在太子这样安安静静地看他两眼，他就觉得心中慌乱、坐立难安，本能地觉得太子会说什么不得了的话。

好在太子并未说什么，只是像往常一样逗起他来。

"原来小言是想跟我一起用膳啊。我知道了，其实小言是嫌伴读的饭不好吃。"

言君玉松了一口气，自己也不知道在怕什么，只觉得逃过一劫，但又莫名地有点失落，所以也不如平常被人说馋嘴那样多毛，只是闷声闷气地说："我才不想和你一起用膳呢。"

"那可不巧。"太子笑起来,"我今天偏要和小言一起用晚膳,小言不答应也不行。"

言君玉实在是年纪小,没经过多少事,偏偏今天遇到的事又多,花街上那些花枝招展的女子、那个叫郦玉的男孩子、西戎人、赫连王子,都是新鲜的,让他目不暇接。好不容易回了东宫,又被太子逗了一番,这样上上下下一顿折腾,连自己也理不清自己心里现在是什么情绪,直到晚膳摆上来,还是呆呆的。

云岚上来安箸,第一次见到言君玉在美食面前无动于衷,又见太子眼中有笑意,心下了然,不由得暗自叹了口气。

言君玉其实也不是一点规矩不懂,知道伴读是不能和太子同桌用膳的,这是僭越,但是他偷眼看太子,只见对方正十分淡然地洗手、入座,脸上仍然是尊贵相,看不出情绪,不由得有点泄气。

云岚看着宫女一样样布菜。侍膳的女官捧了酒上来,轻声问道:"殿下要饮酒吗?"

太子起居都要被记载,不过饮不饮酒倒不是什么大事,不过是例行问一句罢了。

太子这次却道:"我不饮酒。"

云岚有点惊讶,她知道今天有大事,不然羽燕然不会那么神色凝重,匆忙回宫禀报。她在东宫许多年,自然清楚太子脾气,知道他向来持重,今天会逗小言,一定是心情不好。

所以她笑道:"原是皇后娘娘送来的参酒,泡了许多药材的。近来天气冷了,殿下这些天又辛苦,所以娘娘叮嘱奴婢让殿下喝的。"

"我怕喝醉。"

"殿下酒量好,怎么会醉?"云岚笑道,"再说,喝醉了也没什么。太傅又不在,殿下还怕被问书不成。"

"我怕我喝醉了,有人会偷偷摸我的脸。"

言君玉本来在偷偷吃菜,听到这话,只觉得脑中轰然一响,握着筷子的手都木了,更别说品尝菜的滋味了。

这话分明是在点上次太子喝醉了的时候自己那突发奇想的放肆念头,没想到竟全被他看在眼里。

他用尽了力气，才抬起头来，瞪着太子。

思鸿堂里灯光明亮，照得太子面容俊美如天神，仍然是笑意盈盈，安静地看着他。

"你装醉。"言君玉控诉道。

"我没有。"

"那你还装得像没事人一样，我还以为你不记得了。"言君玉气得指着他，"那你这几天为什么都跟以前一样？"

"那小言觉得，我应该怎样呢？"太子笑着问言君玉。

言君玉不由得语塞，别说太子现在问他，就是放他在一边想，他也想不出这问题的答案。

怎么才能算和以前不一样呢？太子对他已经够好了——敖霁他们不能叫太子名字，自己能叫；伴读不能同桌吃饭，自己也吃了。演义里说的最礼贤下士的主公也不过如此了⋯⋯

但这样还是不够！他心里有个声音这样嚷道。这些事虽然难得，但都比不上那天晚上，他心中涌动的情绪。那个瞬间，是值得用更珍贵的东西来命名的，是某种言君玉说不出来，无可名状，但又清楚地知道，绝对不是现在这样的感觉。

但那究竟又是什么呢？他为这问题，连晚饭也没吃好，回去后又狠狠思考了一夜，想到快天亮也没想出答案来。连他的小厮鸣鹿也察觉了，笑道："少爷晚上睡觉也不好好睡，翻来覆去，我都听了一夜。"

其余人都还好，敖霁最可气。以前只要有一点风吹草动，他就要震吓一下言君玉。现在言君玉这样反常，谁都看出来了，他反而抛开不管了。言君玉想得头疼，刚想凑过去问问他，被他冷冷一瞪，只能默默退下来了。

他不理言君玉，言君玉没办法，失之东隅，收之桑榆，倒是跟羽燕然亲近了。他们俩性情本就相像，又都喜欢打仗，所以很快就混熟了。偏偏这时候，又出了一件事。

按理说，这事应该怪容皓，要不是他想的什么美人计，羽燕然他们也不会进什么烟花巷，更不会收到什么金臂钏。这下子羽燕然收了那个歌姬的金臂钏，竟然真的跑去听她的曲子了。敖霁消息灵通，第二天就骂他："羽燕然，你还有没有点出息了？现在什么关头，你跑去招妓，是嫌东宫还不在风口浪尖上？"

羽燕然辩解道："我跟她又没什么，听了个曲子而已。御史能参我什么？"

他这话说得理直气壮，敖霁一时竟不知道怎么驳他，倒是一边的容皓听了这话，冷笑了一声，道："是了，柳下惠死了也有几百年，也该投胎了。说不定就转世到咱们大周，投胎做了羽将军府里的儿子。朝中百官也一定会相信羽少爷和那位李月奴姑娘是清清白白，日月可鉴。"

"你这人真是，怎么越来越阴阳怪气了……"羽燕然无奈地道。

"那是，哪儿有你厉害。"敖霁嗤笑，"你可是越来越有出息了，是几辈子没见过女人？花街柳巷里的妓女都能勾了你的魂。"

"你说我就说我嘛，不要拉扯旁人。她又不是自己想做妓女的，是出生在妓院，没有别的出路。不做妓女，难不成一头撞死？"羽燕然还在辩解，"俗话说得好，'风尘中也有侠义之人'，我倒觉得李姑娘比多少出身贵族的女子都有骨气，要是生作男子，也是一诺千金的好汉。"

"羽燕然。"容皓忽然变了脸色，叫他名字。

羽燕然压根儿没听见，还嚷道："再说了，难道贵族小姐就全是好的，没一个没骨气的？我看她们有些人还不如李姑娘呢。"

言君玉并不知道他哪里说错，只看见容皓的脸色一瞬间沉了下来。敖霁脸色倒是平静，只是站了起来。他也没干什么，只是拔出腰间挂着的剑，看了看剑锋。

"老规矩，校场见。"

言君玉不明所以，看向容皓，容皓大惊失色："还看我干什么，去告诉殿下啊。"

"不是说他们打架殿下不管吗？"

"那是打架，这是拼命，能一样吗？"

言君玉报信到底没报成，因为太子被圣上传旨叫走了，据说圣上是为了询问过几天给各国使节饯行的事。他跑到明政殿，扑了个空，只能悻悻地回来了。

回来路上，正好撞见一拨人，全是皇子伴读，由两个小太监引路。言君玉连忙跑过去一看，果然找到了谌文。

"你们去哪儿啊？"他有段日子没见到谌文了，不由得眉开眼笑，钩住他肩膀。谌文越长越高，这姿势有点勉强了，但是脾气还是一样好，任由言君玉很不文雅地把手臂搭在自己肩膀上。

"我们要去宜春宫。"谌文笑着告诉他,"今天是戏班进宫的日子,他们就住在宜春宫。"

言君玉不解:"你们去听戏吗?容皓还说听戏是玩物丧志呢。"

"这话倒没错。"谭思远也赞同道,"只是太绝对了,其实戏里也有好文章,我上次给你们看的《伍子胥》的工尺谱你们看了没,'过昭关'那一段唱词真是锦绣文章啊。"

周围的伴读都点头称是,谭思远十分得意:"这还是十皇子让高公公弄来的,不然谁看得到。外面听戏的都是些不识字的俗人,白白糟蹋了这样的好辞藻。"

谌文见言君玉一头雾水,低声告诉他:"礼部从宫外选了个南戏班子进来,正是郦解元所在的戏班子,戏本都是他写的,《伍子胥》这出戏也出自他手。我们现在过去,就是想去见见郦解元,还有人要向他请教文章呢。"

言君玉恍然大悟。

他向来是最喜欢凑热闹的,"郦道永"这名字,他听了太多次,实在好奇。而且在他心里,敖霁向来是最可靠的,也不怕敖霁打不过羽燕然,所以他把找太子的事也忘了,跟着他们朝宜春宫去了。

宫里原有戏班子,就住在宜春宫,只是太老气,来来去去都是那几部前朝传下来的杂剧老戏,忠臣良将、团团圆圆的,都听腻了。近年民间兴起唱南戏,是从江南小调衍化出来的,婉转动听,所以风靡一时。尤其是今年的新戏《伍子胥》,引得万人空巷,连不识字的老妪也能唱两句。大概是各国使节问起,所以礼部就宣了个戏班子进来,准备在过几天的饯别宴上唱一出戏。

一堆人到了宜春宫,谭思远带头,让小太监去叩门。谌文是被谭思远拉过来的,本来就没什么兴趣,言君玉跟他站在一边说话。

其实言君玉一直觉得谌文聪明,所以有事都喜欢问他,上次连太子的名字都是请教他的。现在看人都挤在门口,只剩他们两个站在一边,又动了心思。

"谌文,你过来,我问你件事。"

谌文被他拉着,走到宫墙转角处。宜春院是梨园,自然种满了梨树,这季节正是梨子成熟的季节,满树累累果实,垂到墙外来。

"你说。"

"这世上的关系顺序,是不是按'天地君亲师'这样排的?"

"嗯，这样说也没错。"

言君玉其实这几天已经认真想过这问题了，皇帝是天子，太子是未来的天子，是君臣，又算半个老师……但是这样算起来的话，东宫的伴读都排在他前面。

"那这世上，有比'天地君亲师'更亲近的吗？"他忍不住问道。

谌文也被他难住了。

"'天地君亲师'，原是祀位，不是亲近的顺序。"谌文认真琢磨，"不过要论亲近，也差不多是这个顺序……"

"真是书呆子。"一个声音从两人头顶传来，"这世上比'天地君亲师'更亲近的，自然是夫妻了！"

两人都吓了一跳，抬起头看，原来梨树上还坐着个少年，正把腿压在一根比头还高的树杈上，整个人柔软似柳条一般，姿态看起来十分轻松。梨树枝叶茂盛，看不清他面孔，只是觉得声音十分好听。

"对，我把这个忘了。"谌文不好意思地笑了，"夫妻也是亲近的，而且在五伦之中只排在父子兄弟后面……"

"是吧，我就说你是个书呆子，这都不知道。"那树上的人笑道。

谌文脾气好，虚心受教，言君玉却不干了。他向来护短，而且这人的回答本来就不合他心意，所以不悦道："他才不是书呆子，是你傻，我问的是友人之间的关系，所以才问'天地君亲师'，跟夫妻有什么关系？"

树上的人听到这话，笑了一声，把脸露出来道："我当是谁，原来是你这傻子。"

他把脸一露，原来不是别人，正是言君玉那天在天香楼遇到的那个叫郦玉的少年。那天地方昏暗，还不觉得，现在一看，他整个人漂亮得像女孩子一样，外衣也不穿，只穿一身白色中衣，头发绾起来，插着一根簪子，正是那天从言君玉头上抽走的那根。

"原来是你。"言君玉也笑起来。

门口那边忽然高声叫道："对了，谌文呢？他还没对呢，谌文快来。"

"什么事？"谌文问道。

"还能有什么事。"郦玉笑嘻嘻地道，"我师父走到哪儿都有一堆人过来请教，烦死人了，所以他每到一个地方，就写半副对联贴在门口，对出来的才准进去。他们肯定是对不出来，叫你过去帮忙呢。"

那边急得很，迭声地叫，谌文只能过去了。言君玉也想过去凑热闹，被郦玉叫住了："言君玉，你不准去，留下陪我玩。"

他一看就是骄纵惯了的，这神态倒和玲珑有点像，言君玉可不吃这套："才不和你玩，我也去对对联去。"

"你陪我玩，我把后半联告诉你。"

"我不要，书上说了，'廉者不受嗟来之食'！"言君玉书没读多少，倒是跟容皓学了满嘴的文人腔调。

郦玉从小生得极漂亮，又会唱戏，受惯了追捧，笑一笑都有人要为他赴汤蹈火，第一次见到这样油盐不进的愣头青，气得够呛。

他性格刁钻、古怪，从小在戏班子里长大，见惯了各色的把戏，也会利用自己的漂亮把人玩弄在手心里。他这话其实是在诱惑言君玉，偏偏言君玉根本看不懂他，一双乌溜溜的眼睛转了转，仍然一派天真地看着他。

"你可真是个傻子。"郦玉伸手给他，一张脸藏在枝叶间，纯美如梨花，"你翻墙进来。"

言君玉别的不懂，翻墙是最厉害的，两三下爬了上去。郦玉也很灵活，从树上滑了下来。言君玉跟在他后面，不由得疑惑起来："你这么灵活，上次为什么不跑啊，还被坏人抓住了。"

"你懂什么。"郦玉振振有辞，"我要是跑了，那畜生下次还会来找我。我只有先示弱，等他放松警惕，趁机暗算，把他打倒了捆起来，慢慢折磨一顿，打服了他，保管他下次见了我跑得比兔子还快。"

他也是要面子的年纪，有心逞能，所以不假思索就把实话说了出来，说完才觉得自己太狠毒了。偷偷看了眼言君玉，发现对方竟然一点不怕自己，不由得心里十分高兴，伸手牵住了言君玉的衣袖。

等言君玉好不容易回了东宫，一个人也不见，问云岚，云岚只说太子被留在养心阁陪圣上用晚膳，让他先吃。

言君玉食不知味，吃了点东西，又看了一会儿书，困意上来，不知不觉睡着了。睡也睡不安稳，隐约听见人说话。

"小言等了很久，睡着了。"

"别吵醒他。"

"在这儿睡要着凉的……"云岚还在说。

言君玉又睡了过去，这次睡熟了，还做起梦来。他平时不过梦些骑马、打仗之类，今天这梦却古怪，就梦在思鸿堂。他躺在一张床上，周围帷幕重重，有人在一旁，但是看不清面目，言君玉在梦里也觉得不好意思起来，仓皇地抓住了他的衣服，是件素色锦袍。他摸到刺绣，有鳞、有爪，是条五爪银龙……

言君玉顿时惊醒过来，发现整个人都在空中，吓了一跳，刚要挣扎，才发现自己是被人抱着。听见太子带着笑意的声音道："乱动会掉下去的，小言。"

言君玉这个年纪，是最要面子的，被人抱着已经够窘了，更别说抱着他的是太子，离得又近，他还是第一次从这角度看太子，不由得想起那个梦来，顿时就红了脸。

"我要下来。"

"等一下。"太子抱着他进了内室，言君玉一看帷帐，和梦里一模一样。内室是太子起居的地方，有时候太子也睡在这儿，言君玉几乎从来没进过这里，眼见到床就在面前，顿时挣扎起来。

"小言。"太子责备地笑道，抱着言君玉的手臂力度一松，言君玉整个人跌到床上，带得太子一个踉跄，两个人都倒了下来。言君玉仓皇间抓住了帐子，只听见"刺啦"一声，天青色绡帐整个被他扯了下来，如同云雾一样飘落下来，把两个人都裹在里面。

言君玉吓了一跳，被帐子蒙了一脸，这种绡的质地又轻又软，像小时候在阁楼上钻来钻去时脸上碰到的蛛网。他本能地抓起来，结果越缠越紧，连太子也被缠在里面。好在太子脾气好，也没按住他，任由他把自己裹在里面。言君玉见太子这样，也不好意思挣扎了。

其实容皓说太子文治武功全学了，真不是夸张，骑射不说，言君玉也见过敖霁陪太子练剑的情形，两个人都是踔绝之能，像神仙一样。所以今天他一挣扎就下来了，还把太子都带倒了，这事确实有点反常。

"你喝酒了吗？"他小声问。

"没有。"太子的声音就在言君玉耳边，只是隔了薄薄一层绡，"我只是有点累。"

"不是去见圣上了吗？难道又去骑马了？"言君玉不解地问。在他的世界里，骑马就是最累的一件事了。

太子笑了一声。

他的笑声很轻，确实是带着疲惫的。

"见圣上可比骑马累多了。"

他平时言语少有破绽，都是些拿到圣上面前都听不出情绪的话。这次这句却有点失礼，但这是东宫内室，只有他们两人。大约是这层薄薄的绡帐给了人被保护的错觉，言君玉竟然觉得这话十分亲密。

他还没想好怎么接太子的话，太子却收起了这语气，笑了起来。

"小言越来越不听话了。"他看似责备，其实是在开玩笑，"以前小言睡着了，也是我抱去睡觉的，就没挣扎过。"

言君玉年纪小，瞌睡，所以有时候夜里读着书就睡着了，醒来时都已经睡在自己床上了。

"不是敖霁吗？"

"敖霁嫌你流口水。"太子笑道。

"你又骗我。"言君玉顿时红了脸，争辩道，"我从来不流口水。"

言君玉最近在生气。

两人就这么僵了两天，东宫的人都知道了。伴读生太子的气，这也是罕见的事了，但是整个东宫都对此不置一词。不知道什么时候开始，东宫的人都已经接受了言君玉的特殊地位——不管接下来事态如何发展，都在大家意料之中。

当年太傅用一句"润物细无声"形容太子的行事风格，但这说法太温柔了。在敖霁看来，他更像是无声涌来的海潮，是缓缓崩塌的山峰，或是某种庞大而无声的力量，就算你看得清楚，也毫无反抗之力。

云岚当初一语道破，但敖霁非要勉强。

其实敖霁倒误会言君玉了，他只有一小半是在气太子，大部分是在气自己。

那天敖霁和羽燕然在校场打了一架，打得两败俱伤。敖霁伤了手，半个月不能动兵器；羽燕然更惨，走路都一瘸一拐的了，好在是皮肉伤，没有留下病根。

言君玉以为他们关系好，是打着玩的，最多打个鼻青脸肿，所以报信报到一半，就跟人玩去了。结果第二天起来一看，敖霁的右手包得严严实实的，一身药味，他问"怎么了"，容皓伸手敲他脑袋："都是你，叫你去请殿下来劝架，你人都不见了。要不是我在，非打出人命不可。"

言君玉其实是机灵的，以前他们一伸手，他就躲，所以不管是摸头还是打栗暴，大部分都躲开了。这次连躲也不躲，挨了下满的。容皓都吓了一跳，问他被打痛没有，言君玉没说话，自己揉揉脑袋，走到一边去了。

他大概对这事挺愧疚，所以这几天总跟着敖霁，跟小鸭子似的，亦步亦趋，连敖霁换药他也在一边看着。敖霁虽然气他没出息，太子招招手就被勾走了，但其实还是心软的。看他跟了两天，怕他担心，告诉他："就是被划了一下而已，过两天就好了。"

言君玉仍然呆呆的，也不知道听进去没有。过了一会儿问敖霁："你为什么要和羽燕然打架？"

"看他不顺眼，就打了。"

言君玉没说话，在一旁坐下了，低着头不知道在想什么，忽然说："你也骗我。"

敖霁挑了挑眉毛："我哪里骗你了。"

"你和羽燕然打架肯定有原因，就是不肯告诉我。"

言君玉只是看起来呆，其实是机灵的，要骗他也难。

敖霁笑了。

"为什么我要告诉你呢？"

"因为我的事你都知道啊。"

"那是因为你小。"敖霁笑得玩世不恭，"我们当年你没赶上，现在自然弄不清楚了。"

以言君玉的性格，说到这儿，还是会继续问下去的，但这次听了这句话，呆呆地坐着，不知道想什么去了。

这几天太子似乎当作什么都没发生过，对他还是和以前一样，有天晚上读书，吃到一道桂花糖藕的点心，顺手就往旁边递了一块，叫道："小言。"

言君玉其实是想吃的，也想接，忍住了，装作没听见，盯着书看。

书房里一瞬间变得非常安静，连云岚也觉得不对劲了，无奈地看着言君玉。言君玉知道按道理，是不可以装听不见的，因为他是伴读，伴读不可以不听太子的话。

哪怕是在生气。

但太子没说什么，只是淡淡地放下了，继续看书。晚上言君玉洗完澡回来，发现房间里摆了个碟子，上面放着那些糖藕。

很晚了，大家都睡了，只有思鸿堂的灯还亮着，他知道那是太子在看书。言君玉爬到窗口上坐着，看着思鸿堂的灯，借着月亮，安静地把那一碟糖藕都吃完了。

从小到大，许多人都说他呆，但言老夫人护短，说他不是呆，是倔，像头小牛犊，遇到什么都要顶一顶，连跟棵树都能斗起来，非要把树"降伏"了才行。

但人怎么能"降伏"一棵树呢。

八月十四日，中秋前夕，是收新麦的日子，大周旧例，皇帝每年都要象征性地参与一下农事，一般是在秋收的时候，但自然不可能出宫去。皇宫的南边，有一片御田，平时由内务府打理，到了秋收的时候皇帝要过去看看，还要把收下来的新麦送到宗庙供奉，表示皇帝没有遗忘社稷，让祖宗放心。

往年都是庆德帝亲自去，今年称病，让太子代替，在朝臣看来，这又是一件坐实了储君继位的事。

一大早言君玉就被敖霁叫了起来。其实他也觉得新奇，毕竟是王侯公子，没见过种田的事。跟着太子到了皇田一看，金灿灿一片麦子。他等太子祭完天地和社稷，悄悄去摸了摸麦子，还被扎了一下。

"麦子有刺。"他惊讶地告诉敖霁。

"那叫麦芒。"敖霁没点好气。

"嚄，好一个东宫伴读，麦子都不认得。"容皓幸灾乐祸，"让御史知道，非参死你不可。"

太子接过礼部官员递上来的工具，割了一把麦子，交给主持祭礼的官员，等在田边的内侍们早准备好了，一声令下，就开始收麦，动作都非常利落，顷刻间便收了大半。他们打扮得非常整齐，都是绸缎衣服，穿这衣服收麦，多少有点不伦不类。

"这么多麦子，我们午膳可以吃到吗？"言君玉好奇地问。

"你想得美。"敖霁笑他，"这些麦子除了供奉宗庙，都要赏给近臣。他们也当作宝贝，拿去祭祖，除了殿下，谁吃得到。"

言君玉不由得有点气馁，容皓过来，塞了个锦袋给他："去吧，跟羽燕然玩去。"

锦袋里都是些金锭子，铸成吉祥如意的图样，沉甸甸的，原来是要赏给那些内侍的。言君玉抓起一把，撒出去，小太监们连忙抢着捡，还有机灵的，磕头谢恩，像喂池子里的锦鲤一样。

"那些公公年年为这个挤破头。"敖霁冷笑道，"都想把自己的干儿子送来收麦。"

"什么好差事，我这儿还有一袋，你下去磕头，我全扔给你。"容皓笑嘻嘻道。他是仗着人多，敖霁不敢揍他。

言君玉赏完钱回来，仍然有点意兴阑珊，下面人又开始折腾起收到的麦子来，有打的，有磨的，看来一时完不了。他回到太子身后站着，偷偷看身后的官员。

有什么东西轻轻碰了碰他的手，他低头看，原来是一根完整的麦穗，金黄色，还带着麦芒。他抬头看，太子一脸平静地看着下面，仿佛什么都没发生过。

他犹豫了一下，还是抵不过好奇心，接了过来。太子嘴角露出笑，面上仍然不动声色。

言君玉把麦穗捏在手里玩起来，剥出麦粒，手指一捻就成了粉末，这才明白那些人折腾麦子是为什么，又戳了戳麦芒，被扎了下。

"针尖对麦芒，就是这意思吗……"他小声嘟囔道。

"不能这样说。"

"那应该怎么说？"他不假思索地问。

"应该说，见了麦芒如针，才知道体谅百姓辛苦。"太子教道。

言君玉不小心和他说上了话，再沉默已经来不及了，不由得生起自己的气来，连麦穗也不玩了，一上午都默默无言。

等到中午，回了东宫，直接摆了午膳，言君玉和敖霁他们吃，刚落座，云岚忽然带着宫女过来了。

"哟，岚姑姑亲自来布菜……"容皓懒洋洋往后一仰，让出位置来，嘴里还说着，"岂敢岂敢。"

云岚这么好脾气，也被他气笑了："你想得美，我可不伺候你。"

她一面说，一面把宫女手上的食盒打开，紫檀盒子里是一碗普普通通的面，但是碗漂亮，和上次太子妃带过来的是一样的汝窑，有着龙纹。

"吃吧。"她直接端给言君玉，"可不准剩下，会折福气的。"

容皓在旁边装模作样地抱怨："可真偏心呀，就给小言一个人吃，也不匀一点给我们，两个伤兵还在呢，一口都吃不到……"

"那给你们吃。"言君玉说。

"别，我逗你玩呢。又不是没吃过，寡淡得很。"

言君玉却站了起来。

"你去哪儿？"敖霁皱起眉头。

我要去撞树了。言君玉在心里说。

进了思鸿堂，太子正在用午膳，这样进来是很失礼的，但言君玉早就失礼惯了，也不说话，就往旁边一坐。

云岚跟了过来，看到这一幕，心中想笑，表面仍不动声色，替他摆了碗筷，又把那碗面端了过来。言君玉也听话，低头乖乖吃起来。容皓真没说错，这面又寡淡又粗糙，实在不好吃。

太子倒是吃完了，洗了手。言君玉知道他正在看自己，因为可以感觉到他的目光，像阳光一样落在自己背上。

他被这目光看着，莫名其妙地觉得委屈起来，所以一言不发，大口地吃面。

"小言要哭了。"太子看了一会儿，忽然低声道。

"我没有。"言君玉抬起头反驳。

"小言还在生我的气？"

言君玉垂下眼睛，躲避了他的目光。

"没有。"

"那小言为什么不开心？"

言君玉沉默了一会儿。

"你说让我十二个时辰都跟着你，是想让我知道你到底是谁，现在我知道了。"

"我是谁呢？"

"容皓说，我不用看懂太子殿下，只要看懂萧檩就好了。"言君玉抬起眼睛来，看着他道，"但我觉得他说得不对。殿下是你，萧檩也是你，这是分不开的。对吗？"

太子的眼神有瞬间的动摇，像满湖星光被石子击碎，水波都变成碎星一般，然后他笑了起来。

"对的。"

但言君玉没有笑。

"敖霁说，我没赶上他年纪小的时候，所以不知道他的事。"他垂着眼睛道，"我也没赶上你年纪小的时候。我遇到你的时候，你就已经是如今的样子了。"

"所以呢？"

言君玉没有回答他这个问题。

言君玉只是站了起来，然后单膝跪了下去。少年的脊背单薄而清瘦，像一张漂亮的弓。他低着头，所以看不见他脸上表情，只听见他的声音几乎是颤抖的。

"请让我去边疆吧，殿下。"他说，"我想跟着羽燕然去碎叶守城。"

萧景衍许久没说话。

午后的阳光从云窗外照进来，把一切照得纤毫毕现，这阳光照着思鸿堂，照着东宫，也照着整座皇宫。都说天子是龙，太子是龙子，但如果这世上真的有龙的话，它从云端望下来，这看似阔大的皇宫，一定小得像一个牢笼。

这世上哪儿有被关在牢笼中的龙呢？

太子是最优秀的储君，面孔俊美，身份尊贵，世人痴迷于他的光芒，哪怕只得到一点碎光，也欣喜若狂。但言君玉有双很干净的眼睛，萧景衍第一次见他的时候就发现了，他的胆子太大，就算不得不低头，也会偷偷打量一番。他身上有种浑然天成的放肆，敖霁也发现了这点，所以一开始就猜到结局。

而少年人的心性最为赤忱，像转瞬即逝的花，稍不注意就碰得头破血流。看重一个人，要么得到一切，要么一点也不要。碎光糊弄不了他，他要了解全部的萧景衍，从太子殿下，到萧樗，所有的明亮和黑暗，一点也不能少。

因为他也是付出了一整颗心，如果换不到，他就去边关替萧景衍守城。

别人知道，大概都要笑他——年少的时候总会有这样的不自量力，宁愿拿一腔热血换一个笑话。

但萧景衍没有笑他。

"小言今年十五了，对吗？"

"虚岁是十六。"

"太子妃进宫的时候，我也是十六岁。那年京城下了很大的雪，是个很难熬的冬天，但最终也过来了。"他毫不意外地看见言君玉已经红了眼角，"她是太子妃，但不是我的妻子。东宫不会再有别的妃子，以后也不会有。"

"但太子妃她……"

"小言去过宫中的宴会没有？"

"去过。"

"宫中有多少位娘娘，小言数得清吗？她们有人为了家族的荣耀，有人为了荣华富贵，有人只是景仰陛下。她们都想要皇帝的心。"

"那皇帝呢？"

"皇帝没有心。"萧景衍告诉他，"太子也没有心。"

言君玉的眼睛顿时暗了下来。

"但是萧櫺还有一颗心。"萧景衍看着他的眼睛告诉他，"这颗心要给谁，是我自己的事。叶璇玑要当太子妃，已经当成了，小言不用觉得她可怜，这是注定了的事，与谁都无关。"

"为什么？"

"因为没有人像你一样这么傻。"

言君玉顿时瞪起眼睛来，瞪了一会儿，大概是明白过来，总算消了点气。

"你不要骗我。"

"我什么时候骗过小言？"

"上次你就骗我。第……第一次梦见的人，怎么会是无关紧要的人呢？"

"哦，那小言梦见的是谁？"

言君玉不说话了，耳朵也红了。

萧景衍猜到了。

"小言，你的面吃不完了。"

言君玉疑惑地抬起头，刚想问为什么，萧景衍就如逗弄小孩般摸了摸他的头发。他睁大眼睛，看见萧景衍垂着眼睛，睫毛的阴影落在眼睛下方，像飞蛾的翅膀。

言君玉这几天，本来是有点躲着敖霁的，结果有天被抓个正着，正要跑，被敖霁一把拎住："别跑了，我都知道了。"

他尴尬地嘿嘿笑起来，敖霁看得生气，敲了敲他脑袋："没出息，几句话就被哄走了，迟早被人卖了。"

"他不会哄我的。"

第三章 | 来朝 | 141

敖霁也不敢说萧景衍的坏话，只能冷冷地道："不哄你就行了？你也太没出息了。"

　　"谁说的，我很有出息的。"言君玉不干了。

　　"这时候你倒有骨气了，怎么见了殿下缩得跟只鹌鹑似的，整天就会窝里横。"敖霁伸手想揍他，被言君玉机灵地躲开了，一溜烟跑了。

　　言君玉倒也没跑远，他被敖霁抓住是在花园旁边，一跑就跑到思鸿堂了。今天思鸿堂没什么人在，连云岚也在外面，还叫了他一声，没叫住，言君玉直接跑进了思鸿堂，在门口和个低着头的小太监擦肩而过。东宫的小太监他都混熟了，这个却很面生，心里有点奇怪。

　　萧景衍正拿起一本奏章要看，瞥到一个身影默默躲到帷幕后面，探出一个头来看自己。他在心里暗笑，表面仍不动声色，等言君玉放下心来，以为他没看到时，忽然低声道："小言。"

　　言君玉吓了一跳，表面仍强撑着："干吗？"

　　"小言怕我。"萧景衍淡淡道。

　　"才没有。"

　　"那小言为什么躲着偷看我？"

　　言君玉偷看被抓个正着，自然也不好意思反驳，只能装作没听见，萧景衍看了他一眼，招手道："过来。"

　　言君玉十分警觉："我不过去。"

　　"为什么？"

　　"我过去你就要干坏事了。"

　　萧景衍笑了。他本就生得好看，一笑更是让人心神都摇曳起来。言君玉向来是个记吃不记打的性格，被他星辰般的眼睛专注地一看，不由得就朝他走了两步。

　　萧景衍伸手拉住他，轻轻一钩，就把言君玉带到了自己旁边来。

　　言君玉正在发蒙，又被他钩了过来，顿时捂住脸颊，总算想到个合适的词来，指责他道："玩物丧志！"

　　"哦？我是玩物？"萧景衍挑了挑眉毛。

　　言君玉连忙摇头。

　　"那小言是说自己是玩物？"

"也不是。"言君玉皱起眉头，"以前我还能在你旁边看书，现在怕你忽然吓我，我就没办法专心了。你也要处理政事，我们都各干各的事，好不好？"

"那小言还趁我看奏章时偷看我呢。"萧景衍逗他，"算不算故意打扰我？"

言君玉不由得有点心虚，想了想，还是实话实说："我忍不住啊，又不是故意想看的。"

"那我也忍不住。"

"又骗我，你明明什么都忍得住，每次我们都打瞌睡了，你还能看奏章呢，容皓说你比我们都厉害。"

"那是政事。只有在小言的事上，我才会忍不住。"

他这话是带着笑说的，言君玉一时竟然分不出是不是玩笑话，慌忙看了看书案，看见一个小字卷，不过拇指大小，转移话题道："这是什么？"

"一个消息。"

"是好消息吗？"

萧景衍眼中的笑意淡去了，但面上还是温和笑着，平静地道："是一个非常坏的消息。"

"什么消息？"言君玉也紧张起来。他知道萧景衍是最从容、淡定的人，如果萧景衍都说是坏消息，那这消息一定比说的更坏上十倍。

"小言明天就知道了。"

第四章

暗流

八月十五日，团圆佳节，宫中夜宴。庆德帝病体稍愈，也出席了。席上百官都在，这算是他第一次面见五胡使节。

席上，西戎南大王呼里舍献上许多价值连城的礼物，祝庆德帝福寿安康。并转达西戎王的意思，要为西戎的蒙苍王子求娶一位大周公主。

庆德帝并未立刻应允，但是满席的人都看出来，至少已经有七分同意了。

西戎此举，虽是求和亲，但背后挟带着这半年在边关屡战屡胜的威风。说是求和，不如说是给庆德帝一个台阶，让他借和亲之名，行"纳贡"、赔款之实。朝中官员中，主战派自然觉得西戎人狼子野心，不可纵容，已有人在给庆德帝谏言了；主和派却松了一口气——大周如今国泰民安，十分富庶，在他们看来，不过破上一笔财，求得边关几十年安宁，自然是好事情。

这事背后的意义重大，搅动得朝中形势动荡。整个京城，暗流涌动，山雨欲来风满楼。

言君玉当时就在席上，站在太子身后，听到呼里舍的话，顿时握紧了拳头。他是少年心性，只觉得和亲是极大的屈辱，是绝不能容忍的。

太子殿下却仍然不动如山，嘴角噙笑，看不出一点情绪，只在歌舞表演开始后，不着痕迹地拍了拍言君玉的手。敖霁就站在言君玉旁边，什么小动作看不到，不过看言君玉实在气得可怜，也不管了，反而推推他，低声道："你看容皓。"

言君玉一看，吓了一跳。容皓脸色晦暗，神色闪烁，也不知道在想什么，比谁都紧张。言君玉见他脸色差得可怜，伸手拉了拉他的袖子，发现他手凉得像冰。

"怎么了？"他忍不住低声问。

容皓还是懂礼节的，这样的场面自然不会窃窃私语，只是摇了摇头，示意言君玉不要说话了。

言君玉也渐渐懂事了，忍住了一言不发，一直熬到宴会结束。

宴会足足进行到亥时方散，庆德帝虽然称病，但明眼人都看出他心情大好，不然不会一直留到亥时。皇帝不走，太子自然不能走，也陪到亥时，直到雍相爷上来谏道："夜深了，圣上保重龙体。等过几天的饯行宴再尽兴不迟。"

筵席一散，圣上先离开，太子随后。言君玉骑马跟在太子车驾后面，忍不住回头，看见那边宫殿灯火通明，越发显得这边两侧宫墙夹着的一条窄道黑暗无比。正觉得心里有点不安，只听见车驾里唤道："小言。"

言君玉驾马疾走几步，追了上去。太子正挑起帷帐，对他笑道："没事的，小言。"

言君玉知道他是担心自己害怕，所以叫自己过去。但羽燕然他们都没事，就自己怕，也太胆小了。而且偏偏被他猜中了，自己确实有点怕，不由得有点恼羞成怒起来。

"我才不怕。"他神色倔强地告诉太子。

"我知道的，小言最勇敢，什么也不怕。"太子笑了起来。

言君玉见他又用哄小孩的话哄自己，顿时红了脸，打着马往前走，再也不理他了。

等回了东宫，照例是在思鸿堂夜读，但是今晚一看就有事情要商议。容皓一进书房，就道："小言，你先去吃夜宵。"

以前他们也常这样，有真正的大事都在书房商议，言君玉是小孩，就在外间吃东西。羽燕然这人除了打仗，其他正事不管，所以有时候也出来，还抢言君玉的东西吃。

但今天言君玉有点不想走，跟在敖霁后面，闷闷地道："我又不饿。"

容皓怔了一下，没反应过来，太子先笑了："小言也想进来听？"

"为什么我不能听？"言君玉低着头道。

"胡闹什么，又不是什么好事。"敖霁拎起他衣领，想把他拖到书房外面去。言君玉一扭，竟然挣脱开了。他有时候去偷看那钟将军练功，也学了点身法，灵活得很。敖霁脸色沉下来，一字一句道："言君玉！"

言君玉被他叫得有点心虚，低声嘟囔道："我又不小了，什么事都瞒着我，我也是东宫伴读啊。"

敖霁还要凶他,只听见萧景衍笑道:"那以后不瞒着小言了。"

"真的?"言君玉喜出望外。

"殿下金口玉言,怎么会骗你。"容皓在旁边道。

他其实在东宫幕僚中一直是类似谋主的位置,可以说是萧景衍之下的第一位。这话其实提醒萧景衍他的身份,不该随便让言君玉进来旁听。但凡谋士,对于"烽火戏诸侯"这一套,都是警惕的。

但萧景衍只是淡淡道:"不过今天不可以。"

"为什么?"

"今天不适合小言来听,容皓面子上过不去。"萧景衍笑道,"有失师道尊严。"

容皓的脸色一白,见言君玉疑惑地看他,仍然强撑道:"殿下说笑了。"

他向来意气风发,恣意谈笑。萧景衍说他是言君玉老师,其实是因为他常在言君玉面前分析局势,指点江山,也开玩笑说过言君玉是他第一个弟子,就是傻了点。

言君玉跟他相处也多,哪里见过他这样反常的样子,所以想了想,还是乖乖点头,跟着云岚走了。

其实他和萧景衍那个"十二个时辰"的约定里,就应该是包括这时候的。不过言君玉自觉已经很懂事了,没有把这个拿出来说——也是面子薄,怕羽燕然又笑他。羽燕然最近伤了腿,没事做,所以天天嘲笑他,气得言君玉扑上去和羽燕然打了一架,可惜没打过,实在遗憾。

言君玉闷闷不乐地跟着云岚出来了。夜宵倒是很丰盛,有粥,有各种精致点心,还有一笼热腾腾的大螃蟹。羽燕然自然是如鱼得水,大吃大嚼。他自己吃就算了,还要惹言君玉,笑道:"你皱着眉头干什么呢?"

"你管我。"

"云岚辛辛苦苦准备这么多夜宵,你不用心吃,不是糟蹋别人的心意吗?"

"这倒不至于。"云岚替言君玉舀了汤,见他眉头紧锁,笑了,"小言真这么想知道书房里在聊什么?"

言君玉心不在焉地点头。

"那我告诉了你,你能乖乖把夜宵吃了吗?"

言君玉惊讶地看着她。

羽燕然笑起来："你这也信啊，太好骗了，逗你玩的，她才不知道里面在讲什么，我都不知道呢……"

"羽少爷心思直爽，不知道他们商议的事，也很正常。"云岚也不恼，淡淡道，"羽少爷要是知道，前些天也不会和敖霁打那一架了。"

说是打架，其实是羽燕然单方面挨打，不然也不会现在腿还一瘸一拐的。好在他脸皮厚，并不觉得这事丢脸，也不把云岚的讽刺当回事，笑道："那是我一时嘴快，不小心碰到敖霁的心病，跟这个没关系。"

"哦，那羽少爷和敖霁先是为什么吵起来的？"

"不就是我跟李姑娘来往，敖霁说她是妓女，败坏东宫清誉，说了一堆大道理。"

"看来你没听进去那些道理。"

"谁听得进去，我最讨厌什么清誉、名声了，都是些看不见、摸不着的东西，还不如眼前活生生的人实在。"

"既然如此，那就请问羽少爷，妓女从何而来？"

羽燕然被问住了。他毕竟是王侯公子，就算在边疆军中待过，也没真正到底层，所以一时竟答不上来。他道："妓女不就是烟花巷里的吗？"

"烟花巷并没多少人家，妓女的结局也都是因贫病而死，极少有能生下儿女的。"云岚平静告诉他，"这世上妓女分两种。一种是私妓，是饥荒时百姓活不下去，把女儿卖到妓院；另一种是官妓，是抄了家的官员，男为奴，女为娼，充入教坊司为妓。你跟着殿下十多年，应该知道他的才干，不说盛世，至少国泰民安是做得到的，那前者就会变少。殿下虽是圣上亲手教出来的，但量刑时不喜欢株连，从不迁怒，所以后者也会少。你为了一个妓女，败坏了东宫的名誉，影响到殿下，是得不偿失的蠢事。你目无全局，又听不进劝，所以敖霁只能和你打一架了。"

羽燕然被她说得哑口无言，只能讪讪道："平时我说个笑话你都要骂我，这时候倒聊起妓女来了。"

"平时你讲笑话是轻薄，这是讨论事情，能一样吗？"言君玉忍不住插嘴道。

"我知道。"羽燕然倒是豁达，还笑得出来，推了言君玉一把，"我说不过她，找个理由嘛，你戳穿我干什么，站哪一边的？"

"我站有道理那一边。"言君玉不理他，朝着云岚道："云岚姐姐，你告诉我容皓在操心什么，好不好？"

他装起乖来是很有一套的。云岚也被他逗笑了。

"那你乖乖把粥喝了。"

言君玉两三口喝完了粥，眼巴巴地看着她。

"容皓犯了个大错。无法弥补，所以现在忧心如焚。"

"什么错？他也跟羽燕然一样目无全局吗？"

"不，他是心中只有全局，却没有人，所以才栽这个跟头。"云岚淡淡告诉他，"他想对西戎那个蒙苍王子用美人计，从教坊司搜寻了一位美女，献了过去……"

"我知道，他是想让曼珠影响蒙苍，或者生下子嗣，改善西戎和大周的关系。"

"他是这样跟你说的？那他还是把你当孩子了。"

"为什么？"

"他用美人，其实有三个企图。最好的打算，是蒙苍被迷了魂，对她言听计从，不过这也影响不了西戎，只不过是让蒙苍失去继承权罢了。蒙苍屡战屡胜，是咱们的心腹大患，容皓想毁掉他。次一点的打算，是她留在蒙苍身边，做个间谍。最次的打算，才是生下子嗣，那还不知道要等到何年何月。"

"我知道，他跟我说过，这些不过是计而已，真正厉害的是权谋。这个没什么用的……"

"是吗？那他为什么还要用美人计呢？"云岚反问。

"他说是因为他身份低，所以只能用计……"

"东宫谋主，还身份低微，那这天底下就没有身份高的人了。"云岚毫不留情地道，"他用计，是因为他心存侥幸，喜欢以小博大。如果他真的对权谋有敬畏的话，怎么敢那么轻佻地在你面前点评呢。他应该立刻去学才对，一边说好，一边自己却不学，不过是心中还有傲慢罢了。"

"那他现在……"

"他付出代价了。西戎人这一招为蒙苍求娶公主，把他后路全部堵死了。他的美人计落了空，现在不用西戎人动手，他自己就得把那个花魁给去掉。否则公主与花魁共侍一夫，皇家尊严都成了笑话。"云岚神色淡然，"况且这棋子也失控了。"

"为什么？"

"他小看了人心。为情也好，为利也罢，一个教坊司的奴婢，现在一跃成了西戎王子的宠姬,你觉得她会选择效忠谁呢?"云岚告诉言君玉,"目无全局是蠢。目中只有全局,却没有人心,就是傲慢了。史书上多少谋略,都毁于小人物之手。容皓教你权谋,却不教你这道理,是他失职。"

但言君玉不关心这个。

"西戎那边的谋士是谁?是那个赫连王子吗?我知道他很厉害的。"他急切地问云岚,"现在怎么办呢?容皓输给他了吗?"

云岚笑了起来。

"是,容皓输给他了,但殿下并没有输给他呀。"

"那殿下为什么不阻止容皓呢?他没看出容皓的破绽吗?"

"正是因为殿下早就看出容皓的破绽,所以才放任他去做,要让他狠狠吃一回苦头,他才知道改。不然他一直这样傲慢下去,迟早会犯下殿下都弥补不了的错误。殿下是在培养容皓呢……"

"哎,怎么光培养容皓,不培养我啊。"羽燕然吃饱了,在旁边懒洋洋地道。

"我知道。"言君玉抢先回答,"容皓目中无人,是傲慢。你是目无全局,是蠢。傲慢好教,蠢难教。"

羽燕然翻身起来,要抓言君玉,言君玉连忙躲开了,躲在柱子后面问道:"那敖霁呢,为什么不培养敖霁呢?"

"敖霁有心病,你个小屁孩,懂什么。"

言君玉心头忽然一亮。

"那我呢,我的问题在哪儿?"

云岚笑了起来。

"小言的问题,是小言还是个孩子呢。"

"我年纪不小了。你们说权谋,我都听得懂,你看羽燕然都听不懂。"

羽燕然本来不抓他了,听到这话,又忍不住想动手了。

云岚笑着把他们隔开了。

"小言没发现吗?你在听权谋的时候,总是像听演义故事一样,是当作别人的事在听。"她笑着替言君玉整理了一下头发,"小言根本不是权力场中的人,只是个误闯进来的小孩子罢了。"

"我不想当小孩子。"

"是吗?有人就希望你这样呢。"

"谁？"言君玉怔了一下，却很快明白过来。还没等他作何反应，那边羽燕然笑了起来。

"还能有谁，当然是太子了。就这傻样，还说比我聪明呢，哈哈哈！"

言君玉顿时涨红了脸，又冲过去，和他扭打成了一团。

言君玉听了云岚一番话，乖乖吃了夜宵，又看起书来，等了许久，还是不见他们出来。羽燕然早就去睡了，他也忍不住打起瞌睡来。云岚好不容易哄动他，让鸣鹿把他带回去睡觉了。

言君玉这一觉，睡得并不安稳，中途竟然醒了过来，看见窗外月光明亮，听不见更漏，也不知道是几更了，只知道夜深了。

他悄悄趴在窗边一看，院子里月光如银，宫墙高耸，刚好把明月挡住了一角。他也不怕冷，穿着件小衣，趿着鞋，绕过外间睡得正沉的鸣鹿，跑到了院子中。

整个东宫一片寂静，似乎都睡着了。这感觉太好玩了，言君玉向来胆大，也不怕黑。院子里树影参差，他坐在树下看了眼月亮，心里忽然冒出个念头来。

他想去看一下太子。

这念头一冒出来，就不受控制地越变越大。其实他知道太子现在一定也是在睡觉，但不知道为什么，就是想去看看。

伴读的院子离思鸿堂近得很，这时候门已经落锁了，他向来是个胆大妄为的性格，毫不迟疑，说干就干，顺着树就爬到了墙上，翻了两道墙，就到了思鸿堂的花园里。

花园里的桂花正在盛放，暗香飘动，满地月光如霜。他踩着月光往前跑，不知道为什么，心忽然怦怦跳起来，像要从胸膛里跳出来一样。他来不及分辨这情绪究竟是什么，就已经跑到了思鸿堂的廊下。

他知道这是前厅，要到内室，还得绕到后面去。思鸿堂外种了许多柳树，秋季已经隐约开始落叶了，云岚几次说要让人砍了去，都没砍成，后来太子说了句"也算留着点春意"，就留了下来。现在言君玉沿着墙往前摸，那些柔弱的柳枝时不时拂到他脸上，他忽然明白了太子那句话是什么意思。这柳枝拂面的感觉，确实让人想起春天的风。

不知道为什么，他心里忽然涌出一句戏词来，咿咿呀呀的，像是南戏，只听懂一句"拂墙花影动，疑是玉人来"，一面走，一面在心里来来回回地响，唱得他心都软了。

这是那天在宜春宫偶然听到一出戏中的，不知道名字，只听懂一句，谁知道恰用在此时。

言君玉摸到窗下，悄悄从窗缝往里看，却看不见床帐，只看见上夜的宫女在打盹，里面灯影昏黄。他本来一路跑来都不犹豫，不知道为什么，这时候心里却生出怯意来。正想回转，只觉得心神一凛，仿佛被谁在暗中偷看一般，回头看，只见一个猫影从墙上蹿过。他吓得弹起来，头撞在窗户上，"咚"的一声。

他只心道"糟了"，怕惊动上夜的宫女，刚想走，只听见窗内传来一声带着睡意的声音："谁在外面？"

言君玉先前的勇气此刻已经消散得差不多了，只想偷偷溜走，但这世上谁能敌过里面那一位的绝顶聪明，言君玉刚抬脚，就听见里面语气了然："小言？"

窗内的灯顿时亮了，是上夜的宫女举着灯过来，推开了窗，都是云岚调教出的稳重行事，垂着眼道："小侯爷。"

言君玉"哎"了一声，想了想，反正已经这样了，干脆横下心，顺着窗户缝爬了进去。那边太子已经撩起帘帐，笑着等他。

太子已经睡下了，卸了冠，只看见他墨黑头发垂下来，穿着白色中衣，少了威仪，更显得俊美、温柔。

言君玉被笑得手脚都不太利落了，从窗户爬到榻上，险些扶空了，萧景衍笑着伸手搀住他，逗他："深夜到访，所为何事啊？"

言君玉听到这话，知道他在取笑自己，又要往回爬，萧景衍连忙安抚："我知道小言是来看我的，很开心。"

言君玉低低地哼了一声，这才乖乖爬下来。

萧景衍却不给他下地的机会，直接用衣服把他裹住，笑着道："穿得这样单薄还吹风，是要着凉的。"

"我才不怕。"

言君玉象征性地挣扎一两下。不知道看到什么，忽然怔了一下。萧景衍顺着他目光看过去，原来自己的床上隆起的形状加上帐子的阴影，倒像有个人躺在里面一样，顿时笑了。言君玉只觉得身体一晃，整个人跌了下去，落入厚厚的被褥里。

"贵客光临，有失远迎。"他听见萧景衍笑道，"请先落座吧。"

原来床上那一堆全部是账册，现在被踹了下去。帐子落了下来，紫檀雕花拔步床如同一个小房间一般，把他们关在了里面。

言君玉灵活地爬了起来。

他向来随遇而安，反正也不是第一次来太子寝殿，所以如同到了自己家一般，还随手翻了翻那些账册："你看这个干什么？"

"快入冬了，户部有些陈年老账没销，我累了，就搬过来了，谁知道看看就睡着了。"

言君玉对这些毫无兴趣，扔到一边，又在床上翻找起来。雕花拔步床上原有许多小抽屉，是做书柜用的，他一个个翻："你藏了吃的没有？"

"谁在床上藏吃的。"

"我啊。"言君玉理直气壮，"下次请你去我床上玩，我囤了好多吃的呢。"

"这么说，围城一月也不致断粮了？"萧景衍笑道。

"一个月夸张了点，半个月没问题。"言君玉提到这个，十分得意，还嫌弃起太子的寝殿来，"你这儿怎么什么吃的都没有啊？"

其实真想吃东西，不过叫一声，外面宫女就会送上来。但言君玉像小时候把床帐当作边关帐篷一样，把这儿当成了好玩的地方，不准备叫外人。

"实在抱歉，没什么好招待的。"萧景衍笑着看他。

"你这人……"他指着萧景衍，却说不出具体指责的理由，气道，"我是看见月光才想起来看你的。"

萧景衍竟然听懂了。

"我知道。"他笑着道，"小言一片冰心。"

他眼睛漂亮得像山岚，神色却如此真诚，专注地看着人的时候，让人觉得自己是这世上运气最好的人。言君玉被他看得心虚起来，嘟囔道："什么一片冰心，我才不是……"

"好，小言只是晚上睡不着，想到处逛逛，不小心逛到我这儿来了，对吧？"

"正是。"言君玉色厉内荏，还强撑着道，"我顺路来看看你睡了没而已，又不是特地来的。"

"是是是。"萧景衍笑得温柔地看着他，"谢谢小言顺路来看我。"

言君玉这人向来吃软不吃硬，见他这样说了，也没办法，哼了一声，又玩起在抽屉里翻出来的东西了。别的都算了，有个赤金的九连环，十分好玩，可他怎么也拆不开，和它较上劲了。萧景衍也不帮他，靠在锦褥和绣枕上，懒洋洋地看着他。

言君玉平时其实脾气挺好的，但不知道为什么，被他这样看着，就莫名地浮躁起来，手心都沁出汗来，凶巴巴道："这东西一点也不好玩。"

萧景衍笑了起来。

言君玉安静地躺在帐中，他难得这样乖巧。

他其实很困了，但不知道是因为认床，还是因为什么，只是睡不着。

"我小时候装病，骗我爹，因为这样我爹就会陪我玩了。"他不知道为什么忽然想起这个来，小声告诉萧景衍，"我爹会把帐子当作帐篷，陪我玩打仗游戏，还偷偷给我许多零食吃。被我娘发现了，就两个一起被训话。"

言侯爷生他时也不过二十岁左右，性格还爽朗、活泼，常带着他一起玩，把自己小时候那点淘气的本领都传授给了言君玉。

萧景衍只是"唔"了一声。

天家无父子，还有礼官约束，庆德帝再疼爱他，都在礼节之内，并没有什么温馨的故事好说。

"我爹戍边之后，就很少回来了。每次走的时候我都哭，我七岁的时候，他答应我，说等我生日一定回来，但他一直没回来。我气了他几年，决定以后再也不要原谅他了……"

他的声音低下去，像是把故事停在了这里。萧景衍还是没说话，只是看着言君玉。少年的身量未足，脆弱得像一折就断的幼树，在轻轻地发抖，眼泪很轻易地就流了下来。

言君玉从小不愿意哭。小时候私塾打架，他家世高，又败落了，偏偏力气还大，那群孩子打不过他，就骂他是没爹的孩子。消息传到言侯府，他母亲知道，哭了一夜。所以他从小到大，从来不和人说起他父亲，连敖霁也不说。闲谈时也不是没有说到父母的时候，但是总觉得喉咙里哽着什么。他知道敖霁嘴硬心软，听了一定会心疼他，但说了也改变不了什么，不过多一个人伤心罢了。

但不知道为什么，也许是因为今天晚上的月光太好，也许是因为他旁边的人，是他见过的最温柔、最钦慕的人，所以竟然就这么自然而然地说出来了。

萧景衍耐心地把他翻了过来，在黑暗中沉默地看着他。

"云岚说……"

"我知道。"萧景衍温柔而坚决地告诉他，"我不会输，也不会死，更不会错过你以后任何一个生日，你放心。"

"你要说话算数，不要骗我。"

"好。"

言君玉有点不好意思起来，在他床榻上擦了眼泪，顺带着把脸埋了进去。要是云岚见到这一幕，估计是要被吓到的。太子殿下喜洁，是阖宫皆知的秘密，都说东宫的地板比别的宫殿的门都干净。

言君玉却不知道自己得到多大的纵容，只胡乱擦了眼泪，打了个哈欠，就犯起困来。

"我那时候不该装病的。"他轻声告诉萧景衍，"听说人死的时候都会想起家人来，我爹阵亡的时候一定还在担心我。"

萧景衍心中五味杂陈，摸了摸他的头。

"不会的，小孩子骗不过大人，你父亲一定早就知道了，只是和你玩而已。"

他说完这话后，许久不见言君玉回应，正想看看对方是不是在忍哭，低头一看，只见言君玉呼吸平稳，已经睡着了，不由得笑了笑，替对方掖好被子。

云岚向来是起得很早的。

她是东宫的掌宫女官，说是一人之下也不为过。太子殿下不喜宦官，一应大小事务都是她在料理，所以她也是极忙的，比上朝的官员还起得早些，不到卯时就起来了，在廊下看着宫女和小太监们洒扫庭院，预备伺候太子早起。

正是桂花开的季节，廊下一棵金桂开得正好，熹微晨光洒在叶片上，是非常浓郁的墨绿色。宫中喜欢用玉石做盆景，桂花叶一般是用墨玉来做，但云岚觉得墨玉模仿不到这叶子的神韵——桂花叶子有种独特的蜡质感，她父亲说，有一种琥珀最传神。

她转过树来，看见站在树下的容皓。据说民间如今最流行的戏段，是"伍子胥过昭关，一夜白头"。容皓虽然没伍子胥那般的血海深仇，但昨晚也不好过，一夜憔悴不少，更显得有种落拓、潇洒的味道，恐怕宫女们见了更加心疼。

"容公子早。"云岚行了个万福礼，"是要读早书吗？"

容皓看她一眼，苦笑道："你昨晚教小言教得头头是道，现在又何必说这话。"

"哦，那容公子是想听我问这个吗？"她看着容皓，神色平静地发问，"请问容公子想到应对西戎求亲的办法没有？你的一箭三雕计还有没有挽回的余地，还是只能搬起石头砸自己的脚？"

她句句尖锐，容皓招架不住，只得投降道："那你还是好好说话吧。"

云岚倒也随和，见他这样说，也就不问了，刚要走开，只听见容皓又道："说到这个，关于曼珠不受掌控的事，我倒真要请教你……"

云岚的神色顿时沉了下来。

"因为我也是教坊司出来的？"

"你想哪儿去了。"容皓神色坦荡，"我不过是想听你的见解罢了。"

容皓知道，云岚轻易不谈论权术，就连昨天，也不过是因为要在言君玉面前亮个身份罢了。她是太子心腹，如臂使指，言君玉先前进东宫，她就亲自看顾。如今关系更加紧密，所以她在言君玉面前露出自己的权谋，算是认了东宫的自己人。

云岚自然是不会帮他的，只淡淡道："我的见解是你换个地方发呆。"

其实容皓倒不是手软到会被一个舞姬掣肘——宁西王府虽然如今尊贵，当年也是跟着太宗皇帝在尸山血海里挣下功业的，如今不过百年，子孙虽然从文，骨子里的血性还是在的。

他只是觉得憋闷。

曼珠是他一步策划已久的暗棋，是从教坊司选出来的罪臣之女，不说心血，也是花了心思的。结果现在又要自己拆掉，白忙活一场，做出这等蠢事，枉与他人作笑谈。这还算了，偏偏对手还是那个赫连，光是想想他现在多得意，容皓就气得想吐血。

所以他竭力想找一条出路，不至于输得这么难堪。

这么关键的时刻，他身上还有别的差事。和亲的事暂且不谈，那是个拉锯战，朝臣还没站完队。最烦的是他还领着接待五胡使节的事，不管多气闷，还是要一大早去使馆，跟那群五胡使节交际。此时又被石豹灌了几大杯酒，正想办法推托，只见一道身影走了上来，戴着狰狞面具，不是那赫连又是谁。

容皓心里越是恨不能活剐了他，脸上越是要笑得优雅："怎么，赫连王子也要灌我？"

"不敢，不过是容大人招待了我们半个月，所以上来敬一杯酒，以表谢意。"

"赫连王子要戴着面具喝酒？"

赫连从善如流，取了面具，满头金发实在太过耀眼，不过是胡乱扎起来的，也让人眼前一亮。容皓只冷冷盯着他眼睛，一言不发地喝下了这杯酒。

石豹偏偏在旁边笑道："要说容大人招待我们，实在是没话说，样样周全，我都舍不得回去了。"

众人纷纷应和，容皓还没说话，只听见那赫连笑道："其实容大人也不是样样周全，还漏了一样。"

"漏了什么？"众人纷纷问道。

"听闻大周南戏最出色，偏偏来了半个月，都没听过。"

"喀，不是说饯别宴中要唱戏吗？赫连王子怎么忘了。"石豹豪迈道，"再说了，戏有什么好听的，不过是咿咿呀呀地唱罢了，听得心烦。"

"石首领此言差矣，戏里可有好文章。"

"什么好文章？"

"比如现今正传唱的《伍子胥》，最后几句唱词，就很有意思。"赫连像是在对着石豹笑，眼睛却看着容皓，念道，"有道是：'自执盾橹又执矛，自相戕戮自张罗。木匠做枷自己戴，莫往茧中笑蚕蛾。'"

言君玉今天很是开心，在太子寝殿一觉睡到天亮，偷偷溜回去，路上竟然没撞见一个人，等他再回到思鸿堂时，人都到齐了。他偷偷看太子，结果太子也在看他，太子嘴角噙笑，两人心照不宣，言君玉都有点不好意思起来。

读书读到下午，言君玉正在思鸿堂练字呢，只见容皓气冲冲进来了，脸都气白了，也不说话，环视一周，忽然抓起敖霁的佩剑，拔出剑来，狠狠斩下了自己书案的一角。

"好！"敖霁喝彩，笑他，"不愧是我江东碧眼贼。"

他这话一语双关。一者，是用了当年孙权斩桌案的典故；二者，谁都知道能把容皓气成这样的，除了那西戎的赫连王子，没别人，偏偏那人也是碧眼金发，可以说是十分巧妙。

容皓却没有闲心理他这话，只是狠狠咬牙道："此仇不报，我誓不为人。"

"早有这决心，也不用输得这么惨。"云岚送茶进来，听到这话，淡淡道。

"怎么说？殿下。"容皓踌躇满志，看向萧景衍，大有一展雄图之姿，只等萧景琰一声令下，就有要和那西戎人好好较量一番的打算。

萧景衍正看书，眼睛都不抬。

"伴读容皓在太子面前亮出兵刃，损坏东宫陈设。罚俸三月，自去反省。"

虽然太子罚了容皓三个月的俸禄，但是明眼人都看得出来，东宫已经插手和亲的事了。按理说，东宫已经暂摄政事了，也不算逾越。只是太子的意思，似乎和当今圣上有所出入，这就有点棘手了。

朝中官员，也是分了派系的，主和的，多数是庆德朝的老臣，位高权重，又惯会逢迎圣意，自己也有基业，只想着眼下的太平盛世，千秋万年，圣上想和，他们自然主和。

至于主战的，就复杂多了。有些是寒门考上来的年轻官员，也有没落的王侯后代，只等着打起来一展身手，趁机建功立业；有些则是读了圣贤书，学了文人气节，自诩清流，不肯轻易向蛮族低头；还有些是边关将领，知道西戎人狼子野心，不愿意姑息养奸……

其中，更有些人看出东宫的倾向，想要投机倒把、浑水摸鱼、过来钻营。

容皓和敖霁，现在天天见不到人，在京中各处王府、官宅里穿梭，交际、游说，带回来不少消息。太子却不动如山，只在思鸿堂里读书。

这天晚上敖霁早早回来，脸色不太好。

"我这边都打听完了，西边和南边的将领都主和，北边的有点意见，但也有限，毕竟是燕北王府的地方。"

萧景衍神色淡淡："燕北王年岁已高，沉稳些也正常。"

"容皓那边也没什么好消息。"敖霁往榻上一倒，冷笑起来，"这群文官，嘴里叫得震天响，对外只说是主战，还说是清流，一个联名奏章都凑不齐，也就骗骗那些年轻书生罢了。"

朝堂上的百官，除了雍丞相这种脸皮厚的油滑老臣，下了朝，谁敢对外说是主和的，只怕要被清流骂死。一个个写起诗来都是慷慨激昂，恨不能立马上阵杀贼，实则见了皇帝比谁都老实。不然当初中秋宴会上，西戎南大王求亲时，百官也不会鸦雀无声了。

这群人比那些公开主和的老臣更难对付，因为他们公开的立场看起来是无懈可击的，你说主战，他们比你叫得还大声，几乎以假乱真。

第四章 | 暗流

也只有容皓，顶着东宫伴读的头衔，身份尊贵，手段油滑，到一个个府上去交际，喝茶、闲谈、打太极，才能套出一点真话来。

容皓到天黑才回来，也气得够呛，一进门先脱了外衣，摘了冠，往榻上一坐，喝了一杯茶，才叹道："这些庸官，可真不是好相与的。亏外面主战派闹得沸反盈天，其实满朝都姓'和'了。"

"他们也有妻和儿女，不愿冒险，也是寻常事。"萧景衍仍然淡定。

言君玉在旁边给萧景衍磨墨，正偷听呢，容皓偏要惹他，笑道："小言倒是胆大了不少，听到这消息，都不怕了。"

"我才不怕。"他小声嘟囔，"这又不是紧要关头。"

容皓听到这话，愣了一下，笑着追问道："你怎么知道这不是紧要关头？"

"你真要听？"

"真要听。"

"那你叫我句'哥哥'。"

众人都大笑起来，羽燕然笑得几乎跌下榻去，容皓也不恼，鼓掌道："小言是真出息了。自己还是个小屁孩呢，就想当哥哥了。"

"那我要问呢？"众人笑声中，萧景衍带着笑问道。

他坐着，言君玉站着，明明是居高临下地看他，言君玉却被他看得脸红起来，低声道："那我就告诉你。"

"嚯，真有出息！"容皓踹了敖霁一脚，"快看，你教的好'儿子'。"

"容少爷怕是连明年的俸禄也不想要了。"云岚警告道。

容皓这才会过意来，弯眼一笑，转移话题道："那我就借殿下的光，听听小言的理由，为什么现在不是紧要关头呢？"

"你们讨论重要消息的时候，都是关在书房里，不让我和羽燕然听的。所以会当着我和羽燕然的面说的，都不是大事。"

他这话一说，别说容皓，连云岚都打量了他一眼。言君玉平时总有点呆，其实相比容皓这种聪明外露的，他反而容易吓人一跳——因为常悄悄听了许多话藏在心里，自己不知道琢磨过多少次了。

言君玉倒不在乎他们的反应，只偷偷看萧景衍。他本来就好强，萧景衍他们议事不带他，他只能偷偷生闷气，下决心要挤进去，当一个合格的太子伴读。

但萧景衍的反应实在让人泄气。

"听说今晚的夜宵不错。"

云岚会过意,笑了起来:"是呀,还有道烤江刀呢,配粥最好了。"

羽燕然顿时眼睛亮了:"这东西下酒最好了,小言还不留下来吃夜宵。"

等到夜宵送上来,他们进去议事,只留下言君玉和羽燕然在外面。羽燕然倒是开心了,还劝言君玉:"你也来吃啊,等吃胖点,我带你去边疆,骑大马,穿重甲,打西戎狼,多好玩啊,老操心那些勾心斗角的事干什么。"

言君玉不理他,只低头喝粥,等云岚一走,忽然站了起来,看了一眼周围。

羽燕然一见他这样子,就猜出来了。他也是个天不怕地不怕的,非但不拦,还怂恿道:"你要干什么,快去,我给你望风。"

言君玉倒也没干什么大坏事,只是偷偷溜到书房后面,去偷听他们说话了。他都来过一次了,熟门熟路,很容易就摸到了书房的窗户下面,把耳朵贴在窗户上,仔细听着。

里面正说话的是容皓。

"……玄同甫也是只老狐狸,嘴里没一句真话,黄柯那边倒可靠些。"

"这些老臣都是这样,还不如往年轻人里去寻。癸酉那一科的进士也都出来了,只是位置不高,笼络来也没什么用。"敖霁反正总是丧气那一个。

"还是要在老臣里下功夫。"萧景衍裁夺道,不知道为什么,他的声音顿了一下,再开口时,竟然带了一丝笑意,"年轻人没经过事,他们的立场容易动摇,不用考虑。"

果然跟自己预料的差不多。言君玉知道,既然有主和的臣子装作主战,那自然也有主战的装作主和。前者不过是为了名声,后者就凶险了。因为圣上是主和的,他们混在主和一派里,就是在防着圣上了。这心思根本不能宣之于口,连提都不能提。

所以萧景衍这次让两个太子伴读亲自出面,访遍高官府邸,摆明了就是在游说、拉拢,圣上当然不会高兴。不懂权谋的人,会觉得太子是张扬,是不知天高地厚——为什么不暗访,非要明着来。他们不知道,萧景衍此举,就是为了站出来,以东宫之名,担起这个责任。

这件事越张扬,越能体现东宫的决心,只有东宫在前面扛着,这些老狐狸才可能露出一点狐狸尾巴来。东宫是皇储,真闹大了,不过被圣上训斥一顿罢了，他们却是抄家灭族的后果，由不得他们不谨慎。

萧景衍此举，彰显的是他身为东宫的魄力和立场，这些老狐狸心里自会掂量。到了他们这地位，外面那些什么气节、血性，都是骗年轻人的东西，不过书生意气罢了。这些老狐狸心里想的，是家族荣耀，是要不要趁现在在东宫身上赌一把。要是赌赢了，等太子登基，他们就成了心腹重臣，输了就是万劫不复。

"玄同甫是关外人，是吃过胡人苦头的。不过当了十来年丞相，他还记不记得这苦楚也难说。"敖霁懒洋洋地道，"但他是叶家门生……"

他的声音渐低下去，言君玉听不清楚，连忙急切地把耳朵凑得更近，谁知道踩到一根枯枝，响起"咔嚓"一声，他心里暗道一声"不好"，刚想逃，只听见里面一声冷笑，似乎是敖霁。

只听得破空声迎面而来，一道劲风，极快，像是弓弩射出的箭，直接从书房穿窗而出，竟是朝他射来！言君玉吓得抱头，但哪里躲得过，正以为要被射穿时，只觉得肩膀上袭来一股大力，整个人被人拎了起来，扔到一边。

言君玉吓得呆了，只看见救自己的人似乎穿了一身黑衣，极瘦小，像个影子，快如鬼魅，一翻身上屋檐就不见了。言君玉茫然地往原先自己站着的地方看，原来敖霁不是射出一支箭，而是掷出一支毛笔。言君玉站着的地方原有一棵桂花树，那毛笔直接插进了树干中，入木三分，拔都拔不出来。

他吓呆了，直到窗户被推开，整个人还是怔的。

几个人都翻窗出来，看见他被吓得可怜。那边羽燕然也听到动静，连忙跑了过来，云岚也凑过来，一堆人围着他，摸头的摸头，查看身上的查看身上，把他带到思鸿堂里，细细检查了一番，直到太子殿下发话，说："都下去吧。"

人都散了，言君玉才慢慢缓过来，萧景衍见他这样也心疼，又怕这次心软，以后他更加无法无天了，沉着脸，不说话，只默默抚着他的背。

"现在知道厉害了？"他虽是教训的语气，声音却极温柔，"我听见你来了，故意装作不知道，你倒胆大，还敢弄出声音来。还好有暗卫在，不然可怎么办呢？"

言君玉虽然胆大，到底是个小少爷，活到十六岁，这也是第一次在生死关头走一遭，人都吓傻了，听到这话，更加委屈，又气又急，带着哭腔道："谁让你不带我进书房。我也是伴读，为什么他们可以进去商议？我虽然没他们聪明，但也可以学啊。"

萧景衍无奈："我不让你进来，不是嫌你傻。"

"那是为什么？"

"战与和虽未定局，其他的事却要在今晚定下来了。"

"什么事？"言君玉问出口时，已经反应了过来。

定下来的事，是和亲。因为后天就是饯别宴了，总要给西戎人一个交代。

"不行的！"他急得站了起来，连怕也忘了，偏偏说不出什么慷慨激昂的大道理，只能拉着萧景衍袖子道，"不能和亲，和亲是大屈辱，西戎人会有恃无恐。公主嫁到蛮夷，会很痛苦……"

其实他说的都是极浅显的道理，更深刻的道理，早在那些读书人上的书和御史的进谏里说得清清楚楚了。但庆德帝一心求和，若是在和亲之事上多作纠缠，东宫和皇帝的裂痕，就要不可收拾了。西戎人正是看透这一点——他们这次求亲，与其说是为了娶位公主，与大周缔和，不如说是攻心之计，就是要逼得萧景衍和庆德帝离心。

哪怕只造成一丝裂痕，都比成千上万的金银珠宝来得珍贵。西戎与大周迟早有一战，萧景衍会是个太强的敌人，若是换一位储君，事情就好办多了。就算换不了，能给他继位的路上添点障碍，也是好的。

这计谋如此简单、直接，却又难以破解，因为用计的人已经看准了——大周的太子殿下，落地封王，七岁为太子。背负着无数的期望和崇拜长大的萧景衍，绝不会容忍和亲的屈辱，让自己的妹妹成为向蛮夷求和的牺牲品。

而在和亲之上，还有关于战与和的最终较量。大周所有的主战派都知道，西戎和大周迟早有一战，但是西戎人偏偏要摆出求和的姿态，若是主战派不接受，他们就成了挑起战争的恶人。和亲不过是第一步而已，后面还有"纳贡"、赔款、割地……迟早有一项是能触到他们的底线，但主和派能欣然接受的。这样，在西戎人入侵之前，大周就已经内斗了起来。就算这内耗不在萧景衍这个太子和庆德帝之间，至少也能让大周的官员们打成一团。

即使是容皓，也不得不承认，西戎的谋主，那个顶着一头金发，让他恨之入骨的赫连，是他见过的最擅长用明谋的人之一。赫连地位如此卑贱，然而谋划却是如此正大光明，直指人心。

那个失败的美人计，不过是个小小的消遣，真正难以破解的，是这一步。

而整个天下，能有希望破解这个迷局的人，除了萧景衍，应该也没有其他人了。

小小插曲之后，书房又关上了门，言君玉这次自己乖乖出来了。容皓进去前还笑他："这次可不要偷听了。"

言君玉不理他，偷偷看了眼敖霁，发现敖霁看也不看自己，顿时有点伤心。

他不知道，刚才他和太子在里面的时候，外面其实也在说话，容皓还笑敖霁："你真是不怕死，我功夫这么差，都猜出来是小言了，你还装听不出来，非要吓他？等会儿殿下饶不了你。"

"现在不吓他一下，以后胡作非为，闯下大祸就晚了。"敖霁只冷冷道。

除了言君玉当时吓傻了没发现，明眼人都看出来了，那笔插在桂花树上的位置，比言君玉高出一个头不止。太子伴读，又是以武著称，要是连这点准头都没有，也太贻笑大方了。

云岚听了，在旁边笑，道："真是'父母之爱子，则为之计深远'啊。"

言君玉却不知道这个，以为敖霁当时真是把自己当作了刺客，下了狠手，现在都发现了，也不安慰自己，不由得有点伤心。他闷闷不乐地坐在了榻边，连夜宵也不吃了。

他正伤心，却只听见外面有人叩响了门。他也奇怪，宫里多的是身份尊贵的人，谁来了都能听见通传的，怎么会到了思鸿堂敲门。正想着，云岚带着小宫女过去开门，惊讶地"啊"了一声，竟然跪了下去。

言君玉好奇地跑过去偷偷打量，只见一位身形窈窕的女子走了进来，披着斗篷，裹得严实，身后只跟了个小宫女。她往里面走，正好与言君玉打照面。她看起来不过十七八岁，生得极美，眉眼间竟然和太子有几分相似。

"还不快行礼。"云岚道。

言君玉连忙行礼，正不知如何称呼，只听见云岚提醒道："这是安乐公主殿下。"

言君玉也听小太监说起过，庆德帝有十位皇子，七位公主，最疼爱的就是这位安乐公主了。她幼时被养在皇后宫中，和太子是极亲近的。

安乐公主行色匆匆，只往里走，问道："皇兄呢？"

"殿下正与两位伴读议事。"云岚难得慌乱，跟着她往里走，挥手让羽燕然避让。言君玉年纪尚小，还不算失礼，可公主万金之躯，与成年伴读接触，是万万不可的。

好在里面已经得到消息，太子亲自迎了出来。安乐公主行了礼，道："皇兄，请屏退左右。"

"思鸿堂里都是我心腹之人，不必避讳。"

"那好。"安乐公主倒也爽快，"我明日会向父皇自请和亲，事先知会二哥一声。"

一时间，整个思鸿堂静得鸦雀无声。言君玉偷眼看萧景衍，只见他脸上神色不动如山，似乎早已猜到。

"理由？"

"两位姐姐已经出嫁，如意和长安都太小，剩下三位里，我是唯一没有母妃牵挂的。与其让父皇挑选，不如我毛遂自荐。"

"你怎知父皇不会挑选郡王之女。"

"西戎人求的是公主，不是郡主。父皇以郡主代嫁，不说西戎答不答应，先就失了人心。"安乐公主笑道，"二哥，你我素日相知，这时候何必绕圈子。"

"好。"萧景衍也干脆，"西戎蛮夷之邦，不懂人伦，父死子继，兄终弟及。你可知道？"

"《蛮夷万邦论》我也读过几遍，难道我还等着去享福不成。"安乐公主只是笑，"二哥，你我都清楚现在是什么状况，西戎人是奔着东宫来的……"

"东宫自有谋士在，属下虽不才，也不至于让公主来替我们挡刀。"容皓白着脸道。

"反正迟早有一仗要打，晚打不如早打。"羽燕然也嚷道，"公主你还是在宫里好好待着，我们这些将军没死完，就用不着你去和亲。"

他这话原是好意，只是听起来带着轻视，安乐公主倒也不恼，只是淡淡道："我久居深宫，自然不懂政事。只是听说西戎人曾经因为一个小族替他们打造马鞍交迟了，就灭了那一族。我想，一族人去打造马鞍都不够，那西戎该有多少马呢？"

她说的这句话，言君玉当时是在场的，亲耳听见，竟然只想到西戎人跋扈这一层，被她一点醒，才听出这话背后的威胁意味来，不由得如醍醐灌顶一般。再看她时，目光不由得敬重起来。

安乐公主这话不仅点醒言君玉，也让其他人知道了她的见识，不敢随意插话了。

她见气氛肃穆起来，又笑道："二哥是知道的，我向来有点心比天高，真要把我拘在宫里，等以后找个老实、懦弱的驸马，也是折磨。偏偏我又身为女子，不能干政，说不定到了蛮夷之邦，还能有点作为呢。原是两全之策，算不得牺牲的……"

她这话就是纯粹给台阶下了，就像西戎人给庆德帝台阶一样，名为和亲，实则是给了庆德帝一个借口，不管赔上多少，都以嫁妆的名义罢了。人性如此，一旦有了借口，自己就能说服自己。

但眼前这位太子殿下，从来清醒得不像凡人。

"你愿意和亲，是你的事。"他神色平淡，"我不愿意我的妹妹去西戎和亲，是我的事。两者互不相干。就算我大周公主全部自请和亲，东宫自有东宫的决断。"

他这话虽简单，却有千钧气势，更透着一股傲慢。安乐公主怔了怔，反应过来之后，只得无奈地笑了。

"二哥。"她确实是和萧景衍互相了解，也不多说，只仰头看了他一眼，深深道，"千万保重。"

"我知道。"

大约是见气氛沉重，她又笑了起来，真是灿若桃花的一张脸，怪不得庆德帝说她是忘忧花，尤其是笑靥，让人也不由得心情大好。

"一定要教训一下那群西戎人，让他们知道你的厉害。"她语气轻快地笑道。

"这个我也是知道的。"萧景衍也笑了。

"天晚了，我送公主回去吧。"云岚上来，温声劝道。

"那就有劳云岚姐姐了。"

"殿下言重了。"

议事一再被打扰，所以结束得更晚，言君玉一直等到云岚都劝他先去睡觉的时候，至于羽燕然，是早就溜了的。言君玉等到犯起困来，趴在桌上打起瞌睡来。

迷迷糊糊听见说话声，还有"嘘"的声音，似乎是太子的声音，说"小言睡觉呢"。

似乎有谁摸了一下自己额头，像是敖霁，带着笑说"真是个傻子，吓成那样"。

然后声音都没了，身上一暖，似乎被盖了件衣服。言君玉睡眼惺忪地起来，看见太子坐在自己对面，安静地写字。太子的字迹向来是极好看的，连写字的姿势都好看，清俊、贵气，让人移不开眼睛。

但言君玉看见他眼角、眉梢的疲惫。

"小言醒了？"萧景衍仍然对着言君玉笑，"我带小言去睡觉？"

言君玉呆呆地摇头。

萧景衍笑了，伸出手来，摸了摸言君玉的头。他那像山岚一样的眼睛，似乎能看穿所有人的心。

"小言在等结果吗？"

"对。"

"我也在等一个消息，消息来了，就有结果了。"

"我和你一起等。"言君玉认真地看着他。

"好。"

他笑得这样淡然，仿佛是在云端上俯视的人，也很快就要回到云端上去。言君玉心中忽然一阵惶恐，抬起头来，盯着他。

"不准你这样笑。"他以十六岁少年的任性要求道，"也不准你输。"

"好，我不输。"萧景衍笑着摸着他的背，像给猫顺毛一样。

言君玉懒洋洋地打了个哈欠，开始装起睡来。等到萧景衍领着他回了房间，果然有个小太监进来，似乎递了什么东西给萧景衍。

言君玉本来想等他睡着之后才想办法偷看的，没想到那人一走，萧景衍就笑道："别装睡了，小言。"

言君玉只闭着眼睛不作声，萧景衍又笑："不是诈你，我知道你装睡。"

言君玉装不下去了，只得不好意思地睁开眼睛，见萧景衍带着笑看着自己，不由得也笑了。

"是什么消息？"他忍不住问道，"是好消息吗？"

萧景衍却仍然云淡风轻，还有闲暇问他："小言为什么这么想知道结果呢？"

"因为我是大周人。"他红了红脸，还是说出来了，"还因为我想你开心。"

早在安乐公主来之前，他就想到了，无论和亲的是哪个公主，都是太子的亲妹妹。寻常大周的官员尚且觉得屈辱，那萧景衍身为太子，却不能保住自己的妹妹，这屈辱和痛苦，都是加倍的。

他仰头看着萧景衍，仍然是干净、澄澈的一双眼，带着少年特有的热烈。萧景衍心中忽然意识到，自己错了。

原本怕他沾染权力，怕他学会像容皓那样"权衡"，但事实证明，就算他学会了，这双眼睛，也仍然是一样的干净。

他永远是那个无意间闯入权力场中的孩子，学着讲权谋的时候，就像小孩偷穿大人衣服一样生硬，而在这层外衣下，他仍然是那个在御书房的石榴树下，笑着把怀里的馒头分给别人的小言。

"小言想知道，这张字条上写着什么吗？"他笑着问。

"想……想知道。"言君玉回答。

他轻轻展开，言君玉认了出来，他上次见到这种字条的时候，萧景衍说是一个坏消息，结果第二天西戎人就求娶公主。这次字条上不过简简单单四个字，横平竖直，看不出是谁的笔迹：且去填词。

"什么意思？"言君玉不懂。

"是个典故。宋人记载，柳永落榜后，曾写了一首《鹤冲天》，里面有一句'忍把浮名，换了浅斟低唱'。后来仁宗皇帝御批进士，看到柳永的名字，问：'此莫非填词之柳三变？'侍从答是，仁宗御批：且去填词。从此柳永无缘仕途，落拓一生。"

即使知道他是在转移话题，这个故事仍然让言君玉震惊了。

"是写'有三秋桂子，十里荷花'的那个柳永吗？"他仍然记得容皓上次跟自己说过的那首引得金人侵宋的词。

"是。"

"那他后来呢？怎么样了？"

"据说因贫病而死。"

言君玉的心沉了下来。

"这个不是好消息，对吗？"

"是个很坏的消息。"

临到饯别宴前一天，气氛越发紧张了。

太子一大早去永乾宫见陛下回话，连伴读也不带，只带了几个随从。言君玉睡过了头，醒来时连人都不见了，问云岚，她反正是天塌下来都能笑得温柔的："殿下去圣上那儿请安了，下午就回来了。"

言君玉顿时慌起来，偏偏敖霁还要吓他，也不说话，只站在外厅里穿戴甲胄，连佩剑都是开了刃的，侧脸看去，神色冷峻如霜，一副要上阵打仗的架势。羽燕然早穿好了，见言君玉被吓得可怜，笑着道："我们去军营里转转，小言去玩玩吗？"

"没有命令，怎么能擅入军营呢？"言君玉虽然慌，还是知道道理的。

"京城卫戍换防，原是圣上去接见的，可现在圣上在养病，自然是咱们东宫去。等殿下忙过这一阵，就得正式接见，咱们先去打个招呼。"羽燕然笑得狡黠，"你还不知道这位新到的大将军姓什么吧？"

京城卫戍军一年一换，是怕与朝臣、外戚勾结。大周太宗以武立国，所以对武将防得尤其严格。除去几个封疆的王府，军队驻地上的人都是常调换的，这也导致了军心涣散，常打败仗。

言君玉一头雾水："姓什么？"

他正追问，那边敖霁冷哼了一声，羽燕然顿时不说话了。

"这我可不敢说，"他笑嘻嘻道，"你只问敖霁吧。"

等到敖霁走了，言君玉去缠云岚，云岚才告诉他："是敖霁的父亲，敖大将军。"

"那有什么不能说的？"

"敖霁父子不和，你没见他都穿甲胄去，就是为了不用拜他。"云岚也笑，"要说敖霁这人也真是脾气怪，他是以东宫伴读身份去，谁敢让他跪，真是犟牛一头。"

言君玉问明白了敖霁的事，又担心起太子来，他心实得很，一担心就是认真担心，饭也吃不香了。云岚见了，又是好气，又是好笑，告诉他："放心，殿下有分寸。"

言君玉只是不信："但是圣上和殿下的意见相左，一个想战，另一个想和，怎么能说到一起呢？"

"就算说不到一起，殿下也有分寸，劝不动就不劝了，不会闹得大家难看。"

她这么一说，言君玉更担心了："那岂不是要和亲了？"

云岚笑了。

"咱们小言，真是……"她见言君玉皱着眉头在认真担心，一张脸鼓鼓的，实在可爱，要是个小孩子，实在要咬上两口，可只能揉揉他头发，说道，"你又要殿下平安，又不想要和亲，哪儿有这么好的事呢？"

"那想要不和亲的话，殿下就不得平安？"言君玉抓到了关键所在。

"不然为什么都说西戎人厉害呢。"容皓从外面进来，听到这话，插话道，"殿下要真拼死反对，和亲也是成不了的，但难免伤了父子感情。这计谋狠辣之处就在这里。"

"那是你的话。"云岚冷笑道，"殿下可从来没说过西戎人厉害。"

太子直到晚上才回来，神色倒是如常。

"怎么说？"容皓第一个问。

"明日饯别，不谈和亲，改日朝臣再议。"太子淡淡道，"不过礼部已经在暗中相看郡主了。"

不过简单两句话，背后的波澜可以想象。言君玉想起云岚那话，等人散了，悄悄凑到太子身边，低声问道："你和陛下吵架了吗？"

他这是小孩子话了。当初在永乾宫，庆德帝敲打太子，那样不露痕迹，才是皇家手段。言君玉不懂权谋，所以把分歧想象成吵架了。

萧景衍也只是笑："没吵架，父皇还说我辅政辛苦，赏了好些东西呢。"

"真的？"

"真的，都在云岚那儿呢。小言要去看看吗？"

哄走了言君玉，那边云岚来了，淡淡道："听说圣上动怒了？"

"不过是被劝烦了。"萧景衍笑道，"御史上了一堆奏章，还没看完，我又力劝了几句，所以他火了，药也不肯喝了。"

云岚只是摇摇头，下去了。

八月二十七日，是饯别宴的日子。

庆德帝强撑着病体，也出席了。大周如今是太平盛世，数年没有灾荒，国库富足得很，所以只管堆金叠玉地铺张起来，宴席弄得是鲜花锦簇，烈火烹油，说不尽的热闹、奢侈。因为是饯别宴，所以各国使节都到齐了，自然是以五胡为首，在庆德帝左侧摆下长席，太子带着百官在右侧作陪。宴席一直从中午进行到了晚上，表演了无数歌舞，总算唱起戏来。

先是宫中的班子，左不过是些老掉牙的戏，歌颂太平之类的，嘈杂不堪，听得人厌烦，好不容易下去了，又上来一个班子，却不见人出来，只听见丝竹之声，清越、悠扬，意境悠远，让人顿时就静心了下来。

"这就是这次召进宫的南戏班子之一。"一个年轻的礼部官员凑到容皓旁边解释道,"一共有三个,厉害的还在后头呢。"

他笑容满面,生得俊美,看起来十分年轻,却已经穿着三品的孔雀官服,又和容皓勾肩搭背,看来也是王侯公子一流。

"要不怎么说你们事办得漂亮呢。"容皓也笑着道。

原来这场戏唱的不是别的,正是东周列国的故事,叫作《赵氏孤儿》,十分曲折离奇,言君玉都看进去了,只听见那礼部官员又道:"这班子最擅长的原不是这个,但是排第二的是唱《伍子胥》的,正好压轴,最末又有一段卧薪尝胆,有个美人正好扮西施的……"

言君玉在旁边听着,忍不住问道:"排第二的是郦解元的班子吗?"

那礼部官员原也会钻营,见了言君玉的模样和年纪,就知道是传说中的那位言小侯爷了,有意亲近,所以笑道:"什么郦解元,不过是个江南书生罢了,比他有才的多着呢。远的不说,你们东宫就有人能把他比下去,这位容小爷当年……"

容皓笑着灌他酒:"好汉不提当年勇,小爷用不着你来吹嘘。"

正笑闹间,戏却已经唱完了,戏子一同上来谢恩。宫中向来赏赐丰厚,早有许多小太监用箩装了许多吉祥图案的金银锭子,听见上面一声"赏",只管漫撒下去,如同下了一阵暴雨一般,只听得见满台钱响,实在热闹。

说话间第二个班子也上来了,先是扮出战争场面,两队人打来打去,不过是些花架子,只见一队人逃走了,言君玉正思忖这两队人的服装怎么不太像春秋时的服饰,忽然听见一声极凄凉、浑厚的声音,似箫非箫,似琴非琴,只觉得心里寒意顿生。

"这是什么?"他忍不住问容皓,惊讶地发现容皓脸色忽然白了下来。

"是胡笳。"

"《胡笳十八拍》不是这声音呀。"言君玉想起前些天宴席上听过的曲目。

容皓白着脸道:"《胡笳十八拍》是用琴声仿胡笳所作,是琴曲,声音自然不一样了。"

"不是说唱《伍子胥》吗?怎么忽然唱起《蔡文姬》来了。"言君玉不解。

那边敖霁冷笑道:"要真是《蔡文姬》倒好了。"

言君玉见他们脸色都变了,也知道事情不对了,再往台上看,原来人已经上台了,是个极美的女子,只是眉眼间有点熟悉。

他吓了一跳，再仔细一看，只见是个少年扮作女子，妆容明艳，眉目哀愁，身上披着朱红大氅，怀抱琵琶，头上戴着貂鼠卧兔，正是他见过的四美屏风上王昭君的样子。

而另一个英气少年，则扮成了青年将军，披坚执锐，后面还跟着一队士兵。原来这一出戏不是什么《伍子胥》，更不是《蔡文姬》，而是《昭君出塞》。

这还罢了，只听得那昭君行至台中，对着百官哀哀唱道："怀抱琵琶别汉君，西风飒飒走胡尘。朝中甲士千千万，始信功劳在妇人。"

宴席上一时间静得连针落地都听得见。言君玉只觉得眼前发黑，不敢去看圣上脸色，只敢盯住太子的背。太子的脊背漂亮而修长，没有分毫动摇。这一瞬间，似乎周围的天地都在无声崩塌，一片死寂的混乱中，只有这个人是安稳如山的。

正在他以为这已经是最恐怖的时候，只听见那台上的昭君转过身来，又对着庆德帝唱道："金钗坠地鬓堆云，自别朝阳帝岂闻。遣妾一身安社稷，不知何处用将军。"

言君玉忍不住瞟了一眼庆德帝，只见他剧烈地咳嗽起来，旁边内侍连忙服侍，连声叫："陛下。"他却只是一摆手，冷声道："赏！"

金银锭子又扔下来，下雨一般，言君玉知道这只是表面的平静。皇宫里做事是这样的，无论如何，总是表面要体面，就算《伍子胥》变成了《昭君出塞》，也不能让外人看出分毫。胳膊折了，也得往袖子里藏。

言君玉还想再看，袖子却被扯了一下——是容皓。

"走。"

"去哪儿？"

"还能去哪儿，抓人哪。郦道永换了皇上点的戏，演了个《昭君出塞》，指桑骂槐，灭九族都是轻的。接待五胡使节是咱们东宫的事，咱们不去抓人，还等着散场了皇上下令吗？"容皓低声教训道。

言君玉一看，那边敖霁和羽燕然早已经带着侍卫出去了，只能匆匆跟上。

第五章

道永

宜春宫仍是老样子，那棵梨树上累累的果子落了一地，在黑暗中发出黏腻的果香味。言君玉跟着容皓和敖霁，两侧侍卫都穿着雁翎服，佩着腰刀，一声也不出，只听见整齐的脚步声，只看见羽林卫提着灯笼里的光。

他虽然不读书，但也知道那两首诗的意思，是极尖锐、极冒犯的质问，比所有的御史奏章都来得锋利、刻薄，却也骂得痛快。郦道永写出这样的戏，就是奔着庆德帝来的。

这出戏的后果，也一定很惨烈。

快逃啊！他忍不住在心里催促道，很为这个素未谋面的解元揪心。

尽管他也知道郦道永已经无处可逃——没有通行令牌，出宫都难。况且如今太平盛世，普天之下，莫非王土，他能逃到哪儿去呢？

眼看着已经到了宜春宫的门口，宫门虚掩着，敖霁一个眼神，侍卫直接踹开大门，鱼贯而入。言君玉跟在他后面，也被带着进去了。

许多年后，他仍然记得这一幕。

并不大的宜春宫里，灯火通明，空无一人，所有的门全部洞开着，从庭院一直到正厅，全部亮如白昼。正厅门口，摆着一把椅子，一个穿着白衣的男人，安静地坐在那里。

他看起来不过二十七八岁，意外的年轻。言君玉刚刚从宴席上过来，见了满席朱紫锦衣的重臣，而他虽然穿着一身白色布衣，却比言君玉见过的所有文臣都更有治国平天下的气势。他身形清瘦，身后也空无一人，但是往那儿一坐，却仿佛身后已有千军万马一般，气势惊人。

第一才子郦道永，名不虚传。

"摆什么空城计。"容皓冷笑道，"给我拿下。"

两侧侍卫冲上去，抓住了他，早准备了枷锁、脚链，给他套了上去。二十多斤的重枷一上身，那清瘦脊背也仿佛要被折断一般，郦道永却毫无求饶的意思，只是淡淡道："《昭君出塞》是我一人所写，也请大人只抓我郦道永一人就是。"

"布衣书生，也想教人断案。把宜春宫所有人全部拿下，有没有同谋，审过之后就知道。"

侍卫冲了进去，原来那些戏班子的人全部都躲在室内，很快就抓出许多人来，有些还是些孩子，穿着单薄的水衣，战战兢兢的，很是可怜。言君玉看见郦玉也在里面，脸色苍白，眼睛却亮得像两团火，紧紧盯住自己。言君玉不由得低下头，避开了他的目光。

他觉得自己像助纣为虐的恶人。

郦道永被上了枷锁，由两个侍卫提着，看着宜春宫的人全部被抓走，意外的镇定，只是在容皓路过他时，淡淡道："听闻东宫五年前失了智囊，果然如今行事越发颠倒，黑白不分。"

他这话正戳中容皓死穴，容皓脸色顿时苍白起来，旁边的敖霁冷冷道："将死之人，也敢议论东宫？写了两句戏文，就以为自己是第一才子了，这天下文章比你好的大有人在。"

郦道永大笑。

"这天下文章与我平齐的，也不过一位罢了。"

他还未笑完，容皓忽然伸出手来，狠狠揪住他的锁链，骂道："东宫现今辅政，该争的自会争。你以为自己是什么千古忠臣，在这儿玩以死相谏，你死不足惜。要是圣上迁怒东宫，你有一万条命都换不回。"

他说的正是云岚也说过的道理——无论如何，保全太子要紧。言君玉本以为这句话是无可反驳的了，谁知道郦道永竟然笑着道："东宫尽东宫的本分，我尽我的本分，大家各尽所能罢了。'圣人不死，大盗不止''绝巧弃利，盗贼无有'，正是你这互相保全的话，才给了鬼魅藏身的机会。要是满朝文武都恪尽职守，也轮不到我来换这出《昭君出塞》。"

他一句话用了两句道家的话，前者是庄周，后者是老子，言君玉听不懂典故，却隐约懂得了意思，只觉得豁然开朗。

但容皓可不管这些。

"谁要跟你辩论。"他也不知道听进去没有，神色冷漠地道，"带下去，交给诏狱用刑。"

言君玉回到东宫，郦道永那坐在门口的身影却一直在他眼前，挥之不去。

好在大家也都有事要做，连云岚也不见人，所以没人发现他的异常。郦道永这一场戏，唱得石破天惊，整个宫中都沸腾起来，东宫向来是旋涡的中心，等到太子回来，才似乎安定了些。

太子仍然穿着衮龙袍，极端正统、尊贵。言君玉正坐在榻边发呆，见他进来，看了他一眼，也说不清是什么神情，又好笑又可怜。

"敖霁在诏狱，容皓去了使馆，羽燕然出宫了，云岚姐姐不知道在哪儿……"言君玉俨然留守一般，跟他交代每个人的去向。

"云岚去了长春宫。"太子补充道，"我回了东宫，来陪小言。"

言君玉今晚第一次，感觉心落到了实处。

"郦道永激怒了圣上，你会被迁怒，对吗？"他轻声问。

萧景衍笑了起来。

"那是容皓危言耸听，骂郦道永是为了让人听见，传给父皇，好撇清关系的。"

不过半个时辰前容皓在宜春宫说的话，他这边已经清楚地知道内容了。尽管已经知道他有许多消息来源，言君玉还是有点惊讶。

他抬起头来，看着萧景衍，仰视的角度下，就连对方的微笑也如此不真实。言君玉有点慌张。萧景衍如何看不出他的情绪，侧过脸来，低下眼睛，带着笑安静地看着他。

"小言现在该知道我为什么不让你听议事了。"他笑得有点失落，"听了这些事，小言要不认识我了。"

"才不会。"言君玉本能地反驳。

太子殿下是太子殿下，萧檩是萧檩。当时只觉得轻而易举，现在才知道这句话的重量。

眼前的这个人，温柔的是他，高贵的也是他，这样隐秘地玩弄权术，把人当作棋子来摆弄的，还是他。

盘桓在言君玉心中的那个问题，终于有机会被问了出来。

"你早就知道郦道永要换这出戏了，对吗？"

他的眼神这样干净，尽管说的是如此重大的消息。萧景衍只直接答道："是。"

"是、是容皓说，郦道永的事要问你。还有，他们今天在说东宫的事，而且郦道永他那么厉害，那么……"

他结巴起来。萧景衍笑着接过话道:"那么死心眼,那么犟,还好没当官,否则一定会为了劝谏撞死在朝堂上。"

"才不是,他是我见过的最好的人了……"

言君玉惊讶于他的年轻、俊美,像传说中会因为太好看,被从状元调到探花的那种人。又有才学,又有骨气,简直是神仙人物。

"郦道永是己卯年的解元,素有'江南第一才子'之名。我早知道他,会试的考卷我也看过,是状元之才。但是出榜前,他父亲告了他忤逆。他盛名在身,下面人不敢定夺,案子直送到御前来。那时候父皇正因为一件事跟我生气,这件事正撞在气头上,迁怒于他不孝,所以御笔亲批,夺了他的功名,永不录用。"萧景衍淡淡道,"我后来才知道,见过他一面。今天被迁怒也算还他的债了。"

"'且去填词'那四个字,说的就是他,对不对。"言君玉的眼睛亮了起来。

"是啊。"萧景衍逗他,"小言真聪明。"

"你昨晚就知道郦道永今天要换《昭君出塞》了,为什么不先把他抓起来呢?"

"传消息的人也只看出一点蛛丝马迹,况且是在极危急的情况下传出来的。所以只点明是郦道永,让我做好准备。况且这事牵扯太多,不能妄动。"

"那你知道郦道永会做这种事,为什么还要去力劝圣上呢?"

"父皇最要面子,我不力劝,如何彰显我不知道这消息?"

言君玉原本只是转移话题,但是越问,越发现这里面大有乾坤。眼前这人虽然笑盈盈的,但是心中自有一盘大棋,恐怕这皇宫,乃至天下,都在他的棋盘之上。自己终日担心,但其实无论发生什么,都在他的意料之中。

想到这里,言君玉不由得有点气馁。

"容皓说,胸中要有丘壑,才能玩弄权谋。"他戳了戳萧景衍的胸膛,"你心中一定都是丘壑。"

容皓回到东宫的时候,已经是夜深了。

胡人虽然不如汉人文雅,但也不是傻子,好好的饯行宴上,忽然唱起《昭君出塞》来,早有人看出异样来,至于西戎那个赫连,自然是看出来了。容皓在使馆跟众人作别时,他就在旁边,面具也不戴了,似笑非笑地看着。

容皓回来后只觉得身心俱疲,在门口下了马,刚要进去,只见一行人远远地过来了,提的是东宫的灯笼,近了一看,原来是云岚。

他知道云岚从哪儿回来。她其实是太子左膀右臂。伴读都是男子，在宫中行走多有不便，她是女官，身份方便。虽说后宫不得干政，但这宫中暗潮汹涌，别的不说，皇后那里，就是权力中心之一。

他和云岚向来不太对付，正要进去，只听见后面的云岚叫他："是容公子吗？请略站一站。"

随从都机灵，见云岚摆手，都下去了，只剩他们两人站在东宫门口，侍卫都不敢过来。容皓虽然不愿听她刺耳的话，但也知道她不是无事生非的人，所以也就安静地站着，等她开口。

云岚却道："今晚月色好，容公子陪我赏赏月吧。"

其实二十七日哪儿有什么月亮，不过天边一钩残影，看也看不真切。容皓知道她有话要说，跟着她进了东宫。花园里桂花正开，香味腻死人，倒是满塘荷叶残了大半，意境不错。

云岚走了一段，在柳树下停了下来。

"我幼时最喜欢一句诗，'梨花院落溶溶月，柳絮池塘淡淡风'。"她看着池中一点月影，笑了起来，"小孩子只喜欢浅近、温柔的，现在想想，觉得好笑。"

容皓知道她是读过书的，只是平时不露功底，但是比伴读也不差。他们这几个伴读在明，她在暗，平时偶尔也有合作的时候，也对彼此实力有了解。但一则男女有别，二则她向来深沉，所以表面常和他们戏谑、玩笑，实则不曾有过真正交心的时候。

"宜春宫倒是有好梨花。"容皓也淡淡道。

云岚笑了起来。

她忽然抬起头来，看向容皓。因为要见皇后，她今日是化了妆的，穿了一身秋香色的宫装，梳的远山髻，真是如同云一般。偏偏人生得极温婉、袅娜，整个人弱不胜衣，眉目如同秋水一般，容皓也怔了怔。

她说的话却让人杂念尽消。

"容皓，你很舍不得郦道永吧？"

容皓心神一凛，但要从容，笑道："这又从何说起？我今日才第二次见他。"

"但凡文章做得好的人，总是惺惺相惜的。古时高山流水，也不用见第二面。你看过他的文章，难免惜才。"云岚淡淡道，"若他见过你的诗词，也要敬服的。这又没什么……他死的时候，你送送他就行了。"

容皓背后寒意顿生。他知道诏狱的手段，郦道永这样进去，少不了受折磨。但他面上仍笑道："不是才送进去，这就打死了？"

云岚也不知道看没看出他的情绪，面上仍是淡淡的，道："打死倒不至于，皇上不发话，谁敢动他，不过是折磨一顿罢了，先杀杀他的锐气，看是看不出有伤的，不过是那些手段罢了。话说回来，他总归是死路一条，不过是凭皇上发落罢了。"

容皓听得遍体生寒，到底是王侯脾气，忍不住笑道："他的方法虽直，到底是为了不和亲，算是给我们帮了忙，你何必这样奚落他。"

云岚抬眼看了他一眼，笑了。

"我有时，真不知道如何说你才好……"她叹了口气，道，"你我都知道，他这举动，除了激怒那一位，别无作用。那一位的脾气，你不清楚？"

她但凡私下提起庆德帝，总是不肯规规矩矩地叫"圣上"，容皓一直不知道原因。好在东宫是没有一个眼线的，连庆德帝的耳目都进不来，所以没人听见。

"察言观色，我不如你。"容皓忍不住道，"都说你学的是儒，我竟不知道儒学还有'逢迎上意'这一门学问。你既这么努力揣度圣上的脾气，如何又不肯恭恭敬敬地叫一声'圣上'呢？"

他说出这话，就做好了迎接云岚生气的准备，谁知道云岚并未发怒，只是顿了顿，忽然笑了起来。

她生得极美，这笑按理说也是应该让人倾心的，但容皓只觉得这一笑极其悲凉，如同繁花落尽，只剩一片雪原。

"都说容公子博古通今，消息灵通。那容公子知不知道，二十年前，也有一个像郦道永这样的千古忠臣。好好的巡抚不当，为了黄河决口一事，上了一道奏章，痛陈圣上数年来为了平衡朝中派系，工部用的江南派系，当地官员却用山西派系，所以官员互相推诿，害了沿岸数百万百姓。你说天下怎么会有这样的聪明人，只凭只言片语，就猜出圣上的权衡之术，真是状元之才。除了他，这天下人，谁能直戳圣上的软肋？"

容皓脸色苍白。他年纪轻，但也隐约想起当年有一道这样石破天惊的疏，问道："那后来呢？"

"后来圣上自然是宽宏大量地原谅他了。这道疏还被传到外面，也是为士林称颂，捧得他比天还高。圣上也换了治河的方案，皆大欢喜。"云岚漫不经心地玩着手上的柳条,"这人也有意思,虽是世代簪缨,却安于清贫,又不与人结交,所以没什么把柄可抓。等过了七八年,终于有一日,这人的一位最看重的弟子早逝了,留下孤儿寡母无米下锅。所以他在一个雨夜,送了一千两银子过去。你也知道,一个翰林院院士,一个月也不过三十来两银子,他哪儿来的这么多钱。于是追查下去,原来是他变卖了太宗皇帝御赐的一套书,对外还说是烧毁了。这还了得,立马就有御史参他。圣上宽宏大量饶了他,只发配他到云南当了个小官。偏偏那年宫里要建大殿,要木头,这人不肯累死砍树的民夫,少交了三百根还是两百根,数罪并罚,干脆家都被抄了,大儿子发配边疆,不到两年就累死了,妻女全部入教坊司为伎,连褴褛中的也不例外。"

她语气平淡,如流水账一般,容皓听来,却句句惊心。

云岚抬眼,见他吓成这样,笑了起来。

"你可知道这人的下场如何?"

"如何?"容皓听见自己声音像在发抖。

"他被关进诏狱中,不知为何,明明都抄了家,偏偏案子却一拖再拖,足拖了两年。他的腿,进诏狱那天就被打断了,狱中没药,又脏污,所以腿上的肉都烂了。听狱卒说,一碰就一块块地掉下来。就这样,他还在狱中写洗冤状呢,咬破指头写得满墙都是血,我也看过,真是字字珠玑,锦绣文章……"

她的声音平静,眼中却有晶莹的眼泪,蓄满了,滑落下来。容皓素日是以风流公子自居,女子的眼泪,也不知道见了多少,这一刻却不知如何才好,又是惊惧,又是怜惜,正要安慰她,却见她伸出手来,极平静地抹去了这眼泪,竟然强行笑了出来。

"容皓,你见过抄家没?"她问。

容皓摇头。

"我见过。"她眼神似乎在看飘动的柳枝,又似乎在看极远的地方,"但凡值得一抄的家,都是有点家底的。不是书香门第,就是世代簪缨,越是身份清贵,抄起来时候越精彩,所以寻常抄家都不能叫抄家,非得是极高贵的门第才行。管你什么王侯公子,管你什么蕙心兰质的夫人、小姐,男者为奴,女者为娼,编入教坊司,所有的优雅、体面,全部被践踏到泥里,不值一提。见过了六十一卷《昭明文选》付之一炬,我包管你不会再和我谈儒。"

容皓隐约猜到,只是不敢接话。

云岚看了他一眼，笑了。

"是的，你是宁西王的小世子，是见过皇帝慈爱的。容皓，我告诉你一个秘密好不好？"

她凑近来，真像是要说一个秘密般，低声笑道：

"上次小言和我说话的时候，我差点脱口而出了。我想说，小言啊，你担心殿下是对的。因为龙椅上坐着的那个人，是一个彻头彻尾的怪物，凶残、暴戾，刻薄寡恩，喜怒无常。他不是生来就这样的，是这张椅子的错，这张椅子上长满了荆棘，这荆棘捆住了他，长进他的肉里，让他日夜寝食难安，非要撕碎几个人才甘心。人在疯狂的时候，哪怕是亲儿子都会吞下去的。"

都说郦道永放肆，她这话可比郦道永的要放肆千万倍，饶是容皓这向来放荡的性格，也被惊得怔在了原地。

她却只是笑。

"容皓，我平时对你很坏吧？"

"不过上次凶了点，平日是极和善的。"

"你知道我上次为何凶你吗？"云岚看他，"我见不得你这种人，要说聪明，你是绝顶的聪明，但你压根儿不把这权力的斗争当回事。你奢谈权谋，却对权力无一丝敬畏。敖霁见识过权力的可怕，所以他做得很好。你真该去见一见抄家。"

容皓总算明白她今日为何要与自己谈这一遭，为此不惜揭开她自己的旧伤疤。他心中感激，不由得敛神屏气，对着她揖了揖，道："实在多谢，我明白了。"

云岚却并没有多欣慰。

"你真明白了？"

"真明白了。"

"那郦道永的事，怎么说？"

容皓略一思索，脸色顿时苍白。

圣上的心性凉薄，他并不是第一天知道，只是以前只把这当作权谋游戏，今天云岚非要撕下这皇宫里华丽的面具，把下面血淋淋的一面给他看。圣上盛年时也是平衡过朝中派系之争的，所以对于文臣下手极狠。如果按云岚那故事，圣上对戳中自己软肋的臣子如此狠辣，那东宫现在抓了郦道永，要折磨到什么程度，才能让圣上满意。

他刚听云岚说时，只觉得心中极寒，现在寒到一个程度，反而不觉得了，像是尘埃落定了，竟然也笑了起来。

"都说强盗入伙，要投一个投名状，"他看着云岚道，"看来你今日，也是要我投这个投名状了。"

"你比我聪明十倍，只是囿于心性，所以一叶障目，不见泰山。只要你狠得下心，这天下没有你破不了的局。"

她从未如此夸赞他，按理说，容皓应该高兴的，但他只觉得心中都是灰的。他从小锦衣玉食地长成，又聪明，又尊贵，车马轻裘，诗词风流，只觉得这世上还有说不尽的繁华景象等着他去赏玩、去吟味，然而今晚被她点破关键，只觉得世界都灰了一层。

不知道为什么，他忽然想起言君玉来，心念一动，竟然莫名其妙地说了句："要是小言在这儿，肯定听不懂的。"

云岚也笑了。

显然她也想起言君玉那平时贪吃傻乐的样子来，所以笑意到了眼底。

"小言听得懂，"她纠正他，"他只是不肯信，更不肯照着做。"

容皓不是没有过疑惑，为什么思鸿堂那一位，偏偏挑中了言君玉——不算极漂亮，也不算极聪明，虽然招人喜爱，但也不是会体贴、邀宠的那种。这一刻却忽然明白了，言君玉身上有种特别的气质。那些贪吃傻乐，玩闹耍赖，乃至发怒拿乔，都像是实实在在地刻在言君玉身上的，谁也磨灭不了。就算被云岚这段话"冲刷"过一遍，世界都灰下来的时候，言君玉也会是那唯一的亮色。

自己不过被一夕点破，就灰心至此。那思鸿堂那位，生在这权力场，长在这权力场，是一落地就在权力旋涡中心的人。他的世界，又是如何呢？

也许是容皓脸上表情太疑惑，云岚忍不住问道："那郦道永的事……"

"我有分寸。"容皓见她不信，淡淡道，"今晚我听郦道永的班子表演，什么都好，就是琴上差了点。"

云岚神色一凛，回过神来，竟然不知道是该欣慰，还是该恐惧。

这世上人有百种，能沉下心读书读到这种程度的，就已经把权力看淡了。而醉心权力的那些人，也读不出在东宫都以文见长的名声了。两者兼有的，都跟思鸿堂中的那一位一样，是待天下如棋的人。

这是她亲手补上的遗憾，也是她亲手放出的怪物。

但她是当惯了左膀右臂的，常年伴君如伴虎，也不多说，只轻声道："夜深了，容公子回去吧。"

"好。"

他们在园中谈话的时候，言君玉正躺在思鸿堂内室里，睡得四仰八叉。

他并没有听见这段对话。

他也不会知道，其实他身边那位，从未骗过他。正如那位把庆德帝处置那些直谏文臣的狠辣手段称为"最要面子"一样，所有凶险的故事，其实都已经在那些带着笑意的话里了。

言君玉一觉起来，又操心起郦道永的事来。

他还不知道郦道永早被人判定了死路一条，还以为能像魏征谏唐太宗一样，成就一段佳话，所以整天围着太子打转，想看出点端倪来。

萧景衍如何看不出他心里所想，只是不说，故意逗他，又是让磨墨，又是让洗笔，把他支使得团团转。言君玉不乐意了，跑到一边，指着他道："你不干正事。"

"什么正事？"萧景衍笑着装傻。

"伴读是要陪太子读书的，不是陪太子玩的。"言君玉振振有辞。

"那小言陪我读书吧。"萧景衍见他真认真找起书来，想逗他一下，又想起他脸皮最薄，还是算了。

言君玉倒很把伴读的差事当回事，安静在旁边练了一会儿字，想起上次郦道永反驳容皓时说的那几句话，不知道是哪里的，想找出书来查一查，就跑到书架边翻起书来。

翻了几本，都没找到，他索性翻到最里层的书，都是些许久没动过的，竟然还有一些文章，看字迹都是太子以前做过的功课。他如获至宝，又怕萧景衍见了会得意，连忙用书夹着，躲到一边看起来。这大约是萧景衍十六七岁时做的文章了，文理已经非常通顺了，比上次秋试的文章还要复杂些。虽然字是极漂亮的，还是看得他头昏脑涨，正挠头呢，只见一张张澄心纸里忽然露出一张洒金笺来，上面只写了一句诗"疏影横斜水清浅，暗香浮动月黄昏"。

言君玉原以为萧景衍的字已经是世上最漂亮的了，没有想到这世上还有这样的字，说不出的清爽、秀丽，如同疏竹一般，枝叶间投下淡淡的影子来，比萧景衍更多了一丝儒雅风流。洒金笺这样华丽，被这样一写，却一点富贵俗气都没了。

他往下看，只见角落里画了一枝白梅花，枝干疏离，用的是墨，花却用的不知道是什么颜料，像磨碎的银粉，白得如同月光开在了枝头一般。

他看了半天，忽然想起手心有汗，连忙在衣襟上擦了擦手，小心翼翼地把这张洒金笺在桌上放稳。薄薄一张笺这样漂亮，越发衬得旁边字帖上他自己写的字如同墨龟一般。

那边萧景衍看了一会儿书，抬起眼来，看见他在发呆，笑了："小言有什么看不懂的吗？"

言君玉这才回过神来，连忙拿起那张洒金笺，像献宝一样给他看："这是你的吗？"

"什么好东西？"萧景衍见他这样宝贵，不由得笑了，等到接过来，只扫了一眼，不由得怔了怔。

他从来从容，眼中笑意盈盈，眼神更是山岚一般，这一瞬间却仿佛天都阴了下来，言君玉都察觉到了，看了他一眼。

"怎么了？"言君玉忍不住问。

"不是我的。"他淡淡道，"是别人写的东西，不知道怎么混进来了，扔了吧。"

他又低下头去看书，言君玉不知道为什么，本能地觉得有点不对劲，但又说不出来，捏着那张笺站了一会儿，到底舍不得扔，偷偷看了他一眼，见他没看自己，就把笺夹在自己的字帖里了。

思鸿堂里安静了下来，过了许久，直到敖霁回来，才打破这寂静。

敖霁带着郦道永进了诏狱，一直待在那里，直到第二天黄昏才回来。郦道永闯下这等弥天大祸，谁都不敢动他，不过按例打了一顿罢了。都过了一天一夜，庆德帝也没有旨意下来，说明短时间内不会发落了，所以敖霁暂时回来，留下其他人在诏狱看着。

他仍穿着昨晚席上的盛服，华贵的朱红锦衣，系着踶躞带，挂着剑，越发显得身形高挑、修长，整个人鹤势螂形，英气无比。云岚却不买账，进来看了一眼，皱起眉头："脏死了，从诏狱回来，也不换身衣服，就来见殿下。"

敖霁只大马金刀地往榻上一坐，道："谁让'岚姐姐'偏心，只给小言做衣服，咱们哪儿有新衣服穿。"

言君玉很没出息，被他取笑，还道："那我衣服给你穿啊。"

"傻子。"敖霁笑着揉他头发，"谁要穿你的衣服，你个小矮子。"

他的手向来宽大，是极温暖的，然而言君玉却敏锐地闻到了一丝血腥味。

云岚却不理会，只走到萧景衍面前，低声叫了声"殿下"，不知说了什么，萧景衍皱了皱眉头，道："知道了。"

"怎么，新衣服没有我的份儿，现在连事也不让我听了。"敖霁看着云岚道，"只有容皓是谋士，我就是武夫不成。"

他和东宫侍卫长聂彪向来交好，昨晚云岚和容皓那一场交谈，瞒得了外人，瞒不了东宫内部的人。云岚知道他消息灵通，但没想到一回来就知道了，无奈地看了他一眼。

"不过是几个消息罢了。"云岚索性说了，"一个是圣上看了礼部赏赐各国使节的单子，加了一项银霜茶；另一个是御史那边的消息——已经有人上书，弹劾负责戏班子的礼部侍郎齐晔，要追查郦道永的幕后主使。"

前者言君玉听不懂，后者却很清楚，顿时担忧起来，眼睛也瞪得滚圆，云岚看得笑起来，骂敖霁："好了，现在小言晚饭又吃不下了，你真以为我低声是怕你听见呢。"

言君玉怕他们又把自己支开再议事，连忙问道："什么是银霜茶。"

"一种贡茶而已，没什么味道。"敖霁神色也凝重，"但银霜茶要等十二月才有进贡，圣上这是要留西戎人在京中过冬了。"

"看来是要选出和亲的郡主，再送他们走了。礼部那群人向来会逢迎上意，看见这道旨意，一定留住他们。咱们要插手吗？"

萧景衍低头看书，头也不抬："不用。"

"看来和亲是拦不住的了。"敖霁安静了一会儿，忽然冷笑道。

"未必。"云岚淡淡道。

"赌个什么？"敖霁问她。

两人正争执，只听见外面宫女的声音——是容皓回来了。他比敖霁还狼狈些，大概也是一夜没睡，脸色苍白，眼睛里却很亮，也不打招呼，只径直给太子殿下行了一礼。

萧景衍毫不意外："要什么？"

"一个说得上话的暗线，要在西戎人内部的，最好是谋士。"容皓只略一迟疑,"用过就废了。"

萧景衍抬起眼来,看了他一眼,似乎在衡量他的可靠性,又似乎早已有了决断。

"好。"

"容老七这次要玩个大的了。可别又玩脱了,殿下在西戎总共就两个人,浪费不起,你别又搬起石头砸自己的脚。"敖霁笑他。

"你管好郦道永的事,我这儿用不着你操心。"容皓扔下一句话,又匆匆走了。

言君玉忍了又忍,到底没忍住,在晚膳时悄悄问萧景衍:"你比容皓厉害,为什么不自己想计谋呢?让容皓去做就行了啊。要锻炼他也别是现在啊,这么重要的时候。"

"不重要的时候用他,算什么锻炼呢?"萧景衍笑,"我还要省下时间做别的事呢。"

"什么事?"

"陪小言玩啊。"

他仍然是像以前一样爱逗言君玉,但言君玉总觉得他不太开心。

言君玉和他闹了一阵,晚上乖乖睡了,本来睡得好好的,不知道为什么,忽然有点清醒过来,习惯性地往另一张榻上看去,却不见了萧景衍。

他顿时醒了过来。

太子殿下不在内室,甚至也不在思鸿堂,言君玉问宫女,宫女只说不知道,倒是问出时辰来,原来已经是四更了。言君玉披了件衣服,也溜到外面,找了一会儿,在花园里看见了萧景衍。

萧景衍身边没有一个人服侍,这是从来没有的事。花园里的亭台上有长明灯,萧景衍只穿了身素色常服,安静地站在夜色里。

言君玉知道人为什么会深夜跑出来。他曾经跑过,是为了萧景衍,但是自己就在他身边,为什么他还会跑出来呢。

要是以前,他一定就跑过去了,但是这次不知道为什么,他忽然有点胆怯。他从来胆大,哪怕当初七皇子和那些伴读一起笑他穷,都没有自卑过。后来到了东宫,虽然许多东西不认识,但也没有放在心上。唯独这次,他忽然怕起来。

夜风很凉,吹得人遍体生寒,他茫然地摸着窗棂,不知道为什么,忽然有点想家了。

一个身影出现在了萧景衍身后，就像那次在敖雾手下救下他的暗卫一样，这个人也像是从阴影里走出来的，言君玉已经不会被吓到了，看见那人行了礼，然后似乎说了句什么。萧景衍点点头，那人又消失了。

然后萧景衍就往回走了，言君玉连忙躲到窗后，怕他看见。

原来是为了等消息啊。一定是关于容皓正在做的事，看来也没那么气定神闲嘛。

言君玉在心里笑着，又偷偷探出头去。他已经走到廊下，言君玉做好准备，想要吓他一跳，却看见他忽然停了下来。

他停在一棵树下，安静地站了一下，忽然伸出手来，从树上折了一根枝条下来，平静地看了看。然而这根树枝很平常，满是绿叶，也没有花。

言君玉爬过东宫所有的树，他知道那是什么。

那是一株白梅花树。

秋日的草原，水草正是肥美的时候，附近大小部落的人都在收割干草，要赶在大雪前把牛羊赶到过冬的山谷里。争夺草场的事时有发生，但都是些小规模的冲突。这一片并不是最肥沃的草原，沿着呼延河往东走五十里，那一片河谷平原，才是白羯人歌里唱的"太阳永不会落下的草场"。

这附近只有几个小部落，以赤羯的部落最大。这个赤羯部落是上一任首领的小儿子莫罕的，老首领死去后，莫罕被兄长驱逐到这里。莫罕脾气古怪，神色阴沉，对周边的小部落很暴虐，所以他来了之后，许多能走的部落都迁走了，留下的只有一些弱小的部落，包括一个希罗人的流浪部落。

希罗人在草原上是被人鄙夷的，他们既没有放牧牛羊的技能，也不像其他部落那样能征善战，唯一出色的，是他们的金发和修长的身形，还有能歌善舞的天赋。据说希罗人唱起歌来，连草原上的黑莺也会羞惭。在牛羊肥美的好年头，各部落举行宴会，也常有希罗人来参加，带来一些奇怪的东西交换，比如花纹复杂的地毯、精巧的玩具之类。每次宴会结束，都有许多女孩子跟着英俊的希罗歌手离开，部落便骑着马去抓回来，久而久之，希罗人在草原上就变得不受欢迎了。

有些大部落更是会劫掠希罗人，把他们抓去当奴隶。希罗女奴的美貌向来闻名，少女纤细漂亮得如同歌谣中的天女一般，但这份闻名给他们带来的是耻辱——连自己的女人都保护不了的部落，在草原上是人人都鄙夷的。

这一个希罗部落是最近才流浪到这里的，不过才几百人。他们穿着一如传说中的破烂衣服，没有马匹和牛羊，春天的时候，有人看见他们在河滩上，似乎在采摘什么草，他们用一种颜色暗沉的罐子煮那些采来的草，就这样撑到了秋天。

"等到大雪落下来，这些希罗人都会被冻死的。"周围部落的人都这样想着。

然而希罗人似乎并不担心冬天，他们仍然在河滩上游荡着，有人听见他们在河滩上唱歌，声音很低，一对对互相依偎着，他们的金发在阳光下闪着光。他们收集芦苇，把粗粗的草劈开，编织成粗糙的布料，他们纤细的手指像雪一样白，编织出的布料竟然还有着花纹，实在有点滑稽。

许多部落的人都暗自怀疑，那种有着花纹的布料和芦苇，到底能不能帮他们度过草原上大雪封山的冬天。

所有人都不知道答案。

那只是一个寻常的下午，河边的部落和往常一样，都在收割干草，如果一定要说有什么不一样的，就是乌鸦。

乌鸦从早上就开始陆陆续续飞了过来，谁也不知道草原上竟然会有这么多乌鸦，这似乎是个预兆，但是谁也没放在心里。

西戎人是从东边过来的。

最开始看见的是尘土，然后聚成了烟，从地平线上滚滚而来。然后看见他们的马如同黑压压的乌云，缀着宝石的弯刀在阳光下闪着寒光。他们如同铺天盖地的狼群，风驰电掣，如同奔雷一般，转瞬间已经到了眼前。

没有部落来得及反应。西戎人如同狼入羊群，弯刀所过之处，鲜血喷涌而出，枯黄的草原被染成血色，只听见哀号惨叫之声。莫罕部落的勇士刚刚上马，还没来得及拉开阵线，被西戎人一轮冲锋过后，就只剩下一堆没人的空马鞍了。莫罕想逃，被西戎勇士一刀斩成两段，部落的长老跪在地上哀求饶恕，希望知道缘故。

"莫罕惹怒了我们大王，杀掉他部落所有比马腹高的男子。"西戎人的语气生硬而冰冷，"一个不留。"

数千人的赤羯部落，眨眼间就被杀得血流成河，奔逃呼喊，妇女儿童痛哭、哀号，周边的小部落纷纷逃命，西戎的弯刀却不认人，刀光落处，如同砍瓜切菜一般。希罗人的部落在最后，几百人被逼到河边，背后就是呼延河水。

"希罗人？"西戎的小首领一眼就认了出来，脸上的神色十分残忍，"杀光男人和孩子，带走女人。"

温顺的希罗人在弯刀下如同绵羊，草编织成的布料连羊皮都不如，更别说抵挡刀刃，很快就被杀光了男子，连小孩也被砍倒，有些孩子被从母亲的怀抱中抢夺出来后摔死，顿时哭声遍地。一片混乱中，西戎首领从巨石后拖出一个蜷缩在那儿的希罗女子，她怀里抱着个六七岁的孩子。她的金发十分灿烂，挣扎间散落下来，一直垂落到脚踝。首领揪住她的头发，抢夺她怀里的孩子。

她的脖颈上有着一圈陈旧的伤疤，似乎是锁奴隶的铁项圈留下的，眼睛是碧绿色，如同秋后的湖水。

母亲的本能让她奋力挣扎，眼看着就要被夺走孩子，她终于嚷出了声。原来她的嗓子已经哑了，即使竭力呼喊，也只能发出"啊啊"的声音。首领抢过孩子，刚想摔死，她就扑了上来，抓住那孩子，发出焦急而凄惨的叫喊声。

她撕开了那孩子的衣服，那孩子有着和她一样的金发，和雪一样的肌肤，在他的脖颈上，用细细的金链穿着一颗牙齿，那是一颗狼的犬牙，狰狞而锋利，足有两寸多长。

西戎人的孩子有佩戴狼牙的习惯，但谁也没有猎过那么大的一头狼。

但在传说中，是有那么一头巨狼的，被西戎人的祖辈猎杀，狼牙一直传了下来，直到这一代的首领察云朔时，才丢失了其中一颗。

女人看见西戎人的神情，知道他们认出了这颗狼牙，脸上露出了笑容。那瞬间，西戎的小首领是意识到了的，但他还来不及伸手，就看见那希罗女人深深地看了自己的孩子一眼，然后纵身跳进了呼延河。

她的金发在奔腾的河水中闪了一下，就被卷入了水底。而那个戴着狼牙的，一直安静得让人害怕的孩子，眼睁睁地看着母亲消失在河里，终于放声大哭起来。

这个冬天，蒙苍满五岁了。

他自幼比兄弟都健壮，虎头虎脑的，爱吃肉，会走路的时候就会摔跤了，力气大得很，又聪明。他兄弟虽然多，但母亲是正妃，是天山上部族的首领之女，身份最高，所以察云朔最喜欢他。他的哥哥们都怕父亲，他不怕，一听说察云朔回来了，就跑到了主帐里。

◆ 第五章 | 道永 | 189

"父亲。"

"又长高了。"察云朔伸手想抱他，被他双手抱住了手臂，用摔跤的姿势较起劲来，憋得脸通红。可到底拗不过，察云朔稍一用力，他就跌坐在地毯上，穿着厚厚的皮毛，笨拙地想爬起来。

察云朔哈哈大笑。他身形魁梧，不过三十来岁，面容硬朗、英俊，十分霸气。他拿出给蒙苍带回来的弓箭，看着蒙苍摆弄。

"上次答应你的，给你了。"他问蒙苍，"这次想要什么？"

蒙苍抬起头来看他，知道他过不久又要出门了，真就歪头想起来。

"我要个奴隶。"

"奴隶？"察云朔惊讶，"奴隶不是到处都是吗，你要多少？"

"我要父亲帐篷外面那一个。"

蒙苍很有信心地看着察云朔，知道父亲从来不会拒绝自己的要求。

但这次他失算了。

"帐篷外面的那个不行，这次我给你带几百个奴隶回来，让你随便挑。"

蒙苍气愤地跑出了帐篷。他虽然还不高，却很结实，也不等随从，自己掀起沉重的毡帘，冲了出去。他一出帐篷，就看见了那个奴隶。那是个比他大不了两岁的男孩，穿着薄薄的衣服，被绑在柱子上，整个人都被埋在了大雪里，只露出一点身体。他的头发是非常灿烂的金色，在雪地里尤其显眼。

蒙苍走到他旁边，发现他比来的时候还要昏沉了，身上滚烫，嘴唇干裂，嘴里似乎在念着什么。他好奇地把耳朵凑近，听见对方喃喃道："我是希罗人，不做西戎人。"

真是个傻子。蒙苍心想。希罗人有什么好的呢，都是奴隶，我们西戎人才是英雄。

又是一年秋日。

草原上的屠杀大都发生在秋天，牛羊肥美，负重也多，杀起来方便。西戎人刀强马快，一天时间就能洗劫数百里内的部落，威慑整片草原。不然当年莫罕部落被屠杀的事也不会至今仍在草原上流传。

这次遭殃的是白羯人，迟交了马鞍，引得察云朔大怒。自从前年在千叶城受了箭伤后，察云朔的身体大不如前，所以更加急切，手段也更铁石心肠了些，几乎像个暴君。白羯正好撞在了枪口上，于是他下了和十几年前一样的命令，杀光成年的男丁。

　　白羯人也不软弱，死到临头反抗起来，在呼延河谷设下埋伏，拦了路，逼西戎人下马，出其不意，竟然险些打赢了。西戎人这次的队伍是由察云朔最宠爱的蒙苍王子带领的，蒙苍身陷险境，险些重伤，大怒之下，屠杀一直蔓延到了附近的部族，怪罪他们不提早告发。

　　附近都是些小部落，常年放牧，吓得四处奔逃。其中有个极小的希罗人部落，里面都是金发的希罗人，温顺如绵羊，又都生得漂亮，连杀人不眨眼的西戎勇士们杀起他们来都有点手软。一位西戎勇士找到一个草堆，发现一对母子躲藏在其中，孩子不过六七岁，是个男孩子，蜷缩在母亲怀里，瑟瑟发抖，有一双碧绿眼睛，十分可怜。

　　西戎勇士也不过十八九岁，见那母亲泪流满面，眼中满是哀求，不由得放下了手中的刀。刚想让他们躲好，只听见身后有人笑道："原来这里还有。"

　　说笑的是西戎南大王呼里舍的儿子哥颜，他身边几个都是西戎的贵族少年，都是杀戮惯了的，见母子两人难分难舍，又生得漂亮，都大笑着跳下马来拉扯，也不用力，只跟一群猫玩弄老鼠一般。偏偏那希罗女人挣扎不开，情急之下，狠狠咬在哥颜的手腕上。

　　哥颜登时大怒，一脚踹翻那女人，从她怀里揪出她儿子，刚要折磨，只听见耳边利刃声响，顿时脸上一暖，是被温热的鲜血喷了满脸。

　　一把极锋利的弯刀，从他身侧掠过，一刀将那母子二人的胸膛全部洞穿。那希罗女人脸上神色仍是恐惧，但瞪得滚圆的眼睛内满是震惊。或许是因为这突如其来的死亡，又或许是因为杀她的人有着一头和她一样的、太阳般耀眼的金发。

　　金发的主人神色淡漠地抽出刀来，策马而去，追逐着其他在草原上奔逃的希罗人，手起刀落，所过之处，一片血红。

　　绝望的希罗人大声呼喊着、哭泣着，死前呢喃的希罗语，和童年记忆中母亲哼着的歌一模一样。

　　赫连惊醒了过来。

　　许多年来，他总是做同一个梦，梦见呼延河。梦里草原的天色澄碧如洗，鲜血洒在枯黄的草叶上，有着温热的腥气。

　　屋内的酒宴仍然热闹，他听见蒙苍大声地说笑，整坛的酒倾倒在碗里，发出清朗的水流声。"清朗"这个词，也是他从汉人的书里看到的。西戎人不爱看书，尤其看不起汉人的书，察云朔常说，"汉人就是看的书太多了，所以打不过西戎人"。

他离了席，走到外面花厅里来。使馆的花园里种了许多花木，他正想看看是什么花开得这么香，只听见身后脚步声响——有人跟着他走了出来。

他懒洋洋地靠在廊柱上，看着容皓朝自己走来。所有的汉人中，这是读书读得最多的一个，也是最有趣的一个。看得出这些天他容皓吃了不少苦头，整整瘦了一圈，连眼睛也微微陷了下去，是日夜在冥思苦想的缘故。赫连忽然有点想笑。

他不是爱笑的人，但不知道为什么，见了这个"容大人"就变得意外的轻佻且刁钻。嘲笑失败的猎物不是什么好习惯，许多强者都输在这上面，他见过狼被垂死挣扎的胡羊顶伤，但只是忍不住。

"容大人。"他笑着道。

容皓显然也知道他这笑的意味，只是站住了，戒备地看着他。容皓本来生得清俊美貌，敖霁适合锦衣烈马，他却很适合这种文士儒衫，越发显得清瘦、风流，腰只剩下细细的一圈，连挂着的麒麟玉佩都显得太重了。

"容大人，"他又叫了一遍容皓，"你去过呼延河没有？"

自然是没去过的。他看着眼前的清瘦青年，轻易就可以描摹出对方的一生来——锦绣丛中的富贵公子，满腹诗书，风花雪月，仁义道德，什么也听不懂。

但赫连忽然想跟他说起呼延河，说起草原上的大雪，那个自己差点被冻死的雪天，说起希罗少女的金发和纤细的身体，西戎的弯刀刺穿这样的身体就像刺穿一层薄薄的丝绸一样，那么容易。察云朔就在他面前杀掉她们，像杀掉一群羊。他记得那温热的鲜血把积雪融出一片凹陷。自己拼命挣扎，几乎把绳子都挣断，那些熟悉的面孔还是在他面前倒了下去，碧绿眼睛里的光芒渐渐暗淡，他终于大喊起来，求饶道："我不做希罗人了，愿意做西戎人……"

绳子勒进他的肉里，他挣扎得那样用力。直到察云朔斩断绳索，把刀递到他手里。

察云朔说："做西戎人，是要会用刀的。"

但赫连什么都没来得及说。

因为容皓伸手过来，递给他一把剑。

"当初在天香楼，赫连王子给我看了你的刀。"容皓平静地看着他，"今天也请赫连王子看看我的剑吧。"

他手中握着的剑，有着极古老的名字，是容王府家传的。他的手修长、干净，指甲像玉，这是一双握笔的手，如今却握着剑。他那总是带笑的眼睛，此刻也不再像狐狸的，而是冷静得像一头狼的。

赫连笑了起来。

当初在天香楼，自己听见他教人权谋，觉得好笑，心血来潮，提前挑衅了他，露了形迹，然后才开始收网，算是提前警告。如今他也以牙还牙，提前告诉了自己，他要破局了。

这么好的夜晚，赫连想与他聊聊呼延河，他却请赫连看他的剑。

命运真是玄妙莫测。

言君玉最近在躲着萧景衍。

他以前也躲过，但这次的心境全然不同。其实他自己也说不出个所以然来。为什么躲呢？为一根树枝。说出来都没人信，谁都会觉得他是小题大做的。

所以他跟谁也不说，一个人闷闷的，整天躲着人走。好在最近朝局动荡，东宫本就是风口浪尖，这两天太子又天天在养心阁的病榻前侍候，所以竟然也没留意到他的不对劲。

言君玉倒也不伤心，只是有点像冬夜里睡得正好，忽然被人叫醒了，在寒夜里走，又没法生气，所以人是蒙的。什么好吃的、好玩的，都仿佛失了颜色。云岚是照料他的人，连着几天看见夜宵都没被动，隐约也猜到了。

这天言君玉正在屋里练字，听见背后脚步声响，刚准备回头，只听见羽燕然爽朗笑道："嚯，小言越发出息了，还学会画画了！"

"谁学画画了？"言君玉闷声闷气地道。

"你不学画画，怎么画了这满纸的墨龟？"羽燕然笑着抓过他的字帖看，"王羲之要知道你把他的字临成这样，估计要气得活过来了。"

要是以前，言君玉一定气得和他打起来，不过今天却蔫蔫的，连架也不打了。其实羽燕然不是第一次说他的字像墨龟了。以前言君玉还不服气，让他写，结果他写出来竟然不错。虽然不如容皓的俊秀，但是大开大合，气势雄浑，满纸金戈铁马的气势，对比之后，实在让人泄气。

所以这次言君玉也懒得回他了，只是低着头继续写，也不理他。

羽燕然却仿佛发现了什么新奇玩意儿一样，还叫道："敖霁，快来看，你家小言这是怎么了？连嘴也不还了。"

他叫别人都好，偏偏叫的是敖霁。敖霁过来，先揉了揉言君玉脑袋，见没回应，干脆弯下腰来，看了言君玉一眼。言君玉连忙把头偏到一边，眼睛却忍不住发热了。

敖霁何等聪明，怎么会猜不到。就算猜不到，看看他写的字也清楚了。所以也不点破，只当作没看见，拉着他道："别练字了，带你出去逛逛，整天闷在宫里，人都变傻了。"

羽燕然却没眼色，明明言君玉都站起来了，他还要凑过去看，大笑起来："哈哈哈，你又要哭了，真是个爱哭鬼……"被敖霁狠狠地瞪了一眼，这才识相地不说话了。

言君玉被他们带着，骑着马出了内宫门，走的却不是以前的路，而是往东，出了青龙门。只见偌大一个城楼，外面守卫森严，正查看敖霁的令牌，羽燕然先笑了："天天来，天天查，都这么熟了，你们不烦我都烦了。"

那守卫的小将也年轻，甲胄在身，只是笑道："是敖将军的命令，不然谁有闲心跟你这燕北莽夫耗时间。"

"嘀，我是燕北莽夫，你是什么，南诏蛮子？"

"你这话别在这儿说，进去嚷嚷，看你出不出得来。"

羽燕然也胆大："我要是真敢嚷，你怎么办？"

"好。你要真敢嚷，我赔给你一匹好马。"

"赌就赌，你跟我来，我嚷给你听。"

他们还在斗嘴，言君玉却已经看呆了。他进来才知道，原来这就是京城的卫戍军队。敖老将军刚从南疆调过来，带了旧部，和原来的卫戍军队一起操练，兵营就设在这里，秩序井然。校场十分宽阔，一眼望不到尽头。士兵列阵整齐，骑兵、步兵、藤甲兵、重甲兵应有尽有，尤其是那些从南疆带过来的老兵，一眼就认得出来，杀气弥漫，军容严整，不愧是刚平定南诏的铁血之师。

言君玉虽然喜欢玩打仗游戏，但这还是第一次到兵营里，见了这些，连伤心也忘了，一双眼睛四处打量，什么都觉得新奇。他问羽燕然："这就是鹿栅吧，用来挡骑兵冲刺的，搭配陷坑最好。"

"我说你是纸上谈兵，连鹿栅都没见过。"羽燕然趁机道，"我就说你那游戏还要改，加上障碍、陷阱，还有地形上不能只算行进速度，还要加上布阵……"

他正说话，旁边那小将忍不住了："什么游戏？是打仗的吗？"

"是在地图上玩的……"言君玉见有人问，连忙给对方介绍。

那小将却一点不感兴趣，咳了一声道："那不是纸上谈兵吗，有什么意思，咱们真刀真枪都玩不过来呢，谁玩这小孩子的把戏。"

他这话一说，言君玉不由得尴尬起来。羽燕然自己平时喜欢欺负言君玉，到了外面却很护短，正要戗他，只听见敖霁淡淡道："听说南疆军队之前常有演练，你们安南军内部也常互相切磋，是不是真的？"

"那当然。"小将一脸骄傲，"不瞒你说，小爷我在安南左营也打了几十场，对上三十岁以下的对手，一场没输过，除了右营那几个怪物，其余人都不是我的对手。"

言君玉还在思考小将之前的话。他心性豁达，也不见怪，还请教道："真刀真枪，受伤了怎么办呢？岂不是浪费士兵？"

"刀枪绑上布条，就是伤到也是有限的。再说了，见血也不是什么坏事，这些新兵就是胆小，不在兵营里练好了，等上了战场，看见残肢断臂吓得都不会动了，那才坏了大事呢。"小将又瞟了他一眼，"你到底是不是东宫的啊，怎么这么胆小？"

羽燕然忍不住了："嘿，鄢珑你个……"

敖霁打断了羽燕然。

他的手按在言君玉背上，手掌是极宽厚的，又暖，轻轻一推，把正思考的言君玉推到那叫鄢珑的小将面前，淡淡道："你信不信，他只要练上三把，就能赢你们安南军所有的年轻将领。"

他这话一说，别说鄢珑，言君玉自己都吓了一跳，小声道："我不行的。"

"你最近怎么变得这么胆小啊。"羽燕然十分不爽，刚要骂他，敖霁却把言君玉拉了过去，推着他后脑，逼着他抬起头来。

"还记得那天羽燕然刚回东宫，你一晚上赢了他七把吗？"敖霁看着言君玉的眼睛，告诉他，"把现在当作那天晚上，你可以做到的。"

敖霁和鄢珑设下如此大的赌局，惊动了半个安南军。

鄢珑先还当是玩笑，等到敖霁说出自己的赌注时，他吓了一跳。

"你不是一直想要我那匹马吗？赢了就是你的。"

敖霁的那匹马别说在东宫，在整个京城都是数一数二的，只比太子那匹逊些。鄢珑又是打仗的人，哪儿有不爱马的道理，顿时动了心，忍不住道："那你要什么？"

"别的不要，我要你的罗云弓。"

"这还不简单，我这儿有的是，要就拿去。"

"不是别的。"敖霁看着他眼睛，"我要你家里那张，祠堂里供着的。"

言君玉在旁边，本来还在发怔，听到这话，顿时明白鄢珑是谁了。

凌烟阁上十八将，就有一位姓鄢的，打仗名声不大，却做得一手好机关。太宗军中有三样神物，胭脂马、连珠弩、罗云弓，其中两样都是他做出来的，据说是复原了之前朝代的神臂弓，又在上面加以改造，所以无往不利，随着太宗南征北战，立下赫赫威名。

鄢珑虽然年轻气盛，却也不傻："这我可不赌，我爹知道，非打死我不可。"

"那你把你自己那张赌给我好了。"

罗云弓原弓虽然供在鄢家祠堂里，但是鄢家子孙造弓弩的技术是代代相传，每一代出师的时候都要亲手造一张罗云弓，一是缅怀先祖，二是检验技术。鄢珑自己这张，早在去南疆之前就已经造好了。

"好，赌就赌。"鄢珑倒是爽快。

言君玉见他们都说定了，没有一点后悔的余地，心中不由得有点担忧。只怕输了马事小，让敖霁丢脸事大。况且这人张嘴闭嘴都是东宫，万一输了，东宫的面子都没了。

一说要赌这个，整个安南军都热闹起来，校场上许多正训练的校尉偏将都停了下来，围观的士兵自不必说，人山人海一般，热闹非凡。这些老兵都是上过战场的，眼光锐利得很，看见言君玉面有怯意，更要攻心，都大叫大嚷，放肆起哄，有挑衅的，有喝倒彩的，也有嘲笑他的。

"这么丁点大，懂什么打仗？""脸红红的，不是要哭了吧……""都别吵了，再吵这位少爷就要尿裤子了，哈哈哈！"

言君玉站在场中，只觉得耳边喧闹异常。他这些天本就因为那枝白梅花的事，心绪不宁，被这样一吵，更觉得脑中一团乱麻。但偏偏他骨子里极硬气，被这些兵放肆嘲笑着，反而生出一份勇气来。这份勇气如同一柄利剑，支撑着他站得笔直，也将他心中千头万绪斩得一刀两断。

无论如何，赢就行了。

鄢珑已经叫齐了人马，那边羽燕然却忽然来了主意，道："怎么都是你们安南军的人，万一放水可怎么办？"

他看似鲁莽，其实粗中有细，这话一说，激得那些老兵沸反盈天，大喊"放水是你孙子""放水就让我被乱箭射死"。

"用人不疑，疑人不用。"敖霁出来扮好人，"相信他们会全力以赴的。"

三次练习，分别由鄢珑、敖霁、羽燕然依次陪言君玉玩。第一把，言君玉自然是惨败。他虽然懂得列阵，但是对兵种之间的配合并不熟悉，变阵也不熟练，直接被鄢珑骑兵冲破正面，把弓箭手杀了个干净。他想要包围，却被对方的弓箭手一顿攒射，给打了个落花流水。

敖霁是第二个，刚想安慰他，言君玉却已经翻身上马："再来。"

敖霁不由得心中失笑：早知道这小子一打仗就什么都忘了，哪里还要人安慰。

第二把，言君玉有了经验，知道如何调度士兵了，却被敖霁打了个变阵——本来都是一字长蛇阵，他忽然变为反雁翎阵，两翼用骑兵突破。言君玉只守下左翼，虽然顽抗了一会儿，还是被夺了阵旗。

"等一等。"第二把输了后，言君玉忽然叫了停。他骑马的技术本就不好，这次打得丢盔弃甲，险些从马上滚落下来，头盔都不见了。众人见他蹲了下来，只当他是体力不支。他也不解释，只低头在地上画，不知道在画些什么。

敖霁走到边上一看，原来他画的全是阵法。他在打仗这事上向来天赋惊人，只是一直没有机会实践，兵书不知道背了多少。他先还在画那些他看过的阵法，到后来越画越乱，竟然是在推演各种阵法之间的演变和互相克制，速度极快，几乎不用思考，完全是在凭本能推算。饶是敖霁向来知道他的天赋，也看得暗自心惊。

然而周围的人不知道，只当他是不行了，又开始起哄，道："还打不打啊，等这么久。"

言君玉压根儿听不见这些声音，只埋头推算，等到众人都要不耐烦时，终于站了起来。蹲得太久，他起来时还趔趄了一下，引起一阵哄笑。

无人发现他眼睛里多了一点微弱光芒，初看毫不起眼，细看却如同星辰。

"下一个是谁？"

羽燕然本来在跟那些起哄的人互相问候高堂，不知道为什么，听到这话，本能地心神一凛，不由得勾起那一晚连输七把的惨痛回忆，老老实实道："是我。"

意外的是，言君玉这把仍然是输，并且输得十分幼稚，变了几个阵，换了许多打法，每次险些成功，就被羽燕然打败了。拉锯良久，终于干脆认输。

连输三把，这些老兵原本还有点敬畏，现在不干了，有人嚷道："到底能不能赢啊，老子跟着敖老将军十年都没打过这么多败仗。"

"抱歉。"言君玉笑得眼弯弯，骑在马上，头盔也掉了，发髻也散了，落了不少碎头发下来，一张脸是漂亮的少年模样，实在不像个主将，"再打会儿就能赢了。"

谁也没把他这话当回事，连鄢珑也是。三把看下来，鄢珑只当敖霁几年不见，学会了说大话，这漂亮小子也不过是传言中一样，文治武功样样不行，所以翻身上马，笑着道："快温碗酒，等我赢了再喝。"

他姿态是做得极潇洒的，但是等双方列阵打起来时，全然不是那么回事了。即使傲慢如他，也在第一时间，就感觉到了言君玉的指挥与之前判若两人。

而离他们第一场交手，才过去不到一个时辰而已。

他一惊之下，不由得慌乱起来，再看对面的阵形，竟然意外的齐整。他自恃从军多年，公平起见，不屑于用自己带惯的兵，选的都是右营那些跟他不熟的兵，指挥起来确实不太顺手，传个令下去都要用吼的，更别说灵活机变了。按理说，言君玉只会比他更生疏，但是双方前锋一个照面，他就感觉到了差距。

对面仍然是那些人，阵也还是那个阵，但是阵形的调整速度和反应速度完全变了个样子。被冲散左翼之后，竟然迅速变阵，团成方阵，把主将拱卫在中间。盾牌兵铸成一道人墙，长矛竖得如同刺猬一般。鄢珑带着骑兵冲杀了三四次，仍然找不到破绽。

他勒住了马，皱起眉头，审视着前方的方阵。

士兵仍然是那些士兵，士兵的反应速度也仍然是那个速度。他的骑兵配合着弓箭手，一边骚扰，一边抓着机会放箭，但是这些盾牌兵竟然能每次都勉强在骑兵骚扰过之后，收起长矛，团成龟壳，挡住从天而降的箭雨。动作如此整齐，显然是受主将指挥的。

既然士兵的反应速度没变，那变的就是主将了。

他盯着方阵中间那骑在马上的漂亮少年，仍然是十五六岁的模样，穿的是朱红锦衣，头发乱糟糟的，骑马的姿势也如同外行一般。鄢珑心中惊疑不定，不敢确认。

　　如今这场厮杀，虽然比不得战场，但也够混乱、紧张的了。言君玉想要做到每一个指令都这样及时，除非他在发令之时，就已经算准了命令的延误时间。

　　战场上瞬息万变，鄢珑每一次变阵，他都要调整指挥，最快也不过是在鄢珑变阵时发出命令，而这个时间，是来不及让那些毫不熟悉的士兵反应的。别的不说，就论之前鄢珑那一回冲杀，如果在冲刺时下命令，话没说完，骑兵就冲到了面前，阵形一溃散，主将再发令，士兵就来不及反应了。

　　除非他在鄢珑冲杀前，就已经猜到了要冲左翼，提前让左翼士兵在溃散后集结，才能组成现在的方阵。

　　鄢珑被自己的猜想吓到了。

　　战场是如此瞬息万变的地方，自己在南疆历练五年，这纸上谈兵的小子怎么可能提前猜到自己每一个动作。就算他能猜，哪儿有时间让他猜。

　　但他来不及再分析了。

　　因为言君玉的盾牌兵们很快散开来，所有手持盾牌的步兵在前方列成三排，长矛森然，一步步推进，保护着后面的弓箭手，连骑兵也只用弓箭。推进三丈左右，一轮攒射，箭雨铺天盖地，简直避无可避。鄢珑向来擅长的骑兵在这时候竟然毫无用武之地，想要学言君玉用盾牌防御，但哪里还聚集得起来，对方步兵如同山岳一般推了过来，鄢珑回天乏术，眼看自己士兵一个个倒下，只得认了输。

　　谁都没想到这结局，就连言君玉自己的士兵也十分惊讶。大周军中向来骑兵出色，就算输，也是输给西戎这种骑兵更出色的胡人，哪里见到步兵能一步步推死骑兵的，都怔了一会儿，才欢呼起来。

　　"怎么样？"羽燕然是最高兴的，冲过去钩住鄢珑肩膀，"说了咱们小言厉害，你偏不信，吃亏了吧。"

　　鄢珑脸色黑沉，很不服气。

　　"只会用步兵，也不算什么本事。这是校场太小，真正到了战场上，他怎么可能赢我。"

　　"你是死鸭子嘴硬！"羽燕然也不理鄢珑。那边言君玉已被士兵们簇拥起来，笑着骑着马过来。鄢珑见他过来，正要走开，只听见他笑着问道："你温好的酒呢？不如给我喝了吧。"

原来他也知道鄢珑拿温酒斩华雄的典故来笑他，只是当时不反驳，等赢了再笑回来。

"酒是小事。"羽燕然笑着道，"快把罗云弓交出来。"

鄢珑很不服气："不是说整个安南军的年轻将领吗？你现在就想要弓？"

他这话倒提醒了周围围观的人，很快就又有年轻将领站了出来。鄢珑都输了，寻常人自然不敢轻易上场，来的都是左营中的厉害角色。言君玉也不怕，来者不拒，竟然连胜三把。原本还有人当他是运气，在旁边嘲讽、说笑，第三把大胜之后，周围顿时鸦雀无声。

"怎么说？"羽燕然是最会狐假虎威的，"你们安南军的年轻人不行呀，要是咱们燕北，也不会输得这么惨呀。"

要是之前，鄢珑一定要骂他了，但三把看下来，他竟然一言不发，只是面沉如水，连这话也不回了。

鄢珑能忍，旁边的人可忍不了，骂声连天，早有人去搬救兵了，羽燕然还在挑衅，只听见有人道："别嚣张了，程松来了。"

众人纷纷让开，只见一位青年将领走了出来，也是二十四五岁的样子，只是比鄢珑看起来稳重许多，面色黝黑，身形健壮，面容敦厚、英俊，穿着也普通，十分和善的样子。

羽燕然早听说，安南军分左营和右营。左营里世家子弟多，都是像鄢珑这样的王侯后裔，右军都是平民子弟，升迁也慢。两营互相看不起，到了战场上也互相较劲，好在都奋勇杀敌，所以敖老将军也不理论，随便他们竞争。

来的是别人都还好，偏偏是这个程松，是农家子弟出身，字都没认过多少，更别说自幼学习兵法了。鄢珑向来轻视他，冷冷道："你也来送死吗？"

程松倒是大度，笑着道："听说有人挑战安南军的年轻将领，不知道是哪位？"

他是朝着敖霁和羽燕然问的，谁知道站出来的却是个比他们矮了半头的少年，一身锦袍脏得不成样子了，头发也散乱了，一双眼睛倒是亮得很，应道："是我。"

程松性格敦厚，也不多说："那就请教了。"

两人翻身上马。言君玉武功底子差，打了一下午，上马都有点趔趄，羽燕然不由得有点担心。他这人担心也不说，还笑敖霁："你'儿子'马都骑不稳了，还让他打？"

"你当年骑马摔断腿，也没见谁拦着你。"敖霁冷冷道。

羽燕然碰了一鼻子灰，嘿嘿笑了，继续看他们打。

言君玉倒不是以貌取人的人，也做好准备，谁知道和这程松刚一交锋，就感觉到了压力。倒不是对方多厉害，而是对方竟然也在试探。他之前打过的人，都是年轻气盛，一上来就恨不能打他个落花流水，这人却沉稳得可怕。

他记得小时候父亲说过，这世上人有千百种，许多性格是互相克制的，这种克制也会体现在指挥上。有些天赋卓绝、锋芒毕露的人，谁也不怕，偏偏就怕那种稳如磐石的人，诸葛亮多智近妖，最后却败于司马懿的坚守之下，大智若愚，大巧不工，才是兵法精髓。

怀着这样的心思，他也收敛锋芒，和这人互相试探了几轮，都是一触即离，一面不想暴露自己的实力，一面又在试探对方的指挥风格，揣度对方的弱点。

他们成竹在胸，周围人却看不下去了，都嚷起来："还打不打了，这是打仗呢还是跳舞呢？"

言君玉累了一下午，本就有点支撑不住了，再被一吵，不由得有点头晕眼花，整个人有点往下栽，旁边的副将是个校尉，见状就伸手扶他，言君玉连忙道："不用。"

但是对方显然已经看在眼里。

下一轮冲杀，言君玉下令冲锋，盾牌兵的打法只能用来对付鄢珑那种锋芒毕露的打法，这人的骑兵稳重，只能正面厮杀，双方队伍都是全力以赴。安南军的骑兵都是上好的胡马，数十骑正面碰撞，刀对刀，枪对枪，即使裹了布条，仍然有许多人摔下马去。言君玉双腿夹紧马腹，因为脱力，大腿控制不住地发抖，耳边全是厮杀之声，握紧手中长枪，只觉得血液都要沸腾起来。

就在这时候，那匹赤红胭脂马冲到了他面前。

擦身而过的瞬间，他只听见那个叫程松的将领低声道："得罪了！"

他还来不及躲避，肩膀上就传来一股巨力，下一刻整个人已经飞在了空中，如同断线的风筝一般，直接摔了出去。

校场一片哗然，混乱之中，只见敖霁和羽燕然都飞身而起，敖霁快一步，轻巧地接住他，稳稳落地，言君玉惊魂未定，这才觉得肩膀剧痛，如同骨头都被撞碎了一般。

主将直接被撞飞，战斗顿时停了下来，那程松手中拿着一支木枪杆，勒马停住，道："承让。"

言君玉知道他冲刺前就决心撞飞自己，不然不会换了支秃枪杆，其他的骑兵都只是包住了枪头而已，这人力大无穷，要是用枪，自己肯定被捅个对穿。

安南士兵都起哄了。

"怎么样？尝到安南军的厉害了吧？""输得心服口服吗？"

言君玉揉着肩膀，笑道："谁说我输了。"

"主将阵亡，阵旗不保，还不算输？"

"主将是亡了，阵旗可还在。"言君玉笑着指指自己的偏将，那校尉也疑惑地低头，只见腰间的铁甲上，俨然插着一面小小的阵旗。

众人哗然，但毕竟规则是要么阵亡三分之二以上，要么阵旗被夺，所以也不能说他输。那程松也大度，笑着道："你都阵亡了，没人指挥，你的部队也一样输。"

"要是我提前知道自己要阵亡，留下一句遗言，怎么算呢？"

"你要是能用一句遗言打败我的士兵，我当然认输。只怕你不是诸葛亮，没有锦囊妙计。"

"那你过来。"

言君玉这边的偏将以为遗言是说给他的，连忙过来，言君玉却指着那程松道："我说的是你。这句话不能外传，我只说给你听。"

众人虽然不解，但看他连赢几把，也知道他有点厉害。见他附在程松耳边，不知道说了什么，只见程松脸色越来越凝重，忽然敛神屏气，看了言君玉一眼，深深道："我从军数年，未尝一败。没想到被你点破关键，我认输。"

一片哗然。许多人都追问程松，那句话是什么，他只摇头不说，有老成的人看出端倪，道："别问了，一定是什么致命弱点，要是问出来，传到叛军那里，可不是玩的！"一片喧哗中，众人看言君玉的目光都敬畏起来，只有鄢珑，仍然不服，道："你们右营不是还有个陈桐也能打吗？"

"陈桐跟着敖将军赴宴去了，还没回来。"程松一脸老实地道，"我说实话，他要是来了，也是输的。"

他向来实事求是，众人听了，也只能叹服。羽燕然第一个跳出来，笑嘻嘻地朝鄢珑伸手："小鄢珑，别挣扎了，快把罗云弓交出来吧。"

鄢珑虽然不舍，还是言出必行，乖乖让副将去取了罗云弓交给他。羽燕然十分得意："哈哈哈，我说你们南诏蛮子不行，看吧，我现在大声嚷出来都没事，愿赌服输，哈哈哈！"

敖霁看他得意太过，揍了他两下，士兵们虽然听了这话很不开心，但碍于言君玉跟他们是一边的，也没什么办法。大家又在校场上玩了一会儿，只见一个小兵过来传话："敖大将军请羽将军、敖少爷和那位言公子去用晚饭。"

羽燕然自然是欣然前往，言君玉机灵，偷偷看敖霁脸色，只见他脸色冷如冰霜，倒还敏锐，也看了回来，见言君玉打量自己，也笑了。

"小言饿吗？"

言君玉其实饿得前胸贴后背了，但他向来是别人对他好，他就对别人好十倍，赴汤蹈火，在所不惜。他知道敖霁跟敖老将军关系不好，不愿意去，所以下定决心，摇头道："一点也不饿。"

敖霁也不知道相信没有，淡淡道："那你陪我去逛逛吧，这附近有座山，我小时候常去玩的。"

"好好的晚饭不吃，去爬山，小爷我可不去。"羽燕然笑嘻嘻道，一把抓过鄢珑，带着他去敖老将军那儿赴宴去了。

敖霁说的那座山，倒也不远。深秋季节，山上苍黄一片，十分萧条。言君玉骑了一天马，累得快散架了，但知道敖霁心情不好，所以也一言不发，乖乖跟在他后面。

好不容易到了山顶，敖霁仍不下马，只是骑在马上，看着山下的兵营。言君玉也跟着他看，只见兵营里已经掌了灯，远远看见主帐，心想羽燕然现在一定在那里大吃烤鸡，也许还有羊肉、鹿肉，不由得吞了吞口水，还好没被敖霁发现。

天色还没全暗，只是渐渐看不清楚了，言君玉低下头来，摩挲着手里的罗云弓。这一天过得真是精彩，又刺激，又好玩，还得了把这么好的弓。这还是他第一次见到这传说中的弓。其实他是最喜欢弓箭的，之前在七皇子那儿，是强撑着故意不看，后来到了太子这儿，明明有很多弓箭，也随便他看了，他却一直没细看，都围着太子打转去了。

一想到太子，他不由得又有点伤心，连手里的弓都显得没那么好玩了。

"小言在想什么？"他听见敖霁问。

说出来敖霁一定会生气的。

但他不说，敖霁也猜到了，不然不会问他："小言知道我为什么要带你来兵营吗？"

"知道。"言君玉闷声道，"你想让我变得有出息一点。"

不要老是围着太子打转。

但是怎么可能有人不围着他打转呢。言君玉有点气馁地想着。东宫的人，皇宫的人，都在围着他打转啊，连你和容皓、云岚这么优秀的人也不例外。灯火不过那么点光，都有飞蛾扑上去，他却耀眼得像太阳。

言君玉知道这话不能说，说出来敖霁一定也会生气的。敖霁在这事上特别容易生气，从一开始就是这样，只要自己对太子感兴趣，他就生气，倒像是在拦着自己，不让自己去涉足危险一样……

言君玉抬起头来问：

"你知道的，对吗？"

"知道什么？"

言君玉顿时泄了气。

"看来小言还是不知道我今天为什么带你出来。"敖霁昂首看着山下的兵营，道，"我带你出来，是让你知道，这天下不只有皇宫一个地方，你也不只有东宫一个去处。我让你和他们打，是要你看到自己有多厉害，不是谁的影子，你就是言君玉，有你自己的光芒，知道吗？"

他这话说得斩钉截铁，不带一点情绪，言君玉却听得眼睛都热起来。他摸着手上的罗云弓，想起今天打仗时那热血沸腾的感觉，心中顿时迟疑起来。

"你觉得，我应该去边疆……"

"我没有觉得任何事。"敖霁打断他的话，"我没有劝你去哪里，也没有说什么。一切都要你自己决定。"

言君玉还太小，看不透东宫伴读戏谑背后的权力关系，也不知道敖霁今天说的话有多危险。东宫那位，和龙椅上那位，是真正的亲父子。他再仁慈、再宽厚，都是顺我者昌，逆我者亡。别说这些话，就是敖霁之前对言君玉的那些阻拦，就已经是在找死了。

这些话，云岚不会说，容皓不会说，连羽燕然也不会说。他们都只会安静看着言君玉一步步走入深宫，没有人想要带他出来。

"我知道。"言君玉还是隐约知道一点的，"我不会跟别人说的。"

"说了也没什么。"敖霁冷笑，"我倒想被抄家呢。"

"为什么？"

"没有为什么。"

"那你为什么对我这么好？"言君玉偷偷看他。天色全黑下来了，敖霁的脸在黑暗中轮廓深邃。言君玉不由得想起那传言来。

"想说什么就说。"敖霁也察觉到了他的目光。

"那我说了，你不准生气。"

"不说我走了。"

"好，我说嘛。"言君玉小声问他，"你喜欢的人，和太子喜欢的人是同一个吗？"

"不是。"

"那你为什么一见面就对我这么好啊，不是因为我有点像她吗？"

敖霁伸手揪住他的后颈，言君玉连忙挣扎起来："哎哟，疼疼疼，你说了不生气的……"

"我真想知道你这脑子里装的是什么乱七八糟的。"

"我猜的嘛……那你为什么对我这么好？"

敖霁松开他，沉默了一会儿。

"你真想知道。"

"真想知道。你也要我叫你'哥哥'吗？"

"你叫一声来听听。"

言君玉囔得厉害，真叫起来又不好意思了，忸怩了半天，用蚊子般声音叫了句，把敖霁都逗笑了。

敖霁笑了好一会儿，才停下来。在黑暗中打量了一会儿言君玉，忽然道："其实你一点也不像她。"

"谁啊？"

"我妹妹。"敖霁淡淡道，"我有个妹妹的，你不知道吧？"

言君玉老实地摇头。

"她只比我小半年，不是一个母亲生的。但我很喜欢她，从小保护她，我去当伴读的时候，她很舍不得我，哭着跟了我一路。后来我在宫里久了，她也常来玩，生得很漂亮，不比云岚差。不然也不会被选进宫当妃子了。"

"妃子？"言君玉吓了一跳，"那是圣上的……可是她比你小，但圣上的年纪……"

"圣上前年选进来的妃子，也有十五六岁的。宫里红颜伴枯骨也是寻常事，不然圣上六十岁，选妃子也选六十岁的？"敖霁用平淡语气说着最大逆不道的事，"其实本来选不到她头上的，但是我父亲那时候要去征讨南诏。手握军权的大将出征在外，女儿做妃子是惯例，前朝后宫一体，就主动把她送进去了。不过我那时候年轻气盛，不肯让她去，所以大闹了一番。"

"然后呢？"言君玉忍不住问。

"然后挨了顿打，在床上躺了半年。我还做过一个梦，梦到自己是常山赵子龙，带着她杀出皇宫。没想到等我养好伤的时候她已经死了，死的时候才十六岁。"

"死了？！"言君玉大惊。

"宫里的女人死得不明不白都是寻常事，你以后就知道了。"敖霁的声音听不出情绪，"我父亲倒是得胜还朝了，你看，现在多么煊赫、多么得意。"

言君玉一时不知道说什么好，只觉得凉意入骨。

敖霁偏过头来看着他："殿下并不擅长把心给人。但他们这类人都很擅长践踏别人的心。用云岚的话说，'他们糟蹋起好东西，是不手软的'。"

世人心尖上的东西，被送进这宫里，只配由他们糟蹋。世人心尖上的人，被送进这宫里，他们弃如敝屣。不如此，怎么彰显天家威严？都说萧景衍是真正的天潢贵胄，气质尊贵无比。其实这气质来源于他脚下那累累的碎片，每一片都价值连城。

言君玉不知道说什么好，想了许久，只能低声道："我不会被践踏的。"

尽管这话说出来他自己都没底气。

敖霁不知道看不看得出他心思，只是淡淡道："不过现在说这些都晚了，你看。"

言君玉顺着他的目光看过去，只见兵营外有一支队伍，看不清装束，只看见提着整齐的灯笼，如同金龙一般，到了兵营门口。兵营里灯火更加辉煌了，倒像是在迎接什么人一般。

他跟着敖霁匆匆下山，还没到营门处，就看见跪了一地的黑压压的人，最前面是一位鬓角染霜的中年人，穿着甲胄，似乎就是敖霁的父亲。在他后面，鄢珑、程松，还有许多他没见过的将领，都恭敬地跪着。

营门外停着一驾御辇，上有五爪金龙，只比圣上的稍小，羽燕然正挑起帘子。辇中坐着的人，向来有着仁慈、谦逊的名声，但他的身份下，仁慈、谦逊的表现，也不过是在别人跪拜时微笑颔首罢了。

他似乎刚从圣上那儿过来，仍穿着华贵的衮龙袍，宫灯照见他英俊的面孔，如同神祇，如此陌生又如此熟悉。无数人跪在他脚下，不敢看他，却又时刻提心吊胆，听着他的动静。

他就在这样的"万众瞩目"下微笑着，十分熟练地朝着言君玉伸出手来。

"小言躲到这儿来玩，害我好找。"他仍然笑得这样好看，眼睛漂亮得如山岚，"走吧，带你回去用晚膳。"

言君玉想看敖霁，却不敢看，知道看了对敖霁也不好。御辇很高，言君玉费了好大的劲才爬上去。

没关系。他在心里对自己说。我效忠的人叫萧槺，他的名字是一棵树。

我什么也不怕。

言君玉不是第一次乘这御辇了。

但这次心境和之前每一次都不同。

他不是傻子，知道太子这样来找他，在外人看来意味什么。他都知道，太子一定更清楚，但太子还是要来，还是这样大张旗鼓地来。在所有人面前，当着敖将军，当着鄢珑，当着程松，也当着那些半个时辰前还在欢呼他名字的士兵……

他们现在该如何看待自己呢？会不会也像宫里那些人一样，在背后窸窸窣窣，当作一个笑话来说。

"小言后悔了。"一片安静中，萧景衍忽然道。

"我没有。"

言君玉回答得如此快，因为他知道萧景衍说的是什么。

太子以为自己怕了，以为自己是胆小鬼，只要别人说上几句，自己就会畏惧成这样。他当自己是小孩子，追随他只是一时冲动，现在被别人笑几句，就怕起来。

他不知道自己是抱着多大的决心，才决心去撞他这棵树。自己甚至都想明白敖霁的警告了，还是一样义无反顾。

如果是以前，言君玉也许早就说了。他不怕萧景衍知道，这又不是什么需要藏着掖着的事。但是不知道为什么，今天他忽然没有勇气说了。

那枝白梅花太重了，沉甸甸地压在他心上。他被压得变成了一个很小的影子。他也读了书，知道白梅花有多雅，也知道要写出那样的字有多难。萧景衍想起他的时候会想什么呢？傻乎乎地追问权谋的样子，还是满纸的墨龟？

御辇中很暗，萧景衍安静地坐在他身边，像一尊温润如玉的神祇像。就在几天前，自己还像个侥幸得到了稀世珍宝的傻瓜，总忍不住要时不时地碰一碰他，确认他还在这里。

真是太没出息了。

那枝白梅花的主人一定不会这样——他轻飘飘地就不见了，东宫谁也不说他，他却在太子的心里。

言君玉在黑暗中一个人想着，想得心都灰了。他说不出自己心里是什么感觉，不是委屈，也不是愤怒，只是眼圈越来越烫。他咬紧了牙关，想忍住不哭。敖霁说他可以当一个优秀的将军，而将军是不哭的……

但萧景衍就这样安静地在黑暗中看着自己，言君玉几乎可以感觉到他目光的存在，像秋后的阳光，温暖地落在人身上。

言君玉就在这样的目光中落下眼泪来。

他听见萧景衍叹了口气。

"你啊……"萧景衍伸出手来，捂住了言君玉的眼睛，像哄爱哭的小孩子一样，揉着他的头。

言君玉只是倔强地梗着身体，不肯就范。态度这样坚决，却又哭得如此伤心，这场面本该非常滑稽的，萧景衍却没笑他，只是抚着他背脊，像安抚一头炸毛的小野兽。直到他的姿态渐渐放松下来，不再那么紧绷和抗拒。

"我知道了，小言是觉得兵营好玩，所以不想和我回东宫了。"他又半开玩笑半认真地道。

本来快被哄好的言君玉，听到这话，又弹了起来，萧景衍连忙安抚地摸摸他的背。他带着笑温柔哄人的样子太有蛊惑力，言君玉虽然还如鲠在喉，还是被哄得暂时偃旗息鼓，生不起气来。

不知怎的，也许是言老夫人教育的缘故，他生了一副百折不挠、迎难而上的脾气，活像头小犟牛。别说是树了，就是遇到南墙，也要上去撞一撞，要么墙倒了，要么角断了，总要有个结果的。

没关系。言君玉在心里盘算道。字可以练，画也可以学，自己还会打仗呢。要是他还是一直不器重自己，自己就像当初跟他说好的那样，跑到边疆去，去出生入死，建功立业，替他守住这片江山。

看到白梅花就想起那人算什么，我要他以后看到他的江山，就想起我的名字。

言君玉在心里盘算好了，也不纠结了。等到东宫了，也不等人来扶，自己先钻出御辇，跳了下去。

外面的人没想到他这么有精神，连敖霁也吓了一跳。

羽燕然倒是不知道这些弯弯绕，见他下来，连忙问道："小言，问你件事。"

"你说。"言君玉十分灵活地从披着锦鞍的高头大马之间钻了出去，十分神气地朝东宫走去。

"我跟鄢珑研究了好久，还是没想出来，程松那个致命的弱点究竟是什么，你又是怎么看出来的呢？"羽燕然追在后面问道。

"你想知道啊？"言君玉停下来，笑着看他。

羽燕然点头。

"那你叫我句'哥哥'来听听。"

羽燕然怔了一下，反应过来之后，顿时气得快冒烟，追着言君玉："好你个猴崽子，连我的便宜你都想占。"

言君玉大笑，见他追了过来，连忙往门里跑，仗着身体灵活，跟他在柱子之间绕，惹得守门的侍卫们连连喝彩。但到底是功夫不好，险些被抓到，看见萧景衍下了辇走过来，言君玉连忙往他身边躲。羽燕然虽然胆大，也不敢冒犯太子，只敢趁萧景衍不再看这边的时候，朝言君玉威胁地扬一扬拳头。

萧景衍如何不知道他们的小动作，只当作看不见，等言君玉跑累了，把他抓过来，带他去用晚膳。

等到了晚上，言君玉尽管下了要好好练字的决心，一摸到笔，还是不由自主地打起瞌睡来，头困得一点一点的，跟鸡啄米一样，偏偏又强撑着不肯去睡，实在好笑。

最后还是云岚看不下去，赶着他去洗了澡，先睡了。言君玉累了一天，一沾枕头就睡了，连太子什么时候回来也不知道。睡了一夜，迷迷糊糊醒了，看见帐子外灯火通明，连忙爬了起来。

果然，萧景衍已经起来了，正由宫女伺候着换衣服，显然是要往圣上那边去。这些天他在养心阁圣上病榻前侍候。太子侍病本是惯例，但是现在的朝局本就微妙，圣上天天把已经暂摄政事的太子拘在身边，这举动更让人生疑。

萧景衍却是以不变应万变，每天五更就起来，卯时不到就去了养心阁，夜深了才回来。言君玉连着几天，跟他打个照面都难，今天好不容易赶上了，连忙爬了起来。

他刚睡醒，整个人都迷迷糊糊的，也不说话，只跟在萧景衍后面，懒洋洋地揉着眼睛。萧景衍换好了衣服，走到窗边去看一看天色，他也跟着，像尾巴一样。

宫女捧上来玉佩、香囊，云岚亲自系上，看见言君玉慢悠悠地跟过来，也笑了："小言今天起得早，要读早书吗？"

言君玉其实还没彻底清醒，也不说话，只是摇摇头。

萧景衍转过身来，细看了看言君玉的脸。

"小言乖乖念书，别乱跑，我晚上就回来了。"

"你回来我都睡了。"言君玉小声嘟囔道。

"小言说什么呢？"萧景衍只当听不到，笑着问道。

"没什么。"言君玉还是闷闷的，等萧景衍转身，就玩起他的玉佩来，把穗子在手指间绕来绕去，百无聊赖的样子。

萧景衍知道他想自己留下来陪他玩，又不好意思说，所以早在心里笑起来。等到要走了，见他情绪还是这样低落，忽然转过身来："对了，有件事我昨晚就想问了。"

"什么事？"言君玉仍有点蔫。

"你到底跟程松说了什么？我也想知道。"

言君玉抬起头来看了萧景衍一眼，毕竟是被问到得意处，心情倒是好了点，道："你过来，我悄悄告诉你。"

萧景衍也耐心陪他玩，真就把侧脸凑了过去。灯光下，萧景衍嘴角噙着笑，眼睛又漂亮，真是无比温柔。言君玉反正在他面前是没什么原则可坚持的，所以凑在他耳朵边上,告诉他:"我跟程松说,鄢珑把自己的罗云弓都赌上了,要是他让我赢了,一定能把鄢珑气死。"

萧景衍失笑。

"小言真是聪明。"他侧过脸来道,"乖乖在家等我,过了这几天,带你去打猎。"

其实他知道这不是全部的答案。

安南军的荣誉摆在这里,左营和右营的分歧再大,面对外人,总是一体的,程松也不是这样浅薄的人。小言一定还是点破了程松的弱点,但远没到一句遗言就能指挥队伍赢的程度。程松行事磊落,知道小言是输在他自己的功夫上,战术上其实赢了,再加上这句话,才会甘愿认输。

但那个弱点,小言跟自己都不说,显然也不会跟任何人说了,是谁去问都问不出来的。

他有时候像个孩子,有时候却比大人还有担当。

所谓一诺千金,不过如此。

赫连到寒香寺的时候,天已经黑透了。

他一人一骑,又轻又快,从使馆到这儿也不过半个时辰。寒香寺向来景色好,游人不少,好在天黑后看不甚清楚,不然他这一头金发,估计要引得人人侧目。

山下有个凉亭,他远远看见树下拴了两匹马,主人似乎是容皓及其随从。容皓仍是老样子,但难得看见他穿锦袍,霜青色,绣的是银色的鹤。山风一吹,遍体生凉。

随从似乎都不知道容皓约了赫连,见这异域的王子骑着马过来,倒吓了一跳。

容皓倒淡定。

"到了?"他收起手里的东西,道,"走吧。"

两人都没带随从,顺着山道往上走。深秋季节,满山的树都变了颜色,或黄或红,在夜色里像一团团落在山上的火。一路上都听见溪流声,只是看不到水,等到了半山,才看见一道瀑布,狭且长,银白如练,从山崖上落下来。

原来寒香寺就在山腰上。毕竟是京城,寺里僧人也是见过些大人物的,知道容皓身份尊贵,只是奉了茶,不敢打扰,又退下了。寺里一棵桂花树,看起来非常古老，满树金黄的花，香味馥郁，怪不得叫作寒香寺。

"山中岁月迟，所以宫中的桂花都开完了，这里的却开得正好。"容皓站在树下，仰头看着树上桂花道。桂花树亭亭如盖，枝叶墨绿，更衬得他一身颜色清冷。

"容大人约我出来，就是要带我看桂花？"

容皓不答，只是低下头来，似乎在树下寻找什么。地上长满野草，落了许多桂花，什么也看不清。

"找什么？"赫连问道。

"桂子。"

"桂子不是桂花吗？"赫连倒记得清楚，"有三秋桂子，十里荷花。"

"宋人《南部新书》上记载，'杭州灵隐寺多桂。寺僧曰："此月中桂也。"至今中秋望夜，往往子堕，寺僧亦尝拾得'。"容皓见他不接话，又自己反驳道，"不过白居易诗中有典'遥想吾师行道处，天香桂子落纷纷'。可见'天降桂子'本就是佛教典故。这里面的桂子，指的本是桂花。白居易'山寺月中寻桂子'和柳永的'三秋桂子'指的都是桂花。"

容皓自问自驳，原是做学问的人思辨的方法。赫连一个西戎人，自然没见过，在旁边看着，不由得笑了。

他身量极高挑，只穿了一件西戎人的皮袍子，抱着手靠在桂花树上，金发在暗中似乎有光一般。他其实生得极美，五官比那花魁曼珠还要精致，只是气度惊人，倒让人忘记看他的脸了。

容皓讲诗，他不懂，只抬头去看树上，忽然笑了。

"找到了。"他本就高，四肢修长，一伸手就摘了下来。原来桂花树的种子是椭圆的，一颗一颗地聚在一起，藏在叶背后，他摘了一把，扔给容皓。

容皓接了，在手里看了看。

"还是青的，没有成熟。"

"熟了什么颜色？"

"绛紫色。"

"那还有的等。"赫连漫不经心地道，又摘了几颗，放在手里抛着玩。他的手也是修长的，骨节分明，肤色雪白。

"等下次再来，应该就熟了。"容皓漫不经心应道。

"还有下次？"

赫连这话一说，两人都安静了下来。

都是聪明人，有些话不用点透，彼此早已心知肚明。

那晚月光虽不算好，但是这有着希罗血统的西戎王子，在那一刻，是欣赏他的。

说没有被冒犯的感觉是假的。但说没有得意，也是假的。容皓自幼进京，身份尊贵，又没有父兄管教，风流浪荡，欣赏他的人不少，有名门闺秀，自然也有王孙公子，胡人倒还是头一遭。况且这西戎人还是个强大的敌人，这就更应该得意了。

当然，他也没傲慢到以为这点欣赏能改变什么。权力场中，又是敌对阵营，这点交情也派不上什么大用场，也就够他让小厮去传个话，让这西戎人黄昏赶来陪他爬山罢了。

不过容皓自己算计归算计，被赫连一句话点破，情形还是有些尴尬的。

他向来傲气，即使尴尬，也强撑着，反问道："你既然知道，为什么还要来？"

赫连笑了。

"我不来，怎么能听到容大人的诗词？"

这话本不出奇，只是配上他的语气和眼神，就多了一股调笑的感觉。容皓不由得怒道："你败局已定，还在这儿嘴硬？"

"哦，容大人要是这么成竹在胸，怎么还要赶在动手之前偷偷把我约出来。难道不是怕我留在使馆里，坏了你的计谋？"赫连不急不忙地道。

容皓又被点破关键，也懒得再留情面了，索性撕破脸道："你知道又怎么样？你现在回去也来不及了。"

他原以为这话说出来，赫连一定会发难——好在自己是习过武的，带的随从更是武艺高强，虽然比不上敖霁，也算早有准备，不怕对方鱼死网破。

谁知道他手都按在佩剑上了，赫连却仍然不动声色，只是抬起眼睛来看着他。他那碧绿眼睛，到了暗处反而深起来，如同墨玉一般。

"你看什么？"容皓冷冷道。

"你想知道那天我喝醉时，想跟你说什么吗？"他笑道。

"不想。"容皓拒绝道。他原以为赫连会死缠烂打地说下去，谁知道他拒绝后，赫连真就一言不发起来，靠在桂花树上，又仰头找起桂子来，全然没有再说的意思。容皓皱了皱眉，忍不住问道："你那天想说什么？"

"心情不好，不想说了。"

他表情轻松，容皓却气得咬牙，恨不能把他抓过来揍上几拳，正在心中平息怒气，只听得赫连又道："容皓，你知道希罗人的来历吗？"

"我只知道希罗女奴出名。"容皓挑衅道。

赫连向来心机深沉，也不生气，只淡淡道："那是外人的看法。给你看个东西。"

他伸手进怀里，身上的皮袍子穿得古怪，原是正常的，大约是走路后热了，竟然卸下一边来，只穿着半边，露出里面的深色内衫，衬着他的金发，倒也别有一股潇洒之气。容皓还当他要拿出什么，原来是一方手帕，质地细密，还有花纹，摸起来十分凉滑，但又并非丝绸。

类似的香囊、手帕，容皓收到不知道多少了，满心以为他也是要送给自己的，谁知道他给自己看看，又收回去了。

"这是我母亲留给我的，她亲手织的。"赫连神色淡淡地道。

"哦，你留着睹物思人……"容皓的话忽然断了，抬起眼睛来，狐疑地看着赫连。

他这样聪明，如何不懂这方手帕背后的含义。胡人全是游牧部族，手工艺品非常粗糙，全靠跟大周通商，否则只能穿着皮毛。手帕意味着出色的纺织技术，而纺织，向来是文明的象征。再联系那些传言，希罗人很可能真是某个有着高度文明的国家的流亡贵族。

"我这次来到大周，觉得很熟悉。大周人优雅、温柔，就像希罗人。"赫连说着，忽然凑近来，在容皓耳边低声道，"但是你我都清楚，优雅在野蛮面前，不堪一击。"

容皓浑身寒意顿起，伸手拔出剑来，毫不犹豫就直袭赫连身体。赫连轻巧闪过，身形极快，如同鹰隼一般，转眼已退走，容皓连他衣角也未砍到。

侍从听到动静，穿林斩叶而来，四周树林全是脚步声，赫连倒也不惧，只是笑道："原来容大人还有埋伏。"

"对付你，没有埋伏怎么行。"容皓心神稍定，也冷笑道。

"容大人又说大话了。"赫连偏着头，目光在容皓身上缓缓地巡睃，像是要刺破他衣服一般，笑道，"我不是你能对付的，叫东宫那位早些下场吧，兴许还有机会。"

"你也配？"容皓怒极反笑，"不知道是谁在说大话。我早查清楚了，你背后没有西戎王的支持，西戎贵族更是不认你，也就蒙苍能听你几句话，你充其量不过是个谋士罢了。"

"哦，东宫那位，比我的处境又好到哪儿去呢。"赫连笑道。

这话点中容皓心中最大的隐忧，实在是戳中痛处。

"你放肆！"

容皓正要动武，只听见夜空中忽然传来什么叫声，似鹰非鹰，看不清样子，只看见一个巨大的黑影盘旋在山顶上，似乎是什么猛禽。

赫连抬头看看，显然是知道这叫声意味着什么。

"好了，不逗你玩了。"他面上笑得轻松，动作却毫不眷恋，"下次再见，容大人。"

他纵身一跃，身姿极快，点着树枝，转瞬间便消失在了林中。随从包围过来时，只看见容皓神色阴沉地站在桂花树下，脚下落了一地的桂子。

夜深了，桌上的灯光也昏黄起来，看不清绣的图案，手里的针也涩起来，曼珠抬起头来，看见伺候的小丫鬟已经垂着头一点一点地打起盹来，不由得笑了，站起身来，自己剪去了烛花。

巷子里响起打更声，原来已经二更了，小丫鬟也被惊醒了，看曼珠还在绣花，劝说道："看来蒙苍王子今晚不会回来了，小姐，你先歇息吧。"

"等我绣完这一朵莲花就去睡了，你先去睡吧。"曼珠道。这小丫鬟原是她从天香楼带出来的，也算患难与共，所以曼珠十分体恤她。

曼珠原是官宦家的庶女，只是父亲犯了案，所以跟着母亲一起被编入教坊司，充为歌舞伎。本来万万想不到这辈子还能有嫁为人妇在灯下做着女红的日子，没想到遇到了容大人，被他赎出教坊司，安排到天香楼，送给了蒙苍王子。

她虽生了一副胡姬容貌，但骨子里是个大周汉女，一心只想嫁个好人家，相夫教子。后来沦落到教坊司，为报容大人的恩情，所以愿意充当一个貂蝉般的角色，去勾引蒙苍。

蒙苍年轻、英俊、英明神武，她也不由得动了真心。虽然有任务在身，想着不过是吹吹枕边风罢了。谁知道朝局变动，呼里舍替蒙苍求娶公主，她的身份顿时尴尬起来。容皓传话，安排下人，接应她离开蒙苍。她收到密信，内心挣扎许久，最终还是没有出现在接应的地方，只是写了一封信给容皓，陈述她种种不得已的苦衷，乞求容皓让她留下，她一定竭力劝说蒙苍，不让他与大周开战。

容皓没有回话，只是让天香楼的老鸨来接她离开。她知道容皓不依，索性和之前的人都断绝了联系，求蒙苍替她脱了贱籍，在京中赁下一间院子，过起了金屋藏娇的日子。虽然想起容大人难免心中惭愧，但是和蒙苍蜜里调油，也就把这份愧疚冲淡了。

丫鬟去睡觉了，她绣完了花，也正准备去睡，只听见院子里有声响，抬头看见了灯笼光，心中知道是蒙苍来了，不由得十分高兴，过去开门。

一开门先看见两个眼熟的胡人侍从，后面却不是蒙苍，而是一个虬须的中年大汉，穿着华贵，佩着宝石弯刀。曼珠认出这是西戎的南大王呼里舍，当初在席上见过的，连忙跪下来道："见过王叔。"

蒙苍甚是宠爱她，早已当成姬妾一般，所以她也跟着叫"王叔"。

呼里舍却没应声，只是进了门，随从也不作声，默默关了门。

"王叔是来找蒙苍王子的吗？他今晚不在这里。"她心中疑惑，仍然笑道。

"蒙苍在使馆，使者带来了大王的信。"呼里舍冷冷道，他的汉话并不十分流利。其实曼珠也知道，正宗的西戎人是不喜欢说汉话的，甚至鄙视汉话，所以她一直在跟蒙苍学西戎话，等跟他回了西戎，好快些融入进去。

"哦，那王叔……"

她的话还未说完，笑容就僵在了脸上。因为呼里舍身后的侍从直接上来，一人揪住她的双手，另一人捂住她的嘴，力度几乎将她骨头都捏碎。剩下一名侍从掏出一个小瓶和一条绳子，对呼里舍示意了一下。

"用药。"呼里舍冷冷道，又说了一句西戎话。曼珠听懂了，意思是"做得干净点，不要留下痕迹"。

那侍从掐住曼珠的下巴，逼迫她张开牙关。曼珠竭力挣扎，但如同待宰羔羊，哪里挣扎得开，只能被灌了进去。那药极毒，如同烧红的烙铁一般，曼珠只觉得自己喉咙瞬间就被烧哑了，连叫声都嘶哑起来。

西戎侍从们显然也知道这药的毒性，所以灌下去之后就放开了她，也不怕她呼救，因为她只能蜷缩在地上，发出嘶哑的呻吟声。

毒药落肚，顿时疼得如同刀子转肠一般，曼珠连身子也直不起来，但不知哪儿来的一股力气，竟然爬到了呼里舍的脚下，抓住了他的靴子。

"王……叔……"她的声音嘶哑不可闻，似乎是在求饶，却又忽然从怀里掏出什么，竭力举高，想要递给他看。

那是一个肚兜，很小，不是给成年女人的尺码，似乎是给婴孩的，上面绣着莲花和童子的图案……

曼珠涨红了脸，想要发出一点声音。西戎人未必懂这图案的寓意，她要说出来，说出来后，也许呼里舍还有解药，也许会放过她。

然而呼里舍只是一脚踢开了她的手。

"蒙苍在西戎早有孩子，汉人生的杂种，我们不要。"他用西戎话道。

曼珠只觉得腹痛如绞。蒙苍有孩子？他从未和自己提过，或许是假的，又或许呼里舍是因为蒙苍太宠爱自己……死到临头，她心中也不由得生出一股怨毒来，死死盯住呼里舍，声音嘶哑地道："蒙苍，他……他不会放过你的。"

呼里舍冷笑。

"你以为我今天来，蒙苍不知道？"他用西戎话轻蔑地道，"蒙苍是真正的王子，他和王上一样，有着一统天下的雄图，怎么会因为一个女奴而改变。如果不是那个希罗贱奴的杂种蛊惑了他，让他留下你，他根本不会碰你……"

剧痛之下，呼里舍的声音似乎变得非常遥远，曼珠的意识涣散起来，她仿佛又回到了那天，在天香楼里，所有人的目光都汇集在她身上，那样灼热。她感觉自己似乎是传说中的红颜祸水，有着倾国倾城的能力。

而那个英俊的西戎王子，就用这样的目光看着自己，递给自己一柄弯刀。他说西戎人的刀，是只送给心爱女子的。

他的眼睛多好看啊，那样湛蓝，如同秋日的天空，澄碧如洗。

曼珠缓缓地闭上眼睛，她眼中的光在迅速消逝，连眼泪也变得浑浊起来。

我原以为，只有读书人才会辜负花魁——意识消散之前，她心中最后一个念头，竟然是这一句。

原来从一开始，就全错了。

呼里舍站在院子前，看着随从将烈酒泼在屋子里，点起火来。等到火光照亮巷子，惊起无数人的惊呼声时，他已经骑着马，离开了这条街巷。

那女人死前看他的眼神，让他想起了许多不愉快的东西。

不过是一个女奴罢了。他在心里嗤笑道。

王上早有觊觎中原之心，这么多王子中，蒙苍是最有雄才大略的，既用兵如神，又是正妃所生，血统高贵、纯正，实在是继位的不二人选。呼里舍早就相中他，带着自己的势力扶持他。北大王延宕支持的却是三王子讷尔苏，如今已经失去王上的欢心了。王上如今年事已高，身上征战多年的旧伤都复发了，传位也就是这两年的事了。

蒙苍虽然雄伟，但到底心思坦荡，所以王上也在替他布局，替他清除阻力，让他来日入侵大周的时候，只剩下战场的事需要操心。以他的战术，一定能长驱直入。

大周传承百年，过惯了太平日子，西边和北边，已经几十年没有打仗，军队早就腐败得不成样子了，只剩个摆设，倒是几个镇守边疆的老王府，还有点铁血之气的传承，是几颗硬钉子。朝中也有点主战的硬骨头，虽然不多，但是一旦开战，自然是这些主战派领兵；主和派虽然不愿意，但是仗一打起来，也只能跟着出力。大周富庶，人口众多，用倾国之力供养军队，到时候会有点麻烦。

正在这时，那个希罗杂种出了个阴毒的计谋。先让蒙苍领军骚扰大周边境，屡战屡胜之后，大周人惊慌了，再借着万国来朝的名头进京朝贺，然后直接求娶公主。这计谋的巧妙之处，实在是说不尽。

往大处说，大周有主战派和主和派，主战派能打仗，主和派也至少占了半数，且都是江南富庶之地来的官员，要是直接攻打大周，这两者团结一致，就成了大麻烦，所以要用和亲的方法，逼得他们产生分歧，互相攻讦，内斗起来。

呼里舍当时还听不懂这计谋，问："要是大周同意和亲呢？"王上解释道，要是大周同意和亲，并且附上丰厚嫁妆，那就收下，过段日子，再要求大周"纳贡"，"纳贡"之后再是小规模地入侵、割地、称臣……大周主和派和主战派底线不同，总会在某个节点产生分歧。就算他们能够一忍再忍，那西戎大可以拿着他们的钱装备军队，缓缓图之。大周要赔款，国内必定要加赋税，到时候民怨沸腾，人心涣散，打起来更加容易。

呼里舍当时听完，出了一身冷汗，回去再细想，越发觉得这计谋阴狠。大处不说，小处就充满心机，直接求娶公主，而不是郡主，大周要是以郡主代嫁，把柄就落在了西戎手里，借机发难，连以后继续骚扰大周边疆的借口都省了。堂堂公主和亲，大周的主战派必定不能容忍。而和亲的嫁妆，其实就是变相的纳贡，又能让他们朝中吵个天翻地覆了……

而今天王上的信，寥寥数语，更是点破了这计谋最狠毒的一点——大周的太子，就是主战派。

景衍太子的名号，呼里舍在西戎都听到过，都说是百年难得一遇的明君之才，要是这未来的明君能因为主战而与庆德帝离心，被废掉太子的话，这个计谋可以说是替西戎把入侵大周最大的障碍都彻底扫除了。

王上的信上，严厉命令自己和蒙苍在大周要恪守规矩，最好态度谦恭，但是和亲的要求不可退让半步，越是这样，主和派越是有侥幸之心，跟主战派厮杀起来也更有底气，西戎只要坐山观虎斗就行。

信上竟然还要蒙苍有事要与那个希罗杂种商量。呼里舍看到这里，心中火冒三丈。他对那希罗杂种的阴狠早有领教。如今那杂种不知道用了什么计谋，哄得蒙苍团团转，还叫他"王兄"，还好有个谋士过来劝谏了一番。

那谋士倒是忠心，知道那希罗杂种迷惑了蒙苍，所以直接过来跟呼里舍劝道："赫连此人心思阴毒，恐怕在算计蒙苍王子。别的不说，那个大周妖女就是他劝着蒙苍王子收下的，要是蒙苍王子带她回了西戎的话，后果不堪设想。"

这话实在击中了呼里舍心中的隐忧。西戎向来有用联姻控制部族的习惯——西戎王自己娶了许多姬妾王妃，都是不同部落的公主；蒙苍娶的几个姬妾，都是呼里舍细心挑选过的，都是大部族公主。娶个大周公主回去，就够动摇他们的传统了，要是来个大周的妖女，那还了得。

还好自己来得及时，不然等这妖女生下孩子，就没那么容易除掉了。蒙苍还是聪明，自己刚刚问他时，他也说不过是利用那希罗杂种的计谋罢了，最坚实的后盾还是"王叔"。说要除掉那大周妖女，他虽然有不舍，但是在力劝之下，还是同意了。

呼里舍心中得意，想着回去之后，要好好赏赐一下那个谋士。这人头脑清醒，应该重用。自己只会和西戎内部贵族们周旋，大周人心机深沉，还是要为蒙苍收揽一些精通计谋的谋士才好。

谁知道回到府中，那谋士却不见了踪影，呼里舍只得睡了，还想明天再去赏赐他，谁知道还没睡下多久，就被叫了起来。

他按捺愠怒，匆匆走到使馆门口，想看看凌晨到访的到底是哪个不长眼的大周官员，却看见门口亮堂堂一片火光。列队两班人都披坚执锐，举着火把。

领头的一位年轻官员，穿着三品的文官服饰，是个脸色苍白的青年，五官俊美，想必当年也是大周所谓的"探花郎"。

"西戎南王呼里舍，有人到刑部击鼓鸣冤，状告你谋杀良民。"这年轻官员显然也是主战一派，喝道："还不快给我拿下！"

言君玉今天睡过了头，还是被云岚叫醒的。

"太阳都这么高了，还睡。"云岚笑着叫他，"你朋友来找你玩呢。"

言君玉本来还揉眼睛，听到这话，顿时弹了起来。

宫里的朋友，再没有别人，一定是谌文。

他跑到东宫门口一看，果然是谌文。聂彪那家伙还是不长进，大概听说是言君玉的朋友，故意捉弄，拦着不让进。谌文气度越发好了，也不气恼，只是淡淡地站着，倒让聂彪不好意思起来。

言君玉拉着谌文，本来是想去自己房里的，想了想，还是带他去了思鸿堂。思鸿堂藏书多，很多是孤本，字画也都是宫里都罕见的珍品，谌文见了一定喜欢。

谌文果然被太子的收藏震撼了一下，但他气质沉稳，也没有失态，而且不肯乱看，只拿着言君玉在看的几本书翻了翻，很是喜爱的样子。言君玉想，等改天一定要找太子换几本书来送给他。

羽燕然经常笑言君玉整天跟在太子屁股后面转，其实言君玉也觉得有点不好，自从来到东宫之后，全心思都被太子吸引过去了，离得远，又要读书，所以竟也不常见谌文了。好在谌文脾气好，也不怪自己，还来东宫找自己玩。

他正想办法招待谌文呢，却只听见谌文道："小言，我不能在这儿多待，今天原是三皇子去养心阁给圣上请安，又不准我见圣上，所以我就跟着出来了，马上就要回去的。"

他不说言君玉还想不起来，谌文性格极守礼，虽然未成年伴读可以在宫中行走，但毕竟是内宫，所以他也不常走动，今天还是第一次来找言君玉玩。

言君玉听了这话，哼了一声，道："好啊，原来根本不是来找我玩，是顺便来看我的。"

他在东宫别的没学到，跟着容皓学了许多刁话，故意逗弄人。谌文听了，知道他不是小气的人，所以也不在意，笑了笑，道："别玩了，我今天来找你有正事。"

"什么正事？"言君玉从云岚送进来的东西里拿了个梨来啃。

"你还不知道朝中出了什么事吗？"谌文惊讶地看着他，"亏你还在东宫，这么大的事都不知道。西戎的南大王呼里舍谋杀了一个良家女子，还纵火毁尸，现在被押在刑部呢。"

言君玉如遭雷击。他看这事的角度又与谌文不同，萧景衍的手腕言君玉很清楚，这么大的事，他一定会提早收到消息，但言君玉昨晚见他也一切如常，那么只有一种可能。

这事跟东宫的谋划脱不了干系。

然而这话不能跟谌文说，他只能胡乱问道："五胡官员都是礼部接待，刑部可以直接抓人吗？"

"刑部侍郎穆朝然，是癸酉年的探花，为人刚正不阿，一身风骨，是和郦解元一样的人物。他接到报案，直接凌晨上门抓人，就是要让这事闹得尽人皆知，现在谁都盖不住了。"

"癸酉年那一科的进士也都出来了"，言君玉隐约想起这样一句，似乎是在容皓他们清算朝中主战派和主和派时说的，当时是在算东宫能动用的人。

他心绪如麻，此刻全系在萧景衍身上。他知道萧景衍此刻不在别处，就在养心阁，离庆德帝最近的地方。伴君如伴虎，这事出来，是主战派的狂欢，庆德帝很可能会迁怒东宫。更坏的是，自己都猜到了，庆德帝一定也知道这事跟东宫脱不了干系。

谌文见他呆头呆脑的，以为他听不懂，叹了口气，也不多说了。只是看着他的眼睛，认真嘱咐道："君玉，如今朝局不稳，你又在东宫，自己要多留心。"

言君玉只怔怔点头。

他满腹心思不能跟谌文说，只能送谌文出了门，走到门口，才想起嘱咐谌文道："你也要小心。"

"我向来是小心的。"谌文淡淡道，"谭思远他们本就因为郦解元的事义愤填膺，听了这事，更是热血沸腾。今早在御书房就在讨论，还问先生'何为诤臣'，逼着先生表态。闹得不成样子……我父亲上次就让人传话，不许我卷进去，今天只怕又要传话来了。"

他话中说不清是哀伤，还是自嘲，言君玉知道他向来是奉行君子之道的，心里肯定是不甘的，但又不知道如何安慰他。

言君玉想要把当初云岚骂羽燕然的道理说给他听——不该逞一时之勇，保全太子才对。这道理放在谌文身上，就是先保全他自己，以图未来，等到以后做了高官，再站出来……

但言君玉眼前不知道为什么，忽然闪过郾道永坐在宜春宫门口的身影，傲然而孤独。如同狂风卷来，万千草木全部俯下去，他是唯一傲立的那一棵树。

如果云岚是对的话，郾道永为什么要那么做呢？谌文又为什么这么伤心呢？那个穆朝然，又为什么要站出来呢？

言君玉没有遇到过好老师，也没有父亲教导，只是天性纯良，又兼祖母教育，所以凡事全凭本能，不去想背后的道理。到东宫以后，遇到许多精彩人物，各有各的原则，他却是还没长成的少年，听到许多道理，时不时在脑中打架，未分出高下。

他不知道这是成年人都要走的一步——把外界的信息全部吸收，最后内化出自己的一套行事原则。敖霁如此，容皓也如此，他只当是自己犯了糊涂，所以送走了谌文，自己回来，还有点呆呆的。正琢磨呢，不由得默念了两句"谌文"，只听见屏风后一声笑，道："还谌文呢？谌文的心性也快被三皇子磨出来了。今天去给圣上请安，就是撞在老虎嘴上。三皇子蠢，谌文也心狠了，竟然不提醒他。"

这声音没有别人，一定是容皓。言君玉气得不行，跑到后面去，果然容皓见他来了，装成闭目养神。言君玉揍了他两拳，他笑着叫起痛来："真要打死人了。小言天天吃了就睡，比牛还壮了。"

"外面都出了那么大的事了，你躲在这里睡觉，不打你打谁。"

"小孩子懂什么。"容皓懒洋洋地一躺，倒有了几分以前那摇着扇子论天下大事的神气，"外面的事就是我弄出来的。"

"真的？"

"当然是真的。呼里舍毒死了曼珠，曼珠的小丫鬟跑到刑部去告状，现在满朝文武都知道西戎人毒杀蒙苍的姬妾，再嫁公主，就是皇族自辱了。这是其一。王子犯法，当与庶民同罪。不管如何处置呼里舍，都是卖了主和派和西戎一个大人情。这是其二。况且这还只是第一步……"

言君玉思索了一下，明白了过来。

"你怎么想到这么厉害计谋的？"

"你真想知道？"容皓抬起眼睑看他。

"也没那么想。"言君玉老实答道。

容皓笑了。他仿佛真的很疲惫的样子，明明完成了这么漂亮的谋划，笑意却没有到达眼底。

"陪我坐一坐吧，小言。"他懒洋洋地闭上眼睛，"我有点冷，需要晒晒太阳。"

"这里哪儿有太阳，傻了吧。"言君玉小声嘟囔道，但还是乖乖在旁边坐了一会儿。言君玉虽然揍他，其实心软。看容皓真睡着了，学着云岚的样子，想去找点东西来给他盖。嫌毯子太薄，索性跑到内室搬了床厚厚的大被子来，往容皓身上一丢。容皓睡梦中遭此重击，险些被压得吐出一口血来。

虽然容皓说得轻松，但其实此事重大，比二十年前那席卷了官场的"阮老九案"还要严重百倍。那案子是朝中派系斗争，把一件人命案弄得上达天听。庆德帝借机发作，狠狠地削弱了一下双方派系。如今的案子却事关两国关系，不得不说那穆朝然实在是铁骨铮铮，刑部没人敢接这案子，不然也轮不到个这么年轻的侍郎来主审。

消息传到养心阁时，正是卯时，太子已经到了，庆德帝也刚刚用了早膳，皇后亲奉汤药。皇后是太子生母，母子眉目间有几分相似，但她更柔美些，尤其是一双山岚般的眼睛，只是位置高贵，所以端庄、稳重、不露波澜。

一个穿着红衣的小太监传进消息，庆德帝听了，咳嗽起来，原本苍白的面孔顿时涨红了，颇为狼狈。

太子站在床边，神色八风不动。宣进来的老臣们见了这样，只有心中佩服，都跪下了，作战战兢兢状。

"朕病了两个月不上朝，朝中都反了不成。"庆德帝怒道，"先出了一个郦道永，又出一个穆朝然，把西戎使者都抓了，这是怕仗打不起来吗！"

这话实在牵连太广，当即就有臣子呈道："回禀圣上，郦道永原是布衣，是礼部宣进宫的。"

礼部从尚书以下，一律主和，这臣子也是油滑，只把责任往他们身上甩。

庆德帝听了这话，怒极反笑，道："谁跟你说郦道永了，如今得意的可是刑部的穆朝然，如此胆大妄为，也能做到刑部侍郎？"

其实这话实在冤枉。穆朝然是探花郎，天子门生，是庆德帝一步步提拔上去的。今天这事不出，谁也不知道他原是主战的。

但谁敢和盛怒的皇帝讲道理，皇帝环视了一周，又怒道："这样包藏祸心的家伙，朝中不知道有多少！真是让朕心寒。"

这话是连满朝文武都怀疑上了，众官员都表忠心不迭。庆德帝又抬眼道："太子也没听到消息？"

"儿臣五更过来，并未听见消息。"

"哦，那你现在知道了，觉得该如何处置？"

养心阁内外顿时静得如同针落地都听得见。

"儿臣认为，应当立即释放呼里舍，不能为此小事坏了两国邦交。"太子淡淡道，"再让人慢慢盘查，查清真相，不能冤枉好人。"

言下之意，呼里舍一定是好人。无论怎么"慢慢盘查"，总归是查不到太子头上的了。

太子说得轻巧，但蒙苍娶了大周人做姬妾又毒杀的事，已经传得尽人皆知，不到半个时辰，御史的奏章、士子的请愿，还有各种眼线写来的"民怨沸腾"的密奏就会像雪花一样飞来。和亲的事，又平添一道大罪状。

庆德帝又看了一眼自己的儿子。

灯光之下，太子的神态优雅，表情也谦恭，一如往常，是他一手教出来的皇者气度。都说虎踞龙盘，越是强大，越要沉稳，轻易不表明态度，凡事只让手下人去揣度自己态度，不然何谓鹰犬，何谓爪牙。

谁承想太子青出于蓝，反过来把这套用在了自己父皇身上。

庆德帝看得出来，底下群臣更看得出来。庆德帝年轻时，也看闲书，书上说老虎暮年时会离开自己领地，找个僻静山洞，悄悄死去。当时只觉得百兽之王也有骨气，没体会到这份悲凉。

都说当天子好——天子之怒，伏尸百万。不过一句重话，下面已经跪了一地，都是当朝重臣，都是战战兢兢模样，看着无比忠心。其实一个个都有成千上万的心眼，再利的剑劈下去，也不过抽刀断水，什么也伤不到。庆德帝和他们周旋数十年，早有了心得。

新的虎王来了，林中百兽早从风里嗅到了老虎王生病的气息，急着去投诚。

"太子既然清楚利害，就按你说的处置。"庆德帝淡淡道，"那穆朝然包藏祸心，太子意下如何？"

这话问中关键，室内气氛都为之一冷。运筹帷幄有运筹帷幄的好处，自然也有致命的坏处。太子只管表面顺从，背地里没少做事，庆德帝逼他处置穆朝然，是打中了七寸。穆朝然不比郦道永——郦道永才名在外，实则是个没有功名的白衣，杀了也就杀了；穆朝然却是十七岁的探花郎出身，又是江南世家子弟，二十六岁就做到三品，前途无限，要是太子把他也当作弃子，以后谁还敢投奔到太子麾下。

但要想保住他，太子就得正面与皇帝对抗，不说以卵击石，至少是以下博上，是兵家大忌。如今明面上的权力都在庆德帝手中，太子唯一的名头，只是"暂摄政事"而已。再退一万步说，父子天伦在这里，"忤逆"二字，太子无论如何都担不起。

主战派的臣子如何看不出这利害，当即有人奏道："圣上，此事当从长计议……"

"住口。"庆德帝怒道，"朕与太子说话，有你插话的份？"

群臣噤若寒蝉，都看出今日形势，庆德帝就是要逼得太子亲口处置了穆朝然，不由得都敬畏起来。两个老丞相对视一眼，显然都想起了庆德帝盛年时把朝中派系玩弄于股掌中的手段，打定主意作壁上观，看太子如何破局。

却见太子仍是淡然的，道："父皇英明，穆朝然必须重办。依儿臣看，他一个三品小臣，敢如此胆大妄为，恐怕不是一人之力，背后只怕还有人指使。不如连他的同僚、朋党一起审问，师门也要好好盘查。"

他这话一说，下面早叫起冤来，刑部尚书第一个奏道："圣上明察，臣等实不知此人包藏祸心。"

穆朝然是江南世家出身，师友全是江南派的官员。江南富庶，偏安一隅，江南派多是主和，刑部尚书又是骑墙派，真追查下去，只怕主和派损失惨重。

怪不得要到刑部去鸣冤，又怪不得要把一个隐藏得这么好的、前途无量的穆朝然用在这时候。

"投鼠忌器"四个字，恰是庆德帝此刻心思。

"查穆朝然就查穆朝然，牵上旁人做什么。"庆德帝的怒火倒像是平息了不少，"罪责只在他一人身上，查他一人就行。"

"父皇处置的是。"太子仍是态度恭敬。

一番周旋，又回到原地，仍然是变成了庆德帝要罚穆朝然一人，到时候求情的奏章一来，再多几个"直言进谏"的御史，左右掣肘，要是庆德帝还一意孤行地重罚，反而成全了穆朝然的清名。

自古以来，君权与文臣的争斗，从未停歇过。庆德帝盛年时也曾与这帮清流斗过。用的方法是暂时避其锋芒，事后再寻由头狠狠料理那些直言进谏过的文臣。人无完人，只要耐得住性子，总能找到机会。他们动不动以"圣人门生"自居，庆德帝就反用圣人的标准来要求他们。别说贪污、徇情这等大把柄，为了在国丧期间纳妾，都几乎活剐过大臣。立了几次威风，朝中风气就"好"了许多。

但他如今最缺的，就是时间。

偏偏是太子，他亲手教出的好儿子，集起满朝的清流，来做他的敌人。为了面子好看，死也不肯和亲，浑然不顾如今西戎已强盛至此，西边已是半年没赢过一场，再打下去，西戎人势必看出大周边军如此不济，到那时就不是和亲，而是割地、赔款。相比之下，和亲已经体面太多。

但这话如何说得出口。世人都为清名所累，连天子也不例外。他连和亲的正式旨意都没下，就已经出了个郦道永，写着戏骂到脸上来，句句锥心。庆德帝当时强撑着体面，回去咳了一夜，呕出两口血来，吓得御前总管段长福哭着劝"求圣上保重龙体"。

一个太监尚且知道体谅皇帝，偏是自己的亲儿子这样咄咄逼人。

倒还不如寻常田舍翁，能去官府痛痛快快地告一句"忤逆"。

然而这话也不能说，庆德帝只能骂道："唯唯诺诺，哪里有点储君的样子。"

这话实是说重了，底下的群臣都不敢说话。太子也缓缓跪下了，口里道："儿臣知罪。"他的脊背修长，因为病人忌讳，所以穿的是极鲜艳的朱红衮龙袍，越发显得鬓黑如墨，肤白如雪，整个人如同玉树一般，连跪都显得是折辱。他这身份，原是不该听重话的……

但群臣谁敢劝，庆德帝自己也不好改口。气氛正僵，只听见旁边人淡淡道："圣上的火也发够了，臣妾看着，圣上倒不是要审穆朝然，而是要审自己的儿子呢。"

说话的不是别人，正是在旁边奉药的皇后。她向来气质端正、清冷，年轻时夫妻感情甚好，近些年信起佛来，连长春宫也少出，几乎不再侍奉御前了，侍寝的都是其他妃子。今天原是为侍病才出来的，连庆德帝最心腹的右丞相雍瀚海，也有些日子没见过她了。原以为帝后之间有了龃龉，没想到她的语气仍和被盛宠时一样高傲，群臣不由得重新审视起太子的处境来。

她这话虽是责备，却也给了庆德帝台阶下，庆德帝于是也笑着辩解道："哪里是审儿子，不过是教教他罢了。"

雍瀚海连忙凑趣道："娘娘可冤枉陛下了，陛下正是看重太子殿下，才做严父的。"

其他臣子也都凑起趣来，气氛顿时松弛了。只是太子却没有立即起来，起来后，也只是低头站在旁边，许久未说话。

按理说，以太子的智慧和手段，要是趁机说笑几句，不说把这事蒙混过去，至少能挽回点圣上的慈爱之心，他却始终一言不发。雍瀚海不由得有点奇怪，想想大概是因为自幼身份尊贵，傲气使然，也就想通了。

又说了一会儿话，眼看着要传午膳了，庆德帝毕竟是病人，体力便有点不济起来，言语怠懒，众臣知趣，都退下了。到了晚上，太子也随皇后回去了，太子乘御辇，皇后乘翠盖金缕九凤车，到了该分道而行的地方，却看见皇后的车在前面停下了。

太子御辇继续往前，到近前时，只听见翠盖车内唤道："太子过来。"

萧景衍下了御辇，走到翠盖车前，周围宫女都识相地退下了，东宫侍从也都退得远远的。天早已黑透了，两边都是高耸的宫墙，夹道尤其昏暗，翠盖车的窗上挑起了帘，皇后的脸在窗内影影绰绰，仍是记忆里一样清艳的绝色。

"听说如今给圣上看病的是秦御医？他说圣上病情如何？"

萧景衍性格其实像极她，清冷、高傲，看似循规蹈矩，其实无所不为。这种话只有她敢问，也只有萧景衍敢答。

"早则今冬，迟则明年夏天。"

"哦，原来太子知道。"皇后语气平淡，"我还以为太子不知道呢。"

这是在怪他掌权心切了。

"我等得了，西戎人等不了。"

西戎人图谋中原，大战一触即发。皇帝以为和亲是在拖延对方，其实是对方在拖延大周，送去的公主和财物都是羊入虎口，更麻痹了将士，不趁现在赶

◆ 第五章 | 道永 | 227 |

紧整治北疆，到时候西戎人趁庆德帝驾崩直接开战，混乱之下，更加棘手。

这才是西戎人的明谋。相比之下，离间大周皇帝和太子，不过算是个变形的暗杀计划罢了。成了最好，不成也有后招等着。

皇后也知道他心性，不再多说，放下帘子，翠盖车又缓缓而行，朝长春宫而去。

萧景衍回到御辇上。侍从就算不知道养心阁内发生了什么，看这形势都猜到了，一个个都噤若寒蝉。都是东宫的老人了，知道太子看似温和，实则高贵、疏离，都不敢问，更不敢劝。一行人安静地往东宫走，却远远看见一点灯火，正相对而来。

这个时间，宫门已经要落锁了，宫中规矩又严，鲜少有人敢这样乱走。所以御辇慢了下来，没想到那灯笼也停了下来，远远地看着，像是在打量，不敢贸然过来。

御辇里太子问道："怎么了？"

"有个人……"侍从正要说话，只见那灯笼忽然飞快地靠近，像是那提着灯笼的人已经跑了起来。宫里从来连疾步都少，那人却飞跑起来，似乎是个少年，穿着锦衣，灯笼也跟着他的脚步跳动着，像一团飞舞的火焰。

太子只挑帘看了一眼，就笑了起来。

"是小言。"

言君玉跑到近前，已经有点气喘吁吁了，额上都是汗。他自己大概也觉得有点不好意思，所以先声夺人道："是容皓说要我来找你的。"

"哦？"萧景衍只是笑，"那小言其实一点也不担心我了？"

言君玉胸膛还在一起一伏，听了这话，抬起头来瞪了他一眼，只是跑得太快，眼睛里都带着蒙蒙的温热水汽，实在是毫无威慑力。

萧景衍伸出手来，倾身将他拉上了御辇。

帘子落下来，言君玉还没想好要不要生气，就听见萧景衍道："小言来接我，我很开心。"

言君玉的心顿时就软了下来，但他向来是说不出软话的，嘴上仍然硬撅撅地道："你知道就好。"

萧景衍没有回话，也没有再逗他，似乎很疲惫的样子。

御辇内很暗，言君玉却本能地觉得，他脸上一定是没有笑容的。

言君玉忽然有点后悔，很想要说点什么，但他不像容皓，很轻易地就能逗得别人笑起来，也不像萧景衍，什么温柔的话都能说得出口。他只是沉默了一会儿，然后反手摸了摸萧景衍的背。

"下次不要这么晚回来了。"他用尽了力气，只说出这一句。

太子却很受用地笑了起来。

"好。"

呼里舍的事，为朝局带来了短暂的平静，西戎那边闯下这等大祸，又被"宽宏大量"地赦免了，气势顿时就弱了不少。放人时穆朝然又力争了一回，更加彰显清流本色。虽然被刑部尚书给驳了回去，但还是传得世人皆知，声名鹊起，风头一时无两。

士林里传得沸沸扬扬。明年春试在即，许多士子已经提前到了京都，其中不乏在乡试中名列前茅的才子，个个写得一手锦绣文章，又年轻气盛，一个郦道永就够让他们热血沸腾了，又出了个穆朝然。这些人再也按捺不住，互相议论都还罢了，有胆大的，竟然匿名写起文章来，私下传阅。其中一些写得出色的文章，更是被互相抄送，竟然有人趁夜把其中几篇厉害的偷偷贴在了刑部大门上和雍府门口。里面骂刑部尚书"狗苟蝇营"，骂主和派的右相雍瀚海"老而不死是为贼"，一时间朝野哗然。还是宫里的检密司出手，抓了几个书生入狱，这股风气才稍微收敛了。

事情闹到这份儿上，明眼人都看得出来，和亲的事多半是无望了。庆德帝还没松口，但谁还敢出头？雍瀚海是一朝宰辅，都被骂得狗血淋头，檄文甚至贴到门口来。其他地位高的主和派要爱惜羽毛；地位低的，又没什么号召力。所以事情也就僵下来了。

西戎那边，也是吃了个哑巴亏。按他们原来的计划，大周要是不愿和亲，边关就该再起战事——骚扰西疆，逼大周"纳贡"、赔款。但是如今大周主和派有和亲之心，是西戎人自己把事情搅黄了。要是贸然开战，反而容易把主和派逼到主战派那边，局势实在棘手。

说起来还是呼里舍犯了大错，但他向来骄横惯了，竟然恼羞成怒，把事情都推到了赫连身上。蒙苍顾忌着他身后代表的西戎贵族，也不敢太护着赫连，只能任他发了一顿脾气。

容皓第一时间就得到消息，回到东宫，冷笑道："呼里舍的谋略，连赫连的脚跟都追不上，偏偏有脸发脾气。"

云岚在旁边看言君玉练字，听了这话，笑道："容公子这么惜才，不如策反了他，来替我们做事。"

容皓听了这话倒也不生气，挑了挑眉毛，问她："你是真这么想，还是不过说笑罢了？"

云岚还没回答，羽燕然先在旁边拍手："哈哈哈，容老七要用'美人计'了。自己亲身扮演貂蝉，那希罗人就是吕布，呼里舍就是董卓。"

他的角色分配得极好，又传神，连专心偷听的言君玉也忍不住笑了。

容皓气得眉毛倒竖，偏偏打不过他，狠狠瞪了他一眼，显然是准备跟他秋后算账。

萧景衍倒是沉得住气，等他们闹完了，才淡淡道："说笑归说笑，你们别小看了赫连。"

"有意思。"容皓不由得眯起眼睛，"怎么殿下和他连面也没见过，倒互相恭维起来。他上次提起殿下，也是这种语气。"

"亏你还是读书人，这都不知道，这就叫'高山流水遇知音''弦歌知雅意'，殿下是俞伯牙……"羽燕然还想继续编派，被太子殿下冷冷扫了一眼，连忙不说话了，朝言君玉做个鬼脸。

"说来奇怪，我也隐约觉得，此人非池中物。"云岚淡淡笑道。

"蛟龙得云雨，终非池中物。"容皓话是调侃，语气却认真，"难道他要化龙不成？"

哪怕是言君玉读的书少，也知道化龙是什么意思——这天下除了天子，谁能被称作是龙呢？

"恐怕他已经'得云雨'了。"萧景衍道。

"怎么说？"

萧景衍不答，众人却知道他不会轻易说这话，都思索起来，倒是云岚先笑了，道："是的。人都是这样，'色厉'恰恰说明'内荏'。呼里舍辱骂赫连，是为了发泄，在小事上如此暴怒，恰恰说明他在大局上，已经输给了赫连。"

"你的意思，是西戎王把权力给了赫连？"容皓明白过来，"确实这两天有鹰从西边飞来，应该是传递消息，只是没截下来。"

"至少在京城中，西戎使节团行事的主导权，都给赫连了。"云岚叹了一声，又笑道，"其实权谋之道，真是大同小异，咱们那一位，行事也是这样。"

言君玉隐约猜到她说的"那一位"，指的就是庆德帝。

云岚的意思，是庆德帝也跟呼里舍一样色厉内荏？大局上失势，所以在小事上暴怒找补？大局，言君玉知道，是指和亲的事没有指望了，那小事又是什么呢？

言君玉想了一天，都没想出头绪。他最近老想凭自己弄懂这些权谋的事，所以忍着不问萧景衍，想了许久，等到了晚上，终于得到了答案。

这是言君玉第三次看萧景衍收到消息了，前两次都是坏消息，这次也不例外。仍是个字卷，萧景衍只略微展开一看，眉头就皱了起来。

他极少流露情绪，所以言君玉也慌了起来，忍不住问道："怎么了？"

萧景衍合上字卷，把它放在烛火上烧了。

火光一瞬间亮了许多，他的脸在光中没有喜怒，像静静看着世人在苦难中挣扎而毫不动容的神。

他说："没什么。不过是父皇判了郦道永凌迟罢了。"

第六章 刀剑

言君玉感觉自己最近有点不对劲。

本来他在东宫，虽然也偷偷听了不少朝局上的事，但都像听故事一样。唯一担忧的是东宫的安危，不只是萧景衍，还有敖霁、容皓这些人。其余的事，他管不了。但是自从知道了庆德帝要凌迟郦道永之后，他的心就悬了起来。

明明现在局势一片大好，他却开心不起来，总有点失魂落魄。

凌迟是怎么一回事，他很清楚。凌烟阁上那十八位将领，有几位不得善终，其中一位就是凌迟而死，死时还在痛骂太宗皇帝，历数当年一起打天下时自己立下的功劳。说书先生说他骂了三天三夜才气绝身亡，可见凌迟是极漫长的酷刑。

容皓他们反是是天亮后才收到消息的——庆德帝的密诏，要在诏狱中凌迟郦道永，消息不出宫门，对外只说是病死狱中。

消息出来，也就只有容皓有些动容，其余人都一副意料之中的样子。云岚素来温柔，也只是淡淡说了句："郦道永也是少爷出身，只怕吃不了这苦头。"

如同一颗石子入了水池一般，不过激起些许涟漪，很快就平静下去。到了传午膳的时候，连"郦道永"这名字也没人提了。大家都默认了这件事只不过是庆德帝泄愤的一件"小事"而已。

言君玉心情不好。萧景衍是看出来了的，言君玉也知道他看出来了。但是东宫太忙，他一天几乎没有停下来说话的时间，只是下午时忽然说了句："小言心太软了。"

他一眼就看出了言君玉心里在想什么，这实在让人沮丧。

言君玉怕他再说，干脆溜出了思鸿堂，正好撞见敖霁。敖霁见他一副垂头丧气的样子，抓住了他。

"我要出宫办事，你也去。"

"我不去。"言君玉以为他是带自己去散心。

"东宫差遣伴读，由得了你决定去不去？"敖霁不由分说，把他抓走了。

等见到了是什么差事，言君玉才知道为什么他非要自己去。原来敖霁是要去宜春宫，把监禁在那里的戏班子给放出来，押解出宫。庆德帝要秘密处决郦道永，就是不要张扬的意思，所以除了当晚唱戏的人，其余人全部放出宫去，其中就有那个叫郦玉的少年。

敖霁大概以为这样言君玉就能释怀了。

这些人都是经过刑讯的，身上伤痕累累，都被打怕了。看着他的眼神满是畏惧，言君玉却有点承受不住这样的眼神。

"腰挺直了。"敖霁教训他，"这就撑不住了？东宫不会永远只有好差事，偶尔也得当一回'鹰犬'。"

"鹰犬"是容皓的外号。言君玉从来只当这是说笑，没有想过这个外号还有另一层含义。

戏班子的人塞了几辆车，后面是衣箱，押着他们从上次的花街过，这次没有妓女敢出来搭讪了，但言君玉知道暗中有无数双眼睛在偷看，既畏惧，又厌恶，这些目光如芒在背。言君玉努力挺直了背，跟着敖霁穿过花街，到了戏班子聚集的梨子胡同。

郦玉曾说过要言君玉来这儿找他玩。那时候他当言君玉是个见义勇为的少年侠客。

言君玉想，他应该这辈子都不想，也不敢找自己玩了。

有个人站在院子门口。真奇怪，花街上的人都害怕押送队伍，只敢躲在暗中偷看，那个人却站在门口。是个男人，看起来不过二十七八岁，极清瘦，病恹恹的，脸色苍白，五官俊秀，穿了身青色儒衫，神色很冷。他身后的院门大开着。

这一幕似曾相识。

郦道永戏班子里的人看见他，就如同看见了一家之长一般，都默默地下车朝他走过去。郦玉是最要强的，就算当初看着郦道永被抓时，眼神也没有一丝怯意，一看见他，却忽然眼圈就红了，朝他跑了过去。

"师父。"郦玉抱着他，像受了天大委屈的孩子一样，几乎号啕起来，连话也听不清。言君玉只听见他说，"他不告诉我……不让我上台，还让明霜师兄唱了我的戏，他们都瞒着我……"

他哭得极凄惨，周围那些小戏子和乐师也忍不住红了眼睛，有几个小的也跟着哭了起来，一时间愁云惨雾。那男子却神色极平静，摸着郦玉的背淡淡地道："瞒着你算什么，他不是连我都瞒过去了吗？"

言君玉知道他们说的是郦道永。

"他是谁？"言君玉忍不住问敖霁。

"你看不出来吗？"敖霁看了一眼，"他叫洛衡，和曼珠一样的教坊司贱籍，是个琴师，郦道永就是为了他，才住到这花街里来的。"

趁着押解的人正往下搬箱子的时候，言君玉悄悄打量那个叫洛衡的琴师。谁知道他竟然很敏锐地发现了，一眼看了过来，言君玉顿时有点尴尬。其实言君玉一直以为他应该是非常漂亮的，至少得像郦玉一样漂亮，谁知道看起来竟然只是个普普通通的青年男子，面貌不过清秀而已。

相比之下，反而是郦道永更加玉树临风，不愧是当年江南第一才子。

"上使有何指教？"他淡淡地道。

他的眼睛极干净，又冷，言君玉被看得不安起来："我不是什么上使，只是个东宫伴读，你叫我言君玉就好了。"

"言君玉。"他似乎想了起来，"郦玉说过你。"

还好郦玉这时候已经进去了，其实言君玉也知道郦玉当初是真心把自己当朋友的，不由得心中愧疚，低下头来。

"东宫伴读……"洛衡默念这四个字，忽然淡淡问道，"他现在如何了？"

"谁？郦解元吗？"言君玉有点不忍心说实话，"他在诏狱，还、还活着。"

洛衡的眼睛却仿佛早就看穿了一切，言君玉有点怕看他的眼睛，因为里面有种平静的绝望，像大火烧过的荒原。

"我知道了。"他像是大病初愈的人，连声音也没了力气，问道，"言大人如果不麻烦的话，可以替我给他带一句话吗？"

"什么话？"

"你若是见了他，就告诉他，他上次没写完的那首诗，我替他续完了。续的是'鸡黍之交终有信，勿忘冰鉴负初心'。"

言君玉默念了两遍，记了下来，刚要再问，那边敖霁已经皱起了眉头："言君玉，还在磨蹭什么呢？回宫了。"

敖霁虽然凶他，但对他还是好的，回去的路上，一直找他说话，言君玉只低着头闷闷的，等到了宫门口，忽然道："敖霁，你还在诏狱看管郦道永吗？"

"在啊，怎么了？"

"我想见郦道永一面。"

"将死之人，见他干什么？"

"我答应别人给他带一句话。"

"我就知道没什么好事。"敖霁皱起眉头，"去吧，说完话就出来，里面又脏又晦气，染了病不是好玩的。"

诏狱比言君玉想的还要阴森、恐怖。

即使外面是个大晴天，里面仍然阴冷得如同寒冬腊月一般，又暗又湿。狱卒看到言君玉穿得这么华贵，竟然要进诏狱见一个人，也吓了一跳，但是敖霁发了话，他们也只得乖乖把言君玉放进去。

郦道永的牢房在最里面，要下一层石阶。狱卒提着灯引路，两边的湿冷寒意逼到人身上来，气味也十分难闻，不是那种寻常的肮脏，而是夹着血腥味，还有一股常年凝滞的浊气，让言君玉不由得想起上次云岚说敖霁的"腌臜"来。

他又想起郦道永的那身白衣。再白的衣服，进了这里，只怕也要变得肮脏不堪吧。

夹道两侧都是阴暗的牢房，里面似乎都关了人。有人瘫在地上，生死不知；有人身形佝偻地对着墙角不停磕头，疯了般嘴里念念有词。还有一间牢房，本来安静，他们经过的时候，却忽然有个人从黑暗中蹿出来，伸手要抓言君玉的衣服。

别说言君玉，狱卒都吓了一跳，顿时大怒，从地上抄起一根木棍，劈头盖脸地朝那人的手打去，那人连忙缩回手去，已经挨了两下狠的，躺在地上大哭起来，俨然已经疯了。

"贼死囚，回头再收拾你。"狱卒恶狠狠地说道，回过头朝着言君玉赔笑道："大人没受惊吧，这边走，这就是那个郦道永的牢房了。"

郦道永的牢房也和别的一样，狭窄、阴暗，气味十分难闻，不过一丈见方，几步就走到尽头了。狱卒开门的时候，郦道永正在牢房里走动。他身形挺拔，虽然衣衫破烂有血迹，是挨过打的，走起来却端正、潇洒，如同鹤一般。几步就走到头，又转身往回走，如同笼中困兽，态度却平和。仿佛这不是什么牢房，而是他待惯的书房。

"他每天早晚必定要这样走一刻钟，说是锻炼。"狱卒小声对着言君玉嘲笑道，"他大概以为还有出去的一天呢。"

"你下去吧，我要和他单独说话。"言君玉不忍心听他再奚落下去。

"是。"狱卒献媚地道，"属下就在牢门处等着，大人有事只管吩咐。"

说话间，郦道永已经发现了他们，停下脚步，神色平静地看着言君玉。他的目光仿佛有千万斤重量，言君玉一时竟不知道说什么好。

"我记得你。"倒是郦道永先开口了。

"我叫言君玉，是东宫伴读。"言君玉垂着眼睛道。

"凌烟阁上的言侯府？"

"是。"

"言仲卿是你父亲？"

言君玉万万没想到他能说出自己父亲的名字来，不由得抬起头来问道："你认得他？"

"我有位朋友，一直称赞他是百年来大周最好的将才，最近才改口，所以我记得这名字。"郦道永自嘲地笑笑，道，"布衣百姓操心国家大事，真是野心大吧？"

"一点也不。"言君玉本能地反驳道，说完才觉得自己太急切了，悻悻地补充道，"读书人本来就该心系天下。"

郦道永却不说话了，打量了一下言君玉。

"你这个人倒挺有意思，比容皓像样，有点像我以前在东宫见过的一个人。"

言君玉这次没有问是谁，只是沉默了一会儿，然后闷声道："其实我今天是替人给你带一句话的。洛衡先生说，你上次没写完的诗，他替你续上了。"

几乎在听到"洛"字的瞬间，郦道永的目光就柔和了一些，言君玉从来没见过这样的眼神。郦道永在牢中关久了，眼眶都有点陷下去，然而听到洛衡的名字后，眼睛却瞬间亮了起来。那并非当初在宜春宫那种殉道者般的亮，而是很温柔的，像春日踏青时的阳光那种亮。

"他续的是什么？"

"鸡黍之交终有信，勿忘冰鉴负初心。"

"续得很好。"郦道永虽是笑着，眼神却有点悲伤起来，又似乎有点无可奈何。

言君玉不会写诗，但也知道他一定听懂了意思。本来他是传信的，信传到就可以走了，但不知道为什么，忽然问道："是为了他吗？"

"什么？"

"你父亲告你忤逆，让你被夺去功名，是因为他吗？"言君玉知道这样问是失礼的，但还是忍不住。

郦道永也不是一般人，竟然也不觉得被冒犯，坦荡答道："是。"

"为什么？"言君玉仍然不解，"你可以假意顺从你父亲的想法，表面上不与他结交，至少你父亲就不会告你忤逆了。你父亲是因为你顶撞他……"

郦道永的眉毛挑了起来。

"这话是你想出来的？"

"是容皓说的。"言君玉很老实地承认了。

事实上，是容皓以前评论郦道永时说的。他是七窍玲珑心，又风流，所以想了许多歪点子。言君玉虽然听了个半懂不懂，但也觉得似乎有点道理。

"料你也说不出来这话。"郦道永淡淡道，"你真想知道？"

言君玉点头。

"因为我觉得洛衡就是这天下最珍贵的人，他是贱籍也好，是琴师也罢，这层皮囊下，他与我是一样的人。"他平静地看着言君玉，"你们都问我，我倒想问问你们，我一片真心，求一知己，怎么就比世人低贱呢？"

言君玉被他问得愣住了。郦道永这一番话如此荒诞、乖僻、匪夷所思，但细想之下，竟又无可反驳，不由得让他无言可答。

郦道永见他愣住，反而笑了，道："况且你也见过洛衡，你觉得以他的脾气，我但凡踏错一步，这辈子还能见到他的人？"

梨子胡同里的那个琴师，确实是如同傲骨铮铮的文士一般，想也知道，是宁折不弯的。言君玉知道那人的诗写得好，只怕文才不在郦道永之下，世人大概觉得教坊司的贱籍是不配和江南世家的才子相提并论的。

但郦道永这个人，怎么会以世情来判断呢？

这世上竟然有这样的道理——两个人，不论身份如何，地位高下如何，相貌如何，他们就是全然平等的，必须付出同等的代价，不能打一点折扣。

言君玉心中情绪激荡，一时竟不知道说什么好。他没遇到过好老师，不知道这就是被人点破关键的感受，只怔怔地看着郦道永，不知道说什么。郦道永只是带笑看着他，隔着牢栏，仿佛两人身处的不是诏狱的牢房，而是待客的厅堂一般。

言君玉醒悟了过来，仓皇地看了一眼周围，显然想到了身处何地，他的表情很快地垮下去，显得有点可怜。

"但是你……"

"但是我要死了。"郦道永淡笑着补完他的话，"我早知道了，圣上心窄，诏狱里死了不知道多少文官，一定不会放过我的。我在写那出《昭君出塞》时，就已经知道这结局了。"

"那你为什么还要写！"言君玉急得汗都冒出来。

"言君玉，你去过江南没有？我幼时在江南长大，江南的海边有一种青蟹，每年从海中到滩涂产子。到了春分这一天，小蟹就成群结队地回到海里去，所以海鸟就聚集在滩涂上，等着吃小蟹。第一只爬出去的蟹，一定是要死的，谁都不想做第一只，但是如果没人做第一只，大家就都得饿死在岸上。那么，谁来做第一只蟹呢？"他见言君玉听懂了，笑着道，"蠢的不知道做。聪明的，不肯做。那么只有最聪明的，第一个爬出来，去被鸟吃掉，后面的蟹才肯出来，蟹群才能活下来。你说，是不是这道理？"

他像是在讲一个极温馨的故事，这结局却比言君玉听过的所有故事都凄惨。"凌迟"这两个字，如同一把利刃，横在这故事的结尾。

"你并不是一定要死的，穆朝然就没有死……"

"别傻了。穆朝然能活，是因为他牵扯朝中势力，是带着功名和身后的世家投奔太子麾下的，怎么会成为牺牲品呢？再者，有我'珠玉在前'，圣上一定会把对他的怒火，发泄在我身上。只怕还不肯轻易杀掉我呢？"他像是在解释，忽然笑了，道，"原来真的还有酷刑啊。"

原来他一边说话，一边在看言君玉反应，已经猜了出来。

"车裂？活剐……凌迟？哦，原来是凌迟。"

言君玉忍着不说，但他还是只凭一个眼神就得到了想要的答案。

"还是如此心窄……"他笑着叹道，"还好我没让洛衡进宫来。"

言君玉心里如同被什么东西堵住了，一句话也说不出来，只能垂着头，默默咬牙。郦道永是带惯郦玉的，见惯了少年人伤心发狠的样子，如何看不出他这神色。

"这有什么好伤心的。功名是我自己不要的，《昭君出塞》也是我自己写的，一环扣一环地走到今天，都在意料之中，也算求仁得仁。"

言君玉只是低着头不说话。他最近常常这样，因为太多事他毫无办法，又无法接受，所以只能闷着，自己跟自己斗气，几乎快忘了没进宫时有多自由自在了。

郦道永安静地端详了他一会儿，忽然道："其实你很像我。"

"我一点也不会读书。"

郦道永笑了。

"这和读书没关系。我见过的人，都可以分为两种，用兵器来比喻，有些人像一柄剑，佩剑的人，是要当君子出入庙堂的。而刀则不同，将军可以用刀，贩夫走卒也能用刀，所以风尘之中，常有至情至性之人。我年轻时写过一句诗，'清风见惯不平事，磨平心中万古刀'，但那是狂话，心中的刀，是磨不平的。就像荆轲刺秦，虽千万人吾往矣。"

郦道永伸出手来，穿过牢栏，点在言君玉胸口上。他的手指力道很轻，言君玉却觉得心中似乎有什么东西要破壳而出。

"你这里有一把刀。言君玉，你不属于这里。"

他收回手去，不再说话。

言君玉其实是听懂了这话的。

他其实今天来这里，是想问郦道永——你那天说"东宫五年前失了智囊"，后来又说天下文章与你平齐的只有一人。这两个人，是同一人吗？

但听了郦道永这些话，他忽然不想问了。

历史上有那么多有名的剑，湛卢、太阿、轩辕……却很少有名刀，刀总归是要用在战场上的，大开大合。如果悬在腰侧，也跟着出入宫闱的话，恐怕要被嫌笨重，怎么也不如佩剑潇洒、好看的。

但刀自有刀的用处。

那么，那个叫萧樗的人，是喜欢刀，还是喜欢剑呢？

言君玉心中有事，回去的路上也闷闷的。敖霁见他不说话，推了他两下。

"你这两天别靠近诏狱这边。"

"为什么？"

"后天是郦道永凌迟的日子，也刚好是秋狩、祭天的日子，殿下不在宫中。圣上还是把郦道永当成东宫的人了，选那天杀他，是给东宫留体面，父子间不撕破脸，懂吗？"

第六章 ｜ 刀剑 ｜ 241

"懂。"

"懂就好，你这几天乖一点，等猎场开了，带你打猎去。"

两天时间转眼过去。

郦道永凌迟那天，太子要去猎场秋狩、祭天，按理说言君玉应该跟去，云岚却没给他准备衣服。言君玉正奇怪，云岚笑道："祭天不好玩，小言又没官职，何必去凑这热闹，不如留下来，等猎场开了再去。"

其实她话只说了一半，言君玉也知道，现在东宫是风口浪尖，所以要谨慎。以前自己跟着太子去了许多"逾规"的地方，最近最好是不要去了。

萧景衍伸出手来，捏了捏言君玉的脸。他的眼神似乎很深，又似乎只是言君玉的错觉。

"我只去两天，小言要乖乖等我回来。"

"好。"

太子不在，伴读又去了三个，东宫一瞬间空了下来。偏偏上午很长，言君玉早早用了午膳，练了一会儿字，只觉得心烦意乱，对什么都提不起兴趣，索性换了衣服，出了思鸿堂，准备出去逛逛。云岚正坐在廊下刺绣，下午明亮日光照着绣架上绣的竹子，根根英挺，如同一柄柄利剑，十分漂亮。

"小言去哪儿？"她笑问。

"我去找谌文玩。"

"逛逛就回来，别乱跑。"

言君玉出了东宫，进了御书房。大下午，御书房的院子里一个人也没有，只听见两侧的书房里传来朗朗的读书声，谌文一定也在上课。石榴花早开完了，结了许多果子，他还想去看看荷花缸里的鱼还在不在，结果发现自己在东宫久了，已经没有在身上带吃的的习惯了。

太子的书房倒是老样子，只是言君玉又不看书，在里面转了转，心乱如麻，索性从阁子外头往上爬，直接爬到了屋顶上。皇宫的宫殿屋脊很宽，铺着漂亮的琉璃瓦，镇着脊兽鸱吻。他找了个位置躺下来，把头枕在脊兽上，看着天出神。

他在家也常这样，遇到心烦的事，就往上爬，爬到树上、屋顶上，静静地一个人待一会儿，想通了就下来了。

天色碧蓝，午后的阳光照着一座座宫殿。言君玉知道哪边是诏狱的方向，也知道郦道永就在那里。太子要去两天，他知道古书上说凌迟也有活了几天的，因为会喂参汤，皇帝是有这种大权力的，连死也不让你轻易地死。

言君玉感觉肚子里有什么东西揪起来，像有线拉扯着一样，被阳光照着，也遍体生寒。

风里一片寂静，没有声音，没有惨叫。祖母给他讲过那么多忠臣良将，哪一个也不是这样的结局。

他只是想不通。

御书房里的人应该还在读书，有人偷偷从后门溜了出来，是年轻人，和他差不多年纪，言君玉认出其中一个是谭思远。他们贴着墙根走，又快又安静，不知道谌文在不在里面，言君玉爬下屋顶，跟了上去。他翻了两面墙，好不容易跟上他们。这地方是御书房附近的一座旧宫殿，尤其这个后面的院子最荒凉，没人修缮，堆满了架子和旧桌案。言君玉爬到院子里的树上，想拦下谭思远。

"人到了吗？"这是谭思远的声音。言君玉从来不知道他有这么沉稳，只是听上去声音微微发抖。

"就在里面。"说话的是个青年，比他稍大，声音也有点激动，"弘博说你可能有办法……"

两人都压低声音，言君玉正奇怪，只见两个青年从破旧的门里出来了，都是伴读，那个为首的青年言君玉知道名字，叫赵弘博，是五皇子的伴读。上次各地秋闱的文章出来，伴读们一起讨论，就他说的最多。

他开了院门，跟谭思远打个照面，两人都默不作声，过了一会儿，他道："这事可不能牵扯殿下。"

"晚了。"谭思远露出身后的人来，正是年幼的十皇子。赵弘博顿时变了脸色，不知道双方低声说了什么，他叹一口气，开了门，让他们都进来。

这么破旧的院落里，顿时站了七八位伴读，还有皇子。言君玉已经猜到他们在做什么避着人的事。他为人磊落，不愿意偷听，趁他们进屋子，连忙滑下树，准备溜走。谁知道有个伴读忽然来了句："你们来的时候没人跟着吧？我出去看看。"

言君玉道声"不好"，连忙要跑，只听见身后的门被人推开，只得回过身来，和他们打了个照面。

几个伴读都大惊失色，谭思远先叫出他名字："言君玉，你怎么在这里？"

"他不是和你们一起的？"赵弘博顿时眼神一暗，"快抓住他。"

伴读们都冲过来，言君玉忙不迭地往树上爬，谭思远连忙阻止道："别，他是东宫伴读。"

"东宫"两个字还是能震吓人的，几个伴读都停了下来，有一个却道："那更不能让他走了，当初去宜春宫抓人的就是东宫，他一定会去告密。"

"告什么密，我都不知道你们在说什么。"

"你偷听我们说话，还想装不知道？"赵弘博的语气冷下来。

"我是真不知道。"言君玉索性朝屋内走了一步，"难道你们藏了什么在里面？"

他不过走了一步，所有人如临大敌，连谭思远也张开手挡在他面前。十皇子脸色一白，道："大胆，你还不退下。"

正僵持，里面偏偏有人急匆匆出来，手上胡乱团着一件破旧衣服，上面被血染得通红。那人自己的锦衣下摆上也沾了不少血，焦急道："怎么办，血止不住。"

众人顿时大乱，又急，又怕言君玉逃走，赵弘博正忧心如焚，只见言君玉眼睛死死盯住那件衣服，心中暗道"不好"。

此刻言君玉心中那个大胆的猜想已经浮出水面，只是不敢相信，也震惊地看向赵弘博。两人目光一个对视，赵弘博顿时面寒如冰。

"他猜到了，快抓住他！"

他好像是这个秘密组织的首领，说话还是有用的，伴读们都冲过来，七手八脚地按住了言君玉。言君玉还在震惊中，只死死盯住赵弘博。

"怎么办？"众人都问赵弘博。

赵弘博也觉棘手，况且记挂着里面，为难道："先把他关起来。"

"那你们就暴露了。"言君玉却镇定，"东宫不见我回去，一定要来找我，迟早找到这里，你们该放了我才对。"

"放你去告密？"

"我不会告密的。我替他'家人'给他送过信，还去诏狱见过他。"言君玉已经猜到屋内的是谁，也知道他们这帮人干的是多胆大妄为的事。

"他家人叫什么名字？"

"洛衡。"

赵弘博眼中神色闪烁，面色晦暗，显然在判断言君玉值不值得信任。

"言君玉是有骨气的,他是和我们一伙的。"谭思远趁机劝道。

"我不和你们一伙。"言君玉却打断他的话。

众人一听,又要按住他,谭思远最是失望,骂道:"你这人怎么是非不分!"然而那赵弘博冷冷道:"放开他。"

"凭什么""他去告密我们就完了",众伴读都议论纷纷,但是迫于赵弘博素日的威信,只好放开手。言君玉退后几步,走到院门前。

"我今天没有来过这里,更不知道这院子里有谁。"他看着赵弘博眼睛道,"你们谁也没有见过我。"

"我知道,东宫与此事无关。"赵弘博也冷冷回道。

言君玉平时看着年少、懵懂,但那是在容皓他们的比较下,真到了外面,比一般的伴读却懂事许多。他几乎在片刻之间做出抉择——因为东宫绝不能跟这件事有关。

众人这才明白过来,看他的眼神都带上鄙夷,有人愤愤道:"就这样让他走?"

赵弘博冷笑道:"难道还能灭口?"

这院子里都是会拼出性命去救郦道永的人,计谋高低不说,人品是称得上君子的,书上说"君子可欺以其方",谁还能做出灭口的事?

"我不会说的。"言君玉不由自主地道。

他们都没理他,连赵弘博眼神也冷漠,他顿时明白过来——赵弘博敢放自己,不是相信自己的人品,而是告密反而会让东宫跟这事扯上关系,还成就恶名,最好是全然装不知道。不杀,也不救,才是东宫对郦道永最好的态度。

众人鄙视的目光像箭,言君玉在这样的目光中退到了院门口。他其实很想跟他们讲云岚讲过的道理——大局为重,只要等太子平安继位,一切都会好的,那对天下人而言,比救十个郦道永都有用……

但他什么也说不出口。说什么呢?这道理赵弘博也懂,但他还是这样做了,就像郦道永知道必死也照样写了《昭君出塞》一样,怎么能说是蠢呢?这事总要有人做的。有人是看着、护着新的太阳升起的,而有人注定要心甘情愿地死在黎明前。

郦道永说错了,自己哪里像他呢,这些人才像他。

言君玉退到门口,手摸上了门闩,这些伴读仍像看陌生人一样看着他,他觉得自己像一个逃兵。

"我爹说，蜘蛛网可以止血的。"

他弱弱地说完，退后了一步，推开门，跑出了这个院子。

外面阳光灿烂。

言君玉在宫墙的夹道间一路跑着，连他自己也不知道心里在想什么，只觉得千头万绪都缠在心里，憋在心口，如同一团乱麻，让他想要大吼几句，或者朝着墙壁狠狠地打上几拳。

他跑了一会儿，本能地想要回东宫，想到众人都不在，忽然就不想回了。

云岚倒是还在，但言君玉是知道她对郦道永态度的，容皓他们至少觉得郦道永是"死得其所"，她只觉得枉送性命，连累东宫。

在东宫久了的人才知道，云岚的温柔、婉约下面，有着极冷漠的底。言君玉年纪小，只隐约窥见一丝，已经觉得心惊了。

他不想回去，漫无目的地走到御书房，倒正撞见谌文。谌文见了他，自然是高兴的，问他"怎么忽然来了"。

言君玉却有点心不在焉。谌文问他"去哪儿了"，他也不答话。说了一会儿，他忽然喃喃道："'圣人不死，大盗不止''绝巧弃利，盗贼无有'是什么意思？"

谌文惊讶道："你从哪儿听到的这话。"

"是郦道永说的。"言君玉神色有点恍惚，"那天在宜春宫，抓他的时候，他这样说的。容皓说要以大局为重，保全东宫，他说就是这互相保全的话，才给了人空子钻。还说了这个。"

他始终想不明白这话，但知道正是这话，驳倒了容皓的"顾全大局"。

谌文也是顶尖的聪明，思索了一下，道："我学识浅薄，况且学的是儒，听郦解元这两句话，他学的是道。道法自然，是摒弃机巧之心的。我猜想，他的意思是说，如今朝中人人都讲智谋，凡事委婉、自保，恰恰给了小人浑水摸鱼的机会。比如如今，主战派也好，主和派也好，都说自己忠君体国，可人心隔肚皮，谁知道呢？只有多几个他这样的人，以死相谏，表明自己的态度，做一点小人不敢做的事，才可以警醒世人，提醒圣上。"

"那要是圣上就是不听呢？"

谌文看了一眼周围，他们是站在太子书房外的树荫下说话的，没人能听见，所以他顿了顿，道："你读读史书就知道了，历朝、历代，又有几个慧眼如炬的明君呢。为人臣者，只能做好自己的分内事罢了。难道因为圣上不听就不做了吗？遇到明君才做贤臣，遇到昏君难道就同流合污吗？我们读书人自然可以退而享安闲，那又把天下百姓置于何地呢？"

言君玉听了他这话，一时竟不知道说什么好。

谌文见他沉默，知道他心中不好受，所以又劝慰道："不过这只是我一家之言。世人行事，有人是智，有人是勇，原没有高下之分，只讲计谋，就失了本心。一味孤勇，又过刚易折。只是个人取舍罢了。"

"就像刀与剑？"言君玉垂着眼睛问道。

"可以这么说。"

谌文知道言君玉原是个仗义任侠的性格，凡事出于本心，东宫却是这皇宫中最讲究智谋的地方，所以他有今日这一问。正想劝慰他，却听见他问道："那'鸡黍之交终有信，勿忘冰鉴负初心'这句诗，又是什么意思？"

谌文念了念，神色沉下来，问道："这是谁写的？鸡黍之交是汉时范巨卿为了守信，自杀以魂魄赴约的故事。若是用在知己这儿，恐怕是约定了日子，要相殉了。"

云岚见言君玉匆匆从外面回来，一阵风似的进了东宫，笑道："小言干什么去了，满头的汗。"

"我在宫里逛了逛。"言君玉认真看她，"我想出宫一趟，行吗？"

"出宫干什么？我可没有令牌给你。"

言君玉正解释想出宫去看看自己祖母，正好东宫侍卫长聂彪从旁边过，笑道："小言也是欺软怕硬，趁人都不在，想骗云岚放你出去。等殿下回来，看我告诉他，哈哈哈！"

言君玉急得一头汗，聂彪还想逗他，只见他瞪了聂彪一眼，竟然一转身进了思鸿堂。聂彪只好去忙自己的了。

言君玉匆匆跑进思鸿堂，人都不在，静得很，宫女只在外间伺候。他跑到睡榻边，弯下身去，伸手从睡榻下方拿出一块令牌来。

这是当初他捡到的聂彪令牌，因为聂彪常欺负他，所以他就藏着了，想看聂彪着急，谁知道聂彪压根儿没想到他这里来，主动报了失落，罚了三个月的俸禄。言君玉知道已经是半个月之后了。

于是这令牌就一直藏在这里，他都快忘了，要不是今天急着出宫，也想不起这个来。

他记得当初敖霁他们带自己出宫去花街，走的是白虎门，因为和那儿的侍卫相熟，只是扬了扬令牌，并没有细看，就被放过去了。那令牌和聂彪的长得一模一样，只是字有差别，不细看是绝对发现不了的。如今的情况十万火急，也只能试一试了。

洛衡那诗是与郦道永约定赴死的意思，怪不得当初郦道永在诏狱那样伤感。郦道永今日凌迟的事，阖宫内外都知道，要是洛衡选在今日，偏偏郦道永又被赵弘博他们救下来，两相错过，言君玉简直不敢细想这后果。

如今是一刻钟也耽误不得了。他虽然知道冒用令牌是坏事，但是敖霁他们也都是这样跋扈行事的，说明并不是什么大事，至少这事是牵扯不到东宫的。就算被人发现，他只说是偷溜出宫去见祖母就行了。

言君玉也是胆大妄为，打定主意，也不犹豫，衣服也不换，直接去东宫的马厩自己牵了马。马厩小厮还要扶他，他早翻身上马，扬长而去。

转眼便到了白虎门，他心跳如擂鼓，表面仍强撑着一脸傲慢。偏偏今天宫门处没人出宫，门楼上守卫森严，十来个侍卫，只查他一人。他硬着头皮策马过去，马也不下，只学着敖霁他们的样子，从怀里掏出令牌来，朝着他们一扬，道："我是东宫的。"

那当班侍卫却不买账，伸手道："凭你哪个宫的，下马再说。"

言君玉心急如焚，手心满是汗，眼见那侍卫已经过来牵马，正在想要不要干脆强冲出去时，只听得门楼上有人笑道："杨济，你别多事，你知道这位小爷是谁？"

言君玉抬眼一看，正是上次和敖霁他们说笑的侍卫。

那叫杨济的侍卫也机灵，听了这话连忙收了手，赔笑道："请问大人是？"

言君玉心中着急，只得老实道："我是东宫伴读言君玉。"

杨济的神色一凛，连忙让开道："实在不知道是小侯爷你，恕我有眼不识泰山。"

言君玉急事在身，也懒得去计较自己在这些侍卫心中是个什么狠角色，只道声"不敢"，朝门楼上的侍卫拱了拱手，下面的人早让开了路，他挥鞭打马，扬长而去。

出了白虎门，后面就好办了。言君玉赶到花街时已经黄昏了，一路飞马过去，赶到了梨子胡同。他记路厉害，飞奔到上次那院落前，用力拍门。里面一片寂静，他心中忧心如焚，好不容易有人开了门，正是郫玉，脸色苍白，见到是他，没什么好脸色。

"你师父呢？"言君玉顾不得多说，直接问道。

"我师父不是被你们抓到诏狱了吗？"郫玉面寒如冰，"今日凌迟，你不在宫里看着，来这儿干什么？"

他们果然知道。

"那你另外一个师父呢？"言君玉急得叫名字，"洛衡呢，他在哪儿？"

"他把自己关在房里弹琴呢。"

原来这院子后面种满了竹子，言君玉刚跑到窗下，就听见一阵琴声，即使这样急切时候，也听得出这琴声极清越，慷慨悲壮，倒有点易水送别荆轲的意思。他稍稍放心，敲开了门，里面果然是洛衡，已经换了一身白衣，见到是他，十分惊讶。言君玉只管探头往里看，案上摆着一架古琴，旁边放着一碗药，实在没法让他不往坏处想。

"言大人……"洛衡到了这时候还文绉绉的。

"别什么大人不大人了。"言君玉擦了一把额上的汗，喘了一大口气，这才告诉他，"我知道你那句诗的意思了，你可千万别寻死。"

言君玉见洛衡怔住了，只怕他不听劝，干脆凑到他耳边，小声告诉他："郫道永没死，我不能细说。你可别告诉别人，只耐心在家等着就行了。知道吗？"

洛衡眼中的惊讶退去，很快脸色沉了下来，往言君玉身后看了看。郫玉会意，连忙出门去看有没有人跟来。

"言大人一个人来的？"他问言君玉。

"是啊。"

"那就好。"他到底是成年人，十分稳重，只略问了两句，就催促言君玉回宫，亲自送到门口，朝言君玉揖了揖，道，"多谢言大人，请千万保重，不要和别人提起这事。"

言君玉连忙还礼，见天色晚了，也不敢回侯府去见祖母，只得又飞马往宫里赶。总算赶在天黑透前回了东宫。聂彪正看着侍卫换班，见到他还笑："言大伴读这是去哪儿野了，跑得这一身的汗。"

言君玉也不理他，等见了云岚，又挨了两句说，被赶去洗了澡才准用晚膳。

他跑了一天，倒不觉得累，想到自己可能救了一条人命，顿时开心起来，在浴桶里泡着，还哼起歌来。

赵弘博他们肯定想不到，自己才不是什么叛徒，而且聪明得很。既没连累东宫，又救了人，等郦道永醒来，逃出了宫，跟洛衡对上了话，一定会觉得自己比他们都厉害。

这才叫智勇双全嘛。

秋狩的猎场封了一个月，养得里面的猎物十分肥美，焚香祷告天地之后，再开猎场。最开始猎到的野物都要被送去供天，往年都是圣上来开第一弓，今年换了太子。

这宫里人逢迎上意的功夫也算是绝了。早一天就放了许多獐鹿之类的野物，又把大雁之类的剪了飞羽，放在猎场里，只等猎场一开，天上飞的、地上走的，到处都是野物，就是个学射一年的新手也能轻易射到猎物。

萧景衍从来不在这些小事上争强，只射了几只猎物便罢了手，倒是这次来陪同的几个西戎人十分踊跃。大约是难得干一回老本行，一个个兴高采烈，尤其是那蒙苍王子，竟然带着人去猎了只狼回来，献给了萧景衍。

"西戎果然精于骑射，专出蒙苍王子这样的好汉。"容皓在旁边淡淡道。

"倒也不是个个都是好汉。"呼里舍冷笑道，"有些外族人生的，就没这么厉害。"

他说的自然是赫连了。赫连压根儿不动弓，只懒洋洋骑在马上看热闹。

赫连显然是听惯了，一点反应没有。容皓朝敖霁递了个眼色，是提醒他——早就说过呼里舍对赫连很差吧。敖霁倒没什么，偏偏被羽燕然看个正着，叹道："唉，其实我们汉人也有好汉，像吕布就不错。"

他又在笑容皓是貂蝉了。

容皓打不过他，也不理论。等众人都散开狩猎了，自己信马由缰，找了个开阔地，解开马缰，让马吃草，自己则懒洋洋地躺在树下晒起太阳来，只听见远处号角声响，显然是又抓到什么厉害猎物了。

睡了一会儿，只觉得眼前一暗，有人笑道："找不到猎物，这匹野马不错，我先射一箭看看。"

"你敢。"他眯着眼睛道。

赫连说的自然是玩笑话，不过说说而已，见他还躺在地上，干脆也下了马，在他身边拣了个地方，也躺了下来。

秋日天空澄碧如洗，衬着树上红叶，是极漂亮的景致，看得人心旷神怡。阳光也好，晒得人暖融融的。容皓的眼睛向来是有点像狐狸的，睫毛也长，被阳光照出影子来。

"这叶子红得不透。"容皓这时候还要挑，"寒山寺的红叶好，像鸡血。"

"'远上寒山石径斜'的那个'寒山'？"

容皓"嗯"了一声，也不说是与不是，躺了一会儿，忽然道："你的马真差。"

他像个难伺候的公子，反正什么都能挑出不好来。

不过赫连的马也确实是差，都说西戎马最好，连蒙苍侍从的马也是通体墨黑，一根杂毛没有，赫连的马却灰不灰，白不白，一身花色，看着实在寒碜。除了使节团的首领呼里舍有意为之，实在找不出其他理由。

赫连也不在意，道："你的马倒不错。"

容皓睨视他一眼："送你？"

他这一瞥十分慵懒，又傲慢，实在漂亮，赫连离得又近，尽管心机深沉，也怔了怔，反应过来之后，才笑了起来。

"平白无故，送我东西？"

"看你顺眼，就送你了。"容皓云淡风轻道。

赫连笑了起来。

他的金发在阳光下，实在比最柔软的丝绸都要漂亮，发丝上都闪着光，眼睛却比天空还湛蓝，支起身来，看了容皓一眼，忽然俯身下来，像是要凑在容皓耳边说话。

容皓按捺住了，没有本能地躲开，只听见这西戎人在自己耳边轻声道："容大人，你知道现在是什么时辰吗？"

"什么时辰？"

"现在是申时，也就是说，"赫连的声音带着笑意，"郦道永已经被凌迟五个时辰了。"

容皓的心神一凛，如坠冰窟，心中大怒，登时坐了起来，瞪着他道："你当我是在奚落你？"

这混账西戎人，还当自己提到呼里舍是故意气他，所以反提郦道永来气自己，实在是浑蛋！

赫连却仍只是笑。

"容大人错了，我知道你想拉拢我。"

"那你还提郾道永？"

"我只是想教教容大人。"

"教我什么？"

"用'美人计'，得投其所好才行。"赫连笑着道，"好比我不喜欢容大人处心积虑的样子，反而是你生气的样子比较好。"

"你放肆！"容皓被戳破心思，又是羞愧，又是大怒，他这人放不下身段，总以为不过勾勾手指赫连就会上当，谁知道计谋不成，反被对方奚落一番，恼羞成怒下，口不择言，道，"你在呼里舍面前要是有在我这儿一半厉害，也不至于让他当着你面骂你是希罗女奴生的杂种。"

他话出口就知道自己说过分了，但为时已晚，只见赫连脸色一沉。他暗道"不好"，本能地往后退，却被赫连抓住手腕，直接按倒在地上。

混账呼里舍，说什么赫连骑射不厉害，看他这蛮力，打死十个呼里舍还有余。

容皓心中慌乱，知道无论汉人还是胡人，骂人母亲总归是不可饶恕的，但他性格傲慢，仍然犟着不肯道歉，竭力挣扎，仍然被赫连按在身下。

他显然已经怒意上头，轻易制住容皓，伸手就往他腰上探去。偏偏容皓穿的锦袍用的是时兴的玉带，一扯就断，上面缀的玉早飞溅出去，露出里面雪白的中衣来。

容皓万万没想到还有被人压制的一天，满腹文章此刻一点用处也没有，眼看着赫连的手已经探过来。赫连指腹有薄茧，容皓只觉得脖子上一痛，是被对方狠狠掐了一下。

他吃痛，越发用力挣扎起来，心中又是慌，又是怒，竭力挣脱，但暴怒中的赫连哪是这么容易对付的。他挣扎中摸到赫连腰侧的刀柄，正是赫连随身悬挂的小弯刀。

慌乱之中，容皓抽出弯刀来，挣扎着一挥，只听见声如裂帛，手上顿时有温热液体流下来。

赫连是战场上的人，对刀伤无比敏锐，当即反拧住容皓手腕，逼得他松开了刀，掐住他脖颈，将他按在树上，湛蓝眼睛里似乎烧起火焰，说不清是发怒还是伤心。

容皓只觉得脖子都快被他拧断，偏偏他的手硬得如同铁钳一般，掰也掰不开，就在以为自己会被他掐死在这里的时候，赫连松开了手。

容皓跌坐在地上，警惕地看着他。

然而赫连没理他，只是按着腰侧。他穿着一件普通的西戎袍子，十分粗糙，鲜血从他按着的地方漫延出来，很快染红了袍子。他却似乎一点不知道痛，只是神色漠然地低着头，似乎在地上寻找什么。

很快他就从地上抓了一把草，自己嚼碎了，又从怀里掏出药粉，和在一起，按在伤口上。那刀伤实在狰狞，解开袍子后看得更仔细，足有两寸来长，不断涌出鲜血来，容皓看着都觉得心里发麻，赫连却面色如常，仿佛受伤的不是自己般，撕下布条来，坐在地上，十分熟练地包扎着。

容皓也知道自己下重了手，但是性格使然，说不出软话，见他的袍子累赘，便从自己的衣服上撕下两条来，递给了他。

赫连也不说话，接了过去。

他这样子像极羽燕然小时候。羽燕然来东宫来得晚，伴读又欺生，经常和人打架，许多个打一个人，打得鼻青脸肿也不哭，自己躲在一边，摘许多奇怪的草来敷伤口。

赫连出身那么低微，小时候在西戎一定受的欺负更多。

容皓知道自己这事做得太过分。赫连气得也对，自己确实是因为呼里舍蔑视他、奚落他，就觉得一点小恩小惠就能把他拉拢过来。要是没有呼里舍，以赫连的谋略，自己何至于这样轻看他呢。

读了那么多圣贤书，反而比别人都势利起来了，被点破了，还恼羞成怒，骂人家的母亲。其实从打猎时，自己就故意用话引得呼里舍侮辱他了。

承蒙青眼，自己反过来利用他、轻视他，别说齐景公的风度，真是连羽燕然也不如了，至少羽燕然还知道给那个歌姬赎身呢。

容皓生平傲慢，难得自省一次，不由得灰心起来。赫连自己包扎好了伤口，见他这样，以为他怕伤势严重，淡淡道："皮外伤而已，死不了。希罗女奴生的杂种自然命硬，比这更严重的都好了。"

容皓听到"希罗女奴生的杂种"几个字，抿了抿唇，没有说话，只是抬眼看了赫连一眼,像是有点承受不住这话似的,眼中满是歉意,只是说不出口,倒有点可怜了。

但赫连误解了他的意思。

"放心,我不会去刑部告你的。"

他不说,容皓还想不到这一层。赫连毕竟是西戎王子,东宫伴读刺伤西戎王子,比呼里舍杀了大周平民还要严重,到时候西戎借机发难,恐怕影响朝局。

"我不是这意思。"他低声道,却没继续辩解。

辩解什么呢?说他不怕赫连去告,是假的。当初他设计了呼里舍之后,心中还笑呼里舍是蠢货,不顾大局,今天落到自己身上,才知道盛怒之下,大局什么的早置之脑后了。

若赫连有心设计,那今天自己这一刀,闯的祸可不比呼里舍小。

就算赫连无心,自己这样,又算不算示弱利用他,好让他不去告状呢?否则这是多好的机会,他怎么会轻易放过。

容皓惘然若失,一时间只能垂着头,无话可说,手心的血迹渐渐干了,黏腻地留在手上。从来运筹帷幄,今天也算手沾过血了。

天上风吹云走,云影缓缓掠过,这一刻沉默似乎有一万年那么长。

"我睡不着。"不知过了多久,他忽然这样说。

赫连不说话,只是看着他,容皓却觉得心里那些郁结成团的东西似乎有了一个出口。

"曼珠死了,胡寄死了,莲花死了,张喜死了,郦道永也要死了……"

胡寄是当初给呼里舍献计杀曼珠的谋士,莲花是去刑部告状的小丫鬟,张喜是负责宜春宫的太监,从来是这样。暗中死的人,比明面上还要多,他们死得悄无声息,只有布局的人知道。

"我并不伤心,也不后悔。我知道以后还要杀更多人。"他语气平静,"但你也会整夜整夜地睡不着吗?赫连。"

这问题他不知道去问谁,羽燕然不懂,敖霁不屑。云岚和太子都是经历过的人,早不在乎这个。难道去说给言君玉?

他甚至不需要答案,只要问出来就好了。权谋把他变成自己也不认识的人,他早知道这结果。但这一刻,他忽然想向这金发的西戎人证明一点什么。

但又能证明什么呢?无论如何,他总是东宫谋士。无论这里发生过什么,只要天没塌，地没陷，这个下午过后，他都要回去继续谋划。睡不睡得着也不重要，反正总有一天他会睡得着。赫连对他也是这样——他的轨迹也不会因容皓有任何改变，到了他们这地步，"美人计"不过是个笑话罢了。

赫连也知道，所以并不回答他。只是道："你不是这里面的人，只是不小心来错了地方。"

他是风花雪月里长大的王侯公子，诗词文章是会教人心软的，一片红叶都值得细看，他如何再心安理得地杀人。

"我知道。"

但他已经在这里了。

他以为赫连要劝自己，但赫连只是脱下了血污的袍子，放在了腿上，靠在树上道："睡吧。"

西戎人的皮袍子原来这样软，血腥味原来也并不难闻，反而有种伤口的味道，像折断的树、被碾过的草，或者只因为这是赫连的血，就跟他的金发一样，与别人都不同。

在东宫的锦褥上辗转几夜都无法入睡的容皓，竟然真的枕着一件旧袍子，就这样沉沉睡了过去。

容皓是忽然惊醒的。

他没想到自己会睡得这样熟，所以醒的时候心中几乎是恐慌的，本能地想抓住点什么，却被人握住了手。

那是只很修长的手，温暖，掌心有薄茧，带着药草和血腥味。

"发生什么事了？"容皓惊慌地问。暮色四合，连星星都出来了，所以更无法判断是什么时候了，身上盖着一件陌生的袍子，显然是有人来过了。也许是报信的人，有什么事赫连已经收到消息了，自己还不知道。

赫连显然也知道他在想什么。

"没什么事。"他淡淡道，"不过你要回宫一趟了。"

言君玉是从睡梦中被唤醒的。

"不好了。"鸣鹿的声音十分焦急，"少爷，快起来。"

言君玉睡眼惺忪，揉着眼睛道："怎么了？"

"外面来了好多人，好像是抓你的。"

言君玉吓了一跳，睡意都没了。他心中清楚自己干了什么事，但说大了不过是偷溜出宫而已，羽燕然也说他们当年天天干的，怎么轮到自己，就有人来抓了。

他一边往外走，一边穿衣服，匆匆赶到前院，远远看见灯火通明，一队穿着红色锦衣的人提着灯笼，佩着刀，和东宫的人对峙着。宫中无人，云岚站在最前面，聂彪难得这样神色严肃，按着刀站在她身后。

领头的人意外的年轻，而且漂亮，有点雌雄莫辨，一双眼睛眯起来，肤色苍白，对着云岚道："……拖时间也是没用的，别让咱们为难，快把那位小侯爷交出来吧。"

他的声音尖细，远不像他这个年纪的，倒像是十四五岁的男孩子还没变声的声音，言君玉怔了一下，顿时明白了过来。

这个穿着朱衣的青年，和他身后的那一队人，都是太监。宫中守卫由羽林卫担任，但是除此之外，还有一支叫作净卫的队伍，都是由宦官充当。御前总管段长福，就是他们的"老祖宗"。他们既是圣上的耳目，又是爪牙，容皓就说过，当初要不是东宫提前抓了郦道永，他恐怕下场比凌迟还惨，落到净卫手里，就真是求生不得，求死不能。

一般的官员，提到"净卫"这两个字都闻风丧胆。也只有云岚了，这时候还能跟他们对峙。

夜风极凉，她大概也是半夜被叫起来的，钗环都卸了，只绾着简单发髻，穿一件薄薄的月白绸衣，更显得身形单薄却挺拔，脸上神色冷峻如霜。

"既是我东宫的事，自然由我东宫处置。如今殿下不在宫中，公公有什么事，只等殿下回来再说。公公再怎么问，我也只有这一句话。"她神色漠然道。

"好大口气。你一个小小女官，敢在净卫面前放肆。"那朱衣太监脸上怒意充盈，道："来人，给我搜宫。"

"你敢！"云岚厉声喝道，"聂彪。"

"在。"

"有人敢进东宫一步，立刻斩杀，等殿下回来，我自去领罪。"云岚头也不回地道。

聂彪也胆大，真就按住佩刀，高声答道："遵命！"他身后的侍卫也都将手按在佩刀上，双方剑拔弩张，形势看来是一触即发的。却只听见外面又有声音，有人快马赶到。

这个时间敢在宫中骑马的，也不是寻常人了。

来的是个胖太监，穿黑衣，看起来倒和段长福有点像，手上举着一卷东西，看起来像是明黄色的。

即使言君玉隔得远，也感觉到云岚的背瞬间绷紧了，像是有什么沉重的东西压了下来，让她支撑不住地晃了晃。

"抓个人也抓半天，死在这儿了？"那胖太监骂朱衣的年轻太监，被骂的自然不回话，原也不是骂他，不过是立威罢了，是骂给云岚他们看的。胖太监对云岚他们反而笑盈盈地道："这是圣上口谕，让咱们净卫追查郦道永下落的圣旨，老祖宗叫我给你拿过来了，苏姑姑，你看？"

原来云岚姓"苏"，"姑姑"是对宫中女官的尊称，原与年纪无关。

云岚的神色很冷，抿着唇，仍然不退让，道："追查郦道永，又与我们东宫何干。"

"怎么？朱雀还没跟你说清楚？"胖太监一字一句地解释，"郦道永假死，从诏狱逃了出去，现在杳无音讯，只怕还在宫中。偏偏有人说看见东宫伴读言君玉今天下午出了趟宫，奴婢查了下宫里记录，言小侯爷是没有腰牌的。监视郦道永家的眼线也说看见他进了郦道永家，所以老祖宗让咱们请言小侯爷去问下话，拿什么假冒的令牌，是不是传递了什么消息出去。苏姑姑还有什么不懂的？"

他脸上带笑，话尾语气却有狠意，云岚也知道拖延不了，于是也笑了起来。

"要真是问问话，也没什么。"她只盯着这胖太监眼睛，"只是小言胆子小，颜公公可别舞刀弄枪的，倒吓坏了他。"

"要舞刀弄枪，也不是我。"胖太监笑中带狠，"朱雀在老祖宗面前领了这差事。苏姑姑这话只管跟他说吧。"

李福子收了几个义子，朱雀是最小的一个，争强好胜，这次抓言君玉，被他出头抢了去，这胖太监显然心中也有不满。

云岚只看了一眼那神色冷厉的朱雀，也不多说，只对身侧聂彪冷冷道："去把小言带来。"

"犯不着麻烦了。"胖太监只笑眯眯地朝着言君玉的方向一指，"那不就是。"

言君玉原趴在一棵芙蓉树上，远远地看着他们，连聂彪也没发现他，谁知道这胖太监一来就发现了。据说净卫中也有高手，说不定这胖太监就是一个，

第六章 | 刀剑 | 257

要是真起冲突，聂彪一定打不过他。

到这时候了，言君玉也不怕了，干干脆脆地从树上下来，走到他们面前。其实他也知道自己闯了祸，也许是被设计了，又也许只是机缘巧合，满以为云岚要怪自己的，谁知道云岚压根儿没看他，只是仍盯着那叫朱雀的太监。

"小言年纪小，没经过事。"她的声音沉稳，按在言君玉肩膀上的手却在微微地发着抖，"希望公公们要有分寸。"

"苏姑姑这话糊涂了，为圣上办事，什么分寸不分寸。"朱雀冷冷道。

云岚神色一暗，言君玉还来不及看清她表情，只听见她低声在耳边说："千万别犟，他们问什么答什么，保护自己要紧。"

言君玉刚想说话，那胖太监伸手过来拉他，聂彪要拦，不知道两人如何交手的，只看见聂彪整个人趔趄着后退了几步，险些摔倒在地。

"得罪了。"胖太监仍然一副笑面虎的样子。他的手掌按在言君玉肩头，软绵绵的，但言君玉只觉得整条手臂都被卸去了力，动弹不得。

"还要审问，就不耽搁了。"他朝着云岚笑道，"咱们就先带着小侯爷告退了。"

云岚脸色难看得很，见他们就这样带走言君玉，高声道："聂彪！去把你的马牵出来。去猎场给殿下报信！"

这话与其说是吩咐聂彪，不如说是恐吓这些太监，阖宫上下，都知道言君玉是太子身边的人，就算不知道，当初在兵营，言君玉上了太子御辇的事，也早传得尽人皆知了。

其实要是被抓进刑部，都好过被净卫抓。容皓早说过，太子在朝中各处都有布点，宫中各处也都是耳目，唯独净卫是最后一块铁板。太监们没有子女，也不考虑后路，只一心为主子，所以倒比朝中那些老臣子对庆德帝还忠心些。反正历朝历代，不少权倾朝野的太监都被新皇帝杀了头。

言君玉被净卫带着，离开了东宫，净卫倒比羽林卫还来得有秩序，步行的多，骑马的少，黑暗中连一声咳嗽都不闻，只听见轻微的脚步声。

这场景让言君玉想起当初去抓郾道永的时候。

要说不害怕是假的。但他越跟着他们走，心里反而更坚定了。等到被带进一处偏僻宫殿，进了个低矮的房间，看见那些不知道是刑具还是什么威慑的东西，他心里已经打定主意了。

所以那叫朱雀的太监，刚问了一句："小侯爷有什么要说的没有？"他就十分坚决地道:"我出宫是去找郦玉玩的,其余我什么也不知道。"

"那小侯爷的令牌是从何而来的?"

"地上捡的。"这倒是实话。

朱雀冷笑了一声,还没发话,那胖太监阴阳怪气地道:"小侯爷既然是去找郦玉的,怎么又跟那琴师洛衡说上话了。"

他们竟然连这个都知道。

言君玉知道骗不过他们,索性抿着唇,一句话也不肯说了。他犟起来还是挺让人头疼的,朱雀和那胖太监一时竟然拿他没有办法,问了半刻钟,一个字问不出来,都有点动气了。

"虽然咱们净卫算不得什么,不过是群奴婢,但到底是为圣上办事的。"那胖太监幽幽地道,"小侯爷也别把咱们太不当回事了,到时候吃了苦头,可别说咱们没提醒过你。"

他这话里带着威胁意味,又有点挑拨的意思。言君玉听得刺耳,抬起眼睛来瞪了他一眼。言君玉向来是牛脾气,不知道在人屋檐下,焉能不低头。寻常人到了净卫这儿都吓得战战兢兢了,他竟然还瞪人,倒让这两个太监都吃了一惊。

朱雀年轻气盛,当即怒道:"怎么,小侯爷不服?"

他肤色苍白,又生得雌雄莫辨,有几分艳丽的意思,言君玉一怔,顿时想了起来。

这朱雀不是别人,正是言君玉第一次见圣上时,那个和容皓他们起了冲突的御前太监,怪不得云岚和他这样剑拔弩张,原来他早和东宫伴读就结了梁子,云岚是怕他公报私仇。

怪不得云岚要自己服软。寻常太监不敢得罪东宫,但这一位就说不定了。

言君玉心下明白,低下头来,抿紧了唇,一言不发。

但朱雀岂能容他沉默下去,威胁道:"小侯爷,别以为你不说话,我就拿你没办法。郦道永现在多半还在宫中,咱们净卫正满宫搜寻他,找到他不过是早晚的事。小侯爷现在告诉我他在哪儿,从宽处置,大家都好过。否则到时候搜出来,小侯爷想后悔也来不及了!"

言君玉此刻想的全是那间破旧宫殿,不知道赵弘博他们把郦道永转移走没有,不然真会被搜出来。朱雀说的虽是威胁话,却也是实话,不管赵弘博他们把郦道永藏到哪儿,横竖是运不出宫的,总归是死路一条。

但自己绝不做这个叛徒。

他心下打定主意，低着头，咬紧牙关，就是不肯说话。

朱雀没料到他年纪这样小，脾气竟然比大人还倔强，怒道："小侯爷再不说，咱们可要用刑了。"

我才不怕。言君玉在心里默默道。但是也犯不着激怒他，所以只是在心里想，并没有说出来。

要是太子在这儿就好了。早知道就真的一天十二个时辰跟着他好了，不过那就救不了洛衡了。可见这世上的事，确实是有得必有失。

言君玉心里还在盘算，但看在朱雀他们眼中，就是活脱脱的油盐不进了，所以朱雀气白了脸，真就命令道："拿刑具来！"

几个净卫一拥而上，把言君玉按倒在地，一看他们就是常年用刑的，言君玉还想挣扎，有人只用膝盖在他膝弯一顶，他就控制不住地栽倒在地。早有人拿了刑具来，不过是些板子、夹棍之类。故意让言君玉看见，想让他求饶。

"哎哟，我可不敢在这儿待了。"那胖太监阴阳怪气地道，"我先走了，你要干什么，我不知道，老祖宗也不知道。这可是太子最看重的人，随便你怎么审吧。"

言君玉被按在地上，这地方的地砖缝里不知道积了多少人的鲜血，一股腥味直往他鼻子里冲，他莫名眼睛有点发热。

我才不是谁最看重的人呢。他赌气地想道。太子心尖上的明明是那枝"白梅花"。

都说他呆，也确实是呆，都到了这关口了，还在怄气。那胖太监说了这话，见他不为所动，以为他没听懂，又弯下腰来，凑近他道："小侯爷，你就抬抬手，饶了奴才们，开口说了吧。咱们是真不愿意动殿下的人，谁还有两颗脑袋呢？你说了，大家都好过……"

言君玉只是咬着牙不开口。

胖太监继续劝道："我实话跟你说了吧，咱们动你一下，回头要挨几百下，谁的皮肉是铁打的呢，你只当可怜奴才们，招了吧。"

要是寻常人，见这样恩威并施也就招了。偏偏言君玉真是犟得像小牛犊一般，只咬牙道："我说了，什么都不知道！"

胖太监脸色顿时沉了下来，堆满笑意的眼睛里露出狠厉神色来，站起身，用笑得发腻的声音道:"那就恕奴婢不能奉陪了,朱雀,交给你了。"

言君玉是东宫的人,动了他,必然要被太子发落,所以他把"老祖宗"和自己都摘了出去,只用这个叫朱雀的小师弟来用刑。朱雀年轻心狠,又想往上爬,早得罪了不知道多少人,再多一件也没什么。

眼看着那胖太监出去了,只剩下那一脸狠色的朱雀在这里,言君玉也不由得脊背发凉。只听见朱雀不慌不忙地端详了他一阵,忽然道:"把他衣服扒了。"

言君玉顿时挣扎起来,几个净卫几乎都按不住,好不容易按住了,他却破口大骂:"滚开!不许扒我裤子!你们这些死太监!放开我!"

他其实从不骂太监,自己还和他们玩得好,今天是逼急了。这话一出口,几个净卫都气得眼睛发红,在他身上狠狠掐了几下,要不是朱雀没发话,早就下手打他了。

朱雀却似乎没被激怒,冷笑道:"把他衣服扒了,先在这儿晾半个时辰,看他招不招。"

他这命令刁钻又古怪,言君玉听了暴跳如雷,几个净卫都有点犹豫,毕竟刑罚是一回事,侮辱又是另外一回事了,正摸不准要不要下手,只听见他冷冷道:"照做就是,横竖不是扒你们的皮。"

净卫听了正要上手,言君玉早弹了起来,正破口大骂"死太监、臭太监",只觉得肩膀一疼,整条手臂都被人扳到了背后。朱雀手上也是有功夫的,下手又准又狠,干脆、利落,只几下就把他四肢都捆了起来,用麻绳打个死结,道:"吊起来!"

这原是刑罚的一种,能吊得人关节脱臼,痛楚自不必说。几个净卫刚要上手,只听见外面有人高声道:"太子妃驾到!"

此时已经是深夜子时,各处宫门都已经落锁,轻易不会有人在宫中走动,何况是身份尊贵的太子妃。

刑堂内气氛顿时为之一静,言君玉也吓了一跳,趴在地上翘首看,只见净卫们都连忙跪在了地上,连那跋扈到不可一世的朱雀也端端正正地跪了下来。只见门口灯影晃动,渐渐明亮了起来,有个尖细的太监声音道:"这地方肮脏,殿下可千万别进去。"

说话的不是别人,正是御前总管,朱雀他们口中的"老祖宗",段长福。

只见他恭恭敬敬跑在前面，张罗这儿张罗那儿，仍然和在御前一样，一副谄媚模样，到底是拦不住，因为灯光越来越亮，直到一道鲜亮的红色出现在了言君玉面前。

言君玉被捆着，竭力抬高头也只能看见红绡裙上的金线刺绣，不过他知道这裙子的主人是谁，因为她一进来就大笑了起来："哈哈哈，言君玉，你也有这一天。"

除了那个太子妃的妹妹，和言君玉有过节的叶玲珑，谁能这么放肆，又这么无聊。

"叩见太子妃殿下。"

太子妃穿的是天青色衣服，裙摆如同涟漪一般，声音也好听，如同来自云端："怎么还用上刑了？"

她一句话表明了态度，段长福连忙使个眼色，朱雀早从靴筒里拔出刀来，割断了绳索。言君玉慢慢地爬起来，按以前的样子行了礼，默默站到一边。

刑堂里暗，太子妃也是淡妆，更显得皎皎如明月，来得急，一色钗环全无，只绾着宫髻，肤色光洁如玉，把半个刑堂都照亮了。

言君玉站在她身边，只觉得自己整个人都脏兮兮的，偷偷在袍子上擦了擦手，被玲珑看个正着，嫌弃地朝他做了个鬼脸。

"人是东宫的，我带走了。你们先查清楚了，再来抓人不迟。"太子妃只淡淡道，"还有别的事吗？"

段长福脸上露出为难的神色来，但到底不敢造次，只得无奈地点了点头，也不知道是不是做姿态给别人看。

"父皇面前，我自会去说明，不让段公公为难。"

"奴婢岂敢。"

言君玉心中猜想，也许是云岚去搬了救兵，把太子妃请出来了。等到出了净卫的地方，外面三架抬辇等着，太子妃一架，玲珑一架，言君玉连忙摆手："我不坐这个，骑马就行。"

"就你事多。我还想骑马呢，哪儿有马。"玲珑又说他。

言君玉只好上了抬辇，抬他的是小太监，扶辇的又是宫女，都比他还弱一些，他坐得很不舒服，感觉浑身都不对劲。满以为回东宫就好了，结果抬着抬着，却在东宫附近绕了一圈，进了后门。

"这是哪里？"言君玉忍不住问。

"你是傻子吗？这是东宫的后宫，景衍哥哥的妃子们都住在这里。"

言君玉在东宫乱逛的时候，也逛到花园里那个门旁边，但是有人把守，所以他没来过，只知道后面还有很大一片，不知道是干什么的。

"我不住后宫。"

"那等会儿他们还来抓你。"玲珑总是吓他，"谁让你闯祸，现在只有姐姐能保住你，你最好乖乖跟着我们，不然等会儿他们再把你抓走，我们可不管了。"

东宫的后宫，远比言君玉想象的还要大，偌大一个花园，进去后里面数不清的亭台楼阁，还有一个大湖，显然是言君玉常去钓鱼的那个湖隔断过来的。抬辇一路行过去，几个院子都亮着灯，言君玉正疑惑，已经到了正堂，上面匾额题的是"鸣凤"二字。

里面竟然等着不少人。

言君玉在皇宫这么久，见过的女眷极少，一般遇到嫔妃都是躲着走的。谁知道今晚一下子见了这么多，都是极年轻貌美的。明明是深夜，一个个却也都盛妆，十分华贵，如牡丹开了满堂，都好奇地打量着言君玉。言君玉连忙在门口停了脚，不敢再往里走了。

太子妃却皱了皱眉头："怎么都来了？"

"听到消息，就都来了。"一位穿着嫣红色的嫔妃上来笑着道："这位就是小言吧？"

众人纷纷上来，把言君玉围在当中，一时间如花团锦簇一般，香风袭人。有笑的，有看的，也有只是远远站着的。

"果然闻名不如见面。""倒比我弟弟还小两岁呢。""早就该见见了，都是自己人……"

言君玉只觉头昏脑涨，要挣脱，又怕伤了她们，只能垂着头道："才不是自己人。"

"怎么不是自己人。你也是东宫的人，我们也是东宫的人。"那穿嫣红色衣服的嫔妃笑道，忽然伸出手来，捉着言君玉的脸，给众人瞧，道："你们看，这眉眼是不是有几分相像？"

言君玉听到这话，忽然抬起头来，瞪了她一眼，那嫔妃愣了一下，刚想说话，只见言君玉拔腿就跑，如同脱手的鱼一般，一会儿就跑得不见了。

深夜的东宫，一片寂静。月光凉薄，照在湖面上，寒意侵人。

玲珑沿着梅花林一路过来，总算在湖边的亭子上找到了人。也不知道他是怎么爬到亭子顶上去的，只看见一个背影坐在那里，盯着月亮出神。

"喂，你半夜不回去睡觉，躲在这儿干吗？"她一开口就没好声气，"冻病了可别怪我们。"

"不要你管。"

"哼，你当是我想管你，我姐姐都给你准备好屋子了，暖暖和和的，还有夜宵呢。"

她满以为言君玉听到有吃的就会下来，谁知道上边只传来一句闷闷的"我不要在这里"。

"那你要去哪儿？难不成你想回净卫的刑堂去？"

"回去就回去。"

玲珑其实也聪明，早猜出他是为什么不肯下来了。她已经算脾气犟了，没想到这世上还有比她更犟的人，宁愿冻一夜也不肯下来。

她靠在亭柱上想了一想，忽然叹了口气。

要是以前，玲珑一定发脾气了，但今天不知道为什么，没有生气，只是沉默了一会儿，然后淡淡道："皇家不都是这样的吗？我早就知道了……"

"才不是这样！"

郦道永教给他的道理，是要完完整整，不打一丝折扣，无论地位尊卑、世人看法，只要是一颗真心，就要换一颗真心。哪怕是起了一点权宜之计的念头，都是侮辱。

玲珑在下面等了一会儿，听不见他说话，干脆把头探出去看："喂，言君玉，你不是要哭吧？"

坐在亭子上的少年只是拿袖子抹了一把脸，不肯说话。

"那你在这儿坐着，我可要先回去了。告诉你，你在这儿坐一夜都没用，猎场离这儿几十里路呢，祭天又是大事，太子哥哥不会回来的！等会儿你要是怕鬼，可别叫我。"

她恐吓了言君玉一番，沿着梅林往回走，偶尔回头一看，少年单薄的身影还坐在亭子上，显得很是可怜。她正想喊他一句，只见湖那边忽然灯火渐渐亮了起来，远远听见马嘶声，似乎是一支不小的队伍，不由得心中震惊。

这样深夜，又敢在宫中策马，也只有一个可能了。

太子回来了。

萧景衍到湖边的时候，言君玉还在亭子上没下来。

"嚯，小言越来越有出息了。"容皓在旁边笑他，"躲到亭子上，难道是怕挨打不成？"

言君玉只是不说话，被笑得急了，忽然抬起头来，往下面瞪了一眼。

太子殿下仍穿着狩猎的胡服，玄色衮龙袍上有着隐隐的龙纹，窄袖收腰，躞蹀带系着，落了一身月光，更显得身形修长、挺拔，如同利剑一般。

他也在看言君玉。

许多事其实并不需要说，一个眼神就知道了。

言君玉猛地别过脸去。夜风那么冷，他的眼睛却在控制不住地发热。

当初轻许的承诺，一点点浮上水面来，该付的代价从来不会迟到。

要么斩断这一切，要么就闭上眼睛，权当看不见太子身上的秘密，囫囵吞枣地咽下去。

但他如何咽得下去。

少年人热烈得像火，容不下一丝一毫的杂质。何况他已经见过郦道永和洛衡，知道这时候只有以心换心，没有值不值得。

明眼人都看出他们的僵持别有原因，连容皓也不开玩笑了，好在云岚匆匆赶来。

"什么事？"萧景衍冷声问。

"段公公让徒弟来赔罪，说是找到郦道永了，是被几个皇子伴读贿赂了诏狱的守卫，灌了假死药把他偷了出去，没料到圣上派人验尸，所以露馅了。他们现在把郦道永藏在御书房附近一个院子里，原不关小言的事。"

"那腰牌呢？"

"这就要问小言了，他应该是在哪儿捡来的腰牌，让他拿出来就真相大白了。"云岚只想把事化了。

众人看了一眼亭子上不肯说话的言君玉。

"我知道！"一直在旁边听的玲珑跳出来，"上次我看见他把腰牌藏在思鸿堂的睡榻下面了，你们去那儿找就对了。那是七月的事了。"

"一定是聂彪的腰牌。"容皓第一个想起来,"他那几天丢了腰牌,原来是小言偷拿了。"

"我没有偷。"言君玉到底单纯,被他一激就开了口。

容皓笑了起来。

"我知道你没有偷,一定是聂彪粗心大意,被你捡了。但这可不对,腰牌不是乱用的。"

"你看看,冒用了一下腰牌,结果惹了多少是非,连劫狱的事也算到你身上。知道怕了吧,还不快下来,回去非得罚你抄两本书不可。"云岚也笑着劝道。

然而萧景衍没说话,只是看着言君玉。

他的目光仿佛能看穿许多东西,像从很高的地方看下来,所有隐瞒的东西都变得如同云层般稀薄,轻易被看穿。以前言君玉从来只见他这样看别人,没见他这样看过自己。

云岚第一个觉察到了不对劲。

"殿下,你叫一下小言吧。"她笑着劝道,"小言最听你的,说不定就是怕你罚他,才不肯下来呢。"

言君玉也本能地感觉到了危险,他看了一眼萧景衍,这次不是为斗气了。

他忽然意识到了一件非常严重的事。

敖霁不在。

东宫伴读中,敖霁的职责是最接近侍从的,因为武功极高,所以常常贴身保护太子。如果要留一个人在猎场的话,羽燕然和容皓都比敖霁更适合。

如果敖霁留在猎场,只有一个可能,就是萧景衍让他留下。

萧景衍仍然冷冷站在那里,锋利得像一柄剑,也冷漠得像一柄剑。言君玉心中本能地生出畏惧。一直以来,萧景衍尽管杀伐果断,留给言君玉的,却一直是深夜带着笑的那一面。

这是他第一次直面"太子殿下"。

众人都察觉了,也都不敢劝了,只有容皓,试图笑道:"也不是什么大事,净卫都放过了……"

他的声音渐低下去,显然也不敢再说。最后一根救命稻草也沉入水中。

"羽燕然。"

这全然是命令的语气,羽燕然也不得不端正了脸色。

"在。"

"东宫伴读言君玉，冒用侍卫腰牌，私自出宫，脊杖二十。"萧景衍神色冷到极致，"来赔罪的是段长福哪个干儿子？"

"是朱雀。"云岚垂首道。

"叫他滚过来。既然是净卫发现的，就交给净卫来处刑。"

羽燕然飞身一跃，上了亭子，伸手抓住言君玉胳膊。他从来只和言君玉斗嘴开玩笑，第一次这样严肃，趁落地前低声道："你老实一点，忍一忍就过去了。"

言君玉不说话，只是震惊地看着萧景衍。

救下自己的是只见过一面的太子妃。而他连夜赶回来，原来是为了打自己一顿？

玲珑也吓得不轻，本来看热闹的，也不敢看了，正想偷偷溜走，只听见萧景衍冷冷道："玲珑。"

"我、我在。"

"告诉叶璇玑，我在思鸿堂等她。"

夜太深了。

赵弘博进宫已经七年了。他是江南人氏，世家公子。入宫那年才十二岁，对于家乡的记忆已经模糊了，记得最清楚的，是自幼读书的族学，在江宁小有名望，叫作云居书院。

他刚读书的时候，是江南文脉最衰弱的时候。朝中党争已经结束，江南派的官员纷纷落败，江南世家元气大伤。李相辞官后，一品大员全是北人。入仕无门，所以文坛也一片凋零，那些已经成名的大儒，有寄情山水的，有寻仙问道的，还有干脆沉醉温柔乡养起歌女、乐伎来的。

哪怕是过去多年，只要提起那几个年份，江南人都会想起那段阴暗的时光。甲子和丁卯，连着两次科举，殿试三甲里没有江南人。大儒们纷纷辞世，没顶的危机似乎就悬在江南文坛的上方，如同沉重的乌云，许多年后，赵弘博仍然记得春闱放榜那几天，学堂夫子脸上的阴霾。

而郦道永的名字，就在那时候跳了出来。

"开国百年，一篇《江南赋》，占尽风流"，这是夫子当时点评的原话。

江宁三年就有一个解元，但整个江南百年来也只出了一个郦道永。那年秋天，江宁城中的谢公笺价格连翻十倍。相传是《江南赋》被送到京中，京中贵女纷纷传抄，连宫中公主也不例外。后来明懿皇后在解忧公主案上偶然见到这篇赋，只淡淡说了句"此赋当用浅云笺"，浅云笺是谢公笺中的一种。所以世人纷纷附庸风雅，用浅云笺来传抄《江南赋》，结果倒真有了几分"洛阳纸贵"的意思。

而赵弘博，却是在入宫之后，才在无意中得知，原来解忧公主的闺名，就叫作浅云。

原来皇后此语，有招婿之意。连带着那年选皇子伴读，也偏向江南，赵弘博就是这样被选入宫中的。

此时一切都过去了。解忧公主早在数年前就嫁出宫去，江南也早有了新的解元，今年的沐凤驹风头正劲，而当年名满天下的郦道永，此刻正在他的背上，昏迷不醒。

净卫过来抓人前，十皇子得到消息，说东宫的言君玉被净卫抓走，恐怕会把他们供出来，所以要赶快把郦道永转移。谭思远自告奋勇地留下来拖住净卫，两个年长的伴读和赵弘博一起，背着郦道永离开。

逃到校场附近时，身后远远亮起火光，还有马蹄声，是净卫已经追了上来，另外两个伴读都是练武的，留下阻拦，最终只剩下赵弘博一人，背着重伤的郦道永在黑暗中奔逃。

两侧的宫墙高耸而威严，只有狭窄的一条甬道，赵弘博深一脚浅一脚地跑着，背上的人是自己童年世界的英雄，自己就算拼尽全力，也要救下他来。

其实他心里也知道已经救不了郦道永——能往哪儿逃呢，他们连宫门也出不去。就算逃出去，这天下哪儿有郦道永的安身之处？

然而他仍然不肯停下来，只是拼命地奔跑着，直到再也支撑不住地栽倒在地。

皇宫的地砖坚硬而冰冷，身后的火光渐渐逼近，赵弘博的腿摔得鲜血淋漓，再也跑不动了。他背着郦道永，试图再往前爬一段距离。

"赵公子，别再跑了，给咱们省点事吧。"一个尖细的声音在背后响了起来，是那个叫庞景的胖太监，净卫的一把手，为人最是阴狠。

无尽的寒气从砖缝中冒出来，净卫的灯笼将他们的身影在围墙上拉得颀长无比，如同传说中的鬼魅。赵弘博绝望地想爬出这阴影的范围，哪怕再远一尺也好。

然后他看见了宫巷尽头的那个身影。

那是一个苍老却仍然伟岸的身影，穿着一身旧铠甲，这种制式的铠甲早已经被淘汰了，今年换防的卫戍军，穿的都是亮锃锃的银光铠。

灯笼的光照在那人身上，他的鬓发和胡须都已经花白了，面容也早已不复壮年，军中那些关于他的传说，想必都已经被新的故事代替，唯一不变的，是他手中那杆长枪。那是一杆传说中的枪，也许还有孩童记得，听过一位将军枪挑西戎北大王的故事。

身后的黑影都停下来了，那些净卫也知道，眼前这个人，就是他们和郦道永之间隔着的最后一道防线了。

那些读过《江南赋》的文人全都沉默不言。官场静默，连东宫也置身事外，最后挡在郦道永面前的，竟然是一位谁也没想到的人。

这是二十年前的铠甲，也是二十年前的将军。

不知道为什么，赵弘博的眼泪忽然流了下来。

净卫的刀出鞘时，宫巷中忽然响起了青年的声音，因为力竭而虚弱着，却似乎有着无尽的豪情。

"云台高议正纷纷，谁定当年荡寇勋。"

刀声袭向一个目标，金石相击的声音如此清脆，长枪如龙，带起沉重的破空声，如同当年塞上夹着黄沙的长风。

青年的声音这样悲壮，几乎泣血。

"日暮灞陵原上猎，李将军是故将军！"

叶璇玑到思鸿堂时，夜色正深。

很少有人会相信，她上次来这里，已经是几年之前了。

太子不喜太子妃，是阖宫皆知的秘密，大婚不到一年，正好遇上大选，皇后又指下三名秀女，都是世家贵女，嫁入东宫。虽然太子对她们并不喜爱，但至少好过相敬如宾的太子妃。

其实宫人都知道，那些后来的姬妾，没有一个有她的容貌，更何况叶家底子这样深厚，凌烟阁上十八将，第一名就是叶家的祖上，叶慎。太子妃的祖父是老相爷，父亲是当世大儒，若论聪慧，论学问，天下女子也敌不过她。

最终却走到今天。

云岚是早就等在廊下的，见了她，恭敬行礼。这东宫的掌宫女官向来敬重她，也许是女子间的惺惺相惜，也许是因为云岚作为东宫的心腹，清楚地知道，这天下没有比叶璇玑更适合太子妃这位置的人。

思鸿堂中灯火通明，这书房的主人正心绪不宁。

那个叫言君玉的少年，现在在哪里挨打呢？多半是前院，当着所有侍卫的面。养尊处优的小侯爷，应该是没挨过打的，脊杖二十，未免重了点。

叶璇玑垂下眼睛，进了思鸿堂。

明亮灯火中，她的夫君，太子殿下萧景衍，正站在窗边看着外面的夜色。长身玉立，纤尘不染，说是玉树临风也不为过。他身上仍穿着玄色的窄袖戎装——下人不会犯这样的错误，是他心乱了，所以没有换衣服，行礼时看见他靴底沾着草色。

"听说殿下要见我？"她低声问道。

"上个月，我在母后那儿听了个有趣的故事，是关于如意的。"太子殿下回过头来，山岚般眼睛冷冷地看着她，"忽然想起来，所以问一问你。"

如意公主是庆德帝最疼爱的小公主，从封号上可见一斑，今年不过十岁，生得如玉雪玲珑。这事发生在西戎求娶公主后，郦道永的《昭君出塞》激起庆德帝的滔天怒意，而呼里舍还没落入容皓的陷阱，几乎所有人都以为真要嫁一位公主过去了。

那天庆德帝留宿在如意公主的母妃容妃宫中，如同寻常人家父女一般相处，十分欢喜，等到走时，如意公主却恋恋不舍，一直追着庆德帝的御辇出了宫门。庆德帝问她这次为何如此舍不得自己，如意答道："等我长大，就见不到父皇了。"

容妃顿时变了脸色，刚要喝止她，庆德帝却笑道："何出此言？"

如意神色悲伤，说："我知道，等我长大，就要去和亲了。和亲就是嫁到很远的地方，再也见不到父皇、母后了，就像安乐姐姐一样。我们以后再也见不到她了，对吗？"

起居郎的记录上，庆德帝的反应只有寥寥六个字：帝黯然，不能答。

天底下任何一位父亲，大概都回答不了这个问题。世人多把呼里舍那一场人命案当作庆德帝对和亲态度的转变点，其实真说起来，这事才是第一个转折点。当时正是局势胶着的时候，平静水面下暗流汹涌，这事却如同在水中投入一颗石子，可谓神来之笔。

叶璇玑淡淡道："殿下要问我什么？"

她的容貌在灯下更美了，简直惊心动魄，低垂的眼睫却给人以一种伸手可得的感觉，是极婉约的姿态。云岚上次笑容皓，说他舍近求远。但这天下最擅长以小博大、以下博上的，都是女子。因为身份不适合参与政事，所以每一步都是百般斟酌，八面玲珑，堪作范本。

"你知道云岚听到这故事的反应吗？"萧景衍只盯着她眼睛，"云岚说，字字诛心，是她手笔。"

太子妃的身份，让她可以自如地游走在宫廷中，十岁的小公主，是最好的武器，击中帝王心中最后一块柔软的地方。她用自己的方式，为东宫做出了如此漂亮的一击，如"唐代传奇"中的刺客，一击即中，功成身退，不留一点痕迹。

所以云岚极欣赏她，那是一个猎手对另一个顶级猎手的欣赏。她直说过，如果太子喜欢叶璇玑，东宫的路会比现在平坦一百倍。

"殿下太看得起我了。"叶璇玑只淡淡道。

她连送到面前的功劳也不收，永远做帷幕后操纵棋局的那双手。容皓要有她一半的冷静，就不会整天对言君玉自夸。

"你认不认不重要。"萧景衍只看着她眼睛，"你的诛心计可以对天下人用，但是不能动东宫的人。"

这么漂亮的一击，是示好，也是投诚，换来却是他这一句。叶璇玑的眸色顿时冷下来，抬眼反问："是不能动东宫的人，还是只不能动言君玉？"

她身上竟有这样的气势，和当朝储君对视，也不落下风。

萧景衍似乎对她这一面并不意外，只冷冷道："我只说一遍，今日之事，不可再有。"

这天下人没有谁能像她一样洞悉人心，深夜赶到净卫救下言君玉，全须全尾地带回东宫。等天一亮，净卫抓到郫道永，天下人都会以为是言君玉告的密。

不过少挨一顿打，却要断送全部名声。郫道永一死，士林会永远记恨"言君玉"这个名字，他才十六岁，就背上一生的枷锁。如同云岚所言，"字字诛心"，确实是叶璇玑一贯的手笔。

至于那些姬妾的"热情"，更像一个恶劣的玩笑。言君玉只知道东宫也有后宫，却不知道后宫真正的意义，于是她就把"后宫"带到言君玉面前来。一个

第六章 │ 刀剑 │ 271

个活色生香的美人,亲昵地拉着他做"自己人"。

她事事做好人,却逼得言君玉深夜爬到亭子顶上,死也不肯下来。以她的手腕,要说不是故意而为,都是小看了她。

"我以为殿下会喜欢这样。"她神色淡然,仿佛自己真是一片好心,做了坏事。

只要一个晚上,她就可以断送言君玉的前途,像折断一只鸟的翅膀那样轻易,然后带他见萧景衍的后宫,让他明白他自己的位置。少年人的心性尽管倔强,但假以时日,要驯服也不是不可能的事。

"你当你是长孙皇后?"萧景衍冷冷问。

她在做"贤后"该做的事,像李世民杀弟夺妻后,长孙皇后为他安抚后宫,只差亲手把弟媳杨氏送到他床上,自然是贤惠的证据。

"殿下怎么知道我做不成?"她也平静反问。

萧景衍说的是那个安抚后宫的长孙皇后,而她说的,是在玄武门事变前,秦王在风口浪尖时,长袖善舞,游走于宫廷之中"孝事高祖,恭顺妃嫔,尽力弥缝,以存内助"的长孙皇后。甚至,也可以是玄武门事变,太宗引将士入宫授甲时"后亲慰勉之,左右莫不感激"的长孙皇后。

与其说是她要暗算言君玉,不如说她是在以她的方式向东宫示好,这件事与如意公主那件事并没有区别。

萧景衍漠然。

"那是你的事。我早说过,不需要你。"

"所以殿下只需要一个让你在深夜骑五十里路,赶回东宫救他的人?"她眼中有怒意积聚,"资质不过中上,才学更是平平,心机全无,殿下就算要羞辱我,也请换个更好的再来!"

"你太看得起自己。"萧景衍神色冷静,"我看重他,跟他是不是中上有什么关系。你自己是先排好名次,再选第一名来嫁,就以为天下人都跟你一样了?"

他这话戳中关键,叶璇玑神色一暗,抿紧了唇,倒显得有点可怜起来。

萧景衍其实对女子极宽容,尤其不谈论情事,连玲珑也维护,和她话赶话说到这里,见她被言语刺伤,也就不再多说。

她却忽然抬起头来,看着他眼睛。

"所以还是因为我当年的事,是吗?"她眼神几乎有点凄惶起来,配着绝色的容貌,更显得我见犹怜,"其实我早就做了决定,如果说,我愿意和殿下开始呢……"

毕竟高门贵女，有些话不能太直白，萧景衍还没说话，她又道："我记得那年琼林宴——"

"其实有句话我一直想问你。"萧景衍打断了她的话。

"殿下请说。"

"'有始无终'，是你叶家祖训？"

满室旖旎顿时惊散，她脸色瞬间惨白下来，相比之前那句，这才是切切实实戳中痛处。

"别再扮小儿女情态了，你我都是一样的人，没那么容易动心，装也装不像，平白羞辱你自己，也侮辱我。我说过了，不需要你。"萧景衍的声音冷淡，"记住了，今日之事，不可再有。你再动他一次，太傅亲自来求情也救不了你。"

叶慎以谋略闻名，虽然立国后下场惨烈，有始无终，叶家却一直传承了下来。叶璇玑的祖父先是做了右相，告老后又被请进宫中教太子读书，领了太傅的职。叶相故去之后，叶璇玑的父亲从太子少傅升为太傅，父死子继，传为美谈。

而让人疑惑的是，在这样风起云涌的时刻，叶家在朝野中有着无数门生故旧，威望又高，却始终偏居一隅，仿佛整个家族都退出了权力场，只剩下一个叶璇玑。

云岚目送着叶璇玑离开，自己匆匆进了思鸿堂。

"净卫刚刚抓到了郦道永，庞景受了伤，段长福亲自过去了。"她即使在人后，也事事小心，绝不提不该提的名字，免得显得东宫涉入其中，只淡淡道，"目前还没有人死。"

"知道了。"萧景衍神色微微疲惫，"换衣服吧。"

"其实……"

她是伴君如伴虎惯了的，一看萧景衍神色就知道劝也无用，没有继续说下去。

脱下骑射的胡服，换上衮龙常服，年轻的太子沉默不语，只是垂着眼睛，眼睫下眸色深沉，不知道在酝酿怎样的情绪。

"他哭了吗？"

"殿下问谁？"云岚怔了一下。

"应该是哭了。"萧景衍自问自答道，"他向来是喜欢哭的。"

少年忍哭的倔强表情似乎跳了出来，浮现在眼前。他唇角略勾了勾，笑容转瞬即逝。

二十脊杖，实在是重了些。

"殿下要去看看吗？"云岚揣度着问道。

思鸿堂太远了，连一声叫痛也听不见。只远远看见灯火，知道正在行刑。

"不了。"萧景衍淡淡道，"先去会会郦道永，回来再看吧。"